JN248602

断声

——ある夜鳴きそば屋の詩《うた》

青木辰男遺作集

青木五郎・編

牧歌舎

青木辰男遺作集

断声

——ある夜鳴きそば屋の詩《うた》

青木辰男の横顔

山田　寂雀

私が青木辰男と出会ったのは昭和三十八年の初頭であった。当時、米原子力潜水艦が日本に寄港するにつき、その安全性が世間を騒がしていた。市民詩集の会が発足して早や八年目で、当時、愛知県庁の西にあったスポーツ会館の会議室が、会の恒例の詩話会の会場であった。

その時分の青木の印象は別段、確たることもなかった。弁舌さわやかでもなく、どちらかと云えば他人の話の聞き役にまわっていた。併し、彼の詩作品のボキャブルの多様性は他人を抜きんでて、特に印象深いものがあった。会場には自己批評の能力を持った詩人が多かったが、彼は決してひけをとらなかった。当時、彼は新左翼の暴力を否定していた。もちろん、会員の多くは命令する人間にはなりたくないと思っていたようだ。それが、当時の彼の人生観の表裏となっていたと私は推察するものだ。例会に出席する彼のスタイルは決してみせびらかすのではないが、ネクタイをきちんと締めたゼントルマン然であった。だから彼が屋台店のおやじだとは誰も知らなかった。ただ、人を信じてだまって後についてくるか、それとも「ノウ」という選択をきちんとする性格を持つ男かいずれにも決めかねた存在だった。

当時、彼は名古屋の郊外であった守山に住居を構えていた。そこより毎夜、夜の繁華街近くの市電交叉点、上前津で乗り降りするサラリーマンの格好のいこいの場として、一ぱい飲み屋の屋台を開いていた。割合、売上げもあったが、リヤカーにのせた屋台道具一式に、食材、食器などはかなりの重量で、守山から片道五粁の道程は「若い」とはいえ、かなりの重労働で、後日、彼の肉体はこの責苦によって痛みつけられる結果となった。だが、当時の彼はねじり鉢巻、酔えば客と共に『ちゃきりおけさ』を歌うおやじに変身していた。このユートピアも道路愛護運動の余波で屋台群は後日撤去されてしまう破目になるのだが――。

彼には九人の兄弟姉妹がいたとか、何日《いつ》か聞いたことがあるが、妻と名のつく方は聞いたことはない。この詩集の作品から知る限り、若死した妹がいたことが知らされる。「仮寓抄」四、「去来抄」などから推察できる。又、作品「ある冬の日」に登場する少女は他人であるが、彼の詩作品では数少ない女性の一人である。彼の死水を摂り供養され、彼も最も信頼していた、弟の五郎は兄弟姉妹中唯一人の生存者で、現在、京都教育大の名誉教授として活躍してみえる。

この詩集に網羅した九十三篇の作品はかって市民詩集で、披露したものだが、その以外にも彼の詩作品はある筈だ。いつかはそれらもみつかると思う。私は彼の作品を決して、甲乙をつける気はない。なぜなら、当然ながら見方によってはそのよさが変るのであって、又、時代の移り代りによっても同じことが云える。ただ云えることは絶えずほとばしる情感は常に目を凝らすものがあるので諸兄姉もきっと何かをみつけだすと思う。

ただ、彼の処世上の理想のイメージと現実の姿とはかなりかけ離れていて、世相に反逆することも往往あった。例えば共産党員であるのに彼の口から市民詩集の会では党の宣伝めいたことは一言も聞いたことはない。そこには党の理想と現実が彼の考えと食い違っていたかも知れない。肉体の酷使は彼の意志如何にもかかわらず、夢破れた世では呻吟しなければならなかった。理想はあくまで夢であったことを知った以上、いやが上に現実を押しつけられた男の一生は如何なるものであったのであろうかと想像してみる。

最後に、云えることに、この詩集で作者の詩の形式を短歌、俳句の姿に移行しようと試みていることだ。最後に掲載された作品『断声』は作者の大胆な試みの一つで、詩の分野である作品を、短歌、俳句の世界へと浸透させようとしていた。もともとこの三分野は共通の土壌で育ったものであるが、彼の場合は短歌、俳句から詩へではなく、詩の世界から短歌又は俳句の世界へ戻入しようと模索している。それは俳句の世界の方が詩より思想的、社会的に、より無自覚である現実を無視しているともとられる危惧があった。所謂、詩歌は作者の経験が読者によって再生産されてこそ、そこに芸術のだいご味がある筈だ。一つのジャンルが他のジャンルに心が引かれるならば芸術は衰退してしまう。そのことを彼は知って敢えて断行しようとする試策をより適正に私たちに教えてほしかったと思う。

それに、彼は死を以って、私たちに問いかけたのは一体、何であったのか。謎として吾人よりそれを遠ざけることは出来ない。その答は遺稿よりまさぐらなければなるまいが、彼の人生の生き方をしみじみ味わえば、単なる個々の内的慾求不足では終わらしめることは出来ない。けわしさときびしさにとりまかれた世に、生き切った詩人の姿を私たちはそこに見ようとしている。

今の沈滞した詩壇から将来ある彼をむざむざ亡くしてしまったことは慚愧に堪えない。いつの世にか彼の志を継ぐ者が出現するのを待つのみで、今はただ彼の冥福を祈るのみ。

（日本詩人クラブ永年会員 市民詩集の会会長）

青木辰男遺作集

断声――ある夜鳴きそば屋の詩《うた》

目次

作品Ⅰ

詩

作品Ⅰ　詩

1、『市民詩集』作品
（昭和三十八年〜平成二十一年）

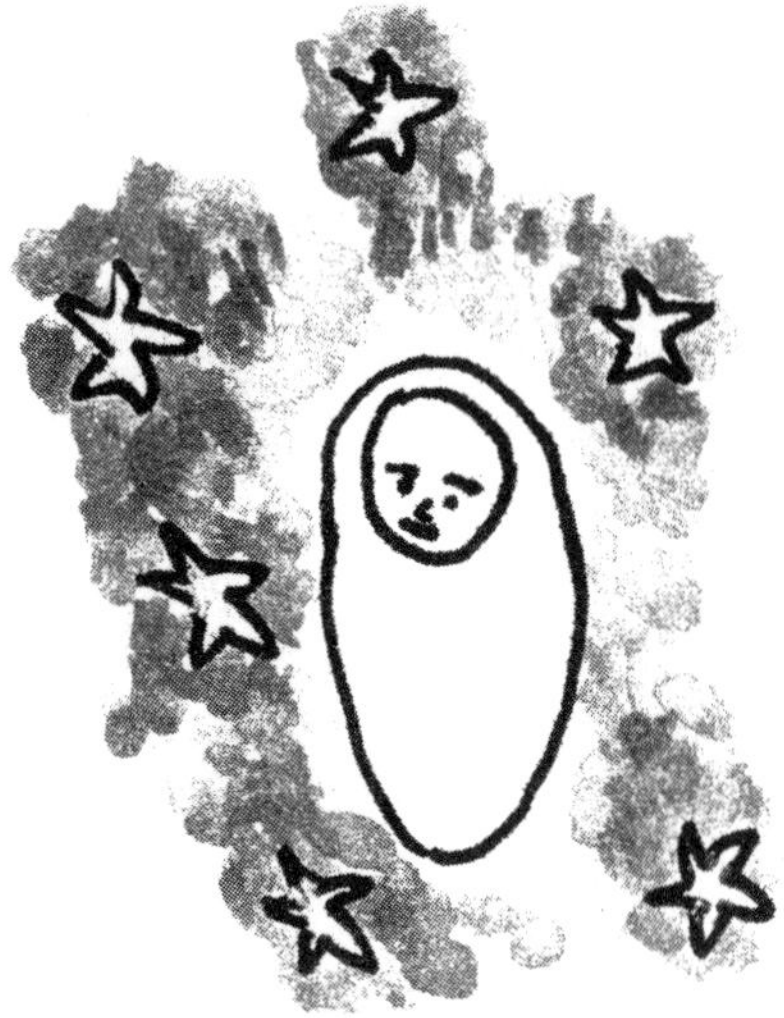

●詩

1、『市民詩集』作品

昭和三十八年

どこへ

あなたは知つている
　多くの行動が挫折したことを
あなたは知つている
　多くの沈黙が夥しい破壊へと繋がつて来たことを
あなたは知つている
　歴史が負うて来た幾つかのいたみのプロセスを
あなたの心の深いところでいつも波打つている
崩壊と創造の
果てしないリフレイン
　あの日——
それはとても重苦しい日だつた
日本中が激しい忿《いか》りに包まれていた
性懲りもない独裁者の　無謀な圧力に
ひとつの潮となつて
大衆のひたむきな抗いが
暗い現実の
紛れもない象徴として地表を覆つていた
　あの日から三年——
遺された一本の　黒い骨を抱えて
あなたはどこへゆくのか
　平和だという　少なくとも明るい昨今だという
もうあなたは必要のない存在かもしれない
道化師のようにわらいながら
あなたはどこへゆくのか
薄明の樹枝を震わせて
しろい風が
ある暗示のようにしずかに吹いていた

（十二月号）

昭和三十九年

黒い喜劇

ちっぽけな影を曳きずりながら
それでも失なうまいとして
ふりかえり　ふりかえり
真昼の
街角をゆく
そう
あれは昏迷という奴――

冬
ビール樽のように　膨れあがった腹を
高級自家用車に押し込め
巧妙に
昏迷の群れをかき分け
（右も左も　ストップ　ストップ）
十字路をつっ走ってゆく
そう
あれは繁栄という奴――

裏通りの奥まった一劃では
今夜も
濁酒が造られ　腎臓や肝臓が
鉄板の上で
面白そうに焼かれ
数人の労働者が
政府は　失対事業は
と
憤懣をぶちまけている

町はずれの
ややくたびれた
公営アパートの　一室からは
りゆうとした身形りで
歴史は　歴史はとくり返す
偽
マルキストが貌を出す

古い家は取り壊され
ひきかえに
新築家屋が
あちこちに登場する
木を削る音　釘を打つ音——
大工さん
あなたが口に銜えた　その釘を
一本一本　ぼくらの
何とも薄っぺらな　胸板に
打ち込んでくれ

このままではぼくらは狂ってしまいそう

境界線に
今日も立たされている
昏迷の背を
大工さん　お願いだから
よく切れる鉋《かんな》で　削っておくれ

（四月号）

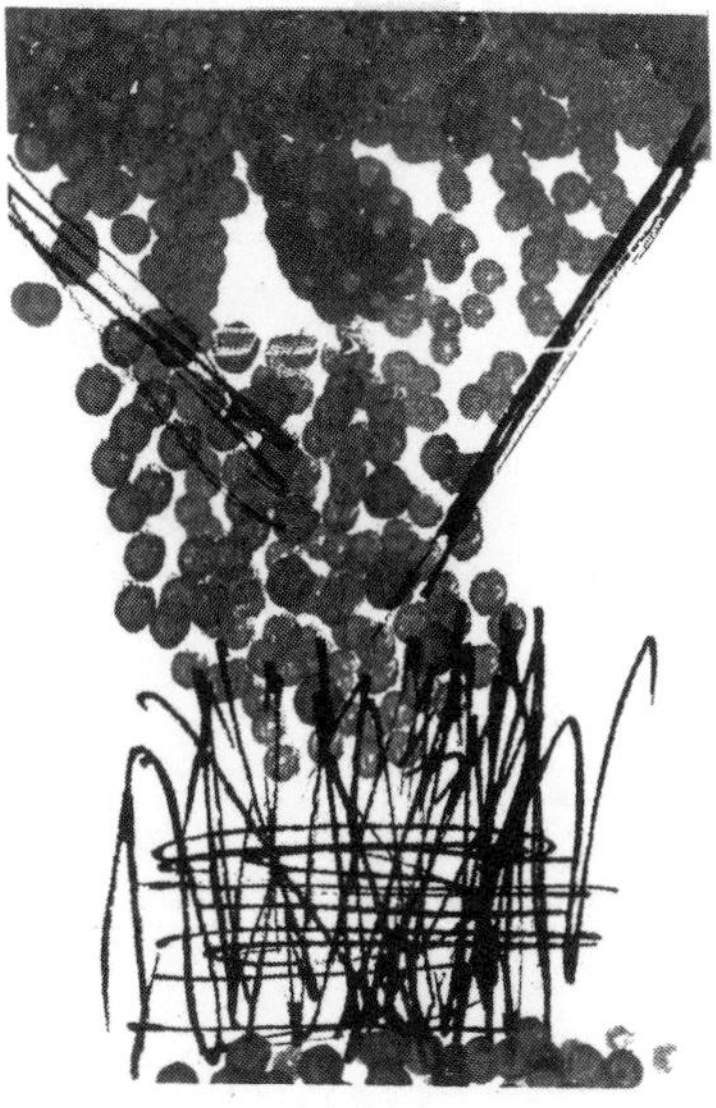

囚人の賦

疲れたあとの銭湯は最適だ
壊されたあとの組み直しは苦痛だ
先が見えぬ状況のなかにあって
醒めつづける　ということは
例えば
青空の下の馬づらの　かなしみに似ている
それでも
あるいている時間は大切
わたしが　あゆみをやめると
待ち構えていたかのように　あおぐろい
蛭《ひる》どもの攻勢がはじまる
わたしの血は
無惨にもかれらに吸い尽くされそう
だから
誰もわたしを転化させようとするな
矢車がからから鳴り
五月のみどりが
夏の到来を告げているときも

わたしのこころは
冬の方に在らねばならない

零の意識で　眠りつづけている河のほとり
深手を負うて戻って来た　兵士たちよ
きみらが　そのにがい時間を
噛みしめているとき
きみらが　稚い日通って来た
暗い村の記憶に浸っているとき
わたしは　きみらの　ずっと後方の地点で
あふれる淋しさの底で
わたしたちの冬を
ある確証のように　てのひらに握りしめていた

何が正しかったか—
—何が誤まっていたのか——
すべては歴史のみが
語ってくれるであろう
ひとつの　誤謬のために
みずからを賭けるとき

その無限の　あやまりの
くりかえしのなかに
人は　ひとつひとつの　真実を
見てゆくことであろう

（八月号）

昭和四十年

秩序のなかの人間

深い絶望の底から
いま　あなたは出立する
死ねない意識の生成へ
死ねないということが
死が自然にとつて
死があるように
あなたの内部に定着するとき
あなたは
自からの思想を
噛み砕いている
一匹の鼠

肉とわかちがたく存在する
意識が　思想が
暗のなかで
さわやかな自立の産ぶ声をあげるとき

世界は
はっきりとあなたに加担する

おお
資本の内部で
惰眠をむさぼる
わたしたちの〔民主主義〕
わたしたちの内部の曠野で
死滅せねばならぬ
支配層の〔デモクラシー〕
再びは人間が
人間を喰うことのない世界へ
かかる日のゆえに
わたしたちが得なければならぬ
わたしたちの
自由――
ああ　自由は
唯そこにあるだけで無限の意味をもつ
時間を殺してはならぬ

立ち止っている時間も
歩いている時間も
ともに殺してはならぬ
冬空に
とりのこされた気球のように　まだ
わたしたちにかえってこない
大地のうえで
既成の論理が継続する
機構と秩序のなかで
置き忘れた鍵を
失くした言葉を
そう
いまは激しく探し出すとき

（二月号）

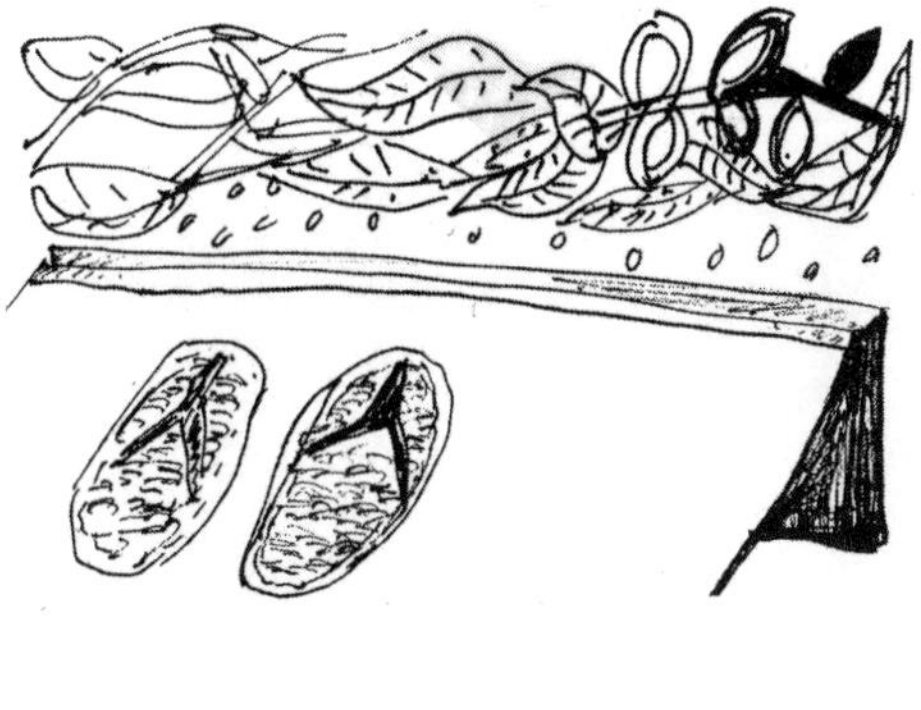

ある冬の日に

小さな町の　薄暗い裏通り
数軒の汚れきった一杯酒場の中の　一軒
そこが少女の生活の吹き溜りであった
その少女に私が遇ったのはもう十数年も前のことである
それは初冬の　風ばかりが妙にあたたかい日だった
時計の針の転回がいやにもどかしく感じられる晩であった
私はさすがに他人に逢いたい気持でその酒場の暖簾をくぐった
少女は　ひとり陶製の火鉢の向こう側から一人の風来坊のちん入をさも当然といった風なまなざしでみつめていた
私は少女と　とりとめもない雑談に興じながら誰もがするように　おそらくはいくつもの手をわたったであろうグラスを交換していた
暫らくして私は　幾分か翳のある少女の顔と　やや水平に近い肩との継ぎ目に　ひきつった火傷の痕の　あるのに気づいていた
注意してみると手の甲にも同じ痕跡があった
私は　不安なある予感を抱きながら　ためらいがちに少女にたずねた
——そ、の傷、は、どうしたの
不安は適中した　少女は冷ややかになかば吐き出すように言った
——〔ヒ・ロ・シ・マ〕——
深い沈黙が　お互いのうちがわに浸みこみやがて拡がっていった

時が流れた
私はすでに少女と飲みつづける時間に堪えきれなくなっていた
私は反射的に店をとび出していた
——さようなら　またくるから
少女は引き止めようともせずすこしかすれた声で言った
——でも送ってゆくわ
私たちは数十米の所まで黙ってあるいて行った
——さようなら
握りしめた少女の手が死人のように冷たかった

私は少女の顔を正視することができなかった
私はわたしがいまここに居ることが妙に不遜に感じられ
　て思わず少女の手を放した
――さようなら
ふり向くと少女の顔が　街灯のなかに蒼白く蝋面のよう
　に見えた
――さようなら
もう二度と私はふり向かなかった

それから四、五日して私はまたその少女に逢いたくて店
　を訪ねた
しかし少女の姿を　再びそこに見ることはできなかった
歳月は記憶を消してゆくという
けれど少女の記憶は消えることのないもの　いまもどこ
　かで　少女は　隕石のように重い時間を　それ故にた
　まらなく美くしい時間を生きつづけていてくれるだろ
　うか
そして私は　永遠に少女を超えることはできないであろう
（五月号）

燔祭《はんさい》

南ベトナムに民兵が組織される
きみらの同胞の殺戮に
きみらが狩り出されてゆく
かいらいでしかない政府が
きみらを狩り出してゆく
きみらの生活とは逆の方位に
きみらの死場所が捏造される
きみらを駆り立ててゆく重い条件とは何か
きみらはきみらの祖国に同胞の血を流してやまない
それを
意識していようといまいと
きみらは狩り出されてゆく
拒絶する自由はきみらにないのかも知れない
それとも必然の当為と自らあきらめての故か
教えてくれ
なぜなら
わたしたちは戦争を羞恥と転生の内に永遠に
放棄した国民だから

その背が負う
被植民の歴史
その肩に担う
鈍色《にびいろ》の銃
稲束を銃に代替して
殺戮の行軍はつづく
きみらが自からを駆り立ててゆかねばならぬ
すべての理由は
一個の生命に比肩しうるだろうか

地平線に陽が沈みゆく頃おい
赤い容疑者が捕獲される
彼には恐怖と苦痛が思想の代償として与えられる
拷問
虐殺
にくしみの加増はホモ・サピエンスを
まぎれもなく狂人に仕立ててゆく
民族の内部であくこともなく修羅を演じてみせるきみた
　　ちの背後で
傀儡師《くぐつし》どもは

きみたちの似非ロイヤルティを訓練する
遠く
一隊が去ったあとの
焼け爛れた大地に立ち
肉親を求めて泣き叫ぶ孤児は
その稚ない瞳に
その育ちやらぬ意識の底に
何を見何を感じとっていたであろうか

タンホア
八号公路
同胞の土地はきみらの土地でもある
きみらはその暗い銃口を　実は
きみらの死角に向けるべきではなかったのか
きみらの死角に　きみらを
搾取しつづけてきた巨大な国家がある
狭隘なナショナリズムが
ウルトラナショナリズムに変身するには時間はかからない
灰色にカムフラージュした指令塔は

かつて　わたしたち民衆を
そのカオスの内に融解しながら
食人種の仮装行列の戯画にあけくれていたものだ
運命の幕を切りおとした黒い手は
姿を変えた呪法執行人でもあった
そしてわたしは
いまも　多くの屈辱を負って生きている余計者である
支配することの
殺戮をくりかえすことの
むなしさ
おろかさに
いつの日にか思い及ぶであろう
一握りの人たちのために
わたしは　つねに屈辱を背負って立つ
余計者であらねばならない

（十月号）

昭和四十一年

火の村の旅人

鳩が夜の森にまどろむとき
年月にうすよごれた私の皮膚は
月光に対応して
ほとんど限界の叫びをあげる
私がわたし自身のために流した血を
あまさじ吸いつくしてのち
私は　わたしにふりかかる総べてのたたかいに
出立する

こわされた風景の
とざされた時のなかの
いいかえれば
存在の根拠から

おお
予兆はまだ薄明のむこう
おまえの網膜に　脳髄に
きざみ込まれてきた
羞恥と屈辱と　それでも
いくらかは充填されるかにみえた
空白の歴史よ

やがて　八月の
二十年目のかなしみの日も
人人の関心から去ろうとしている
階級はまだそれ自からの死について語ろうとはしない
国家という奇妙な名詞は　おそらくこれからも
膨張しつづけるであろう

かくしておまえは　暫時
いやいや
お前自身の死を　超えて
茫ばくたる沙漠に点在する
火の村の
旅人でありつづけねばならない

（四月号）

昭和四十三年

だからわたしは

未来はひとりでは生きてゆけないから
手をつなぐというのは卑怯だから
生はすべて死者の論理によって支配されているから
過去はなべて汚辱と幻影にみちているから
見ないというのは不誠実だから
国境は永遠の旱の諧謔におおわれているから
友人はあるときの邂逅に背をむけるから
銃を執るのだというのは弁解だから
ちいさな灯のある家は虜われた痴人に占られているから
疎林がならぶ日暮れの小駅はふるさとの挽歌に包まれて
　いるから
帰れないというのは擬制の濫造にすぎないのだから
平和はたえずのぞかれる私文書の屈辱に似てくるから
いくさは稚い日とおってきた暗い村の記憶に繋がるから
考えることをやめるというのは釈明にはならないのだか
　ら
夕景はやがてヘーグルの大団円と模倣に囲焼されそうだ
　から
白昼の屍体はひとときの光芒と全人の思想にかかわるか
　ら
遠くからながめているというのは義肢がとれないのだか
　ら
だから私は立ちつづける
耳を削がれた縞馬のように
全身でいたみを感じながら

かくて世界は
終焉は
わたしにいつも荒涼たる風景を要請し
私を反詩人にする

（八月号）

柩・空港

路上の影
影は存在のあかし　鳥影
非在
八月　乾いた網膜を横切ってゆく
柩の群れ
二十有余年の歳月
影は不在のあかし
存在は不在が残していった部分
不在は別の存在の中で繁殖しつづける
二十有余年目の影
十月九日　今日一人の青年の屍を描く
柩はやがて空港に安置されるであろう
夜をはげしく奪ったたたかいのはての
何としずかな朝だろうか
一本の若い樹木を焼いてしまったあとの
この静寂のなかで
残されたわたしたち
いま私はわたしの屍を描く

（十二月号）

昭和四十三年

内部の人

一九四五年六月
きみはおびただしい廃墟のなかにいた
きみの家もきみの他人の家も
きみの他人のそのまた他人の家も
きみの他人にとって他人であるきみときみの家族の家も
すべて廃墟の残影のなかにあった

一九四五年四月
きみは火薬工場にいた
国家という大いなる名の幻影の指さすところ
きみはひたすら生産に従事していた
幻影につくられた「敵」が そのまま幻影の「味方」に
　変貌する八月十五日以後の「支配」のために
遅れてきた青年にとって虚像にほかならぬ戦後のために
麺麭《パン》をかかえてきた若者にとって実像である
戦後のために

一九五〇年
きみは階級と国家について考えはじめていた
階級の死がいつか国家の死を予兆するかと
けれど事態はかならずしもそのようには推移しなかった
革命後の社会において　そのとき
きみはみじかな具象の荒地にいた
きみはきみが荒地に立ちつづけることではるかなる抽象
　の空を渇望しつづけていた

一九六〇年六月
きみは反逆の人であった
無数の旗と棒が激突する広場
斃れた少女のなきがらを
森ふかく埋めて
きみの怒りは内部からつきあげてくる火であり
きみの認識は土中に浸みこみ無限に広がってゆく水であ
り

石
石

石
河
おお
時は流れ
きみはきみの眼前を通過する暗い影を見た
厚く巨大な壁の音を聴いた
やがて多くの橋は壊され　人人はそれぞれの愛する家へ
　帰っていった

一九七〇年
きみはどこにいるだろうか

きみはデラシネ
きみはアンチ・デラシネ
きみは五月と六月の共犯者であることで　アンチ・デラ
　シネであり
八月の水死人であることで　まぎれもなくデラシネであ
　る
見えている哨兵
見えがたい砂まみれの男

日が落ちるころ
きみはすべてが終ったことをしらねばならない
日が落ちてのち　きみは何ものもまだ終っていないこと
　に気づくであろうから
すべての耐えているもの

甃《いし》の上に
たたかいはあり　とほうもなく重く
傷だらけの平和があり
夜をうめくもののために
背後は断たれたまま
虹は消されてあり
すべての耐えているもの

いしだたみの上に
たたかいはあり
傷だらけの平和があり
水底を潜行する「否」があり
遠く
いつの日からか立ちつづけたままの

一匹の馬

（十二月号）

昭和四十四年

終りなき生存

二匹の巨象があるいていった跡には　むすうの蟻の死骸
　があった
象の国は自由の国
象の国は革命の国
象の国は自由に死をあたえる自由の国
象の国は革命に死をあたえる革命の国

機動隊ではない
学生が学生を地上から抹消しようとすることが……

ぼくの眼窩には未来が死のかたちでやってくる
未来の秩序が　たとえばソビエトの黒い手の（国家）の
　かたちでくることはないか
未来の地平が　チェコのあるいはハンガリアの（兎の）
　惨劇のかたちでくることはないか
おお国境はまだその無において贖われるいくにんの死者
　を必要としている
（資本）はまだその頂上の（帝国）との契約においてそ
　れみずからの死を語ることを欲してはいない
おびただしい不毛の生存の時間と空間を支配する歴史は
まだ（にんげん）の生贄の呪縛から解き放たれてはい
　ない
ぼくらはぼくらの墓標に（名）をきざむことを求めない
なぜならぼくらは自己そのものだから
退くことの多いぼくらの生存のなかで
ぼくらは孤立するたたかいを怖れない
なぜならぼくらのたたかいは存在することの苦渋そのも
　のだから

ぼくらの内側の海
ぼくらの内側の獏
ぼくらの内側の崖
ぼくらの内側の馬
ぼくらの内側の河
ぼくらの内側の死者
ぼくらの内側の嘔吐

ぼくらの内側の廃墟
ぼくらの内側の街
ぼくらの内側の薄明
ぼくらの内側の辺境
ぼくらの内側の癩《らい》
ぼくらの内側の空
ぼくらの内側の終末
ぼくらの内側の地平
ぼくらの内側の樹林
ぼくらの内側の冬
ぼくらの内側の道
ぼくらの内側の老人
ぼくらの内側の幼年
ぼくらの内側の夜明け
ぼくらの内側の夜景
ぼくらの内側の砂
ぼくらの内側の孤立
ぼくらの内側の垂鉛
ぼくらの内側の共同体
ぼくらの内側の兵士
ぼくらの内側の鳩
ぼくらの内側の倦怠
ぼくらの内側のたたかい
ぼくらの内側の狂気
ぼくらの内側の不眠
ぼくらの内側の牡蠣《かき》
ぼくらの内側の橋
ぼくらの内側の惨劇

きょうも炭砿では17人が死に
インドでは餓死者が続出し
アメリカではあまった食糧を海へ棄却し
ベトナムでは無名の民衆の殺戮がつづく——
剥がされた舗石《しきいし》の下からかいま見えてくる大地

（七月号）

崖の鏡

狂念がしだいに意識野を喰いつくしてゆく頃すでに彼は
闇のなかにいたしゅるしゅるしゅるしゅる地下工場を水が流れ
見えない鼠の群れを索敵者のように逐う尖端はあいかわ
らず闇が蔽い意識のいずくにかひき込まれたまま起爆装
置の形状もまださだかでない

逐う逐う逐う逐う眼が耳が鼻が手が足が皮膚が内部が逐う逐
う逐う老人か殺せ幼児の息の根も止めろこんなおどろお
どろの夜の記録に衂《ちぬ》られたむきずの星条旗を立てろにん
げんみなごろし棲家など焼きはらえ静まりかえる村廃墟
だ廃墟だいそいでむむむきずの泥まみれの星条旗を立
てろ海をこえてはるばる時はとどめておくにかぎるから
撃てなちのように旧日本軍の南京のように殺せ殺さなけ
れば自由が殺される介入の自由が殺される落下のたえま
ない時の呻き声が苦渋の形相が物に変る物となったにん
げん物とならされたにんげん冬の空壁に梢に吊るされた
にんげんのですますくおお冷ややかに眺めて去れ片側通
行の都市では汚れた手もきれいに見える命令ださあ修羅
となり村民を撃てありとあらゆるにんげんを撃てかりに
も手が汚れているなどというな駆けてきた背後が崖だな
どというな静かになった村すべては眼帯の帰結の

崖の上の鏡を索敵者は気づかず今日も通りすぎてゆく

（三月号）

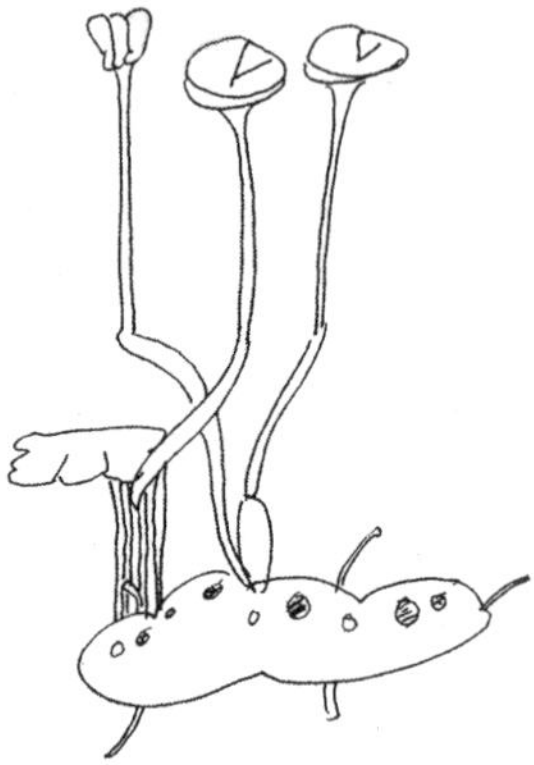

意識劇
――意識は存在の馭者たりうるか――

一幕

暗い部屋にさきほどから彼は坐ったままである
彼は夜である
夜は彼の分身であるというよりは彼の全体であり　彼は
　夜にまるごと浸蝕されていることで夜そのものとなっ
　てしまっている
夜そのものである彼のなかに　ある日一人のライフル青
　年が斃れこむ　前方に青年を狙撃した警官の銃口が光
　る
〈正当防衛ニ付キ不起訴トスル〉
正当防衛
せいとうぼうえい
せいとうぼうえい
殺
さつ
さつ
民衆に　銃はない
ない
ない
暗くなる
夜が更に暗くなる

二幕（反転）

白昼の理髪店で髭を剃られている男
頸動脈の上部を刃が走る
刃と刃をもつ人間との関係
刃と刃をもつ人間と髭を剃られている男との関係
さて関係のあやうい均衡を支えるものは僅かに一本の綱
　のような信頼

三幕

夜の底を黒い群衆がゆく砂の都市へ
一九七〇年の廃墟
見えない革命のなかの六月
見えない革命の闇はそのまま業苦の質量に転移し　その
　分だけ退行を余儀なくさせる
見る者と見られる者との関係の見えない空間のカオスを

破砕する舗石はあるか

四幕

〽君死にたまふことなかれ
すめらみことは、戦ひに
おほみづからは出でまさね
かたみに人の血を流し
獣の道に死ねよとは
死ぬるを人のほまれとは
大みこころの深ければ
もとよりいかで思されむ
などてすめろぎは戦いにいでなされまじ

五幕

少女の死を悼む六月　議事堂のめぐり
〈反〉の言葉がむなしく空間にこだまする
この静寂はあきらめか成熟か死か
変質したのは状況か組織かきみか
けれど
深い奈落の底から
闇の奥から
聴こえてくるあのおびただしい呻き声は
遂に救済されざる者の喰いちぎられた咽喉の痛みである
おお　言葉もぎとられているものの怨念の渦のなかに
　死ね　わたしたちの詩　言葉たち

ゆくえさだめぬ風狂の身なればせめてぱるちざんとなり
てこの身果てたくそろさてまた未来の帝国からの御使者
にはあまた悶絶の死にびとのおらびごえなどお聴かせ申
し上げまいらせそろ

おん　おん　おん　おん　おん　おん　おん

（十一月号）

昭和四十六年

言葉と風景へのこころみ

闇が言葉を掴む
言葉が闇を撃つ
言葉は闇と化し
闇の言葉は肉体の内壁をせりあがり
喉喰いやぶり
おびただしい闇を周辺にまきちらす
暗黒の風景
墜死する鳥たち
暗黒は大地であるのか

支配の掟に
いま大地奪われてゆく者の痛みをわれわれの寂寥で語ろうとするな
はや海の青汚されてしまった者の怨みをわれわれの悲哀で替えようとするな
六月の壁にむかって屹立する者の苦しみをわれわれの虚無で包もうとするな
いま死者の骸つきやぶり起ちあがる者の叫びをわれわれの永生で遠ざかろうとするな
おお時はまだわれわれの暗黒に答えをあたえてはいない
すでに見た者は見た風景の外に立つことはできない
わたしのなかの風景に
水死人が横たわり
眼球をくりぬかれた嬰児が投げだされ
夜明けではない杳《くら》さがしのびよるとき
すべての道はとざされ
さいはてに不吉な風すさび　背後きりぎし
いつか幻の地下道も消え
ただこの生き死にの荒蕪地をくだる
人は何によって無罪であるのか――

ひび割れた廃土の上に人知れず立ち尽くす今日
【沈黙もまた審かれずばなるまい】
孤立の空あるいは沈黙の死よ

にがい時間の壁をどんどんたたき

土堤へと歩を移せば
遡行の小舟河を右から左に折れ
橋の方位をこえ　まもなく視界絶ち
そのまま山椒魚の無類の諧謔にうずくまるけれど
わたしを囲繞しわたしに根拠なす暗さは　治癒のあてど
もなく
わたしは再び壊れた風景のなかに立ち戻る

（七月号）

闇部考

ビルは闇部である
焼跡は闇部である
死者は闇部である
生　も闇部である

夜景は闇部である
が夜は闇部ではない
街は闇部である
言葉が闇部である
なだれこみは闇部である
状況は闇部である

地下は闇部である
地下をくぐりぬける
くぐりぬける過程が闇部である
出たところが海辺で
即ち海辺が闇部である
海辺に打ちあげられた水死人が闇部である
水死人と影の砂が闇部である
水死人と砂と波打際が闇部である
波打際から彼方の水平線にいたる視界が闇部である
闇部を見る者は闇部である
闇部を見ないものは闇部でない
が闇部を見ない者を見る者は闇部である
が闇部を見ない者を見る者を見る者は闇部でない
制度は闇部である
裁く者の出現が闇部である
裁く者と裁かれる者との関係が闇部である
というよりは裁く者が裁く者を裁く構造が闇部である
さて国家は闇部である
個人も闇部である
ユートピアは闇部である
闇部を指さすとき手は闇部である
闇部を指さすときの手の闇部を見る目が闇部である
背景は闇部である
背景と前景のあわいも闇部である
前景は闇部でない
が首を右と左に移動するたび前景が揺れる

揺れる部分が闇部である
動くものは闇部である
動くものが動かないとき
動かない部分が闇部である

闇部の祝祭
祝祭は闇部であるのか

（十一月号）

昭和四十七年

失眼あるいは耳壊への註

森を出て箱形となる今日の男
鳥に遠く瀬の村継ぐ石狩り人
空を犯した手の暗闇を砂で洗う
風か骨か宙に縄吊りゆくえしれず
　廃人郷内に根おろし夢まみれ

耳の奥の暗い繭の海から死んだひとりの戦士の死ぬまぎわの声聴こえてくる内耳のしょびしょびぶるるんどうんどうん雨の音と海鳴りが意識の同時性のようにわたしを誘い犯しかくて狂いにいたるぷろせすの皮膚のなかの岬を走り空を襲い虹あざやかな草原を焼きはらい不意に目玉が背中を落下するおそれにふりかえるいま失くした目玉のない眼が（げんみつには目玉のあとの窪み）探しあぐねている黄昏のこの欠落感覚はひねもす橋を壊してきた報いとおもい眼の革命への途上光景に違いないとおもい眼なし窪みの底の方へと縄を垂らし別の影の目玉があるはずだとひそかに思いを凝らし広漠たる空間をいくども彷徨《さまよ》えども遂にみつからず疲れはててもはや墜天界の死刑台をのぼるほかなしとおもいのぼらむとすれどのぼりきれずおろかにも石を盗み石の沈黙に浸る男となりはてなむ恐怖にやおら身をおこしにじりよる崖の月明りに照らし出されむざんにも傷口を曝らしこの荒廃の時のなかに黒い飢餓となり立ちつくす

耳折り折られ凶の一党崖狂い
海昏《く》らむあたり垂直に飢えて樹と
橋越えの橋消す眼底渇水期
枯れの景負い立ち死にの馬島流れ
暗い繭その出生に扉だれ扉垂れし

（三月号）

八月の荒野

日暮れ　いちまいのぬのきれの幾千の傷奔る
かたえ　よろよろよろけながら八月のまなかの刻にひと
　り冥《くら》く立っている
ぶひいん
宙吊りの斧ぶれぶりかえし　屍の街へ
あかときの空を刺通しひたすら黄昏の光景へ降りてゆく
いめえじから変れ　などて断言をくりかえしながら
地のはての洪水のように思想をつぎつぎ内側へ流し、
そのゆえ内部は冥くあまたの走者をおしなべて遠ざけて
　いる

さあれ　おどろしや
首都　酒都　酒徒　雨降り黴のなか飼われる
革命　死闘　私闘　死党

右手の繃帯はたまた動かぬ左手の来歴について
語る者のかたわらに坐すくるしみについてかたれ

線香をくゆらし戦後をくゆらし　かくて暗闇へむかう低
　流の意志だけが鮮明に顔を撫でる
この生にいかなる伏線があるか

かえるべき川かあらざる地のはたて処刑の
かたちにうづくまる〈夏〉

すでに森というにはあらず箱形にときをち
ぢめて暗き男よ

復讐を受難かしらず鳥堕ちきぬ空を犯せし
手のくらやみに

（十月号）

昭和四十八年

内暴篇（一）

壁ぎわに付帯するリフトの上下運動に於ける果てしなく暗いたたかいの総量を荷物の積みおろしの瞬時に掠奪し、よく晴れた日に薪をわるその割りようをさりげなく黒いコートで包み、ドアの把手に手をかけるなりゆきの緩慢な日常をやがてくる惨事と誤認し、横なぐりにくる風雨を蝙蝠傘で防禦する歩行の目的地から鳥群とともに飛来し爾後ゆくりなくも索道者となる過程をていねいに説明し、六十年の旗ふりびとを優雅な料理人にへんしつせしめた時間のいたずらに辛い喝采を贈る思潮をきのうのように擦過し、淡い屈意の漂よう衢《みち》をやはり背をかがめ春日うららにまぎれそうな拳《こぶし》にあわてて眼通しするもぶざまな垂れようにおもわず苦笑し、はては肥った鼠がみえがくれする溝板の方位にときには乱反射する鏡面の論理をだぶらせ、夕べは奈落のように未癩《らい》と雁行し黄道じゃけんに逆撫でする飼い猫の髭づらなどおもしろうてやがてかなしきそのあとは口ごもり嚥《の》みくだす習性の解体暮らし肩昏らしおどろに近き髪草の霜植えそめし月日ならいまを遁走してふたたびは砕破の契機あるならん

ただただ玄視の海みはるかすかなた不意の痛みにも似て斜陽の島泛ぶ　かかる完寥風景も父祖の翳りと棒濡れごころくりかえし闇潜りの水夫から運不運の一切くぐりを聴取してなお敗色の岬買い　どこまでつづくぬかるみのされど積年とはいわぬいまここの屈辱をいかにせんぷろろおぐもようやく終りを告げる　あいかわらず喉の奥は吹き荒れわたしはわたしのひきうけた暴風雨のなかにたたずむ　いぜんとして内部はくらく冥《くら》い

皮膚ふかくあまたの夜を沈めきてふりむけばつねにきりぎしの上

何になげうつ拳かあらん薄明の窓近く垂れしまま冷えており

（六月号）

内暴篇（二）

五月革命その甘美なる敗走ののち舗石を剥ぐこともなし
渦のなかの声　地の底の声　水潜る声　声のなかの声
おお　それら声たちとともに足音はやってきた
橋のむこうから　電柱の影から　ビルの死角から　夜の
　涯から
濡れねずみのような街をひきさいて足音はやってきた
ありとあらゆる空を包囲せよ
ありとあらゆる刻を囲繞せよ
吹かれている灯台のやさしい光景と合流せよ

花びらのような現象学を彎曲する死児の群れでつきさし
漂流する小舟の後方から耳なし馬か彳《た》つ突堤までのたと
　えば昏倒の
遠近法がらみ距離を破砕せよ
ひび割れた頭蓋の坑道へ鶴嘴《つるはし》をうちこみ
時代の終末へなだれこむ男たちの体臭を記録せよ

いま退嬰の夜を迎え
影の隊列からまぼろしの殺意はよみがえり
地底病みの匍匐行曳きずるすべて狙撃手たちを街道へあ
　ふれしめよ

おお
それら純白の声声はあまやかに耳朶をかけのぼり
常夜《とこよ》の空にいつか死相を繋留していた
まぼろしの壊橋《くえばし》遠く消えさればすでに鳥飼いのテロリス
　トかな

岬はや戻《かた》ぶきおれば旅ならぬ旅の荒涼たり列島も
窪地……六月某日雨いんいんたる泯《ほろ》びの肉を搏つ落下祭

（十月号）

昭和四十九年

内暴篇（三）

下降の頁を繰る手の近況などいま秋は雨欝欝日暮れ
立ち割れの頭蓋　ひさしく削《そ》がれたままの耳
皓《しろ》い残存　あるいは意識の海を回游する鰭《ひれ》なし魚
雨中の舗道を流れてゆく縄　藁のたぐい
裂けた河口　灰色の崖をずり落ちる瀕死の昆虫群
泡のような鳥の飛跡　溟溟《めいめい》

列島のささやかな晩餐に夭折のたれかれを招待し現代後
　退戦について語る
卵黄の十一月黒の綱領のように反世界の幕を垂らし
竹の切口に左手を失くした青年の未来を仮構する
たちくらむ須臾　収穫のない日日
ものみな殻を閉ざし微熱の皮膚すぎてゆく小さい気配た
　ち
ああ　気配という誤謬
ながい漂泊のはての　永遠よりも暗い岬

すべての旅を消し　虹の外部をめぐり
ひたすら耐えているものの方へ降りてゆく
秋もはや末　雨あがりの寒むい風がひとしきり恐慌の街
　へ

死後に遺さむなにもなし風迅き土堤もいつしか夜に入り
　たり

雲低きまひるの河口音もなくわれの岸辺に着く水死人

皿に置きたるナイフ　われら戦後を幻影といい実在とい
　い

（二月号）

内暴篇（四）

喝采のなべての刻の葬りをかの市街戦のはてに画きしぞ

ボロボロにひきちぎれた旗をいまも人しれず
掲げているのは誰か
ことごとく壊された橋のたもとに意味もなく
立ちつづけているきみは誰か
舗石を剥がすたたかいののちの風景の冬を
ひとりあるいてゆくのは誰か
底なし井戸を墜ちるくらみの息づまる幻行に
現し身を賭けているのは誰か
夜を銜《くわ》えたまま遂に翔ぶこともない鳥のように
空ふかくレクイエムを奏でているきみは誰か
バリケードから書斎へ　かかる常数の流れの
そとへみずから逸《はず》れていったきみは誰か
洪笑というにはあまりにもやさしい内部を
かかえて非所有の世界を彷徨するものは誰か
死体のかたわらに銃を置きしずかに眠る人を
供養する　おおきみは誰か

トンネルをぬけるとそこは廃墟であったと誌す
序章について語る者は誰か
砂漠市全盲区唖町聾番地の公園にきまって幼子と日暮れ
にくる男きみは誰か
頭蓋をおり肉のうちがわを吹きぬけてゆく風を
わかれの美学で綴じている手の先行者　影の人よ誰か
一条の光線となり黒いオルフェの森を疾駆する
あれは眼だ　と叫んだのは誰か
列島に老人あふれ喉を老人あふれものみな寂びれる季節
黙黙と刃を研ぐきみは誰か
駅駅の飢餓をつつむ残照の幸不幸を問うのではないとく
りかえし呟きながら駅を去っていった者よ誰か
消ゆべし
聖安息日われにあらねば修羅の地を終いの住処となして

（五月号）

内暴篇（五）

異戦の季節はとおく涼燠《りょういく》の慰藉をつらぬき　寂寞の空を梱包して退行いちじるしい叛祭の儀式に連れ立つ　この世界に吊るされた黒鏡に映り　照明がつくたび消えはじめるあれこれの地下室を今生の見納めと常常《じょうじょう》眼底にとどめ　あまた辺境の逃亡兵士たちへ深甚な挨拶を送り木曜日の疲労を金曜日の球根づくりへ　ただただ休息はふかく　肩にながい落日　さらば父がらみ斜陽岬に彳《た》つ青年の暗い意志などさらに痛い渇望状に収斂し　一意たそがれの時空を密封する　砂への殺意　内部《なか》を流れる汗の故でもなく鹹《から》い夏　列島に沐浴《ゆあみ》した故でもなく弓形《ゆみなり》に撓む言葉　言葉なきたたかい　戻れぬから　終日闇の底に佇む牛　裂けた空の彼方へ翔ぶ鳥　褐色の地平に没《い》る馬　火傷の岬を匍《は》う蟹　スプーン数本で躍る市民　鉱物とかさなる老年　舗石の下の砂浜のまぼろし劇　まだ降下　まだ降下　やおら七月の山を撃つ　逆襲はなかった　一九五四年　廃道をゆく無名者の葬列　泯《ほろ》びの風はびゅうびゅう父系の地を吹きぬけ　死者はそれを記憶の労働のように聴いていた

古井戸に縄垂らしおり幾万の飢餓をかかえて墜ちゆくらむか

巨いなる終焉はありや火傷の岬をめざしなだれゆく蟹

（四月号）

昭和五十年

内暴篇（六）

列島の昏き空より……鳥は堕ちなべて飛形《ひぎょう》の撃ちぬかれ
　いつ

夜の溝に猫の目光る不用意にああわれら死者を跨《また》ぎ越し

たったひとつの事実をうべなうために
ながい否の林を伐り倒し
冬の清冽な泉にきた
まだ樹木の強烈なにおいがする斧をぶらさげ
おまえはおまえの肉体ふかく年月の残照を織りあげる
おまえのかたわらの伏目がちな父を潜る草原のこどもた
　ち
未来はまだ濃い闇のなかにある
冒頭不意にくる恐怖は　絶壁よりも淋しい背骨をずりお
　ち
暮れやすい脚の患部を刺通する
頭蓋には軍艦が泛び
舌を花褥《しとね》にして乞食聖《こつじきひじり》たちの仮眠があり
水溶性の腕を線路にまぼろしの貨車が走り去る
庇《ひさし》状のまつげの下では老いた鶏《とり》が飼われ
耳の奥の磧《かわら》にはふるびたいっぽんの旗が風に翻《かえ》り
そのむこうをゆっくり少年が通りすぎる
まどろみのなべての夢はまあたらしい凶器を伴《つ》れ
追う者も逐われる者もひとしなみに迷路へ殺到する

死者は還らぬというただひとつの事実——

とつじょ目覚まし時計が鳴りひびく日曜の昼下り
人は家を出ず
雪は電柱をしきりに敲き
しかしてなにものもかわらず　ものみな枯れときは過ぎ
地表はきょうもまた闇の方位へ滑りはじめる

（四月号）

内暴篇（七）

日付けのない空をつききって手負いの鳥たちが帰ってゆくよる
識知のなかのすべての言葉が水漬《みず》き
男は晩秋の河をくだる
風葬のはての白骨をひろい
癌の都市を潜り
芒野《すすきの》の終焉にわけいり
髪のような林を通りぬけ
山脈の諧謔ふかく
仮面の村落へなだれこむ
世紀のくらがりをまとい
縄のように神経を捩じり
見えるかぎりの橋をたんねんに焼き
過ぎてきた岬の夜のための繃帯を展《の》べる
徒労から徒労につづく父性の今生の負性は
列島の荒蕪を四季もなく立ちつくす馬にきわまり
いまも男礁の鼻梁を暗礁のかなたへ向けている

《物体として死ぬことと生きてあること》
昨日のようにきょうがあり
思考の木乃伊《ミイラ》を保存する博物館
反日常の砦を侵蝕する厖大にして健全な手の群れ

きょうのように明日も……

黄落の山あいを間断なく霧は移動し
収穫もなく男は棺と眠る

（十二月号）

昭和五十一年

内暴篇（八）

夕暮れの回廊のやわらかな下闇を
頭のない犬が通りすぎ
やがて静寂のふかい夜がくる
誰れ彼れの忌とはいわず
ひとつかみの花束を少女にわたし
凍傷ののどを剖《さ》く曳白《えいはく》のひととき
ストーブの後方からのぞきみる空もくるしいのか雪をお
　ろし
しかして
死の時間表のなかへも雪ふり
非時《ときじく》のあるかでいあにも雪ふり
まぼろしの亜細亜にも雪ふり
崖下をゆく逃亡者の髪にも雪ふり
炭鉱《やま》のうえの労働服にもたえまなく雪ふり
雪ふり　雪ふり
都市のなかの島流し

みえない棚がはりめぐらされ
砂という名の囚人名でよばれ
病むことが唯一の生のあかしであるかのような時代の闇
　を被《かぶ》り
風景はどこまでも寒く
読解不能の岬や終日《ひねもす》ふぶきやまぬ街街を収蔵し
かえりゆく肉腫の地表には彼岸の妹の影が流れ
疲れた想念ははるか北辺の塋域《えいいき》から自死の空間へと遡行
　し
さなきだに このまま老いるには老いすぎた
来歴がじゃまではないのか
おお 父よ祖父よそして子供たちよ
その夕餉の団欒を招《よ》ぶためにも
くりかえし
卓を越え
一途に
蒼ざめながら
いとしいものを
絞殺せねばならぬ

またつらき生を食むべし遠近《おさこさ》の夭折者たちその自死のの
ち

（四月号）

内暴篇（九）

狩猟期は去りしごく緩慢に循環する位相老いた列島の人工の道人工ののりものと伴《つ》れだち戦後から逐われかつはみずから断罪し空洞の夏がらみあらゆる目的の外部へ出立する青年の磁場もたぬ漂泊は水郷の娼婦のふかなさけにとどめを刺され反りかえり撃たれつづけ朝はくるちらしを待つ買物ぐらしの日常といつどこで交合するのか世紀の空は昧《くら》く充満する死児たちの重さで宇宙は曲がり撓み異空にむかって墜ちつづける眼の手の脚の胴の脳髄のそれらすべての関係の破片逃散《ちょうさん》の季《とき》たえまなく分極化する運動の実体も虚体もいまだ親和力の表層への関与にとどまり反表現のふかく暗い闇の奥所を踏査しえずこころちりぢりにみだれ地獄の塵たらん日までの幾年月試行錯誤の綱わたり不日《ふじつ》玄雲の黒を呑んだが運の尽きとははてはいちまいの小舟を不器用にあやつりさても訣れもならず恋恋非在の海にただよいつづけ

（八月号）

内暴篇（十）

卵を割ると桃色の花咲く世界がみえ人人は終末を感じて
いた
新聞紙を燃やすと瀕死の虫たちがぞろぞろ匍いだし人人
はテロルを予感するのであった
鉛筆を削るとたちまち潰滅した市街が泛《う》きあがり人人は
地下へ地下へと流れてゆくのであった
夕靴下を脱ぐと腰ののびきった蝦《えび》たちがつぎつぎ網にか
かり人人はやおら喪章をつけはじめるのであった
埃《ほこり》をかぶった一冊の本を書棚からとりだすとどこからと
もなく黒い雀が舞いこんできて人人はまもなく飢餓の
季節が到来するであろうと思いはじめるのであった
・鶏卵のうらがわ故郷昏れはじむ北国の水のほとりの
さくらはなさくら果て薄墨いろの兵士たち貝拾い盲目
の父聾の母蜘蛛を弑《ころ》して暗黒系をひきつげり喉の闇に
飼われて鳥は翔ばざりし風船をとばせばかなし耳二つ
鏡にあうたび男狂れよりもどり氷屋を完璧に過ぎテロ
リスト狙撃者と水とひと葉のながれかな喝采の人間《じんかん》に
橋燃えており旅の雲と遺書といずれのときに遭わむ十
月の異国の蜂起夜の岬斃《たお》れなむ終《つ》いの岬を経しのちは
・
朝ドアを開くとすでに祭りはおわっていて人人はなべて
辛《から》い神話が崩壊してゆくのを意識の水底でひそかに感じ
ていた

（十二月号）

昭和五十二年

内暴篇（十一）

霧隠れ
霧隠れ
伝承の山ふかく古代の文字が風に顫《ふる》え
幾重にも溶けている暗い父祖たちの声を男は聴いた
四月茫茫
五月茫茫
六月さらに茫茫
炎の咽喉《のど》　エチカの髪のかつての青年は草莽の時を数珠
　に変えひっそり山門に降っていった
過ぎて十年　すでに一個の流刑囚であるこの男の内歴は
　問うな
不眠の肩越しに月は褐色の光を放ち
磧《かわら》に流木を焚く夜半
耳に蝙蝠《かわほり》とびかい
背筋を無常の星ながれ
おそらくは明日もまたアジアは黄砂を運び
寂寥はふりつもる塵に似て
かの日この地に存在した証しものこさず
いつかこの空の涯てにまぎれてゆくのであろう
男よ
仆れよ
疾く仆れよ
串刺しにされた鼠のトルソーのように
屈辱とおのれの餓鬼図をまとい
この夏
いまだ癒えぬ凍傷のくちびるもて
うたえ
最後の唄を
鬼あらば鬼ののみどを剖《ひら》くべし汝が修羅行の夜夜のあか
　しに

（十一月号）

内暴篇（十二）

月の鼠　の寝ぬ夜更け　微所有のペンとインク
机上の殺風景なわななき　眼のなかへ隕石がふりそそぐ
世紀の昏れ　石を抱いて沈む闇の部屋　流民感情はうす
く綴じられた漆黒の書のまわりを徘徊し　深夜灯をもと
めて狂い舞う蛾ほどにわたしは存在であるのか
頭蓋の水たまりに盲いた小魚を泳がせ初発の労働へと回
帰する意識の運動
かの耳切り画家ならぬ耳潰《つぶ》れのピエロが踊る時の滑車の
下でひしがれた青春群像　征《ゆ》かなかった天皇
黄泉《よみ》がえり否現《うつつ》がえりの天皇　風化する悪事
生きてきてしまった暦日の恥辱と生きのびてきたことへ
の安堵が奇妙に交錯する　あいだ絶えまなくつづく発汗
作用にいちまいの布きれとともに繁《さか》んに関わっているこ
の貧相な奴め　きのう場末の路上で嘔吐していた男
轢《ひ》かれた鳩の血　眼よふいの闖入《ちんにゅう》におどろいてはいけな
い　とつぜん　痙攣ではない地震《ない》の底からのとよみに物
みな揺れたちまち死産　黒い出自　かく任意の個体史の
畢《おわ》りはすでに胎内において完了していた

いっさんに走り去る者戸の影のちちはともに暗し内部は
標的となす思想なぞ青年にありや霧ふかき都市の射手たち
ひとすじの汚穢のごとしよ寝《いね》ぬ夜を蚊遣りのけむり立ち
のぼりたる

（九月号）

昭和五十三年

内暴篇（十三）

北辺の駅。死者たち泥人形のように流れ。溶暗。

行仆れ。廃娼の家。穂をわたる風の暮れのさやぎ。

天つこがし。常緑樹の背の墓地にて。灌頂留記。

予兆しぐれて。月の暈《かさ》ゆく。老いたるペガサス。

常闇《とこやみ》。啞の少女の内側をゆき。谿に遇う。


日曜日の周辺の卵白。夢の魔界。時計塔にむらがる鴉たち。

剃刀の橋。日月は執行猶予。にちじょうという刑場。

挙白《さかづき》いつしか血の池と化《かわ》り、仮寓をひたし。さむざむとあり。薄地譚。

風塵。般若の奥で訣れた男女。そののちのゆくかたしれず。

石の内部の轟音。生きいそぎ死にいそぎ廃墟の春秋。落下。

十二月。すべて畢《おわ》りすべて在り。枯葉舞うペーヴメントのうすやみ。古疵《ふるきず》が痛んでならぬ。

地の涯ての夕明り。死後のわたしを分有する鳥、鳥、鳥。鳥葬。

虚空つかむかたちにどの階段も口あけ。夜の高層住居群の。ああ無間地獄。

月明。暗黒舟からつぎつぎ身投げする棄人のむれ。某年幻冬。

幻鬼にあらず。天の壁刳《さ》く……そこにも。黒縄。

異形の湖のほとり。ひねもす末期を研ぎ饑える眼の。復讐図鑑。

石もて——父殺《あや》め母殺め兄殺め妹殺め。屍に石積み。石の上河原乞食の踊り。

鬼は内。皮を剥ぎ朱の肉を削《そ》ぐ。終《つい》の栖《すみか》の洞窟よ。

福は外。皮を剥ぎ朱の肉を削ぐ。終の栖の地牢かな。


（七月号）

内暴篇（十四）

北枕ノメグリノ非在ノ翳曳《かげひ》ク洞《うろ》ヲ発チダラダラ坂ヲ逾《こ》エ閻浮提《えんぶだい》ノ雨季シズミノ広ク深イ欠如ノ闇ヲ痩セタ一人ノ男ガナガイアイダアルキツヅケテキタ

空爆後ノ堤ニ散乱スル死体ヲ木片ト誤認シ昼ノ月泛《う》ク磧《かわら》ニカキアツメ焼却シイッサイノ所有ノ畢リヲイッサイノ灰燼ノウチニ感ジクダリテアルトキハ古ボケタ屋根裏ノ熱キザス男色ニ触レアルトキハ頭陀袋ヲ負イ食物ヲモトメ西カラ東ヘ東カラ西ヘ転ジテハ重労働ニツグ重労働ノスエ石モテ逃亡奴隷ノヨウニアリトアラユル支配ノ土地ヲ逐ワレハテシナキ流亡ノノチトアル駅ノ地下通路ノ一劃ヲ仮ノ宿所トサダメ幾夜カヲ送リタレドトウトウ警棒ノ制服ニツカマリ白壁ノ内部ノ言責メ肉責メノ儀式ニ遭イ身モ心モ汚レニ汚レ毀《やぶ》レニ毀レトボトボトボトボトボイツカ六月ノ暴風雨ノナカニイタ

月日は百代の過客にして……
さればいとながくおどろおどろし泥濘《ぬかるみ》を匍《は》いこし吐瀉《としゃ》の日日かな
老いたるたてがみに六月は永遠にひとつの暗箱であり
涯まみれの存在が時経てなお帰還しやまぬ原罪のからい磁場であり
それはくる日もくる日も降る雨ほどに間断なく地へむかう豪奢な意志の棲家であり
褐色のむすうの飛礫《つぶて》をおのれの内部へなげつづけてきた者の無音の狂おしい叫喚であり
労働がそのまま精神を寓意する男の微熱のあしくびに絡む蔓くさのしなやかな力であり
有刺柵のかなたの森ふかくひとりの少女を埋葬してのち夏なお寒い川岸にさす痛恨の笞であり
貨車から蝸舎《かしゃ》へとあいわたる天空に架けられたくもの巣の風吹かれのまばゆい罠であり
《橋脚に似てひたすら半身を水漬《みず》く負の世紀の現存　そのおくの死有》

まだねむれぬこの国の起き伏しに副い
深踊りの布教師を砂で漉《こ》すいちにち
風景をぬけてゆく風景を捕りに朝からでかけたままの少
年よ――
疲れた父たちもかえらず
暮れなずむゆうべ　傷はしる皮膚にあら塩を展べ水馬跳
　ぶ池の辺に彳《た》つ
縄縄
白骨となるまでの
肉削《そ》ぎの
神《かむ》削ぎの
六月の舞
六月の獄

（七月号）

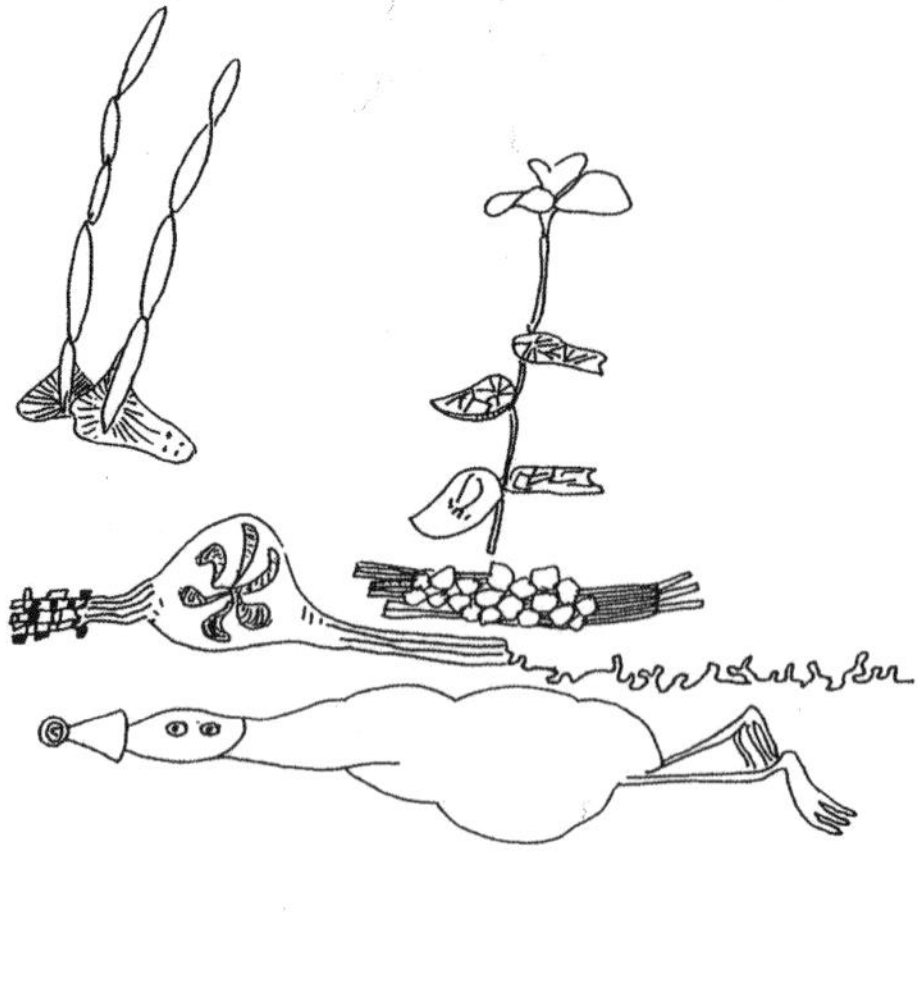

内暴篇（十五）

柱時計の振子がとまり　どこかで雨があったのだろう　わたしのなかの杳《くら》い部分を幾つものびしょ濡れの隊伍が通りすぎてゆく　辞書にない黒い灯のカンテラを提げ寂しい町はずれ　ここ月光の墓場　でこぼこの影ながく延び　かれら死後もかく階級に晒《さら》されてあり　すでにしてこのあらゆる存在は呪われてあり　はるか西方の草邃《くさぶか》い山の奥処《おく》から宇宙のさいはてへむかって咆哮するみなれぬ怪異なけものたちの群れ　諸行闇闇　ある夏の終り　拳《こぶし》をみごもったまま遂に〈世界〉に見《まみ》えることなく逝った人よ　ただちにロボトミーのロボットみたいに科学舘精神科を訪ねても死者はのどぼとけを虚空にむけたまま忿怒は除かれてあり　もはや内部は外部との接触を腐敗にのみ預託し　不意の死の事由を問うこともなく　ひたすら解体の時間を受容しつづけるのであった

風景の最芯部はまだみえてこない

（十二月号）

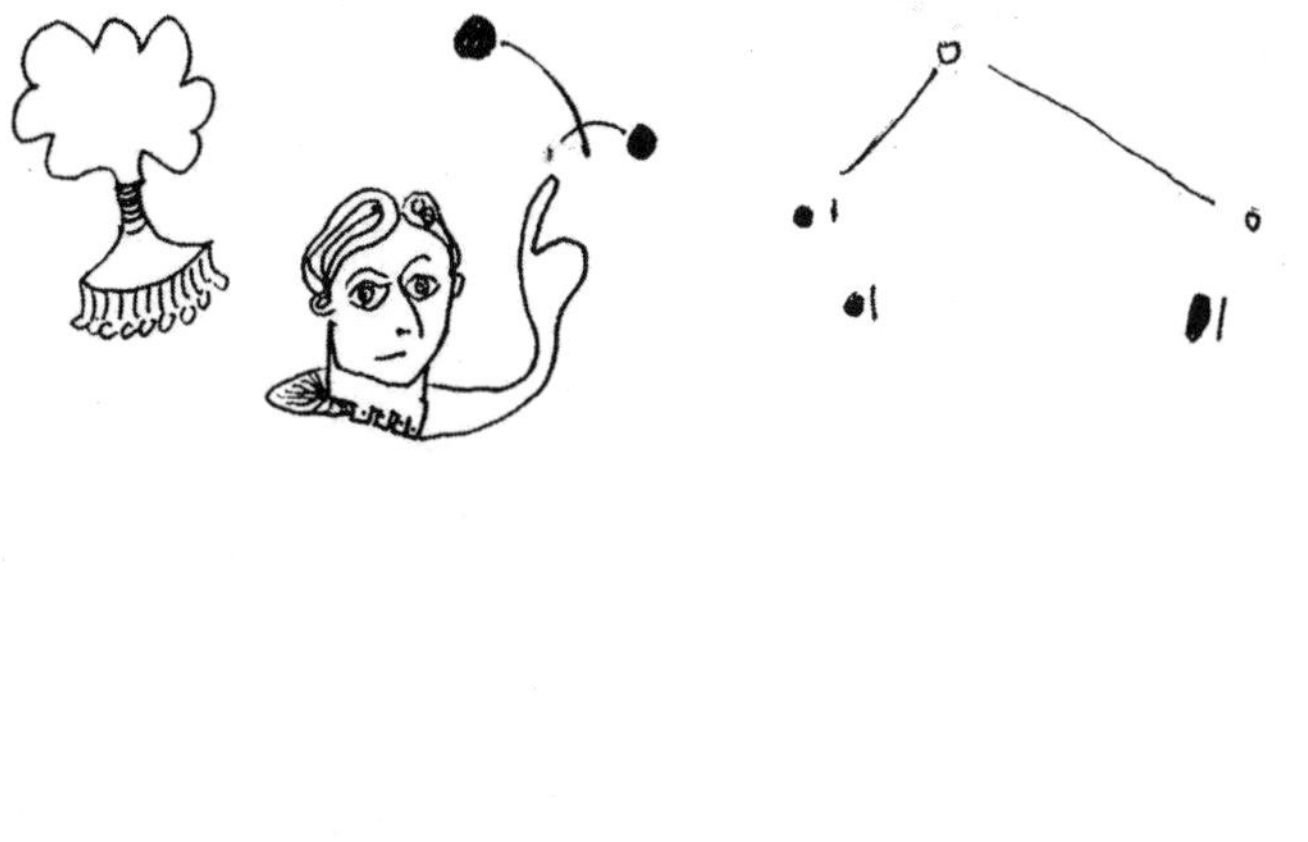

昭和五十四年

内暴篇（十六）

冬の空に
一つ二つ三つ四つ五つ六つ……
揺れている軽気球の広告や
ウィンドリーに飾られた
観光みやげの木牌子《こけし》よりも
幾分華やかに
羊のやさしさを売る羊飼いのパンフレットが
ちぎれて宙に舞う寒いいちにち
わたしは
仄暗い家の片隅で
つぎつぎ間引かれていったものたちの声にならぬ声につ
　いてひとり考えている
木牌子は子消しとふいに誰かが
ああ
その日女は鉾《ほこ》に似た牛蒡《ごぼう》の根を自身の淵ふかく突きたて
その日男は臍《へそ》の緒切れてまなき子を菰《こも》につつみ締めあげ
しゅうじつ
おのれをのろい
おのれに繋がる不運をのろい
呪いをのろい
締めあげた小さな菰包みをひそかに夜の川に流すので
　あった

産メバウメラシ
産メバナガサレ
菰包ミ
ナガレナガレテ何処ヘユク

わたしは羊飼いの華やぎからもっとも遠い場所で
屍体とまごうおのれのみすぼらしい肉塊をひきずり
首絞めの裔《すえ》の札を背中に吊るし
ほとほとこの先
なんまいの饑餓草紙を描けば赦されるというのか
春秋
日はうつり
時はめぐり

もう翔ぶこともない竟《つい》の生きざまに立ち
渓流はるか
祖《おや》の祖を訊ね
水夫の過去を潜り
この盲いた水の底ひに
間引かれたものの喚びあう峡《たに》のなかに
わたしは籠り
わたしは眠る

土間の上夜の川ゆく嬰殺《ややごろ》しや

（三月号）

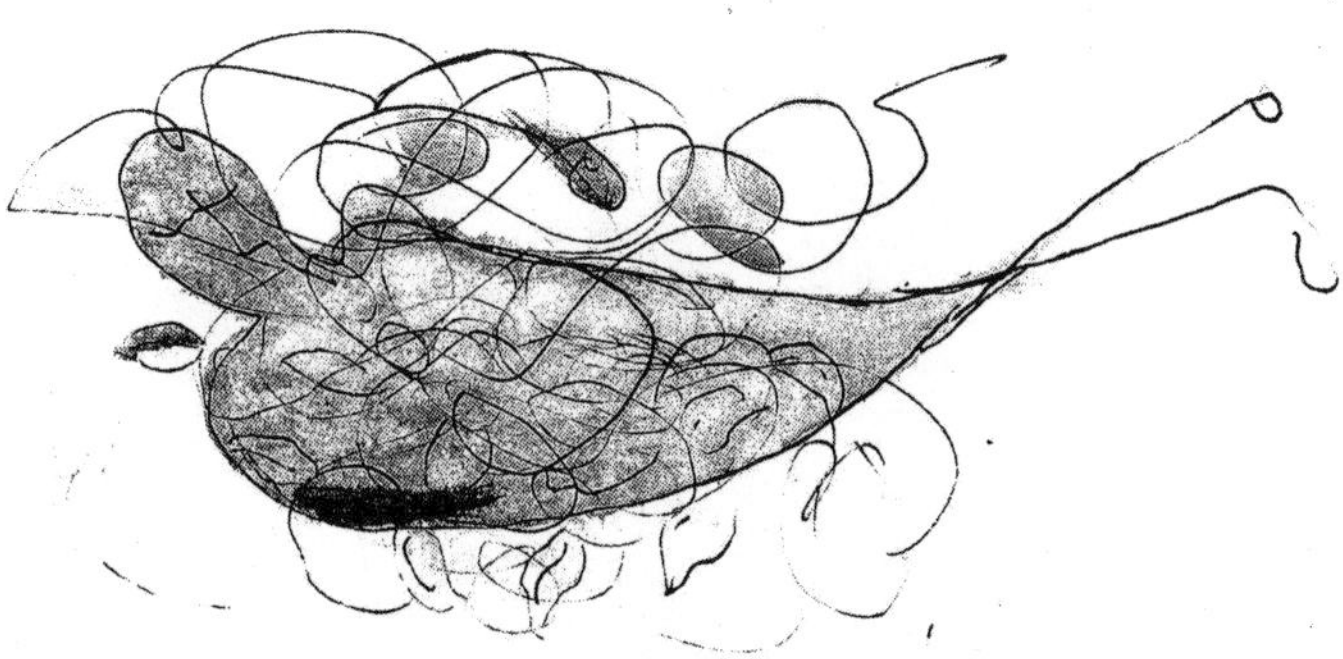

内暴篇（十七）

五月　遠い日本の子守唄が南から北へ木場を帯のかたちに流れ　耳を澄ませば昏い跫音《あしおと》がかわいた皮膚をひたひたのぼってくる　風物なべて観客のようにさみしく　もろもろの通過儀礼が影灯籠さながらに脳中をめぐり　自刃もまた……　されどまだ死ねないでいる桑年の卑怯な餓鬼一匹をかかえ意識の闇を降りてゆくと　そこは目玉を刳《えぐ》りぬかれた盲目の奴隷たちの溜り場　同士討ち　裏切り　密告　絶対的な権力の前では彼らはつねに自身の墓穴の掘り手　奴隷にとってすでに自然死は　その生において諸般の可能性の範疇からあらかじめ除かれてあり屍体にみられる幾多の損傷は　つまりは彼らの辿るべき生前の運命を象徴している　かく深夜を懐胎し黒い風景を喀《は》きつづける奴隷　深夜を継ぐ裔《すえ》の民　きょうの風景の荒涼を生きつぐわが内なる現存　内なる自然　内なる原郷　たえまなく存在の根にむかって遡行してゆく黯《くろ》い意識の内部の奥深い森林に　いましがた放たれた火はたちまち意識野のすみずみまで燃えひろがり　意識野を逐われた飢えた禽獣どもはわが肉を襲い肉にむらがり肉を喰いつくす　なれば汝よ　幾百の饑えた窮鬼を負うて千尋《ちひろ》の泥犁《じごく》に沈み果てよ　そのはてに渺渺と夜来の雨にびっしょり濡れて五月の日本列島がみえてくる

（七月号）

DINGA

内暴篇（十八）

湖《うみ》は膿み
空は反らし　空に
穴あき
穴をだだと洩れくる闇は病み
木に触れて　気が狂《ふ》れ
飢餓降れ
ふれ　ふれ
道は盈《み》ちず
処処に窪み
窪みに骨みえ
いたるところ骨みえ
不吉な予感に近づけば
小高い丘が
丘ならぬ屍体の山であり
ある記憶のなかの形状とほとんどおなじかたちにつみあ
　げられ
更に近づけば
橋があり

よくよくみれば
橋もまた屍体であり
老若男女いずれも欠かぬ屍体のつらなりであり
歩一歩
やっとのことでわたり終え　ふりかえれば
いまわたってきた橋の下の流れが
川ならぬ屍体であり
皮膚がやぶれ腸がはみだしている屍体
軀じゅう焼けただれた屍体
むくんでぶよぶよの屍体
箸のように痩せほそった屍体
義肢を嵌《は》めたままの屍体
手や足のない屍体
手や足や胴のみの屍体
頭だけの屍体
妊《みごも》りの屍体
顔のない屍体
（奇妙なことに裏がえしてみても顔としての痕跡がない
　のである）
のっぺらぼう　のっぺらぼう

ぶぎゃあ
犬の首輪をつけた屍体
(この人物はなぜ生前犬にされていたのか)
などなど雑然と棄てられ
ああ　これが川だったのか――
憮然たる思いに顔をもとに戻し
はるかな方にいっそう近づけば
薄靄《うすもや》のなかに
びっしり立ち並ぶさしがたの箱
大きいのや小さいのが　数百
あるいは数千
ところせましと置かれ
こんな場所に箱が――
訝《いぶ》かしげにじっと眼を凝らすと
ああ　これは棺ではないか
しかもそれぞれが屍体でつくられた棺であって
頸のあたりや膝のあたりでみごとに折りまげられ
凹凸は均《な》らされ
遠目には　肉厚の
木造りの箱ともまごう精巧さに暫し息をのむ

闇はいよいよ濃く
野に虫の声を聴かず
諸方寞寞
もはや近づくすべてが屍体の秋深し
牛の首芒野《すすきの》にひとつまろびいて撃ちぬかれしわがなれの
果てとも
いずくまで落ちのびるとも死の影の絶ゆる日はなし芒原《すすきばら》
ゆく

(十一月号)

昭和五十五年

内暴篇（十九）

ひとつの風景は畢《おわ》った　いま明けやらぬ空のかなたへ鳥
　が群れをなし翔び去ってゆく　熱い腐蝕の時間
死者に痛みはないが死者の闇に撃たれつづけていま桑年
　の坂をこえんとする　火傷《やけど》の脚醜くひきつり
火を運ぶ男や水を汲む女たち　ともども黒い布に似た闇
　を被《き》て言葉もなくただ動いている　遠い日のように
訊ねあてたどの家も喪の気配して踵《きびす》をかえす　戸外には
　戯れ遊ぶおさなごの見え　この冬のいちにち
父、祖父よりも暗く岬をめぐり開門を待つ　門のむこう
　には洞《うろ》があり石積む労働があり その先は……
胃痛の発作がつづく　〈不毛の時代〉を食べすぎた直立
　猿人の裔《すえ》たちの晴雨を問わぬ胃痛はおやみなく続く
春を潜り夏を搏《う》ち秋を擦《す》り冬を匍《は》う　されどすべてが埋
　葬されるという負の地下感覚
道化役者が消え緞帳がおりる　林立の立見客を分け外に
　出る　雲間から陽差しが洩れているのだが目玉の内側
　がいっかな霽《は》れてこない　あの道化め
かつかつ晒《さ》れこうべがわらう　弓形りに撓む列島のいた
　るところで戛戛皓《かつかつしろ》いされこうべが嗤《わら》う　いつまでつづ
　くのか朝のこない夜が
夕暮れの雪の橋に悲鳴を聴いた　その日から木の人形と
　化ししだいに小さくなりやがて木屑となり折からの強
　風に煽られて空たかく舞い散り見えなくなって　ジャ
　ミラまぼろし

（三月号）

内暴篇（二十）

もう
何年
夢と現のはざまに立ち尽くしてきたのだろう
そこではすべてが狂《ふ》れつづけていて
そこではすべてが死につづけていて
たとえば逐いつめられて
夏なお凍てつく市街の
溝という溝、穴という穴を
逃げまどい匍いずりまわったあげくのはての　あのくろ
　い断末魔の叫び声や
翼をたたみ十年、二十年翔ばなかった鳥たち
あるいは死に近く痙攣する蜘蛛
絶えまなく熱湯を灌がれ　そこに朽ちはてる樹木
靄たちこめる苺畑のかたすみで
饐《す》えた果汁のような涎《よだれ》をたらし息たえた行仆れの老人
尖塔に懸けられた風葬の労働者
むすうの石になった若者
更には暴風雨がやんだあとの　誰もいない公園

いつからか半開きのままのドア
それらわたしの日日の現存に参入する凶凶《まがまが》しいできごと
　の象

腕に錐《きり》を揉《も》む痛覚さながらの
ながくつらい時の代償に
棒が鈍化していつか年代の黒い貌となり
やがて暮雨となる窓のあたり
量るもののない微かな風に
未生のアジアを昏く憶う

幾度めかの祭りが終り
なべての怒りが　草や木や石に収斂されてゆくころ
一人のせむし男が肩まで水漬《みづ》き
この不幸な世界の涯にむかってあるきはじめる
せむし男の水漬く水に棲む胎児
水底に眠る骨たち
かくはじめもおわりも　人の
ひたすら水を喚ぶことのなどかはしらず
ただ岩礁のように

夜夜さびしい意志を抱き
深沈と
北に対《む》き
北に座し
北に歿《おわ》る
のみ

（三月号）

昭和五十六年

内暴篇（二十一）

日が沈みはじめる冬の一角に男は立っていた

男のやや乾いたうすべにいろの唇をあけると
ふかい口の洞《うろ》があり　前面に垂れさがった
鍾乳石と突きでた石筍形の歯並がみえ
奥はただまっくら
びらびらの舌に案内され
ぬめる唾液もろとも
陽光を遮断した頻闇ののどに到る
くらいのど
のどからの下降
のどから書こう
まさかさまに墜ちてゆく臓物小屋
左右あまた傷む小屋の底
どこから舞いおりてきたのかいちめん敷きつめられた羽
毛
その上に　まぼろし状に
遠くあるいは近く
みえがくれする大小の地震系の島島
幾万の鶏の羽毛かしらず　はらはらまたしてもふりそそ
ぎ
かつは黄昏の島島をおおい
特有のやわらかい感触をまんべんなく配布する
羽毛にくるまれた列島——

〈時〉はすでに疲弊し
横水《よこみず》をあてれば癒やしようのない傾むきが
貧血気味の男の内部をつらぬき
男はいっしゅんの眩暈《めまい》にうずくまる
いちにちを截《た》つ空は　反逆者の処刑の血で染まり
この世紀もまたかくじつに男を眠らせてはくれぬ
されば地は凍れ
異郷が男の栖なら
異郷よ凍れ
異郷に彳《た》つ男のあしもとの泥犁《じごく》よ凍れ
凍る泥犁に堕ちて

男よ凍れ 男よ凍れ

（三月号）

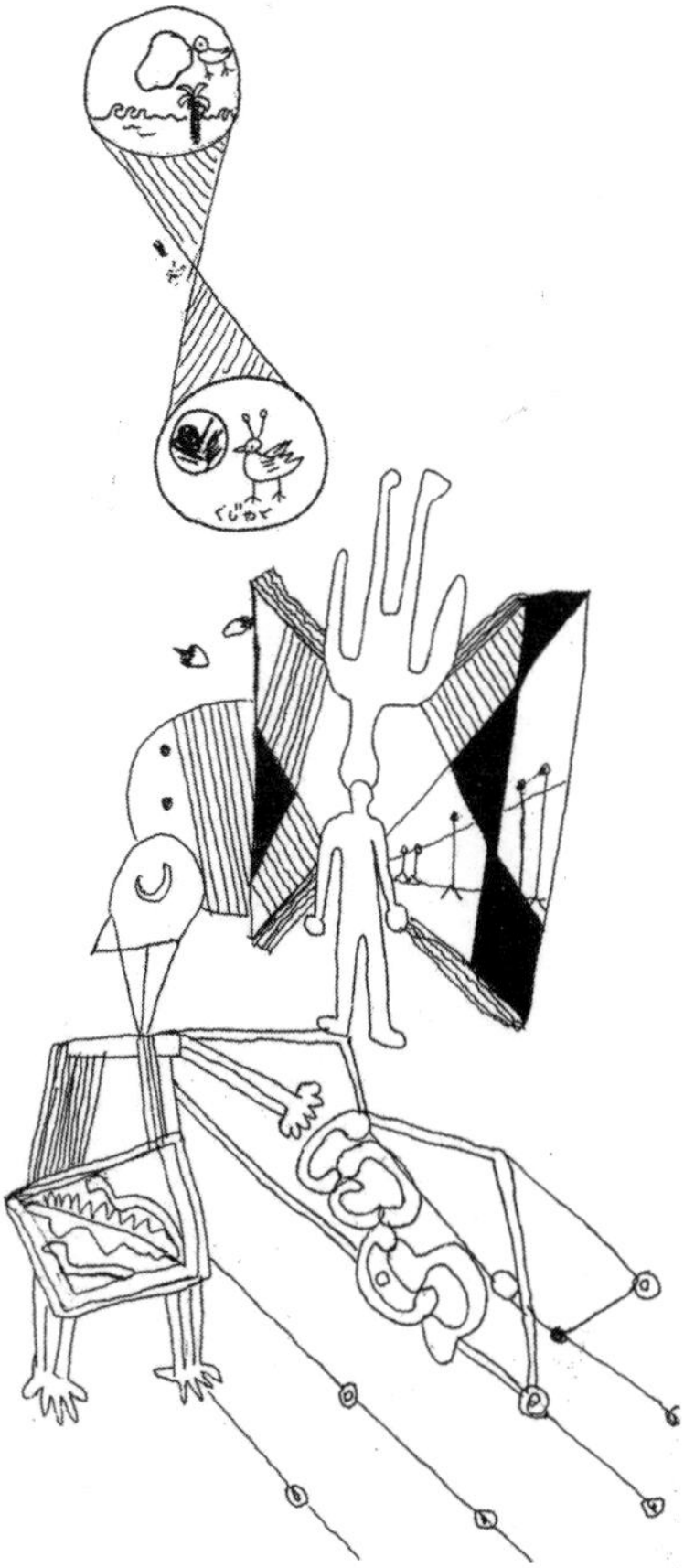

内暴篇（二十二）

割れている空をみるために
泥の橋をわたってきた
花首の周りは
蜂や蝶がとびかい
さながら夏のひとときの宴に似て
そこだけが明るい日
肋骨のいっぽんを杖にして
見知らぬ地に男はやってきた
すべての方位が
折れた箭《や》で埋めつくされ
宍骨《にくこつ》に吹く風を燠《おき》のように聴く六月
身の内をかぎりなく刃が墜ちてゆき
世界はずたずたに截《た》ちきられていた
野の片隅では
豌豆《えんどう》の葉うらに貼りついた蚜虫《あぶらむし》を
蟻がせっせと何処かへ搬《はこ》んでゆく——共生
かたわらでは
巣に懸った小虫を
かりかり蜘蛛がくいはじめる——食物連鎖の網
《息をとめている時間だけかろうじて罪のそとに……》
男はみずからをそう規定し
折から
怪しい雲行きの列島のきょうを眼窩におさめ
さくらの季節にもどる人人に訣れを告げ
鳥たちの墓並び立つ
水の宿のかなたへ
流れて
ゆく

（八月号）

内暴篇（二十三）

打ち棄てられた骸骨が一つ、二つ、三つ、四つ、五つ、
　なおあまた風にふかれてやがてこむ夜をまっている
　茫茫たり野ざらし序章
糸瓜忌の右も左も行手も背後もしゅらの声　されど癌死
　の系に生れたれば　佳し
北辺の竹薮から薄墨いろの世界へひねもす吹きぬけてゆ
　く　蕭蕭たり仲秋の風
鬼子よ　水の裔《すえ》よ　流れも異化も狂おしい時間に包まれ
　果てしなく杳《くら》い街
空の祭りを墜ち泥の筵に畢る　しかしてまたいずくにか
　いのちあり　縄縄たり雀の死
穐《あき》の月冴え風が身に入《し》みる宵男ひとり地を穿《ほ》っている
　いずれは洞《うろ》で洞に住む隠者か彼奴《やっ》も
坂の途中で日が死ぬ　その不意討ちの裁断の轟轟《ごうごう》たり
　陥没のころ
生と死のあわいに細雨が降りつづき昨夜《ゆうべ》きた道がいつし
　か消えていた　一切を呑みこんでさらなる闇が……
村から村へ搗布《かじめ》売りあるきし戦後の少年もすでに知命の
　秋という　鬱鬱たり四季あることの

（十二月号）

昭和五十七年

内暴篇（二十四）

雪雲の下
いちめん霜を葺《ふ》く葱畑
伽羅《きゃら》ぼくの葉のくろずむ季
舗道の並木はすっかり葉を落とし
白布で捲かれた指のように
あらゆる尖端はもう何年も繃帯をしたままだ
一九八二年のさびしい幕明け
無言の刻
流れぬ水は薄氷《うすらひ》を被《き》て
わが内の自由なる囚人と連動する
すでに刈りあとの 穭《ひずちばえ》も消え
ひびわれた冬田に
小鳥が数羽必死になにかを啄んでいる
わたしはそっと眼球をはずして洗う
あの鳥らのくりかえされるいとなみの真摯さと　きのう
　きょうのわたしの荒涼さはどうだ
幕明け早早不本意な踊りをおどらされている犬のみごと
　に馴らされた道化《おどけ》ようはどうだ
顔のなかの箱、そのなかの溺死者あるいは空箱の底を吹
　きあれている風の途方もないかなしさはどうだ
ここらあたり〈純〉の売り出し広告がやたら目につく爛《た》
　けた都市文化の背後のくらがりをあるく　この生あた
　たかいうす気味わるさはどうだ
硝子を隔てた風景からはけっして撃たれぬという妙な確
　信に彩られた市井の隠士のくらしはどうだ
死はどこまできているのか　見尽くすことの不能なわた
　しの全容は……　ひしひし問われている存在の狼狽ぶ
　りはどうだ
鏡の奥へ奥へ　ぐんぐん吸いこまれてゆく砂の無限に遠
　ざかる〈時〉の残響はどうだ
他方わたしは深く感じている
わたしに隣接する千年牢国を疾駆する馬の
潰《つぶ》れた眼　凍傷の口　耳癈《しひ》の夜を
されど
いつか畢りは畢りをよび
祭りも絶え

白布の尖端にもふゆがふりつもり
すべては寂《しず》かで
幕がおりようとして

（三月号）

内暴篇（二十五）

みどり綾なす地上の風景を何日もかけて通りぬけ　住みなれた地上との竟《つい》のわかれに肌いろのマネキンとの数夜にわたる密なる交合を終えていま地下をながれてゆく男ながれながれてゆく途次、うつつかまぼろしかは知らずどこからともなく聴こえてくる鈍く低くくぐもるような衃《くされち》の唄に幼い日の子守りうたを感じている自分を男はたしかに病んでいるなとつくづく思う　瞑目すれば痩鬼のような亡命者や難民が一人、二人あるいは老若男女連れ立ち疲れた男の眼の奥の壁を無遠慮にたたく　そのたびに男は　ああ、ああこの世のものならぬうめき声を洩らす　いくどとなく喉をせりあがってくる男のうめき声が非在の闇のかなたに届いたのだろうか、もうすっかり溶けてしまってかなたで永眠していた父の液体がやおら起きあがり行動を開始しながれてゆく男を囲繞し行手を阻む　男は仕方なくそこに立ちどまりそこに蹲まる　幽いかなたからあらわれ男の地下に闖入《ちんにゅう》した思いがけぬ父の液体による四面封鎖をおのれの内部へ垂直におろす錨《いかり》に変換して男は、内的世界の負の極北の図黒肚処をまねび自身の手や足を喰うべくまず指を咥えてみる　ついで歯に力をくわえきつく圧してみる　うっすら指に血が滲む　二度、三度同じ行為をくりかえす　たびごと滲みだす血の量《かさ》がふえてゆく　だが男に内在する血の全体量からみればそれは微かなもので、手足を喰うための緒的行為としてはなんというもどかしい意志の切り口　男は必死になって黒肚処の狂気、否正気の世界を遂行しようとしてまたしても指に歯をくいこませてみる　けれどもそこまでが精一杯でその先へ進むことがどうしてもできぬつまりは喰えないのだ、自身の手や足が……他は、そう他は至極自然に喰えるのに（もっともここでは文明社会における人間、及び一部の動物については傍点部分に関していえば範疇外と考えるのが妥当であろう）自身を喰うことがついにできないのだ　この愚劣、この原罪、この意識の消耗　他を喰うようにおのれを喰うことは不可能か　絶体絶命の問いに逢着した男のめぐりをしらじらしい〈時〉が流れ問いを発したその夜からあたかも問いへの相乗効果のように地鳴りがつづいている　喰おうとして喰えぬこの悪魔の痛覚について語れ　他を喰うこと（ここでは先述の段階から更に歩をすすめて極限状況の

下での食人を含むと解されたい）にひとしく自身を喰う
ことはできないのか　錐揉《きりも》み状に問いが男のなかへ入り
こみ身動きもならぬ　折しもまたしても眼の奥からくる
よ亡命の痩鬼たちが　そこに住めぬということとおのれ
が喰えぬということと……マネキンとの密なる交合を終
えてのちの地下遊行のどんづまりにあらわれ男を捕縛し
た喰うことの不可避性に拡がる異境の玄い問いを提げて
男はふたたび憂き星霜を累ねてゆく　頃はもう雨季

眼の底に刺さる〈困窮〉ら昧爽《よあけ》なお闇をとどめてわれの
　五旬は

河水氾《あふ》れし悪夢の街をながれゆくかなしき貌《かお》よ魚族《うろくず》の裔《すえ》の

ことごとく〈時〉を折りたるわれらにて屍衣いちまいを
　擁きてねむる

雨山聚処にてあうや満座の鬼のため泯《ほろ》ばさむ肉という肉
　なべて

（七月号）

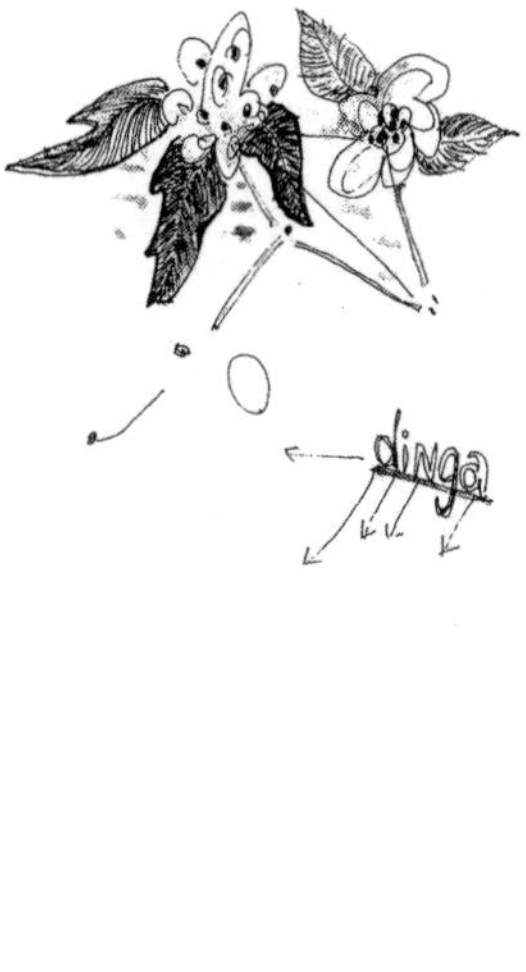

昭和五十八年

内暴篇（二十六）

悪い橋をわたりあるいてきたすべての日日
冰る足もとの大地
朱をながす落暉は空の祝祭の幕切れ
老いてゆくあるかでいあ
さわさわさわ
水を被《き》た家族のほとり
時代を巧みに遊泳する処方箋を
日昏れの焚火で燃やしている少年
かかるかたちにいつもけなげであった筈の出立よ
流亡のはての
どこまでも冷えてゆくこころが視つづけてきた廃景
死への強制が解かれたあの日から
まっくらな樹を植えつづけている戦中派の男の
石になった忿りや悲嘆を量る秤はあるか
火山系の列島の過去帖から抽きだす凜烈の
〈時〉のなかの少女の死、あるいは自死の詩人たち
それらを梱包し凍結している黒子のすがたはみえるか
自己懲罰の風圧は致死量に達しているか

瀑布《たき》状の煙突が喀《は》きだす石の胎児
逆流し渦の川となる死者の群れ
冬を咲きそうあの花この花の央《まなか》の異形の暗い眼
腐《く》えた卵ばかりを産み衰えてゆく盲いた鳩
路上に轢《ひ》きつぶされた蟇《ひき》、運命
（あるいはきまじめな哲学者の末路もまた）

北の祭りも逝き
ものみな静寂にかえる頃
古びた家の軒下の鶏舎のかたわらで
粉粉にくだいている貝殻のように
わたしの屍もまたことごとく打ちくだかれよ
しかしてあたえよ 天空を舞う鳥たちに
わたしは一意かれらのものとなりかれらの内で
わたしの生涯の修羅を閉じるであろうなれば
如月の賦の地を馳せるほどに憂き沈み濃くあれば
めぐりめぐる生死《しょうじ》の環ここにとどめなん

おろかしやひとつの凶の
畢り

（三月号）

内暴篇（二十七）

なべての喝采を降ろしている旗のように
曇り空の梅雨のいちにち
貧弱な身体に吹く風は衣裳か刃か
風狂の俳諧師は伏屋に棲み
撃たれつづけのてのひらの生命線逸れていった無数の迷
　子たち
脳の窪地にはペンペン草が生い繁り
雨季の都市は無国籍者であふれ
東京流れ者なんて唄が……
外でも内でも
叱られどおしの父は
そのままの位置で名目のみの長の口髭もすっかり胡麻し
　お模様
きょうも色褪せた日暦を所在なげにめくっているよ
木菟《みみずく》に似た円《つぶら》な眸の嬰児攫《さら》うあのときのあの黒い手
ぞろぞろ殖えてゆくよ
しゃびしゃびしゃびあれは冥府の水音
前屈みにうす暗い気流のなか足早に骸骨たちあるいてゆ
　くよ
空に吊るされた〈くに〉から札びら舞いおちてきてわれ
　さきにと人人拾いにゆくよ
両腕に抱えきれぬほど拾った人
いちまいも拾えなかった人
札びらすべて持ち去られたあと
ぶち截られた魚の頭ごろごろ転がっていたよ
それでも空、何事もなかったように
雲低く垂らして
しずまりかえっていたよ

（八月号）

昭和五十九年

内暴篇（二十八）

わたしの死体がわたしを喰う　わたしは死体に吸収され
　わたしはいない

主のいない蜘蛛の巣とわたしの骸骨と　ただそれだけの
　風景の冬

わたしの骸骨がわたしをぶらさげて枯野をゆく　わたし
　が骸骨か骸骨がわたしかわからぬまま

骸骨の背から別の骸骨が生れ　その別の骸骨から更に別
　の骸骨が生じ　そのようにしてつぎつぎ拾体ほどの骸
　骨があらわれ川縁に列び　手を挙げてしきりに誰かを
　呼んでいる　冥界幻想

（意識の竟《おわ》りにはつねに骸骨が棲んでいる）

わたしの死体はなるべくなら鳥や魚に処理してもらいた
　いもの　これは魚や鳥の裔《すえ》としてのわたしの願いだ

わたしに墓は不似合いだ　わたしの生の終焉は水の中、
　ふかく沈んでいればいい

わたしの身体は撃たれつづけてきたのだから恐らく死体
　もまた穴だらけである筈、もう風も吹かぬ灯りはさら
　さらない　闇だけがわたしの親密な友であり居場所で
　ある　年の暮

十二月は年の納め　わたしの死体もじっくり見ておきた
　い　よろよろ庭先を老いた蟷螂《かまきり》があてどなきかたちに
　ゆくよ

燃え尽きた遺書と手渡された遺書と　そのいずれもすで
　にわたしの内部を貫通している　むろんわたしの骸骨
　も承認済みだ

骸骨には不用のものが現在のわたしには多すぎる　これ

からそれら不用のひとつひとつを削ぎおとしてゆかね
ば——つまりわたしはまだ飾られている

時は惨劇だ　どんなに寂かな時でも時である以上疾うに
修羅場を用意している　だから時を生きるとは窮極、
満身創痍になることだ　ゆえに時はまた痛みである

どこで死のうとしょせん一介の素町人　骸骨と吊り吊ら
れ地獄への道行きまっとうして畢るか　残月下

（二月号）

内暴篇（二十九）

切紙細工のように死に鋏《はさみ》を入れる　出来あがった作品が
　骸骨でいわば死のひとつの具象性
樹木の内部でぼうぼうと燃えているものがある　人体だ
　火葬か　入ることで見えてくる世界の意外な光景
葉をすっかり落とした樹の枝に懸けられた皓《しろ》い物体
　お晒《さ》れ首《こうべ》　その上にもう鳥の巣づくりが　忙がしい
　転回、展開
径の小石にまじってあまた眼が落ちている　人人がある
　いて行ったあと踏みつけられて汚れた眼玉たちを折か
　らの沛雨《はいう》が洗う　ひとときの浄化
夕暮れの木の橋を何者かにあやつられるように渡ってゆ
　く一団　橋のむこうは闇また闇を知ってかしらずかひ
　たすら遠ざかりゆく群衆を見送ったあの日――
耳をよい耳を下さい、全くなにもかも聴こえなくなった
　のです　老婆の嗄《しわが》れた声がした途端どこからともな
　くひとひらふたひら柔らかい新鮮な耳がとんできて
　老婆の横顔に付着した　とみるまに老婆は鬼になった
　山姥《やまんば》だ
時の深部を撃て　唇を微かに顫わせやがて男は絶命した
　男の遺したひとことが見えない塵と化し宇宙に散じた
　そして時空を超えた
もう壊しはないのか　この謐《しず》けさは　身の内を無人の一
　艘の小舟がいずかたへかくだってゆく　なにかが畢っ
　たのだ　恃みつづけてきた何かが
水のなかへ水を流す　泯《ほろ》びはそのようにしてあとかたも
　ない流れとなった　太初に泯びありき

（四月号）

内暴篇（三十）

此の日頃、折にふれもうわたしは、殆んど呼吸《いき》をしていないのではないかと思うことがある　こう書き出してみて気づくことは、わたしが吸っているのは、酸素よりむしろその周辺の闇の方をより多量に摂取しているということだ　それも深更の闇だ　随って、吐いているのもむろん生理としての炭酸ガスはほんの申しわけ程度で、それとは別のあるもの、いわばすべての畢りの風景　泯《ほろ》びのはての空洞《うろ》のような世界の像だ　およそわたしたちが、自身の生誕を識らぬように、死もまた恐らくそれを見ることはないであろう　ただわたしは、目を閉じているときのま自身の内側を、未生のわたしの奥へ奥へとながれてゆく水があり、更に水の流れの尽きるあたりに、どうも名づけようもないある物質があって、そのかたわらにひそと置かれている一個の亡骸《なきがら》を見出すのだ　それがある日、行路病者として朽ち果てた自分が送り込まれていたのだ、と認識するのにさほど時間はかからない
窓の外では、秋霖《あきのあめ》がしとしと幾ぶんの切れまをのぞかせながら、昨夜から降りつづいている　と、不意にひとつの設問が閃光のように脳裡を突きあげる
（樹木は叛乱することがあるのだろうか）
そういえば、わたしは煩瑣な日常の意識の底の方で、永いあいだこの設問を待っていたのではなかったのか　内側へ潜り込ませていたわたしの目がふたたび窓外に転じたとき、何もない中空に、雨に濡れたまま黒い縄がいっぽん虚脱した腕のように垂れさがっていた

（十一月号）

昭和六十年

路頭抄（一）

枕のほとり蟹死ぬ水をすぎてきて
水の牢古書縛されて沈められ
死は底に恥《ち》は顔じゅうに涅槃西風
一期一会ならば鞦韆《ぶらんこ》ゆらしおけ
彼岸から托鉢の兵明けの火事
干鰈《ほしがれい》天にたゆとう死児と雲
空の死と石の産卵あらかると
闇纏い翔つ鳥いちわ言語より
さくら貝文盲ゆえに殺《あや》めしと
黄泉《よみ》の兄《え》のなかの繃帯さくら散る
鼓《つづみ》ぐさ踞《かが》めばあなに棺ひとつ
花ぐもり母を堕《お》ろして姉が死ぬ
吾《わ》を屠りしは悪の一刃なれ皓《しろ》し
ゆきやなぎ身命《しんみょう》昏れて路頭に在り
腐爛るふらん地を匍うほどに虫われは
花見して踊り狂いて骸骨《ほねき》を被て

鴉とならび野の譚となるされこうべ
樹《き》木の内を白骨と魚からまり流れ
悲話溜めポプラ夜に立ち睡る嬰児
花びら舞う奥から死者があるきだす
鬼らいて死の扉ゆらゆら夜の水辺
勇気だよ、幽鬼だよ、杳《とお》い声
泯《ほろ》びの章へ禽《とり》きて遊ぶ影ともども
春逝くや数千《すせん》の黒馬虚を奔り
「尾張」かな暮春は旅の畢りかな
媼《おうな》の面めくれば森が燃えている
遠蛙亡のかよい路舟下り
川渉るむこうの葬へ喪服着て
岬がえりの晨《あさ》の鏡ちゅう土左衛門
猫の死骸がある路上にて物を購う
最後のランナー過ぎ廃駅のみ視野に
啞の空よりすずなりに遺書垂れて幕
抽斗《ひきだし》から取り出すいちまいの死人《しびと》と坂
匣《はこ》に銹びかの喝采の勲章は
絮《わた》たんぽぽかろやかな死もありぬべし
割れ鉢に羊歯《しだ》生う夕刊すこし遅れ

蛞蝓《なめくじ》のぬらりと父系いやかなし
遮断機おりる居間の供物の水びたし
箪笥《たんす》ずらせば死んだ姉見え海溝見え
洞《ほら》ごらん家《うち》は暗うてみえんのよ

路頭抄（二）

わたしのなかを降ってゆくと死者に会える
わたしのなかを遡行すると更に多くの死者に会える
そこで死者は絶対だ　わたしは不安になる
わたしの書いている詩が験《ため》されるのはその場所、その絶
　対の場所だ
その場所で死者はあまりにちいさくてあやうく見過ごし
　そう
てのひらにのるほどに縮んだ死者
母の父のその負の先の祖のずっと奥まった場所にも——
自然死の死者も　不条理の死者も
斉しくこちらをみつめている
さて死者たちは当然のことながら四六時中黙したままな
　のに、わたしは汗びっしょり
時間の俎板に載せられているわたしの、どのような処理
　がかかるおおくの死者の時間と衡《つ》りあえるのか
わたしの内部の空を黄昏に染めあげて
死者はそこで絶対の宇宙の象だ
わたしを囲繞する死
他者の引用としての死
無神の空はどこまでも杳《とお》く
朽ちてゆく肉体を曳きずりながら
死の必然と不可能性にむかって下降しつづける日日のい
　となみ
だから時日をかけ織りあげたいちまいの布きれにくるま
　れてきょうはおやすみ
塩まみれの蛞蝓《なめくじ》にもまして
てのひらにのるほどに縮んだ死者を抱えて

（八月号）

昭和六十一年

路頭抄（三）

野分中杜甫誦しゆけば日は杳《くら》し
死は昧《くら》しされど死はあり秋の暮
穭田《ひつじだ》をつらぬくペーブメントに死す
胸中を鉄路延びきりしまま冬に
木の葉髪他界の日まで恥曝らし
鏡は鞭かの立ち姿映しつづけ
冬薔薇まだ犀を逐う余力はある
夜の川に水禽《みずどり》のいて暫し見て
着ぶくれのゆくはて給え水の宿《しゅく》
白鳥《スワン》への殺意日月迅きかな
飲食やぽろぽろと冬こぼしおり

飲食のなべて小昏し卓の下ぼろぼろとこぼせし飯をみて
　おり

紀は葱の旧き名なれや葱刻み

身の内を葬が出てゆく冬の山
猟夫《さつお》はた俳諧の狩夜を越せり
千の溺死者が見え冬海の茫が見え
手套《てぶくろ》す虚空つかまん位相にて
冬木立よろよろと起つ黒きもの
にんげんとうくらい坂にて鱈を食す
衣類ぶあつく着て最低の異類なり
冬の庭使わずなりし斧ひとつ
柩の上雪ふりつもる死後はなし

胃に何ものこさざりしを畢生の冀《ねが》いとなして
逝かむ霜夜を

咳の男飼う家にして流れゆけり
銀杏落葉ひとひらを墓となし逝かむ
水の旗を一揆とよべりこの冬は
畢《お》えしもあり潜りしもあり十二月
涯の枯野へ顔をひろいに男たち
年去《ゆ》くや泯《ほろ》びはつねにわれにあり
吹雪舞う自《おの》が臠《きりみ》も灰ならば

蛙一匹年越すという胸の洞《うろ》
寒卵味爽《よあけ》は闇のものなりや
極悪の手だみそなわせ寒の月
仆れなむ竟《つい》の冬野を経しのちは

荒れる風はひゅうひゅうわたしの内側を吹きぬけ
年は逝く
凍てつく地表
すべてが軽い皮膜のようにどこまでも浮遊する文化のな
　かで
ひたすら演技する時代の子たち
誰が言ったのか
この弓なりに撓む列島が饑えていないなどと

いったいわたしたちは何処へゆこうとしているのか
(何処からきてとはいまはあえて問うまい)

ひとひらふたひら
雲がながれて
師走の淋しい空よ

胸の洞でうずくまったまま冬眠する一匹の蛙よ
畢ったものも
潜っているものも
ひとしなみに顫えている
さむい
泯びの季節

(二月号)

路頭抄（四）

峡《たに》の径《みち》死が落ちていて冬邃《ふか》し

年明けの空をうすい雲がながれ
ことしも列島に演技が充ちあふれ
かくじつに飢えの感覚が遠去かってゆくであろう
寥寥
さむい泯《ほろ》びの風景のなかを
列島よ
おまえはどこへゆこうとしているのか
またしても宿痾の痛みが全身を蜂の巣状につきさし
暗喩の家が冷えきったてのひらに音もなく沈みはじめる

詩は遺書よ焼野にこがね舞う朝も
霙《しぐ》るる街更けゆく泯びの日もかくや
わが凍土仆れし場所を黄泉として
死は焼かれおり流木を焚く磧《かわら》
吊り鏡に映る吊られしさむき顔
霜枯れの菜園ならむ頭の裏《うち》は

にんげんとうくらい坂にて鱈を啖う
冬の闇物販《う》る此岸寂《わ》びしめり
うすらひや今生の覊旅水のごと
呟《つぶや》きつ死を食べ幽鬼めく男
水の眼をして鬼をつくりていたりけり
月寒し犯のいちじを夜も掲げ
如月の窖《あな》を家とし購《か》わんかな
冴えかえる酌めば茫たり不羈の酒
料峭《りょうしょう》。いのちながらうことつらし
ある轢死啓蟄の空びしびし搏ち

きょう南のしまぐにの政変を
テレビという箱のなかにみる
アキノ、アキノ……
わたしは、ふとむかし観た映画「アルジェの戦い」のラ
　ストシーンを聯想していた
解放に湧き立つ群衆のどよめきの像が、スクリーン上に
　大映しになり烈しい勢いで此方に

（二月号）

路頭抄（五）

杜若《かきつばた》水昏るる辺や骨ひろう

羊歯《しだ》の茂みをぬけると前面に水の世界が展け　死のほとりをあるいているような　死は流れであるのか、もしくは堰きとめられた川の底の石塊であるのか　死の一点に漾よう雲の下杳《はる》かな方に人間《じんかん》が遠のいてゆく　ここはどこなのか　なぜか莢豆《さやまめ》ひとつかみ持ち、幽界か地の涯てかさだかならぬ場所をとぼとぼあるいている　莢豆を煮るあまからく煮る　ひとときどうにか飢えを凌ぎ、うっすらまだ生きているという感覚が甦える　金烏玉兎の、花弁とみまごう十薬の苞《つと》に肖《に》て誤植と落丁まみれの、憶えばしょせん割の合わぬ死を索めつづけてきた負のみちのりだったな　碇《いかり》のように、されど泊《は》つるためでもなく死をおろして蕭蕭わたしの内《なか》の空洞《うろ》よ　花の季節　黄葉《もみじ》なす日　冰の刻　それら巡りの周縁《へり》からも逸《のが》れそうな旅であるともないともいいつつ死を食べつづけてある日あっけなく歿《おわ》りそうな　さきほど煮ていた莢豆も怕《おそ》らく死であったろう　詩人なんていない　死塵、つまりは死の塵があるだけだ　拾ってきたのはすべて他人の骨ばかり　死を道破したいならまず自身、死者にならねばなるまいに　幸か不幸かまだわたしは生きている　橋の上をゆく　一昨日までの卯の花腐《くた》しの雨で増水しているかに思えた川が意外に浅いのでひきかえし、水の感触を素足でたしかめながら渉ってゆく　ですますくが水に映って揺れていたのは……亡姉のまぼろし　断れているものいないもの　夕暮れを過ぎ、いちまいの黒い巨大な布さながらに闇がおりてくる　夜は深まろうとしているのにいつかなつきつめられていない　たぐりよせている筈の死がなお中空にひっかかっていて手許に届かぬいらだたしさ　月光《つきかげ》に扶けられ堤をゆく　偶性に比《ひと》しい雑駁な思念が死の想をよぎる　たじろぐ　欠陥が泛《う》きでた手の甲をさすする　さむいな　鬼灯《きとう》の女　すこしふるいな　覚醒と睡り、正気と狂気はどこで線をひくのか　緩やかに死ぬ死　みずから縊《くび》る死　裁断機のように突如うちおろされる死、ほかのあらゆる死のすみずみにまでわたしを配置して死をわかったふりして立ちどまる　鉄橋の飢え轟轟《ごうごう》と列車が通りすぎてゆく　その音に死も紛れてしまいそうな

遺書はまだ書いていない

（三月号）

仮寓抄（一）

墓踰えて見る葵花《ひまわり》は茫の中

蝶が蜜をもとめて花から花へ　浮遊しているともみえ、
塋域《はかば》と知ってかしらずか愉しむともみえ　午後の翳り
茫洋とはてしない〈時〉流れ　沈沈

十薬を風さやぎゆく戦後の穴

あなぐら暮らしが現在《いま》につづいて　あの灰燼の日からも
いくにんの葬に立ち会ったことか　晩れゆく村　ふるび
た家の軒下のどくだみ　諸《いも》の葉汁の戦後

黴雨《つゆ》の奥へ鳥滅《き》え鬱を私す

滅えよ、潰《と》けよ　生きとし生ける有縁のくさぐさも　し
としとこの雨の彼方へ　都《す》べてはもとの暮景にもどるの
だから　されば鬱よ、疾くその全量もてわたしを支配せ
よ

暗《やみ》を来しものの奢りか火蛾擾《みだ》れ

灯に憑かれてか幾層の闇を来て、いのちあるものの最後
の奢りの舞いこころゆくまで舞い絨《と》じよ　塵となるまで
の狂おしき擾れ、いとど哀し

燿《ヒカリ》日下疑符ノカタチニ蚯蚓《みみず》死ヌ

蚯蚓ノアユミ熄《や》ム　疑問符ノカタチニクネリテ　ジリジ
リ日盛リノ舗道《イシミチ》ノ上断末魔ノ劇畢《おわ》ンヌ　五寸ノ躬《み》ノ唯、
ヒカラビテユクダケノ　以後ノ空間
(アルトキハ死ヲ流レトイイ川底ノ石コロトイイ、噫乎
今マタ死ハカワキデアルノカ)

炎昼。犀も澹《しず》かに死にゆけり

たあいないとりあえずの笑劇をつとめ了え、舞台の幕が
おりる　見物の骸骨たちいっせいに腰を泛かし、ぞろぞ
ろ出口へむかう　かくて復たながい沈黙へ　外は昊《なつぞら》。犀

の死の蒼い謐《しず》けさ

老松や天牛を養《か》い洞《うろ》を作《な》し

樹幹を掘る　掘り前む　一生《ひとよ》かけて　されど搰《ほ》られる側の痛みは――どこまでも受け身の痛みと掘る側の欲求と　さはされど彼の欲求を許容するごとき老松の油油たる立ち姿、げに羨《とも》し

草・る踞《かが》めば何の弟子ならん

十哲と道《い》い、十人の弟子といい、弟子なしと曰《い》う　而して弟子の視座とは　雑草のように逞しくと謂い斉しく草・っている
屈む姿勢は心酔か不羈かはた奈何の態《さま》なる

八月忌ひつぎを陟《のぼ》る蟻の列

太鼓をたたく　かぎりなく杳《くら》い地の底をひびかせながら炎天下、柩車が発ち死の儀式もまもなく終る　この傷みやすい世紀の忌の月をゆく蟻の延延たる列黒く光り

顔を置く蕪《あれち》八月十五日

毀れた扉《と》が強風に吹きとばされ、空を舞い野を転《まろ》び、いちまいにまいもう何十枚を数えて　いずくの涯てへかうちの幾つかには死者も騎っていてきょう廃戦記念の日

※

首を折りしひまわりの骸《むくろ》平家抄

（十一月号）

昭和六十二年

仮寓抄（二）

かつて
ひとが魚や鳥であった頃の
水や空の
意識の襞をひきずりながら
きょう暁闇の卵を産みおとす

靄のようにむすうの死が低《た》れこめ
いつしか堆《うずたか》く骨壷がつまれ
齢《れい》、杖郷に近く
もはや暫しの猶予もゆるされぬ　剰りの生の尖端に
かわいた庭を象形しつづける朝
地は音もなく氷結し
内ふかく
めざめを幽閉する
（仮りの栖なら死と衡《せ》りあえるほどの息苦しいものの重
力でこのまま家ぐるみ潰《と》けてゆくもいい）

畢竟、寂寞のみの人生になにが要ろうか――

いたずらに騒騒しいだけ
曠《むな》しさが倍加する劇場という列島
迷宮の時代の
嫋やかなたましいたち

已《すで》に逝った者も
とりあえず残った者も
にんげんのいとなみを生きて訣れて
いま
遥か東方から
昏昏と
年は明け

幕の上の視えぬ空、荒涼と地は割れ
冬の草ばかり食む輓馬《ひきうま》
金沢、弟月。遠い日の厚げしょうの娼婦
かの疎開地の敗荷、藁の邨《むら》
何十年水漬く橋脚にからむ藻や痩蜆《やせしじみ》

洞《うろ》状に昃《かげ》る庭の裸の柿の木
姉のかたみの櫛・箪笥・晴衣その他
岩礁と汀に漂着する水死の嬰児《あかご》
砂の牢あるいは老いた褐色のかまきり
枯野と見合う廃井そして……夕陽《せきよう》

それら負の景の　涯の
無に通底する
水系の寂しさだけをかかえ
ごうごうと
時は過ぎ
過ぎ

草子緘《と》じめつむれば滂沱《ぼうだ》と零《ふ》る枯野
死は形なし水の墓思《も》えば雪

（五月号）

仮寓抄（三）

突端の灯台。折からの風に鳴る半開きの扉《と》をあとに
覃《ふか》いきりこみの湾《うちうみ》を巡り、初夏《なつ》なお滄《さむ》い川を渉り、
野に一軒、いつからか朽ちはてたままの 喪中 の
空家を旬年後復《ふたた》び訪い、経る歳月がらんどうの位相
を写し眼底に蔵め、裏木戸に隣りする部屋の宙吊り
鏡にゆくりなくも無表情の離《か》れ離《が》れの生存の関係を
想起し、どこまでも遁走する劇としての現在をたん
ねんに潜り、広大な所与の茶畑をぬけ、更にいくつ
かの退きの丘陵をこえ、ひねもす墓石に無名を彫《え》る
石工のかたえ爛熟した文明の滓《かす》、渣《おり》など舐《な》め奇態な
けものが育つ都会《まち》の暗渠に之《いた》る世紀末の遊行――

そうして再《ま》たわたしは以前のさびしい岬にきた
誰かが〈恩讐の日本〉と叫《よ》んだくによ
その州《くに》の霧ふかい黄昏の地の果てにまぎれもあらずわた
　しは立っている
としごと、数千《すせん》ともかずしれぬとも産みおとされたまま
竟《つい》ぞ孵《かえ》らぬ卵たちの時間の杳《よう》を梱包して、ああまたし
　ても霧の年代記が鎖ざされてゆく
身体のふしぶしが憶えている痛み
・・・・・・・・
疾風《はやち》さながらに駈けぬけていった季節《とき》の炎症
・・・・・・・・
真夜中の放火犯、燃えさかる都市
・・・・・・・・
高速道路を塊《マッス》となり逆送する自動車《くるま》の濤
・・・・・・・・
轢《ひ》き潰《つぶ》された雨上りの虹、加えて国内亡命のこと
・・・・・・・・
運河で死ぬおびただしい跛行の鳩の群れ
・・・・・・・・
舞台、夜桜。開幕し閉幕し桜の木の下葑間の踊り
・・・・・・・・
過去《すぎゆき》のなべての変はしらず
時空の茫を咥《くわ》えて翔びたつ迷鳥を逐って街の少年がさっ
　ていったあとの静寂《しじま》に、いつしか定期便のように老い

の影が届けられ、大人たちの日常の忙事ののち夕日を
背にきょうの収支を括《くく》る〈時〉の管財人N氏が現れぶ
つぶつ不足額を零《こぼ》し、列島の地図の上を往ったり来た
り、しかしほどなく彼も消え、そのようにして繰りか
えし空白のいちにちが晩れてゆくのであろう
（さて、それにしても渾《す》べての荒廃ののちになにか希《のぞ》み
あるもの、あるいは斉しく扉をあけてまつ昧爽《よあけ》の風のよ
うな気分がしつらえられているとみなす暗と明の復活に
関する定石も、そろそろ満杯模様で）
とまれ
窟《あなぐら》へ蹴落とされた一個の石として
なおさむく刻まれてある時代の遺書として
蕭蕭
太虚《おおぞら》刺し痙攣することばの梢《うれ》もて
亡を問い
夜を語り
生誕から長逝へ
此の世のさいはての樹木《き》や石を
植えつづけ
埋《うず》めつづけ

住み古りし褻居《せっきょ》を葬《はふ》り
水のくらがりへ滅《き》えて徂《ゆ》く哉
一花《いちげ》あり黄泉ひとしらね五月の墓
黴雨《つゆ》の趨《はし》りの雨の中傘さして死を購いにゆく
町はずれまで
暗《やみ》に水流れおり死と穀象《こくぞう》も
藻を刈りいもうとを刈る雨の湖《うみ》
葉柳は死者の隠れ家闇明り
蝙蝠《かわほり》翔ぶ夜を巨大な窟として
鬼死んで夏山ひとつ泯《ほろ》ぶかな

（八月号）

昭和六十三年

仮寓抄（四）

夜を招待する窓　吊られているされこうべ紙どもの叛逆か黒の地に黒の画仙紙、正面奥の壁の掛軸には文字が書かれているらしいのだが、黒と黒で両者が吸収しあいあるいは相殺しあってさだかにはわからぬ文机とおぼしきものの上には故びた硯箱がひっそり　ほかには何もみあたらず、さればあの冥府《よみ》に通じる部屋なのだろうかこの部屋は終日うすぐらく四時とわず洞窟のようにひんやりして　要するにここは人が生の終焉《おわり》に入室をゆるされる臨終の部屋なのだ　ところで人界や生の自然と隔絶久しいとみえるこの部屋の外周《まわり》には、それでも緑や褐色の草草が群生し冬の陽光を浴びてひそかに息づいている　それらあらくさたちの生生の形《なり》を、いまは少《しば》し遠ざけてわたしはわたしのなかの死のにおいを嗅ぐ

　白昼《ひる》いまだ凜《さむ》き陽の冬わが心《うち》の丘の斜面《なだり》にですますく置く　老いという寂寞《じゃくまく》の語よその涯の瞑瞑たるを〈死〉とよぶならむ　やがて淪《しず》むものは凡《すべ》てしずみ晩れすすむ風景の冬　さまざまな生きものらのむすうの死で構成された現象界の陰画《ネガ》　生はその上にちょっぴりのっかっている細やかないとなみだ（だからこの地に住《とど》まるもよし離《わか》れて旅立つもよし、もはや喝采などないよ）どこからか声が聴こえてきて思わず迥《はる》かくらやみに目を凝らすと、鬼の風手の鬼というにはあまりに痩せてひょろひょろの男が、夜の灯に照らしだされ此方にやってくる　すれちがいざま眼と眼が烈しくぶつかったが一期一会、ただそれのみの昂《たか》ぶりと饒《ゆた》かさと苟《かりそめ》の幻影をのこして互いに暗《やみ》に溶けてゆく　ああいつは怕《おそ》らく泉下から杳杳《はろばろ》なにかわけあって臨終の部屋を訊ねてきた男にちがいない

　臨終の部屋と隣接する外の此岸との関係、更には臨終の部屋と彼岸、つまりは死と称びなす茫たる常闇の世界との関係、それら関係の媒介《なかだち》を務めるこの部屋をひつようとする日もはや旦夕に逼っている気分　ふいに前方の生牆《いけがき》の内の鳥舎で鶏が虚《そら》に霄明《あかつき》の声をあげる　おや深更《よふけ》なのに刻を違えたかな　思考を遮断した鶏声《かけろ》のせいか昨日ゆきずりに見た道祖神《くなど》のゆえか、はたまた他の事由に依ってかいずれか知らず、不覚にも青春期のいもうととの俤《かげ》を黄泉から掬《すく》ってしまう　婚に着く矢先の死は、纜《ともづな》を

裁《き》られた無人の船に似ていつまでも海を漂漾しているあれから三旬、こうして存《なが》えているさまがかなしくなってくる　眼をとじて眠ってみる　仮睡《まどろみ》のあとは復《ふた》び慢性的な歯痛が脳の神経を刺通し、〈魔女の一撃〉以来腰部を恃むことはほとんど悲劇の喩《ごと》し　経る日月《ひつき》かすみゆく視界を加添してこの世界は鬱に彩られた牢獄《ひとや》の謂ぞ　いつにても畢《おわ》る日のため四時かけて匕首《ひしゅ》を呑みたる生きものを養《か》う　世紀末の私信のペンを措きて立つ季冬の庭を濡らす夜の小雨《あめ》　柿の木の下枝《しずえ》を、最後の枯葉がはなれて落ちた　明日出す季節の端書にはあめを零《ふ》らせておこう

（二月号）

杳然《ようぜん》抄

杳《とお》い記憶の把手《ノブ》を廻す。耳元から下部へ。男色某氏のよくしなる指。熱い吐息。屋根裏の夜の寝ぐるしい夏の時間の撓《たわ》み。
(あれは珊瑚を襲う海盤車のように、わたしにのびてきた触手であったのか)
どこかで死神の囁やく声がして。

鉱石状の口調で未来社会を論じ、「間、髪を入れず」と正確に誦《よ》んだ工場労働者。青春の日の朋《とも》よ。いま私は水牢の中、爪を剪り蹠《あうら》を削り。

その頃鬼は、よく豌豆《えんどう》の実が欲しいといっては一坪あまりのわたしの畑にやってきた。ある日、恒《つね》の通りうつむき加減に生の実をしきりに頬ばっていたが、突然貌《かお》を此方に向け「む、甘受する」と、すこし嗄れ気味だが独特の量感のある声でいい放った。その不意討ちに似た発語の意味を、遽《にわ》かには解しかねているわたしの表情をすばやく観取したのか、つづけて「運命よ」といい今度は鬼の首でも獲た者のごとく、さも愉快げに呵呵大笑するのであった。

太陽にも罷《おわ》りがある。朝もまた。木斛《もっこく》の植込みの辺り、ふいに雀が翔つ。晩れゆく古寺《てら》、遶《めぐ》る荒蕪。墓の死者も野晒しの死者も、やがて降る雨に均しく濡《ぬ》れ。

眼前《めさき》が呆《ほう》けてきて、いくどか読みさしの本を閉じる。たびごと何匹の紙魚《しみ》を弑《ころ》したろう。この愚かな生とひきかえに死なされたあれこれのいのち。淪みな暉《ひかり》、なべての季《とき》。

死後も残存するだろう池や樹木や、夕霏《ゆうもや》に烟る大小の橋や川や墓場のある風景や、雨中に割けていた石榴や裏庭の傾斜地《なぞえ》のつくしんぼや道の橋の虎杖《いたどり》や鴨足草《ゆきのした》、更には、くさやぶの竜子《とかげ》や蛇《へみ》や蛼《ちちろ》や軒先まで飛来してきた蝙蝠《かわほり》など小動物、その他視界を彩ってくれたもろもろの風物、生きものたち。

さて、人はなぜ泯《ほろ》びを忌避しようとするのか――。

六月の男ののどの洞《うろ》には、過ぎこし重石《おもいし》された言葉が溜っていて。光からもっとも遠い場所にひそむ古代魚のように、月日《とき》の変容を見つづけてきた喉の洞の鬱語。あるいは焚書の。

径《みち》をゆく。みはるかす空に汎《うか》ぶ水死人。破船。墜ちていた宿禽。果てしなくふかい蒼穹《あおお》に介在した悲の劇はしらず、さはされど、一閃の杳《とお》い夏を招聘《よ》ぶこの端山の繊《ほそ》いみちを徂《ゆ》く。蓬蓬たる木や草の茂みをぬけ、峠《たお》にて落首す。

「荒天と静謐と偕《とも》にわれあり、行路病者《ゆきくれ》ん哉」。

（八月号）

秋意抄

満月の夜、悲鳴が　邈《はる》か前方でただならぬ気配　駈け
るわれながら駭くばかりの迅さで　かけゆくほどに月
光に扶けられ、状況のおおわくが夜目にもかなりの精
度で視界に入ってきた　たしかに手が生えているのだ、
木に　少《わか》い女が頸を絞められているのだ　走る、走る
場の様子がいっそう瞭《あき》らかになる　おお、いもうとだ
柿の木だ　木に手が　信じられぬこと　が、確かに生
えている枝が手に？　駈ける　渾身の力をふりしぼっ
て手を伸ばす　虚空をきる　いま一息足りぬ　巨木か
らいもうとを引きはなそうとして必死に手をのばすの
だが、僅かあと二、三歩の距離がどうしても縮まらぬ
ガクリ　あ、柿の木の腕のなかで彼女の首が折れる
絶命か、無念……

わたしは夢の領野で亡きいもうとの俤《かげ》を逐っていたのだ
ろうか
それとも架空の復讐劇を描いていたのだろうか
不意に訪れる更なる妄想の、たとえば　秋色の街ゆく郵
便配達夫が鞄や籠からとりだす凡《すべ》ての端書や封書に、
もし差出人名がなかったら（たぶん事件だ、これは）
鬼の哄笑が岩礁の沈黙に移行する過渡期の憂愁に穐《あき》は毎《つね》
に塞《み》ちているのだが、その邃《ふか》いうれいの底にかかる予
告のない事件、かつは動と静の世界の一瞬の変容を秘
匿してはいないだろうか
とまれ、ながい積算の日日は
忘れられた燠《おき》の、はては矮《ひく》い丈の夏の終りを生きる地
上の蜩《ひぐらし》に似て、薄暮の季節に套《つつ》まれ小火ともならず、
黄髪の齢にはまだ間のある身のしょせん水漬く餓鬼、
寥寥ひとしれず老いてゆくだけ
秋夜、蛼《ちちろ》や機織《はたおり》虫の音を聴き
原形をなくした食物を卓にならべ
家《や》に隠《こも》りて
たたかわず
〈種《しゅ》殺し〉の最後の生きものとして
あたえられて　消光
老いてゆくだけ
（夥《おお》くを喪ったおまえだが幸運にもまだ死がのこされて
いる）

（十一月号）

平成元年

去来抄

繋縛の空　人形《ひとがた》に彫《え》られた時代の窪み
冬ざれの母語の林、枯葉藉く奥処で沐浴《ゆあ》みせむ赤児《やや》の向
　後を点綴する木末標《こぬれそばだ》つ風に顫えている吉凶の嫩葉《わかば》の
　カードたち
がらんどうの季節の裏通り　三三五五マラソン族が駈け
　ぬける須臾《しゅゆ》の現出《あらわれ》
とつおいつ、もうなんねんも死装束を纏ったままのおま
え
蜘蛛《ささがに》の網にからめとられたちいさいいのちに消《に》て、おま
　えはあの晴れた日のむすうの溺死者の光景を脱けだす
　ことができない
果てしなき虚空にぽっかり汎《うか》ぶ地球
ガーゼや繃帯がまだ必要なこの惑星の上を、
術後の病衣着けとぼとぼいずかたへかあるいてゆく萎え
　てしまった老影《おいかげ》
（病者には扶けがいる、その弱っているふかさだけの）
濛昧のはぐれみち
影絵のようなけものらが通りすぎ
夜の闇に胚胎するいかな微細な物音も、かくじつに捕捉《とら》
　える眼光鋭《と》き猟夫《さつお》はきのうから遠出したままだ
撃目《まばたき》の間も、ひたすら不眠の〈時〉を織りつづけた彼の
　聖なる男と女はどこへいってしまったのだろう
杳《とお》い暦《ひ》の塩屋の灯り　白雨《ゆうだち》にぬれた労賃を拾いあつめ
　ていた日昏れの浜辺
昼夜詢《と》わずよせてはかえす波の緩慢な反覆の方《ごと》く執拗
　に繰り返された準箝制《じゅんかんせい》の使役、
つぶね！と号《よ》んだ青春の潮汲み
岬帰りの泣《なみだ》の少年をなどかはしらずぼんやり見送った
　爾時《あのとき》（あの少年はあるいはおまえの幻影では……）
頭のなかの鈍《にぶ》い回路を涵《ひた》す海水の鹹《から》いすぎゆきのなべ
　ての負の斜景よ
なれど耳順《じじゅん》に近きいまは、それをしも昔日の感傷と冬
　の磯根に焼却すべき期《とき》であるのか
みどりの藻に殤死《わかじに》のいもうとの髪絡み泛ぶ月明りの沼

（此の地が黄泉なのかもしれない）水面《みなも》の冰の卓にい
　つしかこおったあねも来、膝揃え古典的なかたちで蓮
　の葉に坐《い》るひそやかな正月
繊《ほそ》い食堂をゆっくり流沙が零《お》ち
蒼白い皃《かお》の老女ひとり沼べりの古井戸の水を汲むぬばた
　まの夜、とつじょ千の陰の耳峙《そばだ》つ気配の
ときを刈り
ときを殞《お》とし

偸生やがて六旬　されば
濡人却けるあと
青過ぎし多《さわ》の穭田《ひつじだ》の思《かな》しき寂——
落暉《ゆうひ》背にコップの酸《す》い果汁を一気にのみほし　放蕩王の
　腰巾着にもなり損ねたあいつ
一期の縁に頭陀袋に星屑詰め差し引き悔いのない生涯
　だったといいのこして死んだあいつ
畢《つい》の家集を葬《ほう》りこの世紀の廃人として霧塞ぐ窟へ一意《ひたすら》消
　えていったあいつ
凡《すべ》てのあいつ

あね・いもうと
冰の卓
嫩葉ふだ
溺れびと
移ろいのとき
泯《ほろ》びのとき

（二月号）

水声抄

寒禽二つ磧にあそぶ喪の朝

水鳥が二羽、番《つが》いであろうか川原に戯れて。葬送の朝、冬の凜《さむ》い気流のなか、すべては去りすべては在り流寓茫たり橋上の男。

咳《しわぶ》けば家、展墓など血はかなし

背を蹐《かが》め咳込めば、眼下に家があり墓がありかなしくも血縁《けちえん》がみえ、さればいっそ方便《たどき》なきこそよけれ。なれど、ふりむけばなお家があり灌頂のいちにちがありこの底なしのさびしき羈旅。

鳥はた風いずれぞ寥《さぶ》し霏《ひ》の岬

霏《ふるゆき》劇しい地の突端。海溝こえ北へ翔つ鳥。いずくの空で果てようとも鳥の、その上を吹く風の、などかは寥し。

霾《つちぐも》る列島雲低《た》れつちふりやまず

雲低く日すがら降る黄沙。傷みやすい地表を、びしょぬれの土左衛門を背負いきみはどこまでゆくのか。徒渉《かちわた》るべき境目《さいめ》の川は夜に囲繞されてはいないか。列島終日つちふりやまず。

蝶過ぎておびただしい溺死者が孵《かえ》り

某日。昼下りの海近くふいに視界に見《あら》われ、いつしかかなたに没し、黒蝶の移行。華やかな舞に斯須《ひととき》奪われていた眼を元にもどす。沙上、いましがた孵化しはじめたむすうの卵たちからぞくぞく水死人が。渚に漂着した夥《おびただ》しい死者と孵化する卵との婚の寓意。はてしなき回帰。

さくらはな棺《ひとき》を覆えば死がみえぬ

桜並木のかたすみに置かれた白木の柩《ひとき》。つよい風のたびごとはらはら花散り、蓋のない柩のなかへ。死を覗《のぞ》く男。のぞかれてもいる死者。その間にはらはらまたしてもはなびらの遮蔽。晩れゆく河岸。彼我の岸辺。

媼《おうな》はるのみず汲む物象の翳のなか

さまざまな物のかたちが生む翳。水汲む媼。ものの翳に裹《つつ》まれ老女の面がゆらゆらゆれて。春日遅遅。

蒲公英《たんぽぽ》の奥の巨黄や耳切れる

春の陽光のもと小さな黄の花が風にそよぐ。鏡を踰えるように花の向う側へゆく。たちまち次の季の花の巨大な黄が——とみるまに花の輪郭がぼやけ、渦と化《かわ》り彼の耳切り画家に変じ、周囲は次の季節に炎えはじめる。蜿蜿めくるめく表象の底はふかい。

逃水《にげみず》や先ゆくわれの隠れ鬼

数歩の先を鬼が之く。背恰好からだけだが、わたしのなかの隠れ鬼に肖《に》ている。いや、たしかに永年わたしに棲みついているあの鬼に違いない。ぐいと近づくとふっと消え、地鏡現象とかさなって妙な気分だ。あいつめわたしをどこえ連れてゆく気だ。晴天下でと日鬼を逐いひどく疲れる。夜半、水声を聴く。

（八月号）

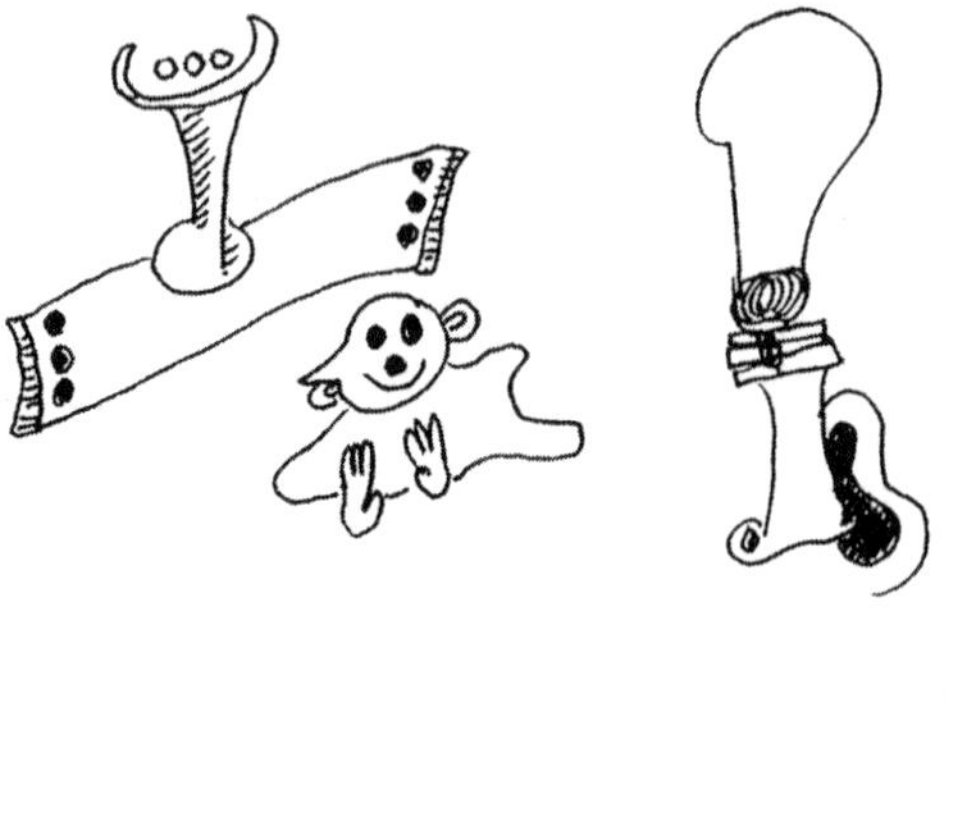

平成二年

潰井《つぶらい》抄

逝く六月の
ふりむけば、比目魚《ひらめ》に肖《に》たうすい胸の斜面《なだり》で絮《わた》たんぽぽ
　をとばしてあそぶ少年の像がみえ、川や野のくらがり
　の声を刈りあつめる猟夫《さつお》の杳《はる》か後方で萍《うきくさ》のかたちに漾
　い流れゆく一対の古風な男女の感傷がひたひた逼って
　くる
ときに時は惨酷な結末をほとんど前触れもなく視界に展
　示し、地表にはあてどなくゆるやかに羽化する蝶の
季節の嬰児《みどりご》らの産毛が――
むかしむかしの熱い綱領も
北辺の兵士のながい緘口の物語も
時化《しけ》の岬に佇《た》つ老爺の前《さき》の海溝も
箪笥の奥からあふれ出る喪服の少女たちも
みんな淪《しず》めている夏の千尋《ちひろ》の水底で石になった蟹よ
透けた日常の羅《うすぎぬ》で裹《つつ》む月の峠
としつき、幾つもの純なこころを弑《ころ》してきた

儀式の森
砂あらしに盲いたにぶいうごきの馬や類似の諸動物
落日を布の喩《ごと》く絞り晩れゆく地平の空をたんねんに掃く
　舞台の女
徐々に頸にめり込んでくる頭部、零に近く縮む脚
凡ての大小の喝采や悲鳴を載せて
いつか空は畢り、残響も消え
荒れはてたとある庭の潰井《つぶらい》
病葉《わくらば》がつもり
ただ有縁の死者をひたすら数え過ぐ
旦暮の
六月尽

（八月号）

平成二年

暮端抄

冬のひとしずくの露が宇宙になって、てのひらの感情線に消《お》ちている　曇り空に枯木の梢《うれ》のみするどく伸び、はてしない憂愁のひろがり

川よ、魚の王国よ　氷っている言葉よ　神なきままに巡礼は発つ　いずれの国境《くなさか》へか微量の音を伴れて

古天井を見ている　夜毎訪れる仰臥のかたちの――滄《あお》い灯を垂らして如何な悪霊を孵《かえ》しているのか

死の付近までの逗留だと昨夜、白髪の鬼がやってきたわたしのなかの鬼と対面させたいと思い宿を貸したのだが、今朝はもうつめたくなって　指ほどに趨《ちい》さくなって　わたしの指と化してしまって　机上に措かれて

火を噴く国境も奪い合う所有も、つきつめて言えばいっぴきの寥《さび》しい蛙ではないか　晩《おそ》い食卓の下を流れゆく川の、底の蟹たち　詩歌のなかの蟹たち　おやすみ

青空に差し出された痺れている手や足の風景　しかし、これはダリではない　深海を遊泳する魚の、水面へ対《む》きを変える際の須臾のかたちなのだ

夕刻、鴉が三羽畑に下りてきた　松の木の上にも一羽の椋鳥が　都合四つの点景が加わり、更に遠方では老人がひとり頻りになにかを捜している　以上のさして珍しくもない視界の構図が、何故かわたしに気懸りという概念を与えてしまう

帰ってゆく者の行先は問うまい　すべては痛みに起因することなのだから　水辺の葦　磧《かわら》に戯《あそ》ぶ鳥　されば投錨の時、夜の隧道を轟轟《ごうごう》と過ぎゆく時　の――慰藉

（四月号）

胴体抄

昧爽《よあけ》の旗のような謐《しず》かな睡り　沈《おぼ》れている空の鳥たち
空と地の媾合《あ》うかなたをゆく時代の乞児《こつじ》たち
（不在の真神——）
風がつくる池の水皺《みじわ》、木末《こぬれ》の信《たより》
瞑《めつむ》れば華甲という礫《つぶて》のとしつきの、唯ひってんの行者《あんじゃ》の
行に遠く烟っている風景、目路

事物	体験	焚蕩	坎坷	横死	最後《いやはて》
牢記	遭遇	途上	流寓	家族《うから》	滞在
貨幣	烏鷺《うろ》	魚類《うろくず》	歩行	幕間	童謡《わざうた》
猶太《ゆだや》	虚国	晏如	心像《いめえじ》	彼我	行為
遺子	気配	仮面	食料《じきりょう》	方今	齟齬
留守	老耄	殺意	月次《つきなみ》	緩声	擬態
浄化《かたるしす》	佇立	弟子《ていし》	産土《うぶすな》	端日	吃音
私褻	錯誤	穹窿《おおぞら》	運命	逮夜	不乙
溽暑《じょくしょ》の訃、水且《はす》の里……					

いつしか手足は胴体にひきこまれ顔の下半分もめりこ
み、呼吸の可能な程度に鼻から上のみが辛うじてのこっ
てはいるが、全体としてはトルソオ状に変容してしまっ
たこの男、即ち胴体餓鬼——

胴体はテキを殴るべき手をもたない
胴体はテキを蹶《け》りあげる足をもたない
胴体には防禦すべき手がない
胴体には逃走にひつような足がない
胴体はその位置に底《とど》まる
胴体はその位置で僵死する
胴体の内部と化した腕は、あの日からもっぱら内部のテ
　キを殴っている
胴体は前《すす》まない
胴体は干渉しない
胴体は帰納する
胴体は堆積である

（八月号）

夢夜《ぼうや》抄

厚い空をめくると夢が沈んでいて、夢の最後はきまって
逐いつめられた者の叫びで終ってしまう　杜《もり》の石段《いしきだ》や
洞《うろ》や辻や塞の神や軋《きし》む家や斧や崩山《くえやま》、野川を埋めつく
す死魚、などかはしらず手斧を掲げ襲いくる十指に剰《あま》
る人影、など夢の場面は暗い

甃《いし》展びて紐のような蚯蚓《みみず》の死・浜灼けよ蟹の甲羅を布
きつめよ・頸のあたりに犀がきている白昼夢・穹窿《おおぞら》の
くらき央《なか》よりトマト捥《も》ぐ・蚊遣尽くのちの天井黒い傘・
抽斗《ひきだし》の兵隊といる溽暑《じょくしょ》かな・千年の刑とうとつに蜥蜴《とかげ》
出づ・花火畢る遅れて帰る二、三人・踊りの輪ぼんや
り遼《とお》し虚空肆《みせ》・夢までの距離蛇《へみ》の骸《から》からびおり

あしもとに背をむけたときから空は溜息の蔵で
雲に鎖《さ》されてはしばしば重い雫を落し
皎《しろ》い月に飢えた暮雨の村は、須臾にして遠街《おんがい》であったり
「文学はゲバラだよ 絶対に」あの俳諧師も逝き
寥としてあわれをかこつ日日

夏から秋へ、ひとつの季節のうつろいに風の信《たより》を聴き
川は隅廻の右岸、左岸に彩なす草の、微妙ないろがわり
の差異にも心穏やかならず――
郷愁の祭りの扉を開けるのは、たぶん疲れているのだろ
う
夕昏れの川面、漕手《ふなこ》の櫂の行手を見ているのは更にかな
しいからに違いない
いつか踊りの輪も絶え、ふたたび虚空渉猟の一人《ひだり》の餓鬼
になって地球儀をまわすと、沈んでいた夢のいちまい
が坼《さ》け、巨大なにんぎょうが仆れてきた

（十一月号）

平成四年

ただ、この冷えゆく宇宙の闇を塒《ねぐら》として

斜面《なぞえ》に群生する羊歯《しだ》　密猟者が去ったあとの異形の底な
し井戸　この枯山《からやま》を、百の宿痾をひっさげて、九十九《つづら》
の徒労の索敵行はつづく

もう畢《おわ》ったの　疲弊した女の声が闇のなかに　男はみだ
れた髪を掻きあげ、千年の受刑に虚空に発つ　中天に
鎌の月懸る冬の夜明け　鼓草《つづみぐさ》けなげに咲きいて

巫女の肩に兵士が泛かび、落葉藉《し》く公孫樹《いちょう》のあたり通り
すぎてゆく鬼籍の顔、顔　すべては過程であり、生《しょう》も
死も　されど、のどもとに溜る悶死した言葉の堆積は
どうだ

今ここにいるの、いないの　独りの部屋の　廃墟のかな
たから、蟷螂《かまきり》の仰向く死とふゆぞらをみていることの
物象《ものみな》に昃《ひかげ》りて、朧月外書を措く　さながらに綻び暮ら
し

鏡の階段を下る　扉のむこうに扉があって、入子のよう
に幾つもあって、もっと際限なくあって　ゆきゆけど
も底がみえず　降りるごと背後は遮断され、地底遊行
の杖《じょう》の音、四囲の壁に反響《こだま》するのみ

（わたしのなかのあの懐かしい風景は、幾んどがすがた
を消した。のこされたのはいっぽんの境界線である。二
つの異者を隔て、かつ鬩《せめ》ぎあうかなたにして卑近な境界
線――そこはまた、わたしの詩の原郷でもあった。）

（六月号）

異面《ペルソナ》抄

他者は自己である

(批評は顔をもたない。随って詩界はおろか、あらゆるジャンルに栖み、かつ潜んでいる。いちめん、批評はまた固有の隈どりを増殖しつづけることで、畢竟《ひっきょう》、独自的たらざるをえぬ。この垂直領と、顔を止揚した普遍性こそ、批評が〈宇宙〉の要素と機能を、不断に内にふふむ所以である。)

(自分が好きな作者や詞華に対しては、その評価にあたって、どうしても〈肩入れ〉という事態が起る。逆も生じよう。人間が感情の生物である以上避けえないし、寧ろ、それこそが自然であり当然といった見方も衢《ちまた》には在る。しかし、そのことがある種の作品の価値を不当に貶めたり、麗句の頻発で飾りつけてしまう結果を招来しはすまいか。そこら辺りの納得しうる処理の為様を、たまには考えてみたいもの。)

虚空画廊

(生理としての好き嫌いに発する場の時間系と、批評対象としての作品自体に内在する価値の時間系、渺渺、二様の流れがどこで交差し、どこで離反するのか、その方位を抑えておくこと。)

(作品の可否に断をくだす最後の審判者は誰か。人か、もしくは別の何者か、か。まずは人間の作物である限り、人間がかかる任を担うのが妥当だ、との解釈に収斂されるのが、一応もっともな決と言える。けれども、人間くらい日日に移ろいやすく、曖昧な存在もない。さような存在に、とどのつまりの裁定を委ねていいのか、といった不安もあって然るべきだろう。――ならば、あの何者かも視程の内か――その意味では、かなりな未時間からの風化に耐えうる汎論、つまりは、時空を包括する認識の立て方、定め方のキイを〈批評〉は絶えず携えていなければなるまい。)

凡《すべ》ての詩の言葉は明晰な謎だ

（まぼろしは逐うな。凝視《みつめ》ていればいい。密かに、ある
かでいあを想うことにも疲れた現代びとの、わたしも一
人だ。この曠野のなかで。）

宿酔、あるいは華筵《はなむしろ》と匕首《あいくち》と
いずれも路上に落ちている

（運命、遼《はる》かな宇宙の意志、今ここのわたしの死、さし
せまった二、三の問題。）

遅日
この地方の某詩人の全集をひらく収録された夥しい詩篇
の評価はとまれ
センソウキョウリョクシは綺麗に間引かれてあまつさ
え、編輯子曰く
「詩人は時流に超然として」云云の讃辞
どこかが少しづつずれている
高村光太郎もヨクサンシを書いたが
彼の戦後は潔かった
『智恵子抄』の空のゆうがすみ

さあ、そろそろ常宿《やど》の洞窟《うろ》へもどらなければ
イマージュを焚く
ペルソナを彫る
残一花

（六月号）

敗荷抄

自裁の薬瓶
日車《ひまわり》がくろく枯れている

(一国の青史が、すでに犯してしまった所業のなかには、死をも超えるという次元に下げられた〈痛み〉の分銅についていて、考えなおさねばならぬ錐揉《きりも》み状の時間もある。たとえば〈辱〉のことなど。)
(人間の、生のぷろせすに於けるあやまりの諸行為を見るに、爾後、修復可能な誤謬もあれば、復元能わざる誤謬もある。人は、しょせん謬まりの徒にはちがいないが、望むらくは、後者を捨象する位置にとどまりたいもの。)

異様な謐《しず》けさの――底に降りたっている、まなざし

(運命というものは、個にはじまって、その外側に何重もの輪になって存在しているように思う。然してそれらの輪が、ある日ある時、凄まじいうねりにも似た巨大な渦に変じた場合、個人がその渦に呑み込まれぬ、との保証はどこにもない。しかも、どの輪をとってみても、痛切に現在であり、史であり、継起的なのである。)

梱包の夕暮れの〈岬〉が届く、されど家人の久しい留守

暗転

「救え！地球」
日ならず書翰あり

> イイエ、救ワナクテモイイノデス。アナタガタガコノ惑星カラ去ッテクダサレバ。アトハワタシタチデ、結構ウマクヤッテユキマスカラ。デハ、クレグレモオ達者デ。人間《じんかん》外生物ヨリ。

旧い神の燃えがらも
あたらしい神神の饗宴も

みんな虚空にうずめて
この遊星《ほし》の
けなげにも
茫茫《ひろびろ》とさびしい曠野よ

（堕《お》ちなば堕ちよ。人はなぜ、多く火葬のように、いち
はやく自《おの》が骸《むくろ》を始末してしまうのか。）

破れ葉を擁く
荷池のむこう
今日もまた、くるしい地平のかなたから
無尽光年の負債をかかえ
蒼白の月がのぼってくる

（九月号）

水深抄

杳《とお》い空から水を汲む、千尋の綱の垂れている朝。

（時間のなかのあらわれとしての〈現実〉には、ときに思いもかけぬ展開が、目の前の状景を撹乱《こうらん》してしまう、ということがあるものだ。そこで問われるのは、かかる時点での対処の姿勢、認識、行為などである。人の判断力や、感性が験されるのも、多くその場面に於てであろう。）

（種種の思惟の尖端をこつこつ巡回し、然るのち、おもいきり絞ってゆくと、ほぼ〈あたりまえ〉の領域にかさなってくる。〈考え〉とは、つらつら不思議なもの。）

他者すなわち自己からのまなざしへ徐徐に近づく。液雨。月白の公園を過《よ》ぎる毛物の影の、跳ぶこともない移ろいの。

一直線のかなしみもあって遠くまでみえて――舗道《いしみち》。

溺死の汀でみじんに時計を砕いていたね　嬰児《あかご》と老人。

魚のように死ぬ、川となる霄《そら》の隧道《とんねる》に泛《う》かんでは。

（描かれた鬼の貌のすがた、かたちを視ていると、最後には、どうしても角や牙や眼の所在《ありか》や表情に焦点がゆく。もっとも、肝腎のツノやキバがなく、人間一般の顔とまごうさまに、描きだされた〈鬼〉の絵に出会うこともある。実はこちらの方が、すこしく不気味な感じだ。異類のいまあじゅへと換置された鬼が、ふたたび常人の位相へと還元された際の、褻《け》の心裡にひそむ変異性、そこに内部の深層世界のレアリテの怖さを思う。同時に、鬼の不在の季節と、現代の空虚性との相関関係の有無についての検証にも意を用いていたい。

　さて鬼には、古代信仰からくる〈食人〉以外に、隠された人間の意識を喰いつづけて生き延びてゆく、といったいめえじもある。随って、自己意識の秘密を彼奴にすべて握られているとの恐怖が、鬼の存在を、いっそう怪異な形相で括ってしまった経緯《いきさつ》もあるのではないか。もっともこっけいなかたちで生きつづけている鬼の位相も見逃してはならぬ重要な主題ではあろう。）

（理念と生理の間に横たわる乖離の幅は、しばしば、表白と内界との隙《ひま》に生じやすい微妙なずれやきしみ、更には背馳の相に通底し、酷似する。）


北枕。幕という崖っぷち零《こぼ》れてくるいちにちの終り。冬の文字の標札一枚ひっそり落ちていた玄関だった。

さむい暫くの灯が寓居《へや》に点り、ああ、またしても仰臥の夜へ。

もどれぬ駅のほうへ今し覚束ぬあしどりで老いて蜘蛛が……。

迷子を見ている迷子　ひすがら降りつもる柿落葉たち。

淋しさは懐疑が雲であることの開けられた包みと裹《つつ》まれている〈暗部〉と。

鏡を分泌しつづける柱、古い天井、ささやかな挙白。宇宙がいつかひとつぶの滴《しずく》になる、雫《しずく》が映す侏儒の街。


（十二月号）

556

RUNNING INSIDE

ILLUSTRATED BY DINGA

平成五年

如月抄

わたしは虚である
虚であるわたしは褻《け》や晴れのあらゆる場所で
虚の主辞〈わたし〉を用《つか》っている
昏い岬が沈んでゆく
正体不明の鈍痛と謂うくろい烟が
路地を曲がってゆく
あれはわたしだろうか
わたしはすでにある種の混合体なので、
わたし以外を析出することができない
わたしはわたしであるとの自同証は
疾うに靄と交換されているので
わたしはいつもわたしを訊ねあるいている
しょせんは、日日すこしずつ濾過してゆく
混合体なので、かなり貧弱なわたし捜しの
猟人《かりうど》なのだろう
骨片のような雲が泛かび
六旬もいつか見送ってしまい
残り時間は僅かなのに
まだわたしさがしの巡礼もどきのまま
むなしくきょうも晩れてゆくのか

〈人の生なるものは、生の側からのみ観ているだけでは不充分だ。死の側、つまりは〈燃えがら〉乃至は〈不条理な死〉からの照り返しによって、あらたな発見や、日常生活の煩瑣に埋もれ、ともすれば看過しやすい暮景色のレアリテの世界が甦ってくるのである。

　もっともそのことで、生の全体像が透けるがにみえてくるというわけではないが、もろもろの生の与件、たとえば個人や異族の自由と臨界、裏提げの跛形協同爆撃症候群、利権愛《いと》しや怪物、今昔をつらぬく存亡、くだっては共生の理念と方量、人為に因る遊星《ほし》の変質、更には地の患部の偏在、すなわち絶対零度の飢餓、発送のめどなき地図のおびただしい滞貨などなど、異見であれ、平衡感覚であれ、現実の暗部の核《コア》にいくばくかは近づくことができよう。

　しかし、これらはまだ筋書き通りのこと。〈権威〉や〈権力〉に執着する人間の、長酔の欲望のさびしい構図を、汎的対象として広く謐《しず》かに眺めわたす地平に出るには、喪の儀式や順序にしたがって灰状となす以前に、生の組織が解体され、徐徐に腐臭領へうつりゆく肉体の、非在へのぷろせすにせめても暫くは付き合ってみることだ。
絶望まみれのこの世紀に、もし、なにがしかの微光をのぞむとすれば、かかる位相との関係から視線を逸らさぬ態様の整えからはじめねばなるまい。）

沈黙は氷っている
なべての言葉を翔《とびた》たしめたあとの
如月の季のなかで

（二月号）

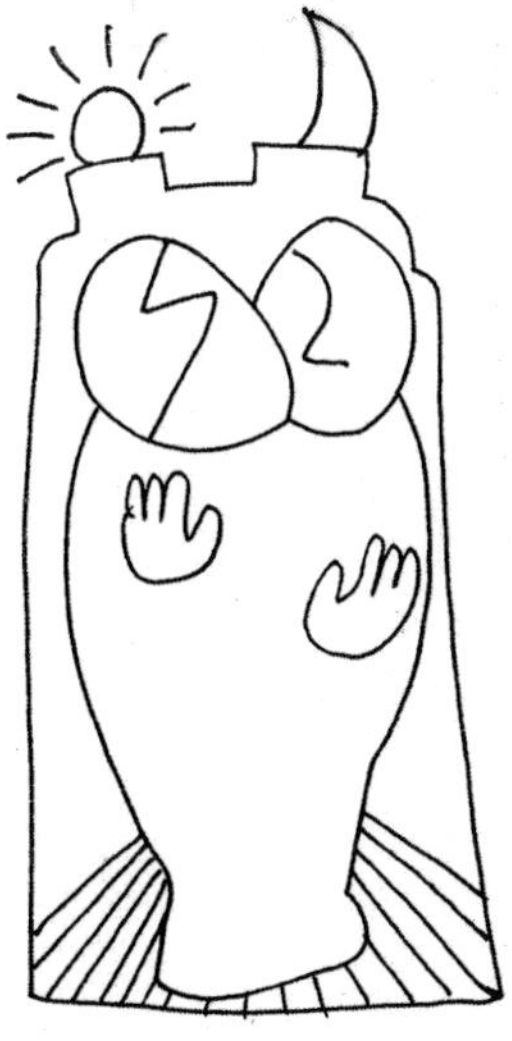

茸茸抄《くさむら》

現の章

ああそれは〈批評〉の批評がひつようだということですね

（言葉を発することで何かが喪われてゆく微妙なずれの感覚。その瞬間から言葉の封印ははじまったのである。封印と発語の引力相、乱反射する鏡。厨房と居間をつなぐ廊下に転がっている円錐形、翳《かげ》しるく凹む球体。）

あゞぁん・ぎゃるどの歌詠みも宮廷に降ったのか

（現代詩の定型化なる発想は、ひとつの問題提起には違いないが、時代の要請となると少少首を傾けざるをえないし、どこか貧寒な時代の火事場さわぎにも似てくる。ただこの放火犯も、遠くから騒ぎを観て、ひとり悦に入っているふうであるから質《たち》が悪い。）

（著名某氏の主宰する俳誌廃刊の挙は、俳壇に衝撃を齎したようだが、しょせんは元の場所に帰っただけのこと。しかも、時を移さず数千《すせん》に及ぶ会員が、散逸することなく同流の、あらたな旗幟の傘下に馳せ参じたのは、みごとなパフォーマンスというべきか。）

人口に膾炙せぬ芭蕉の稚拙と遭遇すること

変の章

（絶望、もしくは自死への註。自死は絶望の完成ではあるが、絶望の自由ではない。つまり、自死は絶望に於ける自由の可能性の永遠の無化である。

一本のペン、一個の滄灯、窗外の樹木、鬱《いぶか》しいこの世紀の、疲のまなざしに逢着するいずれを指示しても絶望でないものはない。然らば絶望の完成にむかう在りようも、その意味では、既に是非の埒《らち》を超えた次元を包摂していると言っていい、が今日倖か不倖か、かかる方向をめざす心的状況が、時代を帯同する意志としては存在しないことも確かである。いずれにしても、渦巻く絶望のただなかにあって、なお自由を選択するのも人間のゆるされた窮極《いやはて》の証しのひとつであろう。）
（承前。〈岐路〉にとっての罪とは、それ自体が、否応なく運命を懐胎させうる構造として措定されてしまったところにある。）
雑草《あらくさ》のあじあの次回の掠め取り屋は誰かな
（昼の時間の滑らかさにあっては、とかく夜に呻吟した時間帯を忘れている。）
死刑よ、何故におまえは制度の神に碇泊しているのか
（さてたった一語によっても、人は死ぬということがあるものだ。）

過の章

樹の内側には胎児、魚を捲く夜の
かたわらではひとり老人が闇を刈っている
「随分闇はふかいのう」
ポツリ呟きながら闇という下草を刈っている老人の胸に
は磧《かわら》があり
（怪し異《あや》し嬰《ご》をあやし殺む綾《あや》とり餌とり乞食《こつじき》河原）
磧には糸遊《かげろう》が立ちのぼり
酸漿草《ほおずき》のようなちいさな花も咲いているのだが
老人はいつか
胎児に還る夢をみている
蹲っているのは胎児のかたち

きのう隣家では出棺

鏡のなかをくだってゆくと
波折りにもまれ漂うはぐれ藻を
刈りいそぐ少年がいて
海岸への繊《ほそ》い途は
夭死《わかじに》のいもうとの径《みち》
戻《くる》る日を横目にいつまでもしゃがんでいた砂浜
鏡のなかを更にくだり
防風林をぬければ
五月の陽光のもと

仰向けに隠し処晒《さら》していた男女
四旬くらいであろうか
昼寝の夢か まばゆさの
杳《とお》い日の光景――
農家の縁先にみた
あのおおらかな田園の性のいとなみは
もう残ってはいまい
屋根裏の男色家の件は
以前、書いておいたが
爾来
禍禍《まがまが》しいことのみ多い日日で
鬱領の住人よろしく
刈りとったばかりの堆《うずたか》い緑の闇の層を食べている
かたわらの樹の洞《うろ》を覗くと胎児もすっかり夜のなかに
収まったようであった

（六月号）

泯泯《びんびん》抄

夜も更けてゆく　宇宙の闇へ最後の見解を送らねば
出入り頻繁《はげ》しい扉はなるべく澹《あわ》いいろにしておこう
光は闇に融けているがいい

　声を蔵う喉の空洞《うろ》の暗　黒い小冊子　万策尽きたのですか　地階から霧が立ち籠めてくる　あの指が恐怖を殺《あや》めてゆく あの指を弑《ころ》せ さびしい魚族《うろくず》と添寝する丙夜百人の老爺がぶら下っている橋脚　何を産むために待って待ちつづけて深い淵の女人よ　もう喉はみせなくていいのですから　遠くへ之きましょうしょせんは流刑の一負者として、あなたは思念の庵のなかでミイラになるのですね。

　螺旋状に降りてゆく、地階へ　飛翔したいとはゆめゆめおもわないの　窗から薄明かりが漏れて　ひとまず虚用の書を積んでおきましょう

(詩を包含する不断の生の在りようが、絶望的状況を開示する際の作品は、どのような相貌を呈しはじめるのであろうか。四時《しいじ》にそのことを思う起居の、焼亡《じょうもう》からの認識の澱《したた》りが、かろうじてしろい枡目を埋めてゆく。ある稿の成り立ち。)

耆婆鳥《きばどり》がいつの間にか側《かたわら》に 即かず離れずの位置で此方を視ています　おそらく短命なのでしょうが、まなざしは鋭利な刃物です　いましがた少し位置を変えましたが、翔び去る気配はありません　昏れいそぐ風景を招聘《よ》ぶあべりちふ　七日七晩の豪雨による洪水が、橋という橋をあまさず押し流してしまって　水浸しの都市　少年が飼育していた貘のひとつが昨夜《ゆうべ》死にました　蚊遣り香の渦も燃え尽きやっと灰になったところです　渉る橋もないので、蒼い膚の大小の鬼たちが川縁で車座になって何かしています　褐色の木の棒らしきものを互いに交換しながら上げ下げして――一種の儀式なのかもしれません とうとつですが、天女を配剤しひそかに虐殺《あやめ》瘤を養《か》う巨大な〈機関〉は、組み替えの時機でしょう（単純なる箴言。右の頬を打擲《う》たぬこと。）魚族《うろくず》のむこうの原形質　ほぼ半世紀夏空は冰ったままで　宇宙の迷い星《ずっ》を捕捉する手の所在をカメラが追尾している構図　煉獄の鏡を提げて誰かが近づいてきます　妣《はは》の齢を過ぎて黒曜日の女人よ 今も待っているのですか、ひとしずくの決定的な季を

（九月号）

巽風抄《おしあな》

胎児また寥寥杜《もり》ありて翁住む無風辺穹《きゅう》という綳帯
塞の神減る辻の蚊帳吊草の季を過ぎて候《そろ》
不帰されど原野のぼうぼうと檣《ほばしら》ありし塔古りぬ
解纜と投錨と　有刺鉄線に捲かれた羊の……夕陽《せきよう》
開けても開けても箱一個の倉庫《くら》ならぶ地平背に列んで帰
　還兵くるよ
咽喉《のみど》通る時計たち夜盗虫の闇農《なりわい》の裔《すえ》の末へ
波の上《へ》のいちまいの葉をひろうことも凶なれ落魄なれ
ヌーベル・バーグの尖兵いまは霊能者の幇間《たいこもち》街央《なか》くろ
　とり群れるわ群れるわ
れっど――底ごもる秋霖《あきさめ》の杳《とお》い八百会《やおあい》の餐
遊ぶらん巫女も亡者も　検死ののちの磧《かわら》ゆくかな
突かれ眼の〈民〉から夜気しんしん虫鳴くや水の象《かたち》の
溶岩塔《ベロニーテ》あるいは夕月、はては陰府のぞろぞろ道
もう睡る界隈《ところ》まできてしまって天井に写して道化顔ひとつ
荒天を宿痾を飼いつづけ内界で星釣る男　暮秋
もっと底へ催《うなが》してわたしを降ろす即ち荷物落下祭
否《ノン》その懐かしくみずみずしき止め　ああ果物の截口《きりくち》に肖《に》て
くらい火であった戦捷とう花火のくらい日であった青春
　落丁索引日
軀《み》を暗にして闇を視る月光《つきかげ》に彳《た》ち歴史は轢死《れきし》とあなたは
　言う
寒い季節からうそさむい時代へそんな気流を食べN少年は
何がどうというのではない篁を身ぬちを吹きぬける深秋《あき》
　の風に　緘

（十二月号）

平成六年

木雁抄

（人の思考には、実現に値するヴィジョンとの関聯に於いて、徐徐にすすむ場合もあれば、徂《ゆ》きすぎて引き返すという経路もある。後者の悲劇は、戻るべき場所が既に消失して存しないか、恢復不能の場合に起る。随って、思考は絶えず丹念な自己査問を、おのれに課す要があろう。）

天秤の荷と重心の関係

（詩作品とは、究極のところ宇宙の肖像画ではないか。言葉が内包するイマージュ、デテールから骨組み、すがた、かたち、すべてに宇宙が宿り、栖む。縄縄そこに発し、そこに畢る。加うるに、長編であれ短詩であれ、取捨選択の最後に訪れた始原の言葉によって全体が充たされていること。）

切断と余白、全体と残像

（生理も理念も、人間の曳きずりつづけてきた宿案の二極という意味では、共通の要素を携えてはいるが、その濃密度を較べれば、理念は生理の比ではない。それは、生命体全般の歴史と不可分ではあるまい。）

一冊の部厚い黒い化石——書物

（理念なる花火と、生理という怪物を隔つ巨大な溝に暗視カメラを据えてみる。微妙に近づく場面、急速に離反する場面、あるいは永遠に〈問い〉を指すしがらみ。）

影を捕獲しつづけて影になっている

（存在してしまったということ。その当たりが畢竟凡ての思索の核《コア》だろう。この逕《みち》の長夜《とこやみ》に囲繞されつつ、すえは行路病者となり果つるか。寒鴉二声《ふたこえ》。）

異日同会ノ図

(狎らされると順致するとの間に、否《ノン》の意志をすこしずつ挿入してゆくと、〈戦中戦後〉から今日までの思想や当為、更にはアンガジエ、受肉存在などの見取り図の一断面が、物の表皮をいちまいいちまい隙《ひま》をかけ剥ぐごとく、次第にその相貌を現わしはじめてくるのを、ある種、慰藉にも似た感慨もて想起する心境にようやく達しつつあるのも、生き過ぎてしまった――昭和ひとけた世代に内在する特有の心理状態か――時間の認識もさることながら、くさぐさの現実を、何らの前提なしに対象化しうる視座を醸成せしめた、時代の変容と熟成のゆえでもあろうか。とはいえ、この惑星に依拠する弓形《なり》のしまぐにの、おおかたの諸相は、いぜんとして冬の風景の中に在る。さて。)

玄冬。廃墟の上の月

(午前二時。古い柱に吊られている過去帖。鏡の奥へ奥へ隊伍を組んで延延と亡者の行進が。畳の下を幽《くら》い川流れ、密《ひそ》やかな岸辺に漂着した男女《なんにょ》一対の嬰児《あかご》。)

虚空から垂直に下りてくる橋

(歴史が、つねに勝者によってかたちづくられてきたとの説は、一応の真理を含んでいる。つまりは、統治に係わる権力の構造、乃至は性格と無縁ではないからだ。その際、敗者に残されるのは、ただただ〈痛み〉の記録のみである。しかも、敗者の記録は通常は史の系譜の背後の闇のなかに隠蔽されていて、めったに陽の目をみることがない。もし犀利にして異形のまなざしによって、かかる〈痛み〉の記録が発掘されるような事態が生ずるなら、時空をつらぬく詩の、暗い渇望の何程かは癒されるにちがいない。)

誰もいません、百年の空家

(三月号)

石寥抄

石の影、陰の石
〈われ〉を指す永遠の配所
（そうですね、そうなったのですね。）
堆積された時間の層の内実を捉えなおすひととき
五月の耳の洞《うろ》は
埴輪の眼のくらさで
侏儒が栖むのかまめつぶほどの島嶼《しまじま》の散在よ
漂泊のはての、どこへもゆけぬ不肖のひとりとして
時代のまずしい餐ともども晩《く》れを招ぶ日没
ああ夜という夜は石群《いしむら》の寥《さび》しさで満杯だ
白濁のまなざしで一意《ひたすら》老いぐむ生存の
かくもすばやく前方が遮断されるとは
昨日までの田や畑に
つぎつぎあたらしい家が建ち
もう、どこにも壊滅の記憶を曳きずる痕跡など望むべく
　もないのに
わたしの内側は　依然
あの杳《とお》い廃墟に占拠されたままだ

あなたは気づいていただろうか
地に低れている空もあるのだということを
ねじれに捩《ねじ》れてしまった常民の思考は
喉の辺りで塞がれ逃げ場のない疲労の声
あるは太陽の畢りを見届けてしまった数多《あまた》の
石の寥《さび》しさ
無言の重しを抱え
権力の魔の森で
行方不明のままの世紀の受難者たち
押し葉のように
不条理の覚書を頁に挟むたまゆら
青春をくるしく生き、夭折した若者の唄が瀑布《たき》のように
　内耳に墜ちゆく夕
（怒りは何故そうもかなしいのか。）

柿の木の嫩葉《わかば》の翳《かげ》
夜の孵化を待つ
石
（詩府に於ては、ふかく、かぎりなく謐《しず》かな相に盈ちて

いる言葉はもとより、どんなに烈しく、かつは華やかな表情に紡がれた言葉であっても、その底には、例外なく沈黙の地下水が時空をつらぬくさまに流れている筈である。然して、詩作品を読むとは、かく音を幽閉したあるかなきかの微音に耳を添えること。つまりは、そのように言葉が内包するイマージュの極の固有の沈黙の自治領、ひいては地下水の在り処に、前提や理屈なしに辿り着くことにほかなるまい。）

（七月号）

死のむこうにぽっかりと咲く木場と闇

牢記抄

（良心、そは人間の意識にとって、もっとも困難、かつ中軸をなす内的問題だ。時代の体制や、組織からの執拗な攻撃に曝らされながら、実存が不断に注視されるのは、人は、とかく良心とは逆の領野へおちこみやすい《自己にとって不利益な事柄は、なるべく隠蔽したいとする》曖昧にして狡猾な心性を有する現実存在に他ならず、それゆえ実存を志向する者は、自らの内部の洗い直しに絶えず参画し、真実存在たらんとつとめてきたのであるが、なお、愚かさの界隈で逡巡しつづけているのが、善悪《その線引きをいずくにやの諸論はひとまず措くとして》併せもつ人間の本当のすがたなのである。）

（実存とは、元来泯《ほろ》びや虚無に対立する概念として捉えられてきたのだが、泯びも虚無も人間、自然、宇宙の影の部分を内意しており、包括的な位相からは欠落してゆくことも否定できず、随って生成と泯びをともに受容する、たとえば〈虚存〉なる概念を導入することで、つづまりは無限相の思念に逢着させたいと——。）

ひとつながりであることの　断れていることの　水は溶暗のなかに在るほうがのぞましい　死の恐怖と死の甘受、解体とは究極のところ宇宙と握手すること　水の墓、鳥葬も循環系の内では妥当な完結といえよう　散骨、還土、風葬、その永逝《おわり》の態様はそれぞれ異なるにしてもされど死は完結であるとどうじに過程でもある　種種の要素に分解されることで、もろもろの生命の糧にいくらかは役立ってもいいようか　ただ、全き回帰の円形から、すこしづつずれてゆく循環のかたちが変化を生む　ああ虚水　つきつめていえば、すべては悲を纏う書物《かきもの》たちを蒐《あつ》め、陽に撓んでいる棚の黄昏ときに想起しては、数冊を撰び出し開いてはみるが、年来の弱視、やむなく閉じてしまう諸事《もろごと》の、〈老い〉の斜景の内側で増殖してゆく負の遺産よ　ただただ〈戦後〉を非力ながら検証してはきたが、方今《いま》はほとんど零の見地で七曜を細分できるかも知れぬ　暑い、とにかく暑い　あの日からほぼ半世紀、今年の暑さは格別だ　漏刻、〈思想〉の遺子たちが夜の灯を囲む夏、八月　ソルジェニツィンの故郷のように、このくにきみは帰れるか　ままよわたしの思念は千の孔に拘束されよ　近代、いや古代からも追放された前《さき》をゆく老いたる男の淋しい背中《そびら》を見ていると、現世を生きぬくのも困難に思えてくる　時時刻刻薄らいでゆく風景もあれば、いまに鮮烈に記憶に留めている風景もある心が引き受けた強弱に、多分といおうか確かといおうか由来していよう　西脇順三郎は、詩の本質を諧謔と哀愁だと言ったが、わたしに残されているのは寂寥感と沈黙だけだ　更けてゆく夏よ

（七月号）

平成七年

森閑抄

（現実はポエムである。もし現実がポエムから乖離していると感じるとすれば、それは現実がポエムを捨象しつづけているからにほかならぬ、
またポエムは現実そのものである。
矛盾、悲傷、忿り、慰藉、不在への投企、すべてポエムが引き受けている現実の核《コア》であり、積載された意識の各層に日常的に着床しているのである。）

静寂はやぶられねばならない
静謐はまもられねばならない
宇宙を構成する仮に柿と名付けた樹木の若葉から細少の塵のような雫が垂れる
さびしい雨
雫に映っている人の顔
ちいさな人の顔だ
「もう軍《いくさ》することはありませんか」

背中から低いまぼろしじみた声が聴こえてきて反射的にふりかえってみたが、しょせん人影はなく、茫洋たる空間が拡がっていて、林立する樹木をわたる風の音が野分まがいに耳に響《な》っていた
ああ〈わたし〉という底なし沼に入り込んでしまったために、わたしはいつまでも解放されない

宇宙の迷子としての人間
冰った魚を石に嵌める
石の言葉に礙《ひ》かれている老年
鏡を分泌する天井
わたしをきざむ俎板の窪み
　宇宙の涯に佇《たたず》む侏儒

西の晩景《やけい》が燃えているとみたのは夕景のあやまりかいや、晩景だって燃えることもあるに違いない
太陽の畢りを見届けたい、そんな不遜な妄想が脳裏をよぎる五月
「投降兵に会ってきたってね」
「緑陰はすずしかったかね」

背景を食べてしまったので石ころは
ただ無性にそこに転がっているだけ
石ころを踏みゆくことも傲岸のひとつか
渦巻く散逸と収斂の暦を凝っと視る
遠くの方もみている
宇宙の涯に彳《た》っている侏儒よ
そこでの寂寥はたぶん想像を絶するものがあろう
わたしのなかの風量は、ゆうにわたしを仆すに充分だ
ただわたしに吹き募る風の、ときに凪ぐやさしさゆえに
　辛うじて死を免かれているにすぎぬ
わたしの家路はゆけどもゆけども縮まらないので、いつ
か侏儒のきみと逢えるかもしれないなんて、かかる夢
　想も乞うゆるされよ、一期なりせば

（七月号）

沈木抄《うずみぎ》

(地球上のあらゆる生物は、自己拡充性と退化、あるいは棲み分けなどなどの絶妙なバランスの上に成立している。ところで共生とは何だろう。その途方もなく暗い夜の開催を、今後もつづけてゆくしかないとは思うのだが。綺麗ごとの理念のなかで揺れている、人も馬も、牛も虫も、魚も植物も、すべてが。)

空洞《うろ》が立っている。いっぽんの樹木の内部として。くらい渚。

(拒食症でもなく飽食でもなく、食べる喰われる、食べない喰えないの関係性の奥に分け入ってゆくと、そこからごく自然に日常が現われ、世界の構造の歪みが露呈し、宇宙の太初からの暗部がみえてくる。かかる視点のカテゴリーも、煎じつめれば、もろもろの思いや考えから抽出してきた想念の時間に沿っているといえばいえはすまいか。)

軒の風鈴が鳴って。銀河系の雫のような。どこへ墜ちてゆくのか。

(絶望の底はふかいが、絶望に絶望する地平が皆無であると考えるのも些かさびしい気がする。ただ絶望に絶望する在り様のきわみが、即希望だと述べるほどの自信や勇気の持ちあわせもない。つまりは、思惟の零位で当分はうろうろするほかないということ。いずれにしろ精神にとってつらい時代を、ひきつづき生きているという実感だけは確かなようだ。)

ながいながい繃帯で地球を蔽ってしまうことの。ポストが配られてゆく朝の街。

(神が去ったのちの内部の荒涼はどうか。わたしは勿論、神をもたぬ者は、生涯この荒涼に耐えてゆくほかあるまい。噛みくだく皮革のにがい味にも似て、地球のかたく、またやわらかい土壌を詰め込んだ脳の平野も受難の草花に埋めつくされている。)

川という川にかなしみの碑を建てたら川は何と応えるのでしょう。

（迷宮の時代にあっては、自己のよって立つ根拠のありかを再度確認しておく必要があろう。そのことが時代の昏迷のさまざまな場に即応し、困難を検証し、解決の方途を浮上させうるからである。ゆめゆめ闇の思念を手放してはならぬ。いつの場合も崩壊はドラマチックなものだ。）

見えていたものの背後が杳《とお》くなってゆく。宇宙の一齣の。厨で。

（潮のみちひきのように想念が揺曳している。いまは少少引きの方に重心が移行してゆく感じだ。だが考えてもみよう。引きのない波なぞあろうか。敢ていえば、人類はこの地上に出現するのを急ぎすぎたのではなかったかと。）

老年期の陲《ほと》りで土が乾いている。しろく、どこまでもしろい果ての。

（人間の欲望とは元来無限定なものである。時折ふっとそのことに思い及んで、不意に身慄いする瞬間がある。〈知足〉即ち足るを知るというのも、平素の生活の基準率に質的転換を齎すためのいにしえびとの智慧でもあろう。しかして〈知足〉とは欲望の無化ではなく、欲望の変容、乃至は少量化にほかなるまい。）

死はほろほろと灰もほろほろと零《こぼ》れて柿の葉がいちまい落ちた。

（調和も共生も、理念としては宇宙のアルカディアにもかさなってくるといえようが、意識の底に踏み込んでゆけば、ボロボロになりぼやけてしまう。そこにどう照準をあてどう脈絡をつけてゆくのか、詩を書く者の真価が問われるのもまさにその時を措いてほかにはないだろう。）

沈黙の地下水を汲みあげることの。つらいいちにち。

八月十五日真昼いっさいが灼け無人の公園。

（民族意識には長所もあれば短所もある。要は、その測り方、定め方の基層であり、世界観が指し示す方位性ではあるまいか。）

（十月号）

平成八年

一果抄

混迷の時代を貫《ぬ》ける一条《いとすじ》の光はありや雪の橋ゆく

個の背後とうとうと運命の史は流る　月明の坂に黙《もだ》して
イ《た》てば

核廃滅のかなた宇宙のはたてより武器ころすべき侏儒は
来ぬか

冬未明剰余の生を刻むべし　俎《まないた》の傷、その上の菜よ

魚族《うろくず》としてありしとき海を捲く繃帯なりしいま頸にまき

いとけし、されど粛粛と智慧は育つべし霜の間《あい》よりのぞ
く小《ちい》さき芽

絶望を刺し、希望をたたみのちのなお生あるを遺言とし
て野に果てむ

何かを忘じ何かを缺きて街に出ず受肉の思念僅《はつ》かに率《ひ》きつ

飼犬の一度は吠ゆる二度、三度会すればなぜかかなしき
眼になる

雑然と書を積む部屋に籠りいて元日もまた過ぎゆくらむか

幾つものくるしみの線描《すじ》収むノートそのかたわらの下僕《しもべ》
か明日も

結了の一景として化野《あだしの》にわが屍を置けば腐敗ははやし

潭《ふち》ふかし 石焼芋屋をやりすごし家の深みを測る夜かな

皿に一果を置きいるときもいずくにか戦火はあらむ窗の
外《と》の雪

棺を蓋《おお》いてさだまる死にはほど遠し風俗に生き野垂れ死

ぬ身の
冬きたりなば春……頤《おとがい》に喪を含《ふふ》みつつ待つやまぼろし
受胎の頃へ哲学を解き放ちやる電線も家並みも霧《き》らう夕べに
人類に死刑制度のあることの——肉屋にぶち截られたる鶏の首

（五月号）

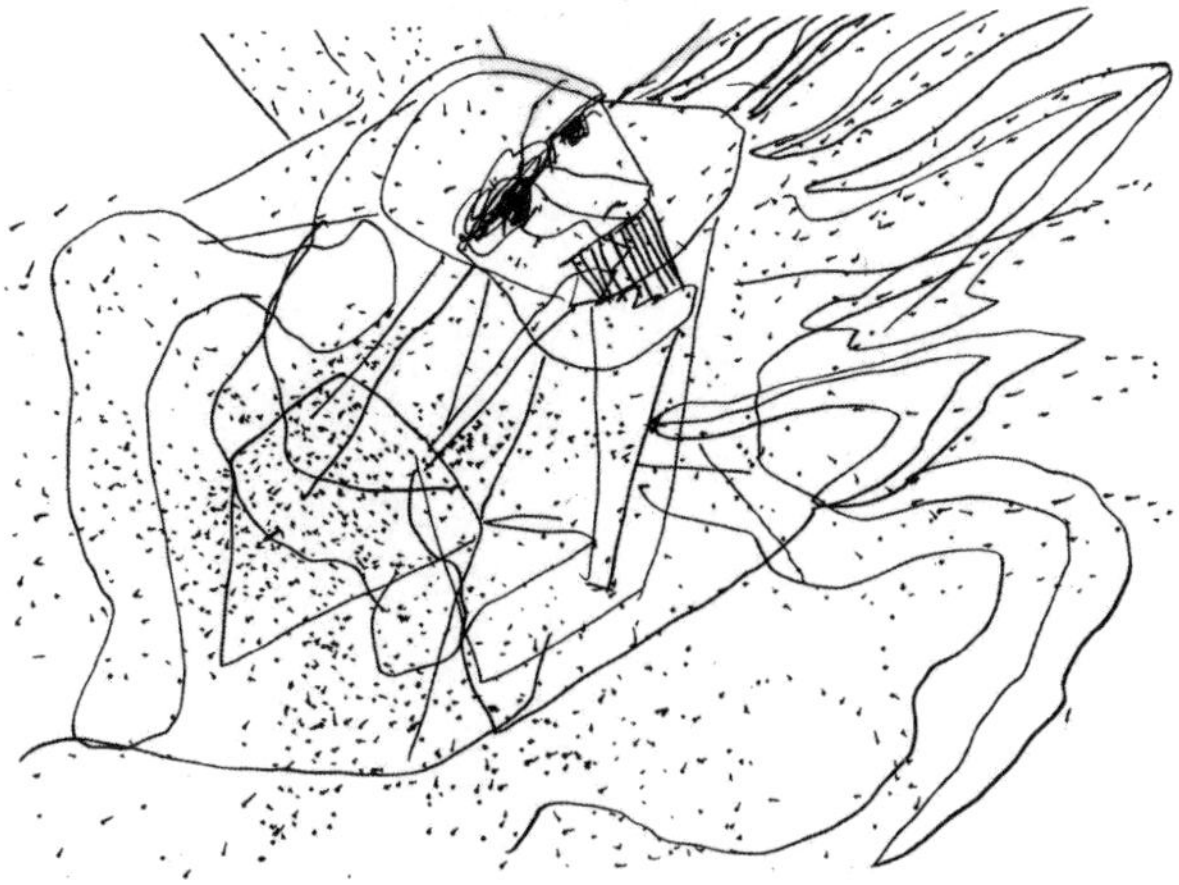

莫莫抄

どの猿から派生して、寥寥源氏平家の泛き沈み、水に添い寝の魚族《うろくず》の、廃駅巡り背教者、喝采はくらいかあかるいか、路上の眼、宇宙の眼、包括者もいつか没、死の恐怖、死の甘受はどの辺りで運命と交替するのか、自然《じねん》という自由、途上の橋、暁闇の鴉、二声啼いていずくへか、この穹《おおぞら》の、生命存在、非生命体、塵芥《ちり》を焼く、ちりぢりの灰、零《こぼ》れている時の、しずくの、青春落丁史、舗道にも、萌えて杉菜の土筆《つくし》立ち、虚無からの緑《あお》、枯死の後方、緑の生命力、つづく時間の、いちれんの滅、背《せな》をつらぬく永遠《とわ》の未来ぞ、いやいや未来も早晩死ぬ、されば創生と畢り、どこへ行く旅人よ、崩壊のドラマ、老け役の女、若造りの男、印字する機械、機械選手、あとは薬を嚥むだけ、抱卵の鶏、空はもう俟《ま》ってはいない、飼われるのみ、お古は邈《とお》し、上から下までまっさらの小学一年生、餓鬼でいい、ガキよ走れ、恋する猫のさんざめき、健康飲料はどこまでケンコウに、傾けている食の配剤、受胎を分泌する水の睡り、砂時計の、横水の、家を建てる、列島を縦断する地震《なゐ》、権力を養《か》う十二畳間の大漢《おおおとこ》、反目・騒乱は尾骶骨《びていこつ》の痒《かゆ》みの処理を誤った？日常のなかのエポック、酔うて花のもと、垂乳男《たらちお》のそぞろにさむし、昏い花の下、くぐりぬけ、くぐりぬけ、夏の、さようぶよぶよの夏。少年の海、渚に寄せる波の、饑《かつ》えていた少年、鏡舞う夏よ、冰れ、冰れ、すべての言葉、冰れ。

苦もなんの、なべてを踊りでこなす南国の底ぬけの陽気さよ、転べばくらい北半球、咲いてるうちが花は華、散れば舗道の、しょせん厄介一幕もの、

「孤独は殊更口にすべきものにあらず、故尋《と》わば、人の孤独なることつねのごとくにして、生得的なるものなればなり。」とぞ。

ごぼっ、どぼっ、ゴボゴボゴボ、語幹がしずむ、沼散景のうたごよみ。

限りなく午後の謐《しず》かな河岸《かし》にきぬまぼろしに馬水浴びるらし

涸川の磧戻《かわらかた》ぶくたまゆらを修羅路良寛旅者良寛

とまれとまれ防寒色は倦みやすしストーヴの灯のうすき

むらさき

季は巡り、虚無よりの使者立つを見つ舗道《いし》の割れ目に緑《あお》
　のぞけるを
視界また死界へ移りゆくことの水なれば水のごとく逝か
　むに
われもまたわれの美学の圏《うち》でのみ語りきたりし臆面もなく
天井もひとつの鏡小夜更けて仰向けば無防備の小僧がぽ
　つり
おのもおのもの孤立のさまに背を合わす地下鉄の明るす
　ぎる車内に

思想とは思いを想うこと。そこには当然、思いへの省察が籠められていよう。思念は思想より内に含むことが多い。思念は、思いが念のかたちになっているもの。思想はある意味で鋭く、ときに折れ傷つく、思念は、深海魚のごとく存在のふかみにあって、極力、表面への浮揚を自ら戒めているかにみえる。ゆえに思想は痛みであり、あるときはくるしみの相に浸されてあり、思念はといえば、よりかなしみに近く沈黙を不断に宿している。思想をたとえれば、谿の流れであり、ときに大河であったりするが、岩にぶつかれば砕け飛散する行水に肖《に》ている。思想は、殊に国家や社会・組織などに触れ、様様なロジックによる解析を意志として持つ。他方思念は、胸奥に垂れ下がって動かぬ一個のおもりに形容されよう。つまり思想は、本来的に時代性に係わることを否定しない。思念も同じく時代を検証し、時代を論じたりはするが、殆んどは時代の埒外《らちがい》に居所を構え、自らに無駄な動きを封じているかのようである。

眠りがみえている。眠りの先にどのような階段があるのか。

黒い魔としての権力。権力は酔わせる。その酔いの心地よさのゆえ、いったん掌握すれば、手放すにはそれなりの勇気が要る。権力はくらい。そのくらさのため、月光に照らし出されるのを極端に怖れる。権力志向は、潜在

的には誰にもある。人はこの巨大な魔の柱に凭りかかっている限り、しばしば自身が神であるかのような錯覚に浸ることができる。

言葉は辛《つら》い。沈黙も饒舌も言葉あってのこと。俳句系の宇宙。短歌系の宇宙。現代詩の宇宙。言葉の宇宙。食前酒《アペリチフ》は用意された。深夜の開催。夜を演出する猟人《かりうど》。幕が溶けてゆく。山積みの殺虫剤。人は死に絶え、虫も絶え、かつて地球に生命が存在したことも一場の語り草。かくて裂帛《れっぱく》の気合いにて闇。

（六月号）

頓丘《ひたお》抄

卵割りしのちの調理のさびしさよ口あれば口を充たさむ
　意志の
仆れしはわが影ならん炎天下ゆっくりと鎖されゆく校の
　門
鏡類などなかりせば鼻のかたちのみとどめいし顔そのが
　らんどう
鳥啼きて穹《そら》翔けゆける夏の午後ふいにうらがなし耳ある
　ことも
地下街と地上を隔つ明るさを継ぐ階くらし仄《ほの》あかりせど
ヘーゲル以後のヘーゲルを俟《ま》つと若書きの文ありかかる
　気負いもまぶし
社会、はては宇宙に及ぶ思惟もまた個をひろう夜と夜を
　違えず
あとずさりゆく森・林・都市の喪ののち編まれいむニュー
　資本論
いつの日も雑草《あらくさ》を借り刈りすすむ矛盾ぞ人の受胎哲学
されどされど死は額縁の外にして収むべき肖像画未だ着《とど》
　かず

自然は自然に於て自然である。文化は文化に於て自然から乖離している。にもかかわらず、いぜんとして自然は文化の母である。文化が危機であるとき、文化は自然の子としての本来のすがたが奈辺にあるかを考えなおさねばならぬ。要するに人間は、自然の一部であると同時に自然と係わる存在でもある。而も係わりのたびごとにといおうか、出自に於てといおうか、矛盾を負う生命の闇のふかみにつねに直面せざるをえない。あれやこれやの思索のはてに落ちつく結論としては、自然との間に納得のゆく折合いをつけるということである。とはいえ、ど

のような折合いをつけようとも、しょせん負の構造を曳きずりつづけてゆくほかないこともまた、ほとんど自明の理であろう。さむいかな直立歩行の人間。きょう原爆忌。

（九月号）

深秋抄

葉と葉の隙間をすりぬけてゆく風。
落葉。
並木通り。
五・六片のうすい雲を配した空。
沈黙を探しに地平線へ消えていった
ガラクタ蒐集狂の男。
未定の時間の坂を駆けてくる稚《わか》い娼婦。
この世界の、どこへむかって墜ちるのか
時代のくるしみの天使たち。
海沿いの禁句の部落を見てしまった少年、
あの日。
在ることはなべてくらく
十月も終りのよわい陽ざしのなか
暫し頭蓋を曝している肆先《みせさき》の午後。
刈り込まれた迷宮の空地も
多く枯色を湛えはじめ
冬は、
もうそこまで。

（十二月号）

平成九年

付箋抄

瀑布《たき》のような付箋がかたわらに。壁に吊るすも机上に置くも、はみだしてしまうちいさな付箋の暗い力。そう、深山がいい、死者の眠る山。

基本形についてもう旅はない、と言いのこして隠者は去っていった。怒濤の旅はかくして鎖《さ》され、残余の旅はデテールとなった。

資料室の一劃《いっかく》の空白。ながい行脚の末、空白が埋められたとしても成果、吉凶のいずれに傾《かし》ぐやもしれず。されど、之《ゆ》くほかないではないか。遊子《たびびと》、よし仆《たお》るるとも。

ポエム——の方位へ鏡をすえる。鏡の奥のくらがりを掘ってゆく。そのようにして、闇はしらずしらず人体に付着した。闇をまとって男は宇宙を逍遥する。背後で鳴りひびく断念を感じながら。

逮夜。あれほど考えぬいてきたのに、死の呆気《あっけ》ない訪れ。畳上、この現し身の、なお生きて在ることの、途方もないさびしさの旦暮《あけくれ》。翌朝、虎杖を降る。水の流れに、園児と老人。

他界を潜りきれず、ほぼ垂直と水平で成り立っている家の構造を見ている。シンプルで自衛的な〈家〉という容れもの。

火を植えていた国学の徒。招魂一閃、自らを処刑して彼は黄泉へと。われ鬱領を抱え存在《ザイン》をこじあけむとす。彼我の景に癒しは遠く。（おお精神よ、お前はいま、おまえの生存の与件としての荒野をもてあましてはいまいか。）

地表の割れもの。空気をノックするように硝子のドアを開ける。春か。寒冷層をのこして季節は還る。残されたものは一年を俟つ、がはたしてそこで環のビザは取得しうるか。

無人改札口の田舎と都市。いずれも無人だが、景趣の差異はどうしても跳ばねばならぬ。時の進行は宇宙の内在か、人の創出か、愚問か、水温《ぬる》みつつ。

たとえば亀を抽出する。亀のなかで燃えていた二十世紀の幟《はた》。亀の背に倒れてきた巨大な鉄の門。遅遅たるあゆみこそ懐かし。

紙鳶《しえん》おもえば、障子に映る電線の影の微かな揺れ。春風が落していった日月をひろう午後の、吃水線ともみえ電線の揺れすこしおおきくなり。

時は過ぎ、時は訪なう。しかして巡る季の、還らざる季の、裂けた木の果ての。雷鳴に賽《さい》は投げられて。

まなざしを落す。無限が石になっている。触れる。石の質感。秘すればの系に誘《いざな》われ、のぼる山の奥ふかく咲く花のたたずまい。

水鏡、天の窟《あな》を映していることの、象もなく融けて在ることの、ひらひら花びら舞い、やがて水面《みなも》を蔽い尽くすことの、時の痛み、すぎゆきの記憶。（さて、宇宙はその出自に於て誤謬ではなかったのか――それとも。）

（八月号）

つれづれの遺文

八月十五日、それは人人がセンソウとヘイワについてもっとも深く考え、ヘイワの時間を〈谷間〉の認識から、一挙に〈永遠〉の概念へと浮上させ、列島史上かってないまでの変容を自身に帰着せしめた日と、ひとまずは定義しておこう。

喪うものが何もないとさとったとき、人はほんとうにつよくなれる。（ただ、その力の振子が善と悪のどちらにふられるかに問題は残るが。）とはいえ、善悪の価値基準も、つきつめてゆけばおおかたは判然としなくなる。ああ、きょうもいちにちがはじまる。

蛇行する舟、存在の芽、宇宙のネットワーク、精神をどのように喩えようとも、ままならぬこの憎い奴め。踊ってすむなら踊りもしよう。棄ててすむなら棄てもしよう。しょせんは死にゆく身の、不甲斐なし、無し。

自然とは、要するに人間にとってのひとつの鏡のようなものだ。人は、自然の鏡に映し出されることによって、みずからの位置づけをはかってきたものである。但し、自然をそのまま人、乃至は人類に移し換えても意味はない。つまりは、すべての生きもの・風物がそれぞれの仕方で生き、あるいは存在しているように、人もまたヒトとしての自然を生きるほかないのである。そこがむつかしいところだ。しかも、ヒトとしての自然を生きるためには、アンチ・ナチュラリズムの世界をも包含した、より広い立場を視野に容れていなければなるまい。夜も更けてきた。きょうとあすの境目もすぎた。そろそろ灯りを消すか。

（八月号）

平成十一年

時景抄

俎板に夜と冬菜をきざみおりとうとう日本脱出――もなし

いくたびの〈匕首《ひしゅ》〉呑みしのち食卓ににぎやかに皿のみならべ晩年

ストーブの焔《ひ》を矯《た》め遺文のごときもの記す深夜はせめてやすらげ

来世なぞ願わず乞わず溶けて畢《お》うるいっぽんの蠟燭の明りのように

キッキッと鳴く杳《とお》き声あのこえは不安か瞋《いか》りか祖《おや》また祖の

つぎつぎに石を投らばたびごとに渦なす池の紊《みだ》れは迅し

わが内の底辺へ下る喪主のために今宵一艘の艫綱《ともづな》を解く

月光《つきかげ》にくろく泛《う》き立つ校門の少女ら群《む》るるまでの謐《しず》けさ

迷宮の時代《よ》はさりげなく象徴の展望台に月架けてみむ

（三月号）

独語抄

ザイン、ザインと雨、いちにち雨。二日続きの雨。熱の故か、何という悪感だ。生きて在るとは存在の悪感、果てしないいくらがりのなかの野宿《おかん》だ。むろん痛みへの遁走、いやはての地の掘鑿現場だ。赤ん坊の泣き声は、もとより存在の呻きだ。洗う、着衣を洗う。闇の部屋に、いましも射してくる一条の光なぞとたやすくはいうまい。記号祭。記号にされてしまう個人。群。

五月、凍りついたままのイメージの窗《まど》よ。すべての季節の畢《おわ》りに、にんげんは立ち合うのだろうか。戦後は畢ったといい、まだ終らぬという。それら離《さか》りゆきしもの、いまだ底《とど》まりてあるもの。格子なき強制収容所《ラーゲリ》としての現代。潜行する不快。詩はなぜ死であるのか。竟《つい》にもの言わぬ宇宙の、杳《はる》か彼方の沈黙の力と、釣り合えるほどに緘《かん》たらんとする意志の故ではないか。今朝、黄の蝶の翔んでゆくのをみた。黄は危で、あるいは杞《き》の杞憂と、二つのキの極の間でゆれている空中の振子。時折そっと〈運命〉を挟んでみる。双腕を垂らし、樹木になろうとしてもなれぬにんげん。にんげんはいくら跳んでも、それ自体ではしょせん蝶のようにはとべないのだ。生まれてしまった以上、ここ、この場所、この欠如から脱がれるわけにはゆかぬ。覚悟を決めて家の周りを洒《あら》ってはみたが、いっかな気の晴れる筈もなく、鬱は増殖するばかりだ。鬱を撃て。撃たれて鬱はどうなった？　坂を転げ落ち、平らな路上に若干のりいれた地辺で、どっこい此方を睨んでいるではないか。ままよ球体の上の食事。どこをどううろついてきたのか、肥ったのら猫が縄の端でじゃれている。もうどうでもいい方へ入りそうな気分。虚の虚を定立して流れた月日の、風よ、きょうも饑えている風よ。

やっと雨があがった翌日の、ぬけるような青空はどうだ。ふところは、日日死で埋められているのに。ああ、鬱は窮極この青空で撃たれるほかないのか。いつしか蛇行しながら未来へと押し込まれている朝の、辛い瓦解の時代の海を、とにかく泳げる沖まで泳いでみるか。抜手を切ってとは世辞にもいえないが、自死へ赴くわけにもゆかぬ。絶望も視界にはあるが、全身で絶望するには少少ながく生き過ぎた現し身の、じたばたしても確実に滅びゆく細胞。諸事、綺麗ごとでは済まさぬと力んではみたが、精精その辺りで流される日常。死後のガヤガヤを規定するのも生前で、不肖の男よ、この遊星《ほし》の、生命史のはずれに紡ぎ出された人類の尻尾を摑《つか》んで、腕組みのまま佇立しつづけ、男よ、夢は夢、畢竟どこへもゆけぬくせに。季節は移り、いよよ夏というのに、分厚く無言を着て、事態は何も変らず——これが暮らしというものだろうか。男よ、さらばとはいわぬ、が二度と地上では会うこともあるまい。おのがじしなりせば。

（六月号）

時間をかけて湖面を僅《はつ》かさざなみが立つがにときを食べ
る
雪が
またちらちら

（三月号）

平成十二年

老年抄

老年の時間がゆっくり通りすぎる
どこへ何を置いてきたのか
机・木椅子・鍋・薬罐・時計・衣紋掛け・足跡・風・惣
菜・代用食・桟俵・砂・汀・波船・貝殻・夕映・寂寥・
国民学校・征服・焼尽・土堤・犬釘・屍体・盆雨・直足
袋・緑陰・ランナー・地虫・葱坊主・稲光・老視・残更・
山骨・一餉
概して無駄な目録が多かった
浪費といってもいい
帰心はあったようでもありなかったようでも――
いのちを識るとは生命の矛盾に気付くこと
では矛盾の先は
鯨を飼う　大量に飼う
牛飼いはどこへ行った？
宇宙への帰還　暗黒物質に咲《ひら》く花といえばＳＦじみてく
るか

季過抄

柿落葉父に肖《に》ぬ子も父齢踰え
冬の月橋の上なる独り影
ストーヴの焔《ひ》のあおきまで示威《デモ》絶えて
枯木よ――一期一会のヒト科だが
曇り日の都市の二月や廃墟擁き
生きてなお干魚を啖らう喉の闇
春浅し魚族《うろくず》の裔《すえ》はた鳥の
水温《ぬる》む日本海溝みえざりし
鏡の奥の〈戦後〉乞う兵散るさくら
葱坊主侏儒に逢わむるところまで
たんぽぽのまっさかりなり画家の黄へ
地下街の明かり水族館めきぬ
無蓋炎天穴に消えゆく霊柩車
どんぐり落つ知足を為すは易きこと
夢より醒め死の百態の眼底《まなそこ》に
いつかいかなる宇宙に逢わむ末枯《うらが》れてはあおあおとまた
葱の萌え出づ

（六月号）

出郷抄

復活はある日たやすくなしえむと虚妄の坂を駈けのぼりしか
やや荒き息をのこして走者《ランナー》は去りゆきしこの坂の未明を
不毛なぞいっさいは死と牽きあえるほどの力を矯《た》めいしや、父
炎天に溶けゆく氷塊《こおり》唯在るはいっぽんのペンと燠《おき》となる血ぞ
キンキンと鋼《はがね》を打てるひびきにも似て少女らの下校の足音《あおと》
流動体の亜種を自認し群衆と地下鉄の乗換線を移動す
ほろほろと残んの発泡酒をあおる深夜は――日本かつてありしと
破《や》り棄てにし望郷賦その一篇を時にひろえる魂もあり
開け放つ扉《と》のごときわが内の解纜《かいらん》ありやなしやがて七旬
鏡へゆけば「死は、死は、死は」と皺《しわ》の面戯れならず近影とせし
月光《つきかげ》に泛き立つ小《ち》さき廃駅を旅果つる地と思いさだめつ
老いぼれし肉体・気概されどなお夕茜背に立てり原野に
詩よ、肉体《からだ》よ、泯《ほろ》びに到る象《かたち》もて時空をつらぬく閃光となれ

（九月号）

平成十二年

臘月抄

遊星史のしんがりにきて危機もなく一杯の食酒《けざけ》をやすら
　ぎなどと
冬、浴槽に躬を沈むときさびしさは濃しヒト科なりにし
朋友《とも》ありて「詩はゲバラ、また截れば血が」一人は逝き
　し一人はいかに
巨大な廃墟擁きて眠れる都市の昧爽《あさ》流れ流れよ恋も少年も
エスカレーターに運ばれ階《フロア》を上下する負と恩寵のこれも
　文明
あるいは堆《たか》く痛みは積まれいむ臘月の高層ビルの間《あい》をぬ
　けきし
われのいずくに無防備やある落葉藉く夜の舗道と肩の
　バッグと
地面より僅《はつ》かのぞける突起物に足とられなば老いの見世物
老眼鏡かけ細字読む 軌を逸れて二足歩行が喪いしもの
遊星史のしんがりに立ち二、〇〇〇年もまたたきも一期
　一会と人は

（一月号）

秋天抄

たちこめる都市の朝霧いずくまで繃帯展ばす星はあるらむ

金木犀匂う舗道を緩くゆく歳月は憂しされどわがとき

死をかたえに死と戯むるる象《かたち》なき死を想うこと近年しげし

巣籠りの軒端より垂る雨粒にも始原ひそまむ文明のはて

ダーウィン、今西学の斜面《なぞえ》よりひっそりと立つ夜の電柱

過食ならぬ寡食こそよし飢餓圏にあらざればかかる老いも贅とや

くぐもる鳩の声、豆腐売りの声一日《ひとひ》聴きえしはこのふたつのみ

（十二月号）

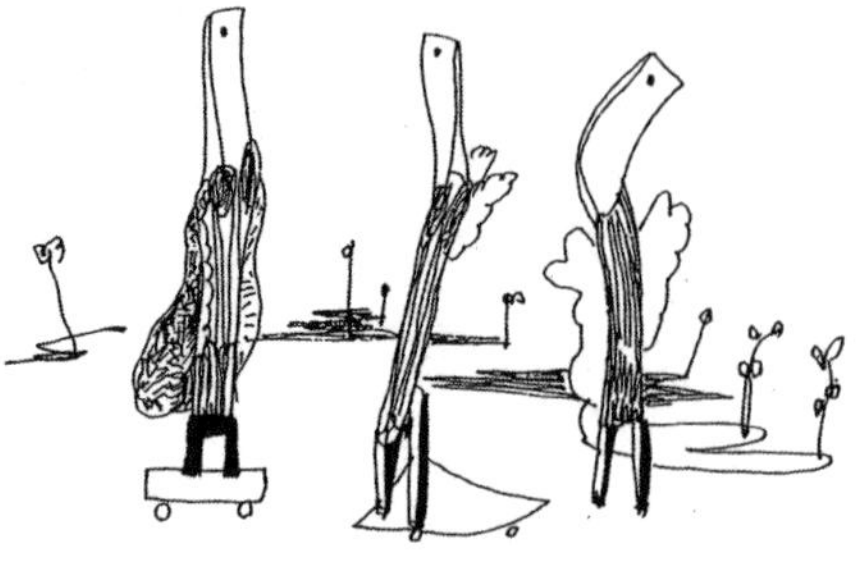

平成十五年

青の裁量

まなざしに青を指示して微動だにしないこの果てしなく浩い内海の水は、いったいどれほどの裁量に伴う蓄積を、底に湛えてしずまりかえっているのか。

かの地平線上から来た侏儒についてわたしは何もしらない。彼もまた此方のすぎゆきをおそらくは識る由もないだろう。ただ彼と目が合った瞬間、わたしは忽ち世界内同時性に没入してしまったのである。

◇

点滴の窓の外では、黴雨《つゆ》空の下うすやみの世紀をのせて、轟轟《ごうごう》と群走しやまぬ文明がある。

枕の下を戦車が通りすぎてゆく。寝台からは左手がいまにもずり落ちそう。枕元には体温計が置かれ、主は先程からじっと虚空をみつづけている。

論理の鬼となった哲学の徒よ。そのきびしいまなざしに、わたしはたじたじとなりその場に立ち尽くしてしまった。あれから50年、あのときわたしが投げかけたのは、組織に於ける個人の自由についてではあったのだが——。

さみしい顔であった。荒野に彳《た》っていた貌であった。廃線の瓦礫の上をあるいていた貌《かお》だった。夜をどこまでも截断していった顔であった。

（九月号）

本質的孤独について、ほか

本質的孤独とは、人が生来内に携えていながら普段は意識下に埋没している、いわゆる一般的孤独とは踵を異にするもの、つまりは肉親・血縁の圏に於てさえも時として感じる孤独、別の言葉でいえば、どのような親密的状況にあっても避けえない絶対性としての孤独にほかならない。この絶対性孤独によって、人間は個の何たるかを従前にもましてつよく意識しはじめ、他者との関係に於て、ともに干《おか》し干されることのない共存関係としての、人間社会の在り様に思い到るのである。

然して、かかる本質的孤独をとことん追究し、肉質化する経験（作業）を通じてヒトは宇宙の、あるひは世界の荒野に、たったひとり放りだされた際の寂寥の全量と軌を一にしている自己を見出し、あらためて世界へのあゆみを深めてゆくのである。

荒野は自然として、焦土は人為として、まなざしに非時《ときじく》回帰する。

憶えばそこがわたしにとっての原風景であり、少年時に社会と係わる際の基軸に、終始付き添っていた影のような領分でもあった。

茫茫と烟り、茫洋と果てしない分厚い霧の中をひとりの見者《ヴォワイヤン》の寡黙な意志が移動してゆく──開戦忌。

零《ふ》る産声の、遊星《ほし》の、いたるところがやぶれている。この球体は、これからも破損個所の修復に繰り返し逐われつづけてゆくのだろうか。闇の奥から時代のあらゆる負を捲き込んで、千の眼が逼ってくる。

（十一月号）

平成十六年

流亡賦

撃たれた花心から千の死者散る兵ならず
忘《ぼう》じがたし鏡の涯の焦土、夕陽《せきよう》
平和の島へ藻を置く流亡の徴《あかし》として
黯《くろ》い潮咬む昼寝の夢の鱶《ふか》のように
住む星や寓《やど》りの客星《ほし》や老年期
既視の邑《むら》の夜空枯葉を零《ふ》らしおく
瀑布《たき》喉に懸けふゆぞらの景とせむ

獅子も鳩も暗色へ凍《し》むくらがりへ
数千《すせん》の夜をにゅうねんに梳く開戦忌
都市晩れて冬蟷螂のちどりあし

（一月号）

平成十七年

斥候《ものみ》と物体

にんげんは竟《つい》に一個の物体であり、同時に痛みである。かくありて猶、猿類の胎内で今少し熟成の日をまつべきであった。

串刺しにされたときはもう枯れへの走者《ランナー》よ
天秤はグレー色に　一月はびたびた　死が
着弾地の草あれば紙に包み凍天の　供華とせむ
死亡証明書をビザに冷えた地球をめぐるかな
荒野と時をふりわけにして颪の峠《たお》
黒く鈍きあまたの墓群寒月光
茫茫とあれ　時よ、すべてよ　雪に消え時空列車
片足ずつ死を落しゆく冬の坂
炎《ほ》を喪に　昏れ迅き空を串刺しに　されど徒労の男
フルーツ島に灯をともす死者の明りほどに
古生代の海を伴れてきた粉雪まみれの侏儒
涸川《かれがわ》や死生《ししょう》の位相測りつつ
割引いても割引いても吃る冬のしたたかな—鉛錘
背ばかりで遠去かる男　いっぽんの　裸木
堆《たか》く積んだ落葉を燃やしている　黙黙と明日も—
あれは過去を消した老女
耳の牧場に放牧をして　一定の　ふゆのいのち
よく視える躰《からだ》　みえないからだ　時雨ふたたび
十年開かずの扉の前で十年俟つ—こがらし
斥候《ものみ》に擬して制作のあの木兎《みみずく》をゆずってください
いのちを碾《ひ》くことの死後を漉《さら》すことの　渺茫と
冬日のなかの砂時計
嚔《くしゃみ》して一瞬闇を劈《さ》きしとも
一碗の宇宙　てのひら
巡れ還れ孵化よ、漂流よ　凍傷の日月よ
愛咬とうさびしさも如月のただなかに
一国の主権とは何専制の支配者《あたま》を撃たむ声激《たぎ》つなか

（三月号）

尺進という夢魔

孵化の瞬間、とどろく雷鳴　ユニクロの画面すこし揺れ
ある日凝固の指示　秒針泛《う》き歴史は塗り替えられた
テロルを箱に詰めなにもないいちにち　他方巨大なテロ
　ルが空を覆い交錯して何もない　一日
母系山脈を老子がゆく　ラーゲリを遠く来て帰還兵ひとり
波折に漂よう病葉《わくらば》のように昏れなずむ夏の街からメトロ
　へ　闇市を駈けぬけて
広場には噴水――の定番がやけにまぶしい　哲学と信
　仰のはざまに差し出された匕首
機械文明がチャップリンを刻んでいる　しらずしらず吸
　わされるあれこれ　されどこの文明にあらがうほどに
躓《つまず》きゆくほかなく、ゼブラゾーンに群れながら

（十月号）

平成二十一年

断声

落葉期愛咬ひとつ残るかな

枯並木と螺旋階段都市の果て

鏡の奥へ雪ふりやまず蟹工船

国境という閂《かんぬき》や虎落笛《もがりぶえ》

尖端は岬か独楽か雪げむり

穴めぐりの巡礼もあれ杳《よう》凍傷

嚔《くしゃみ》して施錠の闇を劈《さ》きしとも

裸木《はだかぎ》の骸骨《むくろ》の踊りに肖《に》るもあり

枯枝を宇宙が辷る誰を焼く

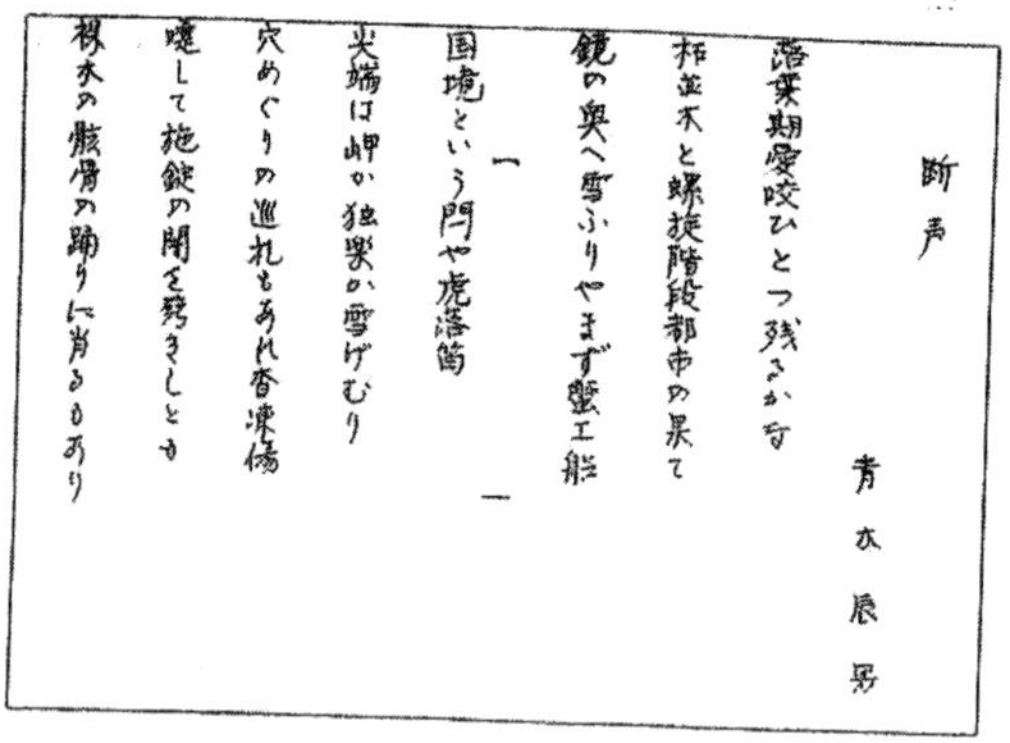
断声　青木辰男

落葉期愛咬ひとつ残るかな

枯並木と螺旋階段都市の果て

鏡の奥へ雪ふりやまず蟹工船

国境という閂や虎落笛

尖端は岬か独楽か雪げむり

穴めぐりの巡礼もあれ杳凍傷

嚔して施錠の闇を劈きしとも

裸木の骸骨の踊りに肖るもあり

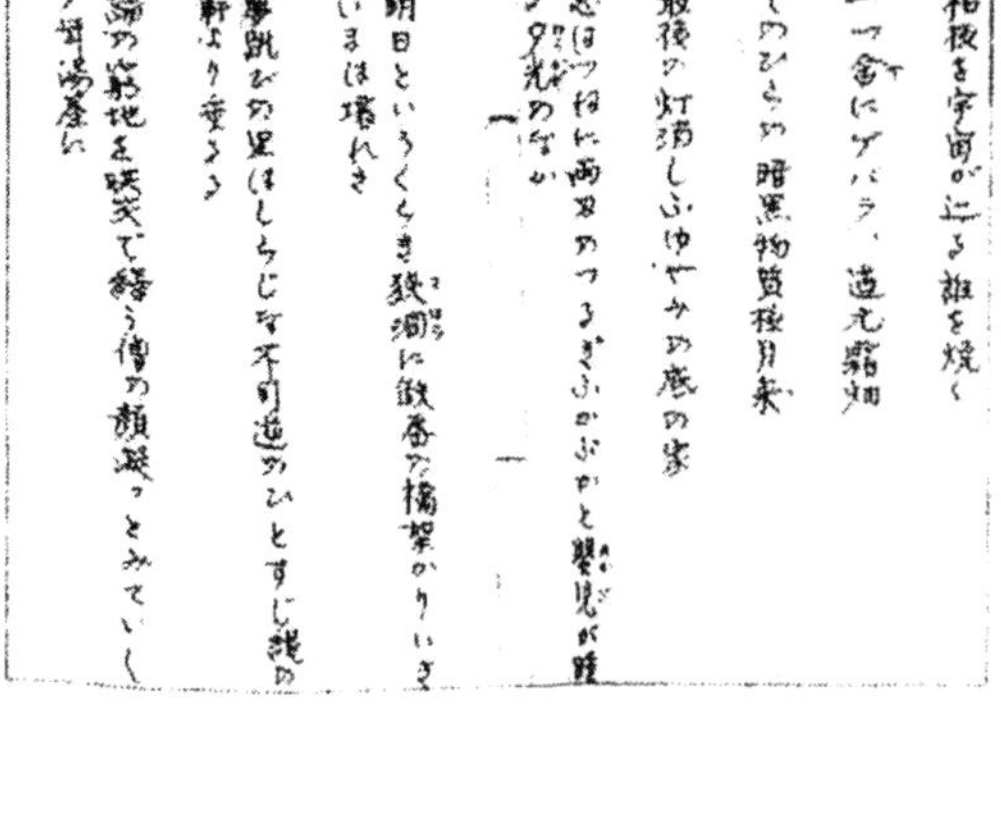
枯枝を宇宙が辷る誰を焼く

一つ舎《や》にゲバラ、道元霜畑
てのひらの暗黒物質極月来《く》
最後の灯消しふゆやみの底の家

悪はつねに両刃のつるぎふかぶかと嬰児《あかご》が睡る夕光《ゆうかげ》のなか
明日というくらき狭洞《さほら》に欠番の橋架かりいきいまは壊れき
夢跳びの里はしらじな不可逆のひとすじ縄の軒より垂るる
輪の窮地を哄笑で繕う僧の顔凝《じ》っとみていく少年湯屋に
曖昧もまた世のならいそこよりの海あり底に棲む深海魚
作品に於ける秘母とはふかやみの語間にひそむくろきけものら
わが息のみなもととしてこの遊星《ほし》よ無機も有機も呑む星として

（七月号）

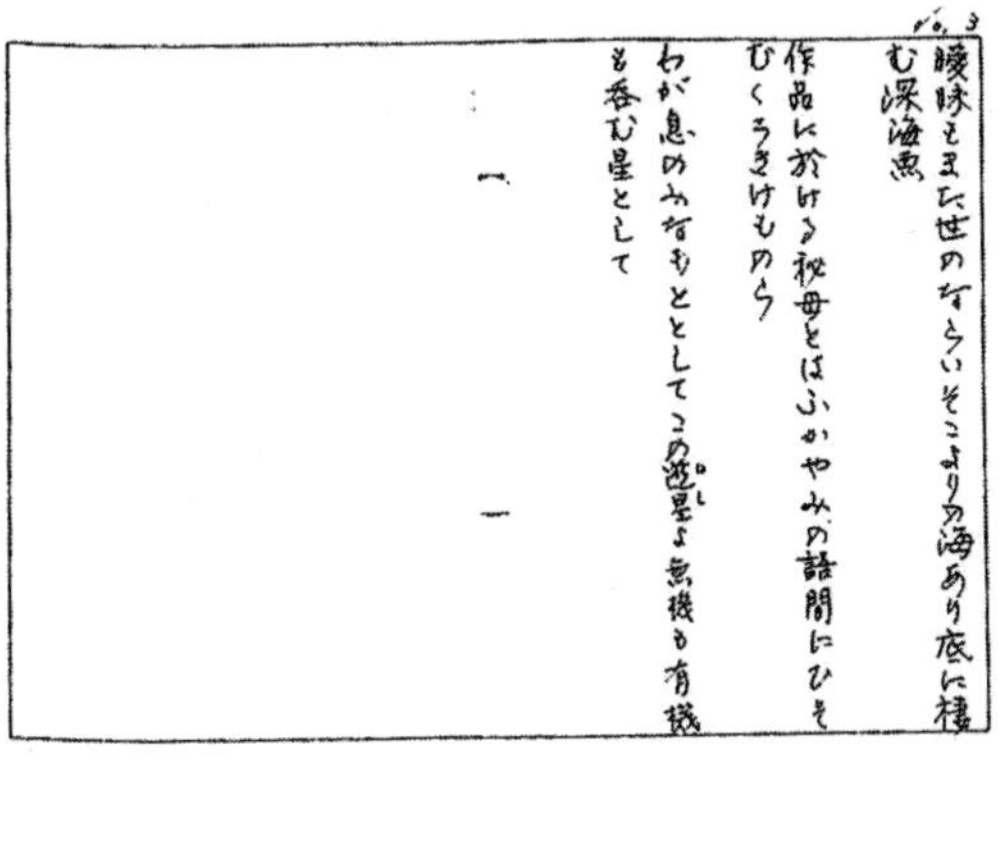
No. 3
曖昧もまた世のならいそこよりの海あり底に棲
む深海魚
作品に於ける秘母とはふかやみの語間にひそ
むくろきけものら
わが息のみなもととしてこの遊星よ無機も有機
も呑む星として

2、『原語』作品

昭和三十九年

みんな　みんな　みんな

断層がある
あなたと私の
煙突のある町と　ない町と

いまも遠く
零の意識で眠っている
私たちの河よ

告発がそのまま　傷痕に繋がる
すぎゆきを
曳きずりながら
黙って
手を握ってくれた　ケロイドの
友よ

ボロボロの旗を　ぬかるみに突き刺し
褐色の時間に
さびしく鈍行する
きみら

穴倉を出て
穴倉へ戻る
おどけた所作を　くりかえしては蒼ざめる
地下生活者

四分五裂の　夕暮れの
運河ゆく
鳥打帽の　あれは
水先案内人

暗がり　その奥のくらがり
燃えている
おお
農夫の不在証明書！

〈私〉があって
〈私〉がなく
〈他人〉があって
〈他人〉がなく
〈愛〉があって
〈愛〉がなく
〈時間〉があって
〈時間〉のない
ふかい海の底の
くらい森の中の
みんな　みんな　みんな
死ねない　類的存在

血と血が
絡み合って
いつか激しく
みずからを　拘束する日のために
こんなにも息苦しい　夜の
重みに
耐えているのです

（四月号）

冬であらねば

疲れたあとの銭湯は最適だ
壊されたあとの組み直しは苦痛だ
先が見えぬ状況のなかで
醒めつづけるということは
たとえば
青空の下の馬面の　かなしみに
似ている

それでも
あるいている時間は大切
わたしがあゆみをやめると　待ち構えていたかのように
あをぐろい
蛭《ひる》たちの攻勢がはじまる
わたしの血は
無惨にもかれらに吸い尽くされそう
だから
誰もわたしを　転化させようとするな

矢車が　からから鳴り
五月の　みどりが
夏の到来を告げているときも
わたしのこころは　冬であらねばならない
豪華な夏を
ほんとうに欲しがっている　すべての
人びとのために
わたしのこころは　冬であらねば
ならない

（六月号）

上非人と下非人の対話

下　乱闘があったんだってね。
上　そう、なぐり込みってやつらしいよ。
下　ほう、そうするとまたやくざ同士の、例のいさかいってやつだね。
上　いや、こんどのはちょっと違っててね。きみも知ってるだろう——ほら、えらい先生、そら、マルクスという——その先生の後裔だと自称する学生諸君、いや失礼、学生さん達の、まあ言ってみれば現代はやりの派閥間の抗争らしいんだがね。
下　ふん、じゃあそのえらい先生の教科書に、なぐり込みの倫理てな項目でもあったってわけかね。
上　はっはは、多分学生さんの、創作喜劇だろうよ。
下　じゃあ〈ハリコノトラ〉ならぬ〈贋ノ虎〉ってところだね。

二人は笑いながら街角を、西と東に別れて行った。ほどなく当然のように、四方から夕闇が迫ってきた。

（八月号）

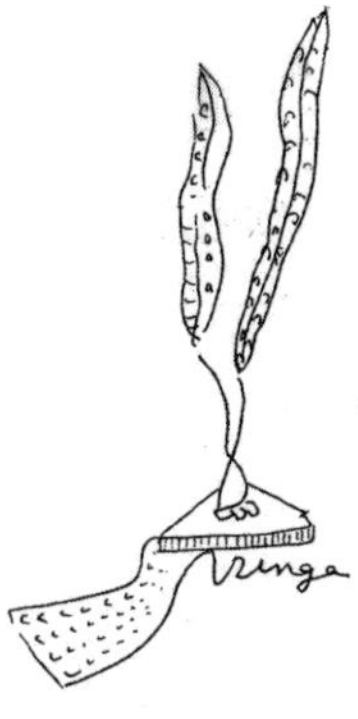

作品Ⅱ　俳句・短歌

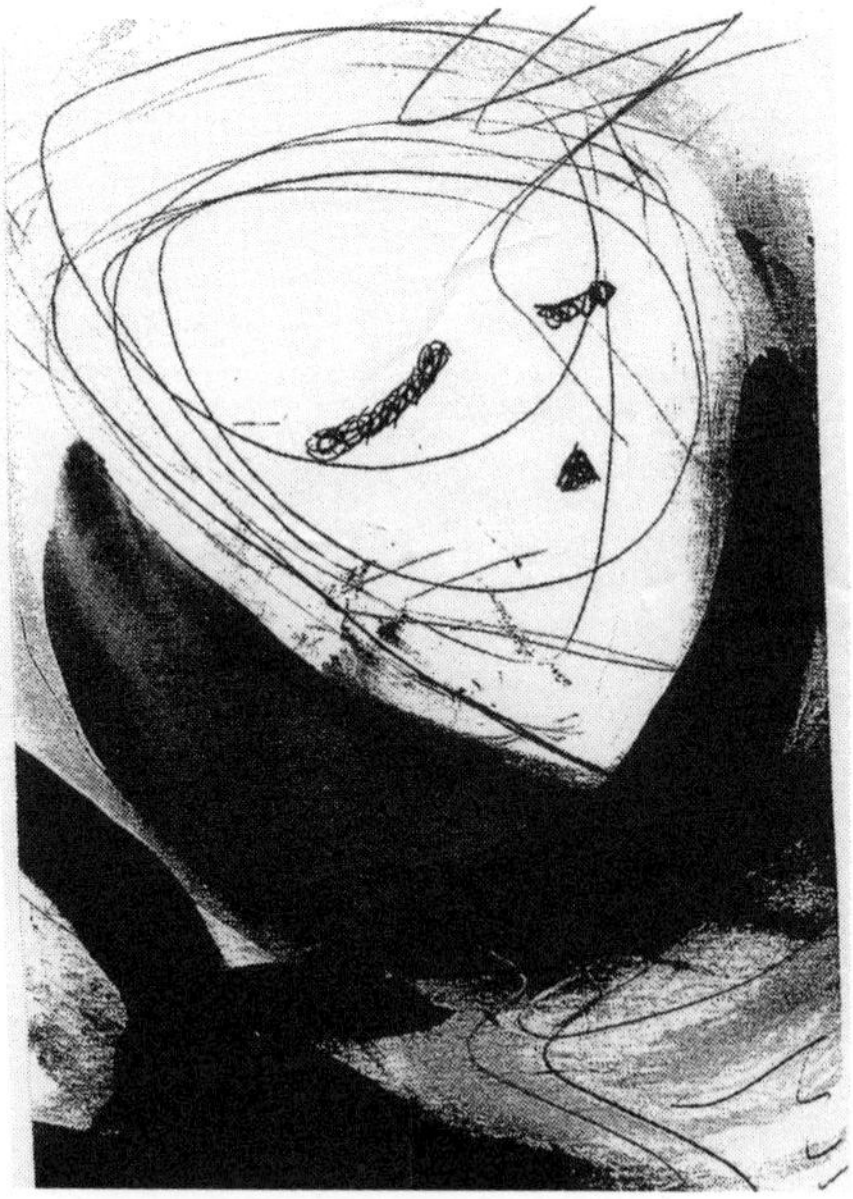

作品Ⅱ　俳句・短歌

●俳句

●短歌

●俳句

1、『つばき』作品

昭和三十三年

慣れぬ掌翳す火に少年工夫の顔
鉄板打つ響き雪夜も弛みなく
土工らの昼餉生涯砂礫の寒
（二月号）

貧果果つも雪片は濾過す肺の陰影
寒風に佇《た》つ原色の貧者の相
純白の軍手に滾《たぎ》る男の意志
（三月号）

春塵に馴染みし工場毀さねば
生涯の違算春灯に合板磨く

もののの芽のほぐれし巷酔裡の轍
職のあてなく春塵に病癒ゆ
（四月号）

基礎工事なかば落花の野を愛す
煩悩の消えずスラムの春の塵
遺棄されし恋一つあり春泥踏む
核実験停止またず老婦の春に逝く
（五月号）

屑撰りの老婦さながら春を得て
あたたかし僥倖もなく酔い痴れて
砂塵渦巻く此の道が生活の途
壁土負いゆく人夫春雨拭いもせず
破れ障子夜は悪魔のごとき蜘蛛
（六月号）

植田から植田へ雀らの模索
毛虫少年に刺され故なき不安
更衣《ころもがえ》襤褸《ぼろ》の黄ばみ棄てかねて
貧と孤に馴れて離郷十年の薄暑
舗装裂く聖し工夫の裸体なり

（七月号）

貌《かお》歪むまでに炎暑の鉄乱打
彼我鮮明愛憎隔つ緑野の層
壁泥匂ふ植田は日々に蝕ばまれ
緑樹生ふ三区に吸はる不具者の息
イラク王制崩壊ビールの泡微か

（八月号）

油滴沁む工衣に深し死の愛憎
跛《ひ》く脚へ懸る鋼材星流る
無産者の集い秋灯濃く垂らす

（十月号）

職解かる鋼鉄星座流離の岸

（十一月号）

九月の雨病者に壁の蒼い亀裂
秋たけなは鉄工われの鉄打つべく
片中天鉄材刺すや全き飢
地の乾き歴とし赤い星煌《きら》めく

（十二月号）

凝結し飛散し冬の機械音
寒い工場胎児を秘めた少女いて
濡れたプレス台冷えびえと頭蓋浸し
警職法改正是か否か冬陽やわら

昭和三十四年

枯葉散る舗道ひたすら飢を抱き
職失ひき寒風の街働かねば
煮沸器の激ち空白ばかりの冬
冴えざえとあり魂の枯木なか
盲従の犬棲むや永き歴史の凍《いて》
（二月号）

霜の畑農夫罪負ふかたちに座し
焚火囲む厚き掌が展く天の窓
冬薔薇呟くや月下の孤児として
ミルクあつく熱くして原人の血が還り
（三月号）

黒手套《てぶくろ》の老婆もみ消す一真相
倚るべき祖国なし鮮人の干菜漬け

少年雪を愛せりいくさしらぬ掌に
松葉杖の青年馴染む二月の原始茶屋
（四月号）

冷え残る抑留漁夫の未だ帰らず
アジアに反乱春陰の影異様に伸ぶ
音は廃墟の槌か四月の喪の未明
ストに倚れぬ場があり春闘
（五月号）

労働祭わが病む息も炎えたたんか
マルクス生る日酒屋に労組論沸騰
蝸牛這う深き井戸国苦しむ
母国かここも屑籠楯に暑きスラム
（六月号）

肉の変貌

鮭肉色《サモン・カラー》に頬染めて少年工の冬
蒲団びりりと引き裂く職場の憤懣をも
寒灯下煮えゆく赤い肉の変貌
冬オーバー雑踏に揉《も》まるだけの幸
轢《ひ》かれし犬の息絶つ舗道背後に冬
飯屋どこも閉めきつて元日の凹《へこ》んだ腹
闇の煙草火忽然と枯木より脱《の》け
少年易々と叫ぶ「死」の語へおでん垂れ
寒卵割《さ》き厚い掌《て》の同志《タワーリシチ》
ミルクあつて熱くして原人の母の血

（七月号）

神との約束なしビールに酔う休日
汗し異教徒鉄挽きつつも無き聖痕
組織なき七月の貌《かお》鉄銹びゆく

原爆忌近し濡れゆく巨きな扉

（八月号）

二つの世界相倚る兆秋刀魚《さんま》喰む
氷塊挽かれゆくや祖国ある張り
ベ・ア交渉つづく組織の汗を垂らし
夜の驟雨激し未組織者に明日が
枝豆たぶ神に近づき難き日も

（九月号）

帰燕の空曇りみんなみの島に危機
拓く地底の街稚く群集は許し
流史暗し祖国に星ら充ちゆくとも
少年必死にメモす図書室は残暑

（十月号）

銅貨

朝霧深し芽木偽りの咳《しわぶ》きに
握りしめた銅貨温《ぬく》し業余の豆腐売
春の太陽が欲しくつてと哭いた少年の瞳《め》
麦生《むぎふ》青し崩るる意志の矢面に
蜥蜴《とかげ》追ふ去就に喘ぐ商社の前
春霖に敗《や》れ壁愛《いと》し夜のフイクシヨン
棄て走りし恋をりをりに春の泥
然《さ》はあらで父母亡き春のしのび酒
フエニツクス春宵に劫火消えず
がんも摑んだ掌に銅貨が一枚蒲公英《たんぽぽ》が微笑んでた
髪に雫キラリ春暁の豆腐売
じゆうえん詩集若きらの春の雄叫《おたけ》び
核実験停止叫びたし菠薐草《ほうれんそう》噛《か》んだ口から
春の驟雨に稼がねばならぬ而立《じりふ》の病後
愛情の極みに恋ほし乙女花

哀史の話が職場を緊《し》めた天皇誕生日
業余のすさび筆跡《ふであと》春宵《はる》を得て和《なご》む

（十月号）

九月の酒舗壜放埒に黨紊《みだ》れ
嫁姑の不和募《つの》るなし颱風裡
暴風の後も「家」護り太き農婦の脚
冠水地区青年自瀆して和む
北京の黙劇飄々と草の絮《わた》とべり

（十一月号）

工都すでに暮れて父なき子の白き息
冬の河岸竃火燻《くすぶ》りゐて平穏
息白し少年工衣鉄塊抱き

（十二月号）

昭和三十五年

寒い日本の明日へ蛇口から水が漏れる
すごく貪婪な医師が遁がしている白息
壁に情熱吸われきって古びたるオーバー
死との契約破棄した貌《かお》へ集まる冬陽
角に角に凍りつく議員の堅い声調

（一月号）

生きる

鉄を灼く一寒灯を背にうけて
冬の海渡る自動車《くるま》のパーツ組む
舞ひやまぬ砂塵鋳造場小寒
機械音に包まれ咳し糧を得し
旋盤工寒夜汚れて黒人《ニグロ》のごと
寒き夜を骨まで冷えて勤めおり
息白く工夫《とも》営々と鋳型込む
短日や小さく奢り喀血す
血を喀けば血は鮮《あた》らしく華やぐ冬
寒き工衣纏う無思想に馴らされて
初時雨血を吐きて鉄穿ちをり
鋳造窯の滓《かす》のみたまのボーナス期
裸灯頭に鉄削る寒き工場内
干菜《ほしな》汁炭礦争議秋を越え
鉱山《やま》はストに入るやしづかに手袋す
隙間風個の怒り常に排《お》されきし
北風《きた》を負い家負い傴僂《せむし》の眉強靭
傴僂《せむし》棲む路地昏れ冬の鳥も見ず
場末の屋台虔《つつ》ましくおでん煮えてをり
遊歩道僥倖もなく着ぶくれて
木の葉髪異端者として今日も生き
夜の銭湯に病む胸洗うロダンの忌
凩《こがらし》へ名ばかりの妻の座がゆらぐ

家名嗣ぐ少年冬を娶らねば
娶るあてなく浅漬の季となりぬ
（一月号）

明日への芽虐げて不老となる枯野
僅かな冬陽の枠内で動く畳屋の針
原罪意識募らせている寒夜の古壁
ゾラの分子が居そうな場末の寒いバー
鉄を運ぶほかなく冷たい昇降機《リフト》の骨
路地の視線に射殺された冬服の自衛隊史
（二月号）

芯まで焦げた焼芋越境の黒い脚
埴輪のような少年の眼が捉えている雪原
微かに炬燵のコード揺れ少年の虚無どこまで
ふと氷河期へ陥ちこむ冬の零時の音
共存の灯をともし日雇寮は寒い晩餐
（三月号）

ガラスの檻

ガラスの檻に飼はれ背曲る同志に冬
火のない劇場老工の目に溜った脂
黒い長靴《くつ》へ嵌《は》め込まれた少年工の脚
林檎売る寡婦つつましく日本の母
中立論枯葉彷徨《さまよ》ひいて自在
敗戦国に澱む冬空償はねば
白い肺尖《はいせん》運河の向うにある枯野
木枯が潜りこむ夜の鍵穴
死の公園更けて漂泊者の焚火
寒暮の闇に同化した旋盤工の貌《かお》
鉄を運ぶほかなく冬の乾いた昇降機《リフト》
生くべき負担凩《こがらし》に遭ふ人ら畸形
捩《よじ》れたオーバー貧者に絡みいる推移
叫ぶべきこと多く師走の街鉛色
（三月号）

吸い殻へ春の雨脚しずかな示威
雪積む苑児へ遥かなり殉国譚
ノアの方舟《はこぶね》沈め冬河の虚しい流れ
海の向うのテロ裸木《はだかぎ》へひそと柩車

（四月号）

ビール泡立つ崩壊をつねに内在して
くるな破局シャボンに子らの街ある限り
いかなる末期告ぐや矢車からから鳴る
林檎芯まで噛みながら意識断絶している

（六月号）

闇また闇の思考の領域ではばたく火蛾
唯物唯神鉄工の汗黒くなる
無から有はてはまた無か梅雨滂沱
トタン屋根のすずめ査察は人らのもの
掌《て》に石があるように浮浪児喜捨をうける

歪んだドラム缶小工場梅雨が棲む

（七月号）

内在律

はたらく一つ一つの汗が連帯感をつくる
緑陰分立してうたごえはそこここから
終日ボール盤にしがみつき梅雨の雲をみている
梅雨ですモスクワ内包して鉄工の巨大な口
創世紀の扉をひらく鉄臭い掌をして
六月工区牧牛の遅々たるは愛すべし
中道ゆく民衆でで虫のたしかな歩み
かたばみの実が爆《は》ぜる群落のなかの
湿つた花火パステルナークはひとりで死んでいった
孤りにもなりきれぬ日々原罪はここにも
不倫の血を流したような夕焼悪は美か
この夜の密葬はわたしのもの火蛾昇天

毛氏矛盾論の一角で低迷する蟻たち
路上捩《ねじ》れて捨てられた麵麭《パン》辛《から》いゲーテ
芙美子の忌のはらわたがささやく星棲む街
酔えばプロレタリアの虚しさ夏夜はまだ明けない
黎明に遠い麦穂の道俺はどこまでゆくのだ

（七月号）

一線を劃しうみそらの共存
ぬりかへられてゆく地図退勤時の夕焼
工場の屋根の等しい傾斜茫漠と明日
赤色細胞分裂してふぬけたビール

（八月号）

被爆女かの日より酒場に生き来しと
搾取されて出る工場べつとり西日
ヒロシマの日の落暉両手に支える
工煙二すじ対き合い流れ原爆忌

敗戦記念日脳漿にたるんだ電線

（九月号）

落葉踏みゆく「存在」が昇降する脚
人間喪失の過程のような炭酸水注ぐ音
原石のない掌が組む満月下の鉄骨
月下に拉致するわたしでない影その先の祖国
苛酷なノルマ少年工星座逸れてより

（十月号）

昭和三十六年

対峙する松と冬濤島は眠り
つねに較差《かくさ》を保ちうみ・そらの二重構造
冬野駈けてきて少年蒸留水の貌《かお》
師走の空家で胃袋よりも睡い薬瓶
地球消滅の日の冥さ石屋が鑿《のみ》研ぎつぐ

（二月号）

海への道が凍つて真理一つまだ掌になし
背に空白ふゆみずうみに日輪落ち
黒い大陸の相剋塵芥《ごみ》箱に積雪
冬海へひた急ぐ或は真理に逢わん

（五月号）

購われた革命

購われた革命　春昼の教会からくる闇
路地は夜陰死鼠の眼窩《がんか》に陥ちこむ花片
落花の中をゆく猫脳漿で昏れる海
新緑に暗い雨真赤な靴の土偶《でく》出でよ
矢車鳴る平和いつの日も攪拌され

（六月号）

反革命の死真昼の酒場に荷が着く
海豚《いるか》の芸の背の傀儡溶ける氷菓
梅雨は窪みへ獣眼を嵌め崖の神父
扁平足に扁平足に糧となる魚

（七月号）

孵化する太陽

断層へ蝶白骨となる青い地球
二つの時間背にわれがあり蟻と鶏骨《ガラ》と
獣眼の環の中に窪み梅雨期日本

孵化する太陽卵殻《から》に印〈無血革命〉
幻想に火刑蜂の惨屍と吊られたビル
血の畑ビルの街日溜りは蜥蜴《とかげ》が葦
冷豆腐限りなしこの沈潜は
ぬらりと蚯蚓《みみず》アイヒマン裁判開かる
遂に夜となる思惟の範疇湧く〝うたごえ〟
毛虫が残す曲折今日も壁の機構がある

（七月号）

昭和三十七年

緑地尽くる処埴輪の死未明の死
高価な（共存）地の裂傷へ蚯蚓《みみず》のあゆみ
衆から個へ紙片舞う夜の舗道の停滞
仮死の悶死の鶏骸《がら》煮て泥の夜蕎麦屋われ

（一月号）

雲を映し空を映し涸川のひそかな安堵
実存とは淋しきもの枯原に陽が沈み
あらゆる視の血継がぬ少年海と枯野と
ヘッドライトに雪の光芒地に還る

（三月号）

生きる限りの冬雲の白さ
今日を主張して来て漠然と雪に遇う

（四月号）

雨のビル街着ぶくれて群衆の内部も雨
夜の都市の吃水線凍る埴輪の息
寒気ひとすじ塩焼の夜へ奔る泥手
鉄工鉄截る冬海の蒼さを母体とし

＊　＊　＊

批判者一人原を焼き立つ夕陽を背に
春夜屋台車が軋むキリストを轢《ひ》きマルクスを轢き
崖に沿いとび夜は心象の秀となる蝶
背後で疼く猫の逢いそしてまぼろしの硝煙
しづかな胎動たとえば芽吹く樹々とイリアンなど

（五月号）

夕映

夕映の渚に散らばり貝殻の美しき実在
落日の景となるまで歪みっぱなしの帽子
人間この深く暗きもの夜の樹林汗ばみ

雨を時点として蝸牛《かたつむり》ののどかな道程
埴輪の眼窪はつなつにして雨の不安
一切が縁なし午後の無聊な書架

（六月号）

ごきぶりの季節主義に生き散り幕末の青年たち
白い時間の流れの駅・駅となり夏雲の乱舞
暗くかがんで革命を識り青春の日の落日
梅雨雲のかなたの砦一票を行使せねば

（七・八月号）

部落・その他

卓に瓜もみの一皿　傷口へ負者を招き
海に近く部落あり夕焼を配列し
部落という烙印　黒い茸《たけ》干され
盲いを〈終生職〉を継ぎ　黴《かび》負う村

花火揚がるかかる華麗に変革こよ
挫折の脚ら群れ　夜の湖面を収斂する
吼えて夜の犬かなしきは反動の旗下のけら
折伏へ奔る脚片蔭を死者がゆき
瓦斯タンクの死角に木耳《きくらげ》挽歌流れ
民衆の歩幅　断層じりじり灼け
砂中へ駈け込む貝ら　全銃身を撃て
田園列車　麦畑をゆき血縁は―死なずば―
野に川あり背後びつしりと硝煙充ち
近づく晩鐘　ヒロシマのまぎれもなき海鳴り
死塵　その原罪を封緘せよ

（九月号）

死面に近づく馬蹄音生者ら灼け爛れ
無償の文学炎天にぶらんこ垂れ
いびつな玩具で溢れる夜の森灰と奇術師

（十月号）

昭和三十八年

無神の五指熱し聖夜の一市民
神をもたない貌《かお》の冷たさも聖夜と思う
冬の樹海をゆく失楽の椅子より脱け
枯野さながら黙示の言葉拒みつゞけ
こころひもじくあり淪落の冬の貌《かお》

（一・二月号）

夜の公衆便所からネオン見る道化の寒さ
むしろ淋しき〈連帯〉居酒屋の外は雪
炭鉱冬 失地の掌は黒く塗らむ
柩に花籠の充足がある乞食の眠り
零下となる旗はもう哭かぬかもしれない
誰もが旅びとで冬の街角の皓《しろ》さ
常夜灯の死角の宿の冬の女

（四月号）

炎昼

蝸牛《かたつむり》いそがねば森がしろくならぬ
炎昼無音じりじりと飢え蜥蜴《とかげ》と石
遠い沖から暗澹と昏れ岬の老人
空に灼きつくシーツ夥しい受難の鴇ら
野犬群れて月を喚ぶ真夜の出棺

（三月号）

神へ石へ危うくて美しい夏野の少女
ただ暗むばかり火を呑みこみし海溝は
暗い驀進がある獣骨に蝟集の蝿ら

（九月号）

昭和三十九年

年間抄

誰もが旅びとで冬の街角の皓《しろ》さ
柩に花籠の充足がある乞食の眠り
冬夕焼の贄《いけにえ》となり自爆を待つ木椅子
蝸牛《かたつむり》いそがねば森がしろくならぬ
消えていた日もあつてさくら咲く夜の街灯
叫びとならぬもの雪中に長靴《クツ》洗う
埴輪の眼の空洞夜の潮を待つ
未来も人間で冬雲の下あるいている
鉛筆ちびれる灰色の旗わが野に立て
灰皿に灰溜め枯れる運河周辺
枯葉吹き溜るこの街も傷だらけ
一切の美が消え残る焼杭《やけぼっくい》と農地
車曳き車停め原点に冬と立つ
自が影の重さ冬野に逃れ来て
冬の航ぼくら背がない道化旅人
海は無人のベンチの蒼さ未完の旅
昏れゆく十二月の湾の荒涼なだれる死者
月夜の豚小舎ずるそうで裏山は茸《たけ》の盛り
冷え込む夜の一隅ののっぺらぼうの死面
ひとつであり全てであり葡萄園の実の熟れ
寒い海です見える過程にブイを泛べ
秒音すでに夜の潮音となり仮面の冬
寒い自画像がある居酒屋の道化時間
蝉がらひしとつかむ地表原爆忌近し
神へ石へ危うくて美しい夏野の少女
月下のマンホールひっそりと生を奪うもの

（二月号）

聖金曜地の夕焼に斧ひとつ
革命老いぬ灰皿に灰うづたかく積み

醒めているかなしみの中梅ひらく

（六月号）

老いゆく虎

原油運ばれくる沖あおし　老いゆく虎
青年海を背に告発の血を鎮め
夏くる隧道のむこう側只今演繹中
灼けるアスファルト見てどこまでも人間臭し
石壁から翔つ夜の鳥　嘴血ぬらし
あまたの尖端が死にそうカクタスの影の時間
贋の虎が棲むから　その森へも銃口向け
シグナルに堰《せ》かる群衆　夜の動向
聖金曜地の夕焼に斧ひとつ
水甕に花浮かべいて骨状となるもぐら
民喜ありし　しらじら明けの虫の死よ
総じてかなしい貌《かお》駅口にあふれあふれ
ぼくら暗いもぐらとなる　六月の球根喰い
溺れる葦の一茎を拾う俺も疲兵
濕原があるさいはての歩行者ひとり
バナナ喰う時間と同色に歯を診られ
そのかみの一揆のこと遠く去る夕焼け鴉
扉を開けて青空眼帯の男危うし
黒の水位に没しゆく河ピカソの牛
褪せた花びらの色　集会の原のいろ
飯場の灯遠し　胸空洞に棲む鴉
未知の街ゆく北方に刑死と薔薇
瀑布を落ちる鮎のように夕坂の死児
神の言葉の裏側の虫の自然死よ
地下に眠るマリア・泥の手　遠太陽
都会の憂愁　皿にはつ夏の果実盛り

（八月号）

河

いまも進行形を保つこの老いの河の寂寥
何かが爆ぜる音がして出てみる壁の外のくらがり
湖岸に寝て火の音を聴く火の直立猿人
舞いあがる鳩、十月、東京の空の高さ
秋風や骨壺に鳴る朱鬼の骨

（十二月号）

昭和四十年

小石は冬日の暖かさでいくさを棄てた
冬木と風とこの旅も感傷のみ多く
冬の峠は廖々と隔つもの無限

＊　＊　＊

冬草と土といたみもつものみな美し
山の内部の崩壊音この山あいの日月
冬の瓦礫はおゝ愚かなるわが足跡
冬は切株の盲詩人が残して行ったぬくみ

（一月号）

思想を武器としてくる少女のような川の流れ
葉が枝が枯れても空が根がある冬の詩人
新雪が埋めようとするひとりぼっちの座標
無よまた驕るなかれ　夕日の家がある
馬のたてがみ濡らし降る雪　戦後の終り

朽木のあたり雪つもる自然というほ明り
一部が欠けるからたえず補填する壺の内部
ノート空白　点と点を喪として繋ぐ
農民詩　粛条と一くれの土に冬日
失くした鍵探すべく霧夜の街を戻る

（三月号）

反戦詩　ひとすじの川涸れて黒し
空は転移のいろ　地の寒鴉地をあるき
海を濡れて來た狂人　他人の部屋汚してしまう

（四月号）

靄が包む鉄路の果て　血で立つ者ら
遠くで火薬が臭う　石の意味考える
少女の死のかの位相　六月十五日の夕焼
かなしみは杭となりあるときは川となり　流れる
火蛾狂うとき　暗い思考の育つなり

（七月号）

夜の燔祭《はんさい》

胸奥の焦土ひろがる梅雨のデルタ
靄が包む鉄路は果て　杭と血と
傀儡師《くぐつし》の去りやらぬ街　夜の燔祭
植民史　じりじりと灼け石の街
鉄扉閉まるたびに夕日に誰か声あげ
月光下　屈辱ののち銃とる青年
雨季　閃光となり火縄銃の男
泥の方位のきわまる地平　キヤパの死馬
野に在れば倚りゆくと解放のさびしき墓
晴雨計の目盛りの幅はゲリラの幅
蒼白い当為の中の詩人たち
氷片浮くコップの内部　敵を見失なう
闇の炬火を指示する少女　野川の流れ
透かしては視る存在のうら　海底書簡
空には駅　媒体となる半人間
原生の石から遠い火皿のような駅
噴水を浴びても渇く土俗の私史
逆流する河の痛覚　吊橋揺れ
ネチヤーエフありし　淵の暗所に藻が漂よい
夕映えの海と崖　ベルリンの番人

（八月号）

何か必死な風　銃と女　硝子のように裁く
「死の淵より」埋葬の日　それは夏の終り
夕日の地平　遠く近くアウシュビッツの漏音
運河残照　敗れ去る詩を書きためる
発火する石　夕闇を四囲に配し
夕光と存在　草原に楔《くさび》打ち込まれ
女もっとも美しくなる　神不在の刻
無階級社会に月と童子　夏の夜の幻想

（九月号）

八月の錘鉛

寧の「穹」二十年目の柩送り
死者と共有してあるく　八月の錘鉛
意識にきざみ込む　意識消されし日の遠泳
かなしいまでの水深は昼　落葉をひらう
米機癩病棟を猛爆　死者多数を出すという
癩病院の死霊　月喚ぶ鉛の河
廃疾の町とかさなる今　夕光の荘厳
心像に灼きつく石　ああ条理なきいくさ
剰指のように湾に入る黒艦《くろふね》　しかと記憶
月下にまだ基地　遠く金網越しのわかれ
演習域　農の旗限界に挑み　起つ
笠、波のように笠　弾倉をからにする
秋空を鋭くする鎌と集う主体
夜と革命　壁よりふかくおのれ乾き
野外劇　光と翳の　一空席

暗い遊撃　貨車発ちし後の空洞《ほら》に屈み
辺境の詩人　風音たまる瓶の底部
雁の空　この空の果て　銃と利権と
階級の死　たとえば民話の雲にカンテラ埋め
半島へのびる鳥影　靄から　あしおと
薄明に霧流れ異例な蒙古の　とび縄
雲が包《パオ》のようで〝大工の恋唄〟よさようなら
鉄柵の中の小鳥を空へ放つ
蟇《ひき》　のそりと蟇　まなうらに壊死《えし》の群れ
血ではじまる序章　風に立つ幽鬼と馬
潮鳴り　村　さびしいものばかり摑み
平和な町からの便り溪水に口あて
あるはただ真実　路上の影を擬し歩む

（十月号）

ふゆあおぞら　戦争の傷　子よ継ぐな
仮象の樹林ばかりで誠実な空が欲しい

銀杏並木をあるく人の世にかなしいことが多い

冬の河口　棒状となり　ひとりの思想

年月黒し　霧の前方牛のあゆみ

（十二月号）

昭和四十一年

寒禽森にあつめ茫茫と錆びゆく耳
冬の鳥爽やかにわが死もあれよ
雪景の暗い位置から父をよぶ
ローデシヤ遠し雪ふる夜の錯乱
複眼の鷹棲む夜明けの曠原

（一月号）

冬の奥

雨　遙かな雨　冬竹のおだやかな結節
軍歌で見上げる　成人の日のあおぞら
鬼の唄子がうたう　ひんやりと草原に風
百合子の日がくる平野を走る郵便夫
冬の奥から滲みでる埴輪の馬の内実

（三月号）

義眼

花野をくる少年の手斧　鮮烈に日本
死の火口のように眠りまだ義眼である
何にともなく立止る一日と冬空の終り
死児と海と　夜の一点をあるいてきて
暗い地底で口開き柘榴《ざくろ》となる男

（五月号）

柩《ひつぎ》のある風景

銃のない肩で夕焼の村に入る
夜間診療所に灯り　義肢のままあるく
行人——それも遠い祭りの死者とかさなり
意識が夜へ先行する聖八月の曇天
黒い車輌遡行させ暑いふるさとへ帰る
河口は夕景がいい　ヘーゲルの晩年
死人名簿を丁寧にしまう　やがて九月

暗い演劇でしたね　人が人を殺すなんて
まづ幕があつて見えなくつて客席のさむさ
老詩人を発たせ柩のある風景でつづく
長崎忌　減りはじめた墓守について語る
まだ終らぬ載荷　屍のように空罐つみ
せせらぎに手を浸しいにしえの手記をひたし
やがては過程で子が握りしめた砂つぶ
ふるえる少女をまち土の匂いを待ち
橋に夜がきて石のつかれに　彳《た》つ
稲田の青貫く一本道　遠い死
土俗の　仮説の　不意にかなしい森
光太郎の錯乱と贋の死　詩というもの
行けど行けど火のない街よ　戦後の詩

（九月号）

昭和四十二年

椅子と証人

指をひらく未明は焼け砂の記憶から
空が乾いてくる地の証人として立つとき
時を切開してあるく川沿いにあるく
鳥が鳥を喰う　ひきちぎられた残照
脚のない椅子の叫びがのこる　ながい夕焼
また別れがある　国境越えの切符をわたし
セーターを媚でふくらし愚な耳
桑ら括られ土色になまる耳
街を沈澱さす霧悪を咲かすべく
鼻濡らす夜霧孤独に甘えきれぬ
霧へ吐き出される疲労過度の手足
記憶の死者ら霙《あられ》まつすぐまつすぐ降る
霙降る靴の惰性へＢＡＲ灯り
雪呼ぶ灯　眼窩に女きらめかす
フラットの設定雪となる杉秀
ひらひらと陽が雪降らす底澄む川
鋸《のこぎり》瘠せさせ炭焼き白き髯蓄う
駄馬と生きのび炭焼女子をもたず
雪噛んで笑かくせり炭負女

（二月号）

逃亡

あの日から屍像彫りつづけた掌の老醜である
まだ明るい被写体で寒い たえまなく降りる
逃亡する子を支援して冬の果汁を啜る
向うかぎり 無期派のぼくら 岬に立つ
今を夜明けと思うたちまち湾に魚の腹浮く
＊　＊　＊
痛いから地に立つ暗いから川底を匍う蟹で

（十一月号）

昭和四十三年

咽喉から凍えそんな風の日の隊伍を見た
見えるものだけでも集めていたい　暗いから
遠景に空母　湿つた靴下履く
ベトナムの子を描き風邪寝の子に渡す
また父を抱きそうな本の素性について語る

（二月号）

視程

鏡のなかのちいさな爆死体を見た
野戦病棟を指さしそのままの黒で――まつ
霧から現われロボットの　背の人　前の人
底へ底へひた奔る馬　虹を去り
影の国境越えるため屋根の雪おろす
二月革命　削《そ》がれた耳の癩者か　匍う

ふりむけば自画像　壁ぎわの暗い椅子
斧砥《と》ぐ男　昨日太陽を暗殺して
死の架橋へなだれる隊伍　喉から凍え
燎原。風を走る子　吃る父
透かせるかぎりは透かし森の暗部を聾者と駈け
人攫《さら》う手が　みえてくる　晴天へ移る丘
梱包される日も死と云い標本室の住人
一人の不在へ　垂れ　六月十五日の球根
肉挽く人にながくかかわる　疲れて　出る
あるいは　祖父のくらさの地下茎　雨季日本
はずした眼球は洗って　土渡せぬ　と土の人
藁の所有へ更に近づく　反逆者
原爆忌　夜の　無数の柩である
るいるいと死　えんえんと砂　八月十五日

（四月号）

一九七〇年　壊橋《くえばし》以後じりじりと炎天
海・夕日との距離が痛い木曜日の廃人
風が或る日の神話をくすぐる復活する《神話》
六月のなかばから少女をとりだす未開の樹景
いつも旱《ひで》りの視線がある内部　夜光虫類

（五月号）

遥かなり　原音

記憶の暗い喝采だから鳥も空の仲間
二月革命　削がれた耳の癲者か　匍う
死の架橋へなだれる隊伍　喉から凍え
梱包される日も死と云い標本箱の住人
底へ底へひた奔る馬　虹を去り
あるいは祖父のくらさの地下茎　雨季日本
原爆忌　夜の無数の柩である
人攫《さら》う手が　みえてくる　晴天へ移る丘

螺旋振子

次第に黒を保有する雑魚の群れである
砂敷く岬　舌頭かわく政治部員
右の硝子へ目を凝らす白昼の手術室
天井にも　時にくもは棲む手術室　午睡
亜流の塔はたずねてみる亜流という街で
多層な夜を飼い死人のように黙り　黙る
今日の鳥と牽きあう空見て横町を曲る
青いから擬死暗いから橋を壊してきた
ビザにならぬ喪の沖　砂まみれの蟹といて
柵ぬけの二人愛されて穴を残して去る
ひまわりは　波　少年は泳ぎおよぐ
魚焼く昼下り　不意に断末魔の少年
噴きあがる水の高さだけ底へ掘ってもみる
夜間子守唄灯を流れ何もはじまってはいない
朝を夜に替えまだ義肢が必要な　夏

肉挽く人にながくかかわる　疲れて　出る
やはり虹は消し　牛繋ぐ村　背後も消し
六月十五日　未明　いっぽんの水漬く葦
魚焼く昼下り　不意に断末魔の少年
遠く溶暗　撃つべき一枚の鏡をもち
一九七〇年 壊橋以後じりじりと炎天
いつも旱の眼球がある内部　夜光虫類

（六月号）

沖から見る　丘の死以後の崖ゆく兵ら
記憶の暗い喝采だから撮りも空の仲間
やはり虹は消し牛繋ぐ村 背後も消し
遠く溶暗　撃つべき一枚の鏡をもち
六月十五日　いつぽんの水漬く葦である

（七月号）

故雀羅追悼句会

蝉声絶え逝く人のあり夜の風樹

内部流水

撃たれた空の蒼さでよぶ内部流水
地下街ゆくしろい雑踏敗戦忌
旅人でない旅である陰画　八月岬
叫べば鬼　めつむれば風樹遠宇宙

（九月号）

昭和四十四年

肉時間

肉切り板に肉載せ以後の肉時間
依然零階どんどん叩く上の顔
基地おきなわ　甃《いし》と夜明け海との間
夜の回路で火を焚く尖端が見えるまで

（一月号）

歴程抄

林檎売る寡婦つつましく日本の母
敗れし国によどむ冬空　償わねば
物乏《とも》し盲女も機械音のなか
工場の屋根の等しい傾斜　明日ありや
思想擁《いだ》くかなしびのオーバー群にまぎれ
夜の扉を閉める　あるときは組織を推してきて

全能というもの　雪のむこうの暗き曲
生きる寒さの疎林が並ぶ夕暮れの小駅
実存の淋しさは　枯原に陽が沈み
〈ながき徒労のために〉冬鄙いろに樹海
こころひもじく彳《た》つ　橋上にこがらし吹き
冬の街角の皓《しろ》さ　にじり倚る　旅びとで
未稿いくたび　足あとをまた雪が埋め
足あとのなべては冬　流砂が埋め
神父と眠り隔つ　瀕死の河かがやき
旅よいまさら　居酒屋につむ不毛の時間
暗いわめきがいつか道化となり　戸外は雪
寒い自画像がある居酒屋に　呆《ほう》けて
夜の公衆便所からネオン見る　道化のさむさ
一世未完　逃亡の詩よ雪に　にじむ血よ
汀も冬の　太古も人は愛しあいき
わが失地　海近くN少年睡り
澱《おり》のよう夜道を霧が　鳴らない笛

古自転車がある海沿いの　はるかな生家
湖の北に寝て火を憶う　もえがら
鉄柵の上に月が　ああ　ひとつの空席
夜行貨車　どこかで呟《しわぶ》くはみ出されたひとり
灰皿に灰溜め弔旗の夜をおろしている
美しい町があるから　行く　一冊の古本提げ
いまも流れをながれるこの老い河の寂寥
虹消して夜の冬河の涸れはげし
祖国喪失者《デラシネ》として眠る　夜は海に脚向け
丘の夕焼けが痛い　失語症のぼくら
枯葉吹き溜る　この街も傷だらけ
柿いろづく村　いつか老いのみの村となり
石は石でしかないのにこの苔石の黙りようは
車輪がまわるはげしく　夕光《ゆうかげ》に自が〈死〉に
死は　机に似ていつも私に対《む》き　ふゆぞら
人間　このおろかなるもの　夜の樹林汗ばみ
人間　このはるかなるもの　海の崖にて死ぬ

充足すなわち死か　冬のグラスに酒みたしめ
冬夕焼の贄となり自爆を待つ　木椅子
埴輪の眼の空洞《うろ》夜の潮をまつ
海は無人のベンチの蒼さ　未完の旅
落日の景となるまで歪みつぱなしの帽子
冬は切株の盲詩人が残していつた　ぬくみ
原爆忌　蝉がらぼうぼうと地にふかれ
被爆女　かの日より酒場に生き來しと
秒音か　夜の　いつもどこかで寒い火遊び
背に沈む村　八月のしろい長い葬列
黒の標位に没しゆく河　ピカソの牛
蝸牛　いそがねば森が　しろくならぬ
死人名簿を丁寧にしまう　やがて九月
行人――それも遠い祭りの死者とかさなり
暗い演劇でしたね　人が人を殺すなんて
老詩人を発たせ柩のある風景でつづく
挽肉器に肉凍る　叫びを聴いたような

鉄扉閉まるたび夕日に　誰か声あげ
沖の白帆　いきなり寒き死の集団
長崎忌　減りはじめた墓守について語る
雪景の暗い位置から父を呼ぶ
書簡は海の底のいろ《平和ですか》
夕日の地平　遠く近くアウシュビッツの漏音
透かしては視る存在のうら　海底書簡
民喜ありし　しらじら明けの虫の死よ
夕映えの海と崖　ベルリンの番人
冬はポプラのしずけさ　夜のための皿を磨く
精神科にさくら散る　政治のなかの死者ら
屍のなかの死　無風の丘にのぼり
遠い沖から暗澹と昏れ　岬の老人
シーツ干す炎天　背行の難民たち
五月の空の穴潰し　屋上の貌《かお》を消し
ビール泡立つ　崩壊をつねに内在して
ある挫折の雨季が近づく丘の旗と仔犬

革命売られる午后の花屋　ひとしきり雨
二月の風のつめたさは獄死の風とおもう
灼けアスファルト見て　どこまでも人間臭し
総じてかなしい貌《かお》駅口にあふれ　あふれ
やがては過程で　子が握りしめた砂つぶ
透視画ふうの暗室に子と《遠くきたね》
冬晴れの日の村ふかく　暗く立つ老人
空には斧　人知れず三月の樹を伐る
丘から遠望するあらし　名札が消えていた
架橋の幅のひろさだけ人形をならべてみる
何ものこさない死で枯野を転ぶ　帽子
銃の失《な》い肩で夕焼の村に入る
夜間診療所に灯が　義肢のままあるく
死の火口のように眠りまだ義眼である
扉を開けて青空　眼帯の男危うし
暗い地底で口開き　柘榴《ざくろ》となる男
蜥蜴《とかげ》崖を消え　どこにもわたしが見えぬ

神の言葉の裏側の虫の自然死よ
冬が残存する春　父─祖母を他人の翳《かげ》におき
辺境のうた　風音たまる瓶の底部
溺れる葦の一茎を拾う　俺も疲兵
晴雨計の目盛りの幅はゲリラの幅
炎昼　ふかい影は狙撃者に似て暗し
やがて暗いもぐらとなる　六月の球根喰い
闇に炬火《たいまつ》を指示する少女　野川ひとすじ
少女の死の位相　六月十五日　びつしりと夕焼け
（別冊『つばき同人句集』五月刊）

空にも舗石がある　飢である　冬の
戸を叩く　父より暗く岬をきて
暮れる速さで夜が明け架橋の側の少年
霜の朝眼底で大学が燃えていた
宙吊り　鏡に廃船映り　多喜二の忌
（五月号）

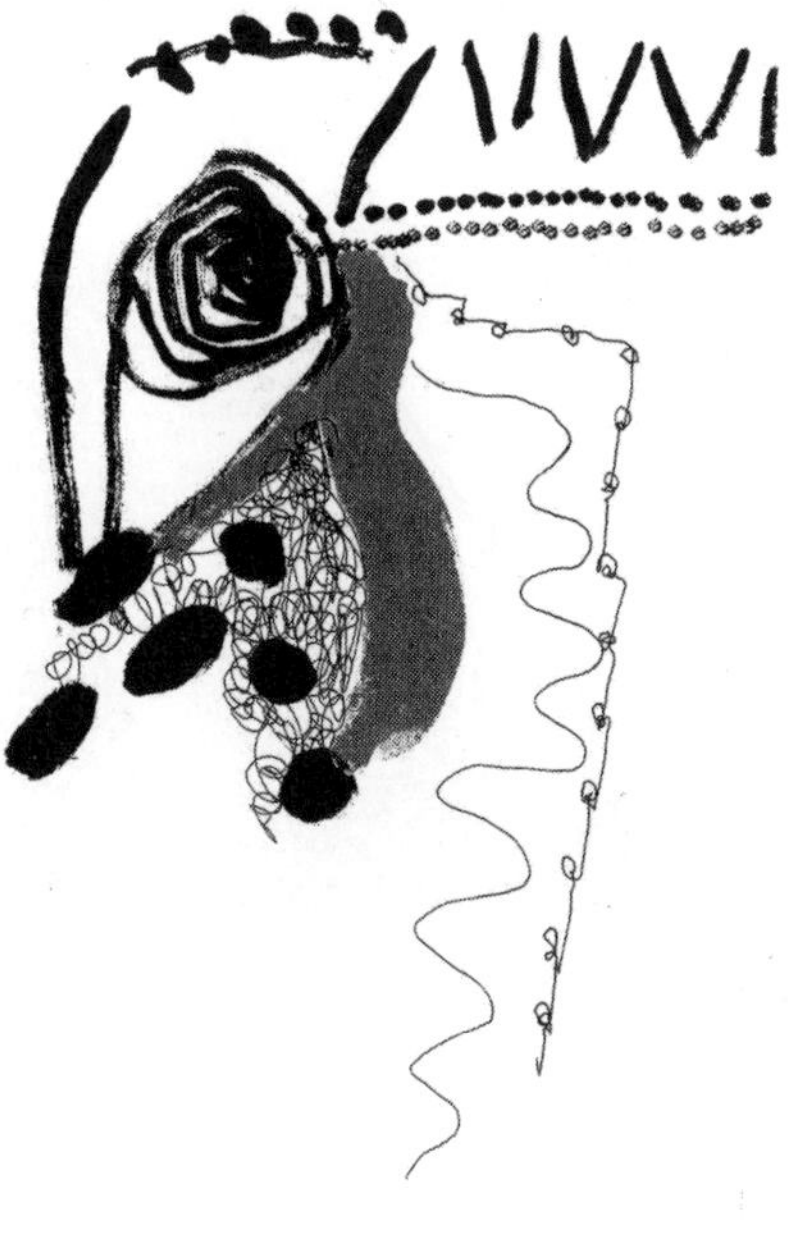

昭和四十五年

句默追悼

葬送や五月の土へ酒の人

（七・八月号）

2、『早蕨《さわらび》』作品

昭和三十八年

赤鼻の憲兵を斬り皿に　冬果
冬が集落する　ポケット　果実をぬき
黄色い　夜のとびら氷湖と厨房分け
寒い落日主婦らの籠に灰皿充ち
もう返せぬ旅　柩の前に斧転がり
溝は溝の臭いで昏れ　場末の氷結
柩《ひつぎ》に花籠の充足がある乞食の眠り
誰もが旅びとで冬の街角の皓《しろ》さ
火薬庫までの道があって雪と同色の仔犬
神父と眠り隔つ瀬死の河かがやき
扁平な農夫の空麦畑に腰をおろし

（四月号）

炭鉱冬　失地の掌は黒く塗らむ

（五月号）

夜がある　たしかさで萌え暁の並木ら
蚯蚓《みみず》の骸《むくろ》雨に膨らみしろい原罪
花壇明るくて神父と旅商人の会話
ある挫折の雨が季近づく丘の白い仔犬
雨にけむる花屋他郷で革命売るわかもの

（六月号）

貌《かお》失なう屋上五月真蒼にあり
遠い沖から暗澹と昏れ岬の老人
緑雨しんしん真赤な沓《くつ》の土偶《でく》出でよ
キリストのように痩せた男・青葉の翳り
野犬群れて月を喚ぶ真夜の　出棺
シーツ灼きつく空、集落の難民たち

（七月号）

豚を買うべく五セントと夜と老婆
窯炊く男　あるときは四次元へ馬車を駆り
指に溜る風蝕の町芙美子の忌
落日の景となるまで歪みつぱなしの帽子
旅人去り嘔吐の森に問われている

（八月号）

旅人かえらず真昼嘔吐の森を残し
神へ石へ、危うくて美しい緑野の少女
蝉がらひしと攫《つか》む地表　原爆忌近し
沈潜の葦があり山蝉の喚きがあり
噴水折れている蒼茫の　多元世界

（九月号）

月夜の豚小屋しんしんと裏山は茸の盛り
ふらりと過ぎたビル街で見失う冬の気球
冷え込む夜の、一隅の、のつぺらぼうの死面

墓を盗む断絶の掌の夕焼まみれ
灰皿に灰溜め枯れる運河周辺

（十二月号）

昭和三十九年

海は無人のベンチの蒼さ未定の旅
寒い海です見える過程にブイを泛べ
秒音すでに夜の潮音となり　仮面の冬
昏れゆく十二月の湾の荒涼なだれる死者
未来も人間で枯草の径あるいている

（二月号）

未来も人間で冬雲の下あるいている
鉛筆ちびれる灰色の旗わが野に立て
資本の杭めり込む農地沖から冷え
自が影の重さ冬野に逃れ来て
冬の航ぼくら背がない道化旅人

（三月号）

倉を遠ざけて温室の花ほころぶ
くらく歪んで穴を掘る平坦な野に飢えては
こんもりと森　河隔て形而上学棲む
播《ま》いては刈る原罪の芽と魚の眼よ
敗北の条痕　ぬかるみの杭ささくれ
拡がる断層　煙突のある町とない町と

（四月号）

乖離のような夕日の溝ふかいおののき
ランボオ冥しあおい蜊蛄《ざりがに》もて泡立ち
芋屋通れば口あけ笑う非番の赤鬼
触れるなべての掌が識る無常枯木の膚
炉のかたわらの火の棒いつか中間色に冷え
流れぬ河くらがりに残しみじめな旅立ち

（五月号）

湿原があるさいはての歩行者ひとり
硝子の夕日遠し藻をまとう狙撃の兵ら

背に沈む蒼い村　首領の葬列過ぎ
聖金曜　地の夕焼に斧ひとつ
ぼくら暗い土竜《もぐら》となる六月の球根喰い
石壁から翔つ夜の鳥　嘴血らし

（六月号）

水甕に花泛かべいて骨状となるもぐら
そのかみの一揆のこと　遠く去る夕焼け鴉
未知の街ゆく北方に刑死と薔薇
頭に突き刺さるまぼろしの銛《もり》　群鼠危うし
あまたの尖端が死にそう　カクタスの影の時間

（八月号）

原油運ばれてくる沖あおし　老いゆく虎
灼けるアスファルト見てどこまでも人間臭し
青年海を背に告発の血を鎮め
黒の水位に没しゆく河　ピカソの牛

扉を開けて青空　眼帯の男危うし

（九月号）

美しい町があるから行く一冊の古本提げ
いまも流れを流れるこの老い河の寂寥
銃列状に蝙蝠《こうもり》つらね雨の日の傘店
古自転車があるうみぞいの家　杳《はる》かな生家
鉄柵の上に月が出ている・ひとつの空席
湖北にて寝て火を憶う火の直立猿人

（十一月号）

昭和四十年

冬は切株の盲詩人が残して行つたぬくみ
口中に羊歯《しだ》隠し愉快な僧と会えば笑う
雲のむこうの冬その向うの柵自衛の論理
沖の白帆　いきなり寒き死の集団
小石は冬日の暖かさでいくさを棄てた

（一月号）

遠く溶暗　撃つべき一枚の鏡をもち
一九七〇年　壊橋《くえばし》以後じりじりと炎天
いつも旱《ひでり》の眼球がある内部　夜光虫類

（十月創刊号）

3、『俳句思考』作品

昭和四十三年

遥かなり　原音

記憶の暗い喝采だから鳥も空の仲間
二月革命　削がれた耳の癩者か　匍う
死の架橋へなだれる隊伍　喉から凍え
梱包される日も死と云い標本室の住人
底へ底へひた奔る馬　虹を去り
あるいは祖父のくらさの地下茎　雨季日本
原爆忌　夜の無数の柩である
人攫《さら》う手が　みえてくる　晴天へ移る丘
肉挽《ひ》く人にながくかかわる　疲れて　出る
やはり虹は消し　牛繋ぐ村　背後も消し
六月十五日　未明　いっぽんの水漬く葦
魚焼く昼下り　不意に断末魔の少年

昭和四十四年

被写体考

砂の上の砂その上の八月の水死人
死が重いとき全身を穴にして鳥墜つ
軍艦泛かぶ遠い沖見てはや縄綯《な》う老人
まだ明かるい被写体で寒い　なお降りる
ある前半　沼の中の刃　刃を蔽う沼
肉切り板に肉載せ以後の肉切り時間
反在者を撃つ汎在者　透視館内混む
絵本の鴉へも目を配り空間惨劇終る
球体殖える上限　月明の土砂掘り人
真昼　宙吊りの兎　架橋に青年死ぬ

（七月号）

●短歌

1、『短歌』作品

昭和三十二年

病窓に風の吹きしく音のしてふと目覚むれば汗滲みいぬ

花火見ゆる小川の橋の上に立ちて児等と戯る病む胸の痛さ

今日一日病みゐる我に小康あれ肉薄き胸のこの頃を愛す

病むほどにノドの渇きを覚えつつ今宵一杯のビールに親しむ

（九月号）

メロディの流れに耳を傾けつ疲労に萎えし肌を愛で居り

故郷を遠く離れて旅にあり雨降る宵の独り居淋し

虚脱せる影の如くに倚り添ひて静寂に震へる其の声空し

多感なる少年の頃の夢空しくハンマー握る労働者となる

（十月号）

汗臭き夜具にくるまりて顔埋む病やうやく癒えて寒けき

祭日を何なす事もなく部屋に籠りて悔無き生を考ふ

最善を尽して更に悔の無き仕事なきかと思へる日なり

（十二月号）

昭和三十三年

意に反す友の怒りに驚きぬ何気なく為す吾が行為一つ

無雑作に休日を告げて去る人の資本が許す優越の後姿

違約せる人を赦せず終日を寡黙のままに労務を終えぬ

嬌声に一瞬意識紊《みだ》れたりハンマーは少しく焦点外る

終日の激務は耐えし身を沈む湯槽を溢る湯の勿体なさ

幾許の利潤の故に空世辞をいいて去りゆく豆腐屋あはれ

（一月号）

落葉敷く庭木が中に身を措けば厳然たりき朝の静寂

ハンマー持て飛翔せむか創造の衛星は今日も頭上を翔けつ

生なきものの静止せむ間のつれづれに繙《ひもと》く活字の空間を占む

黙しがちに沈みゆく消極は反論の機を待つ者の焦躁を秘めて

僚友の性善なるが故に咎めたらむ人に抗したき瞬間のあり

感情の強張るままに残業を拒めば同僚の視線を集む

（二月号）

おのづから焦立つ眼意識しつつ悲しきまでに職漁り歩む

職無きままにあてなく歩む街さびの雪間空しき鞦韆に擬す

切断せる二指の傷痕示しつつ製材夫婦と微かに笑ふ

余寒なほ肌に滲む朝の街に顕つ図書館前の黒き縦列

悔一つ持ちつつ歩む日溜りの路傍激しく鉈《なた》振る少年
（四月号）

脊椎を抉りて余すなき春霖《はるさめ》に弾《はじ》かれて坐す夜のフィクション

深夜にふと洩らせし人間失格己の生態へぶつつけてみるか

囚人《めしうど》の如く病臥を蹴起され塩田に追はれし吾が少年期

崩るるごと寂びにし部屋に坐りゐて而立に近き生命を愛す

愛憎の極みに顕ちて消ゆるなき汝よその名は夢みるイエス

右肺上部の陰影未だ消えざるをたしかめて夜の診療室を出づ
（六月号）

地底に灯の垂れゐるままに配管を了へし工夫が霧雨に立つ

非の前におののく自我を耐へしめて等しき生きの人夫去らしむ

路地裏をつき抜けて得し一劃に木場の直《すぐ》なる匂ひを愛す

熱きもの胃壁を濾過しゆかむとき土工に耐えし安らぎをしる

幾世相超えて夕の地下街に身を屈すらむ兵の乞うこえ
（七月号）

餓死線を徘徊の吾が救われし記憶の駅の構内に彳《た》つ

二十円欲しと執拗にせがむ浮浪児の唾液の如き眼を視たり

せせらぎの音幽かなる診療室に曝らされし肺のＸ線写真

絶対安静と厳しき医師の言葉に背かむか今日も鉄槌を振る

ひき

（九月号）

終日連打さるる鉄の烈しき音に験されむとして力を加ふ

あるときは現実に死を諾《うべな》へり黙しゐて昏《くら》き砂浜の上

愛憎のすべては潮に残し来てただ直なりし少年の頃

（九月号）

職安の前にむらがる人なりや血を売りしのぐ荒き眼差し

血を売りに彳《た》つ赤銅の列のなか乳呑児《ちのみご》抱えし女入りゆく

漸くに血を売りて来て得し硬貨鳴らしつつ少しく笑みゆ
く彼ら

友の主張容れず工場退くゆふべ仮借なき砂塵の渦に襲はる

たばしるもの一日もたざる夜は罪に怯えし如く酒場に酔

昭和三十四年

鮮烈な鋼の耀やき碧い油ああ此の瞬間に生きているのだ

燦々と降り注ぐ朝の陽を浴びて鋼鉄の歯車がいま産まれゆく

透明なオイル側面に流しつつ削《そ》ぐものとしてあり歯車《ギヤー》形削盤《シエパー》

交渉決裂の儘明日へ繋ぐ一日ありかかるとき是を徒労といふか

銀一色に変貌遂げし庭に喚ぶ子の声すでにわれに無きもの

電流の如く肺腑を貫きぬ少年易々として洩らす死の語よ

（三月号）

自虐とも肺疾の胸に響かせて鉄打てば今日の血も安らぐか

わが胸を貫ぬくごとく孔穿《あな》ちゐて癒ゆる日は無きかもしれず

あと拾円消費せば治癒はやからむ厚き掌《て》に箸とりつつ思ふ

午後の陽をうけて微粒子が煌《きら》めきぬ砲金擦りゆく研磨機の前

ふと逸《そ》れし手に鮮血が滲みをり夜は工場の灯が暗くてならぬ

交叉していづくへ果てむ轍《わだち》きざみ泥濘は夜の灯に耀やけり

掲げゆくべきわが旗はいづくにもなし音立てて鳴る夜の商い終えし頬骨

（五月号）

組織もたぬ工場の午後劉少奇論じつつ彼も我も貧しき

酷使さるるノルマの中の貌《かお》らみな稚くて革命に遠き思惟もつ

吾が行手釘逆しまに地に立てり祖国からの逃避許さぬごとく

プレス機より油血のごと滴ればもはやわが手に離さな日本

或時は躓き或時は無実の罪に哭きし少年の日よ重荷となるな

（八月号）

何に向けむ忿りか搾取されしまま退きし友に遭ふ夜のわれが

盲従もまた詮なしと工友《とも》言へば果しなき空間に雨降りしきる

組織の声われの周囲を充たすとき還りきぬ永き忍従の過去

イニシヤチブを執り縊《くび》られし幾人を組織の声の騰《あが》るとき想ふ

吾が内部に今日を流れむ炎あり同志相倚れば臭ふ機械油

明日を信じ生きゆく者ら鋲打てばじりじりと工衣に汗滲み来ぬ

正しきと気負ひし後を襲ひくる寂寥よ常に異端者にして

ある夜われを凝視せし眼よ異国にて敗戦の報聴きたる兄の

（十月号）

営々と築き来し吾が思想さへ脆《もろ》からむひとりに帰しゆく夜は

誰からも庇《かば》はれたくなしわが解雇の夜の友なべて美しければ

枯枝より簑虫のしづかに垂るる日よ孤独はかくも峻厳にして

此処に索めきし幾人に握られて図書室のドアの把手黝《くろ》ずめり

惰性のごと賞罰なしと履歴書に書き了へくらき部屋に筆置く

あるひは失はむ視野か溶接の電光に灼かれし眼疼《うず》けば

数十年勤めきていまに鉄磨く老いたる額の鋭き皺を見たり

辛うじて得し職場なり 馘《くびき》られたる彼の日も今も鉄削りゐて

（十二月号）

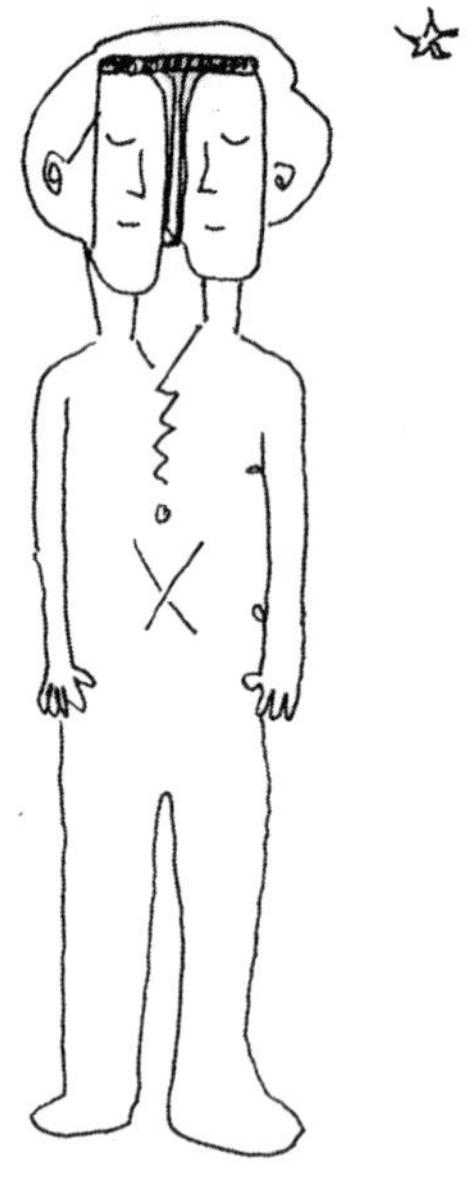

昭和三十七年

時

誰よりも暗く貧しき思惟つねに持つゆえ一人も愛しえざりき

折重なるように咳して一団が運河を渡りくる夜のなか

黎明のいかなる〈時〉も淋しきと真夜の裏町を車曳きゆく

活劇を見ていしが何故かうそ寒く画面より不意に眼を逸《そ》らしたり

真つ昼間断崖を翔けゆく蝶ありてキューバの朝を秘かに思う

祭礼の山車《だし》曳きゆける男らを見ておりなべて痛ましき夜を

（一月号）

自由

密かに酒が造られてゐる裏町を商いつつ淋し自由というも

裏町の夜を商ないつつある時は最後に笑えぬ者思い居り

突詰めていち人を愛せしこともなく夕べ霧捲く海を尋《と》い来ぬ

われら国を愛すと反動者ら喚ぶ斯《か》かるかなしき貌《かお》も見て過ぐ

過ぐる日の挫折、等間に屋台並び粛然と酒神が洩らす革命

（十一月号）

昭和三十八年

闘争

敵の所在或はわれの内部かと荒々しく雨のなか曳《ひ》く蕎麦車

曳きゆくは祖国にあらず史にあらず一塊の土に似て蕎麦車

新旧の家ら共存せる町にながく住み兵への呪詛も聴かざり

沸々と煮られいる鶏骨《ガラ》、夜のみを商いて明日へ何を参加させむ

残光のなか廃液を充たしめて運河あり叫喚は湧くこともなく

闘争の幾つかはわれの生き方に関わると夜の眼を見開きぬ

逐いゆけど既に吼えざる捨犬を追詰めて狡猾な支配者はあり

（一月号）

夜の痛み

江田理論敗れしは何　雨催《あめもよ》ひの冬の街すでに昏れなむとして

時の流れ何程かは汲みえざるもの残しつつ社党大会終る

雨にけむる運河のほとりもう後に戻れぬ夜の群衆は立つ

使用者側の回答額あっさりと呑む炭労既に斜陽の痛ましさ有

陋巷を覆う雨雲　日本の変革は雙手《もろて》垂らすにあらず

みづからを費消してなほ残る朱と雲を染め沈む落日を見き

（二月号）

解放旗

いま成りし鋪装路に夕つ日が映えて明るきになお暗し内耳は

詰まりは内にむく眼のある時は遂に向かざりし黒き〈時〉あり

折重なるように咳して一団が運河を渡りくる夜のなか

何事もなきように肉量られてやがてそを買いて戻り来ぬ

活劇画面に見入る幾つもの眼のそと濡れ鼠のような祖国はありき

傷みの底から次々に解放旗は立ちわが部屋の地も早や変えねばならぬ

自らに許し来たりしは死者のみと思う夕映えの橋渡りつつ

（三月号）

一台の馬車

平衡感覚ともすれば崩れやすく暗色街の夜をあるいている

乾季　くらみながら火柱揚げ少年は掌のなかの鳩を見失なう

黒い雲が湧き血の河を流した嘗ての雨季何かを堰《せ》くために

かの闘いの涯の化石の上に曳きずる傷の上に雪は降り沈む

溝・灯・柩《ひつぎ》、生かされ死なされてゆく私と他人がぐるぐる廻る

毀れた竈《かまど》、路上に埋葬ののちを焚く容れ物などは いらない

（四月号）

流氓の記

熱い文字のビラがある町しみじみと溢れては空に広がる
慰藉
誰もいない広場いつしか芝青みひとりの旅の道化はながく
街角の皓《しろ》い光りに彳《た》つあなたの遠い挫折はそっとしてお
こう
乞食が眠っている　雪夜、柩に花籠の充足があるかのよ
うに
無罪八十年の無実の叫びに空は晴れいのち無限に美しい日
石は石でしかないのにいつか人間が内側を荒らして
夕映え
流れゆく《時》再びの雨季はめぐり　吊環の下の旅の若
者ら

（五月号）

鳥と兎

遮断機が堰《せ》く朝の一群三月の空におびただしい傷がある
夕日にひとりの歩みトルソーとなり白塔となり身は渇く
かな
画布真黒に塗りつぶし晩餐はいつも太陽が沈んでから
未明の乞食の眠り甕《かめ》に水満々と湛えこの静謐を奪う何も
ない
扁平に空は飢え、麦畑にかがむ農夫を指摘するあなたは誰
鳥の産卵　夜は深く、遠くで墓泥棒が朱の領布《ひれ》をふって
いる
飽和点に立つ兎たち　明暗の丘超えてしろい風と時間と
あなたと私のどうにもならぬ影、ふと五月の野に消され
そう

貨車が繋がる、今、どこかではみ出された一人の夥《おびただ》しい
　嘔吐
（六月号）

黒い帆

旅人が休んでいる青葉の翳りキリストのように痩せた男
太陽を消しながら行く街の中、灯りが見えそうで見えない
薄明りとある駅に一片《きれ》の麵麭《パン》を購う果てしもない旅の疲れ
野犬群れて月を喚ぶことのとめどなく淋しい真夜の《出棺》
華麗な脱出いつか掌のうちで眠っていた小鳥を愛する日に
私は知りたい夜の渚に鋏を捥《も》がれた蟹の変遷のプロセスを
夥《おびただ》しい海の落日を見てきたあなたでこの夜の微笑も借り

もの
（七月号）

沈む時間

昼の火事を旅人が見ている　軈《やが》て自からにもくる黄昏が
　あり
またすれ違う私とあなたの時間、引戻すには空が余りに
　蒼い
かりかりと寄居虫《やどかり》が掻く初夏の流砂、失墜は不意に背後
　より
シーツ灼きつく夏空をなだれ落ち忽ち難民となるまぼろ
　し群
一摑みの飢餓を棄てに来た海など広くてただ標的《まと》となる
　許り

杳《はる》かな海鳴りを聴いたようでもあり、樹海の中の旅の老
　夫婦
（八月号）

証言

近ヅク八月六日　風触ノ町ヲ貫イテアスファルト灼ケテ
イル
熱核戦人類ノ頁ハ閉ジ大古ノ静謐ガ再ビ地上ヲ覆ツタ、
某日
地表ノ炸裂ハ人類ヲ呑ミ込ンダ阿呆鳥ガ大空ヲ飛翔シテ
イタ
遮断機ガオリテイル真夏ノ昼下リ遠クデ偶発ヲ哄《わら》ウ声ガ
スル
革命ハモウコナイネ一本ノ黒イ骨ニモソロソロ華ノサク
コロ
死者ノ骨ヲ抱エコノ大キナ歴史ノ流レニ真対《まむか》ウモ夕焼ニ
塗《マミ》レ
壁ガ見当ラナイノデ思想ハ遥カノ時空ニ揚棄シテ盲目鴉《メクラカラス》
ノ群
トボトボ歩ク、姿ハ道化師 デモ歩カナイトスグ背ガ剥
ガレテ
内側ヲ焼コウ、臓物ヲ焦ガソウ私ノ存在証明書ジリジリ
燻《いぶ》サレ
人間ヲ返セ、思想ヲ返セ究極ノ平和ヘ真実ヘ道ハシロイ
ノダ
（九月号）

歴史の遺産

〈非存在〉の肋骨に蛆虫が湧く沼はもう日没で確かなほてり

石は石、樹は樹自からの在り様で雨に濡れている。あかつき

焼けた夕空から熱量を奪っている一本の樹よ　喚かないで

空は十月、むつきへんぽんと翻えり裏町に育ちゆく日本の子ら

くらい沖にただよう浮標《ぶい》僕ら今日も境界線に立ちて見ている

乞食と農夫その訣別ののちひろく空洞よ歴史が遺しゆくもの

（十月号）

昭和三十九年

あひるの喜劇

霞む真昼の地平線いま冬の拳《こぶし》他者となし破壊者となし

摩り替え易いあなたの脚、穴倉の未熟児総身に真綿纏わ
されし

旗を振る偽マルキスト退嬰詩人中程で飯を炊く裏町の娘ら

沼また沼の森に遇う暗い小動物襲わねば不意にわが背が
淋し

その背後の偽文書を撃て！　ガラガラと崩れゆく夜の孤
城の為

繁栄のビル並び立つ街角をゆき戻りいて気球を見失う

教会の壁すでに黒い断層となしつつ出立の夜の遁走曲《フーガ》よ

鳩と小判と夫婦のお宮参りかくてなしくづしの平和です

海の墓地ある時は荒廃の頭を占めゆき僕ら背がない道化
旅人

肉色の杭打たれいる小春の町ゆきつつ《死者を殺さねば》

（一月号）

短歌と俳句による対話的実験詩

昏がりその奥のくらがり　燃えている。あれは農夫の不
在証明書

こんもりと森　河へだて形而上学棲む

断層がある。あなたと私の　煙突のある町とない町と

未来も人間で冬雲の下　あるいている

降りてゆこうあなたの廃墟へ、傷だらけの一本の旗　立てむため

詩へのめり込む　夕焼の銃身と群集

隊列をはみ出して　消えた人達のいたみのよう　この石町の夕映え

くらく歪んで穴を掘る　平坦な野に飢えては

変色しやすい場末の工場街　あるときの靄に包まれ。流れ

火事があった話石町に来て　雪やむ

雪はななめに傷口に浸み、こんなにも愚かな旅に　あなたはいる

枯葉吹き溜る　この街も傷だらけ

負うている荷が黄色いのは　きつと　ぬかるみを来たからでしょう

倉を遠ざけて温室の花　ほころぶ

（五月号）

夜

今は激しく夜を生きるべし肥る機構の中の一揆でない私たち

黒い分化、雑奏、あるいは靄が産み出すのつぺらぼうの神々

灰皿に灰堆く積みそのくらい《細民》の血のひからびて夜は

（六月号）

昭和四十年

辺土奈無

雲上乃相剋穴蔵乃遺影斯苦手何時之日喪暗区愛去礼安死民衆

自由戸謂名侵仕手位留他人乃土地文明波蛮性尾飼育四天山内

閔鳴裡上加羅来硫喪野狙冷刃牛乃頭屠死者耳送流金属製之柩

或留夜北辺焼行軍乃力学於作像酢褸神乃十全永遠怖虜死位物

居無加多地耳死嘔刺自儺画羅暗止闇乃執行人之棒尾見手居留

(六月号)

昭和四十一年

夜と霧

その暗い矛盾衝くべし辺境の土に生きて種を播く子よ

らせん状の階段をのぼりいて不意に下方から注がれてある眼に出会う

階級の死　或いは不確かな境位など包みて豊かにくらし思潮は

仮象の樹林にかこまれて冬一条の倫理のようなふるさとの道

鉛の河月明の市街つらぬくと某日の友の遺書にありたり

生きるなべては浮虜の思想にかかわると地へのめりこむ脚を見ている

アルジエリヤ解放の戦士名簿より削除されし一人の名がわれにあり

〝夜と霧〟はたまた南京二十万を定像としてわが裡《うち》の河

地に折れて曲るいくつかの樹影など薄明の十字路にふと見てしまう

意識消されし意識形成期を思う二十年目のかなしみの日に

（七月号）

2、『新短歌』作品

昭和三十八年

黒い地帯

平衡感覚ともすれば失いやすく　私の内側の黒い地帯
ひとつ

貨車が繋がる　いま、どこかで　食み出されたひとりの
激しい咳き込み

暗い喚きがいつか道化となり　生かされ、死なされてゆ
くもの　雪

夜の公衆便所からネオン見る　もう喚くこともない敗れ
た眼よ、鼻よ

越えるべき溝があり　ともしたい一灯があり　私と他人
があり柩が置かれ斧が置かれ　冬

サルトル・カミュの範疇で日本の声が綴られてゆく
果てしもない《時》と《空間》を占め

◇

旅と時間と　渇きと　柩の向こうの斧が光ってもはや
引き返すこともできない

泪で濡らした夜もないが、血で温めた薄明もかって
なかった　荒涼と一枚の枯野

深層運河に沿い、トルソーの一団があるきつづける
脱出する祖国　ほどでもなく

夕暮れの土のかなしみは蛛蜘の巣が冬風に揺れ
再びは還らぬふるさと

（三月号）

流氓の記

無罪　二月の空くつきり晴れ、八十年のいのち限りなく

美しい日

〈ゲルニカ展〉その慟哭にあきらかに時は堰かれ、私の出口がない

石は、石でしかないのにいつか人間が内側を荒らして夕映え

熱い文字のビラがある町　しみじみとあふれて空に広がる慰藉

遮断機が堰く　朝の一群　三月の空に夥しい傷がある

街角の皓《しろ》い光りに一つあなたの遠い挫折はそっとしておこう

かの連帯のまぎれもない死滅、夕焼の贄としてしろい木椅子を置く

誰もいない広場のいつしか芝青み　ひとりの旅の道化はながく

流れゆく《時》再びの雨季はめぐり吊環の下の旅の若者ら

（五月号）

ある素描

曇りがちの空に風船ひとつ　丘を超え海を超え日本よ、どこへゆく

難民のなかの一人で疲れた貌を置く　車内灯がいやにまぶしい

出口を探している　地下街の鳥、カオスであること変わりはないが

五月、公園にひっそりとあり　くり返しては今日も旅立つ女

みずからを問うことのいたみ　夕焼けの贄となりいま路
傍の石ら

◇

もう疎外するものがない、闇の中　着実に路傍の石積み
あげる
かりかりやどかりが掻くはつ夏の流砂、失墜は不意に背
後より
野犬群れて月を喚ぶことの　とめどなく淋しい夜半の
《出棺》

（七月号）

証言

近ヅク八月六日　風蝕ノ町ヲ貫イテアスファルト灼ケテ
イル
熱核戦。人類ノ夏ハ閉ジ太古ノ静謐ガ再ビ地上ヲ覆ッ
タ、某日
地表ノ炸裂ハ全人類ヲ呑ミ込ンダ阿呆鳥ガ大空ヲ飛翔シ
テイタ
遮断機ガオリテイル真夏ノ昼下リ　ドコカデ偶発ヲ哄ウ
声ガスル
革命ハモウコナイイネ一本ノ黒イ骨ニモソロソロ華ノサク
コロ
死者ノ骨ヲ抱エ、コノ大キナ歴史ノ流レニ真対ウモ夕焼
ニ塗《マミ》レ
急進学連ノ一部ハ後衛ニ身売リ変リ身ノ速サハ私ヲ圧倒
シタ
壁ガ見当ラナイノデ、思想ハ遥カノ時空ニ揚棄シテメク
ラ鴉ノ群

脅シ、刺殺、焼打チ、歴史ノ反転劇ハ遂ニ見ラレナカッタ

武器ヲ棄テネオンヘ合一スル若イ群　麦播キノ老化ハ紛レナク

トボトボ歩ク姿ハ道化師　デモ歩カナイトスグ背ガ剥ガレテ

内側ヲ焼コウ、臓物ヲ焦ガソウ、私ノ存在証明書ジリジリ燻レ

疎外ハ深ク機械ヲコエ人間ヲ浸蝕シタ、炎昼飢エル蜥蜴ト石

人間ヲ返セ、思想ヲ返セ、究極ノ平和ヘ真実ヘ道ハシロイノダ

（九月号）

3、『原型派』作品

昭和三十八年

短歌と俳句による対話的実験詩

暗がりその奥のくらがり　燃えている。あれは農夫の不在証明書

形而上学棲む水田の両輪に遇う

断層がある。あなたと私の　煙突のある町とない町と

悲傷のいろに夕日この街も時間壊し

降りてゆくひとりの廃墟へ　泥まみれの一本の杭　立てむため

手袋喪なう　冬蒼ぞらに気球掲げては

ビザ申請者のあるいはひとり　ぬかるみに嵌め　蒼ざめる道化の貌よ

倉を遠ざけて温室の花　ほころぶ

鳩が唯一の拠点でしかない　四分五裂の運河ゆく　水先案内人

虹消して　夜の冬河の涸れはげし

地下街を出て　地下街へ戻る　おお、戯れならむ拒絶の手ら

火事があった話　町はずれに來て雪やむ

夜の公園に〈愛〉盈ちるとも　まぎれもなし　生殖を待つ〈死の商人〉

くらく歪んだ眼と鏡　ボロボロの弁証法

（五月号）

作品Ⅲ　評論・随筆・その他

作品III　評論・随筆・その他

●評論

●随筆

●同人作品の批評

●句集・俳誌評

●同人による作品評

●評論

1、『市民詩集』作品

昭和四十三年

言葉とイマージュあるいは情念の世界

詩に於ける言葉は、詩を書く人自身の内的衝動によってつきうごかされた言葉が、その人の内側のイマージュを喰いつくしてゆくという不断のプロセスを辿ることで、イマージュの言葉として成立するのではないか。そのとき言葉は、イマージュによって逆に浸蝕されているような状態になるのではないか。そうしてこのイマージュの言葉である詩の言葉は、事物の影にあたる部分の言葉としての質性を、詩を創出する意識の所有に付随するようなかたちで存在しはじめるようになるのではないか。それは、事務的な言葉の質性とは相隔てていながら、同じ表徴記号を媒体とするといういわば二重性を生きる言葉として、不断にわたしたちに現存しているということでもあるように思える。ところで、ここで記述するイマージュの言葉は、私的生活のより即自的な事物に接続する言葉から、詩の遠い暗闇にいたる言葉までの、さまざまな色あいをもっているように考えられる。詩表現に於いて、よく失敗するのは、このかけはなれた色あいをもつ詩の言葉をげんみつに計量することなく、水と油のように、互いになじまないままに混在させてしまったときであろう。

さて、詩に於いては言葉がことごとくイマージュの言葉となるとすれば、比喩、とりわけ暗喩に於いては、言葉は、イマージュの言葉を媒体とするイマージュ、即ちイマージュのイマージュとなるのではないか。例えば「棒のような男」は直喩であるが「棒の男」は暗喩である。この場合「棒の男」に於ける男は、棒の翳にかくされた男のイマージュであり、棒のイマージュは、隠された男のイマージュを背後に内包するイマージュの言葉となる。ゆえに棒のイマージュに象徴される言葉は、イマージュを負うイマージュの言葉、つまりイマージュのイマージュを醸成する言葉になると考えられる。ところでわたしたちの詩の言葉は、単にイマージュの言葉としてのみ存在しているのだろうか。風景のように？　そうしてわたしたちの作品は、突如としてイマージュを現出した言葉に、その起動性を委ねているといえば済むのだろうか。いや待ち給え。わたしたちは、詩の言葉が、イマージュの言葉として生起する以前にも以後にも、あるいはプロセスに於いても、不断に〈想い〉の世界を領有しているとは考えられないだろうか。もしそうだとするならば、わたしたちにとって詩の言葉とは、単にイマージュの言葉として現存するのみでもなく、むしろ〈想い〉に、不断に浸透されたイマージュの言葉となるというふうにいうことができるのではないか。このいわゆる〈想い〉の領域が、文字を媒体とする作品の対他関係に於ける機能のなかでは読むはたらきを内示し、〈像〉の作用は見るはたらきに相応するように思われる。このような読むはたらきの下降性と、見るはたらきの平面性との関係の統体が詩の言葉の事物の影の現出となるのではないだろうか。

　ここで前述の、暗喩の言葉「棒の男」に戻そう。直喩においては即ち「棒のような男」であり、これは「棒に似た男」の世界のイマージュであるが、この「棒の男」という暗喩は、はたして「棒に似た男」と諒解していいのだろうか。いや、むしろこれは「棒になった男」の苦渋をあらわす暗喩であると考えるほうがより真意に近いとはいえないだろうか。もし後者の考え方を採るとすれば、この男の苦渋は、棒という〈物〉になるほかはなかった苦渋であり、「棒になった男」のイマージュを現出した〈想い〉の苦渋、そのものであるようなイマージュではないか。詩の言葉が、不断に〈想い〉に浸透されたイマージュの言葉となる、とするゆえんの一端としてあげてみた次第である。

　さて、更に探究をすすめてみよう。一体、この棒になるほかはなかった男の苦渋はどこからきたのだろうか。おそらくは、この男の内的領野を埋めつくす世界と、皮膚の外側からくる状況（これも主体が受肉したかぎりに於いて濃度の差はあれ加上され内部となる）との関係から生じてきた乖離、矛盾、不調和がもたらしたものであろうと考えることは、あながち無理な考え方でもなかろう。なぜなら、棒になるほかはなかった男には、必らず棒になる以前の世界があったはずであり、そこから棒の世界への移行にはある種の破れがあったとみるのが妥当だと思えるからである。もしこのような考え方になにがしかの正当性を認めるとするならば、作者の内部の混沌は、それが表現への衝動としてであれ、反表現への遡行としてであれ、更に烈しく言葉を求めずにはおれないであろう。そのとき意識にのぼってきた言葉は、この混沌をつき破ろうとして逆に作者を撃つ。作者は言葉に自己の全身を撃たれながら、言葉が支配する作品世界へ存在の重みを賭ける。言葉は作者にとって内部の彼となり、彼となった言葉は、彼のかなたから作者の混沌のイマージュを喰いはじめ、次第に作品世界への形象化を試みてゆくのである。それは、混沌がやがて明晰な相貌をあらわにしてくる段階である。しかしながらこの内部の混沌は、言葉に喰いつくされることによって完全に明晰化しうるであろうか。かかる問いは次のように問うことができよう。〝混沌は言葉を以てしてもなお混沌であることをやめないのではないか〟と。いいかえれば、言葉に掬いとられることで、その分だけ混沌の比重があたらしい相を帯びて増大しはじめるともいえようか。だが、かりにそうであるとしても、言葉が生動する以前の段階に於ける混沌と、言葉によってイマージュが喰いつくされ、ある見えない部分が、おぼろげながらにも見えてきた状態での混沌とは、あきらかに質の違う世界になっているはずである。つまりカオス（混沌）からコスモス（宇宙）へその質性が変化しているはずであって、これが作品世界の内在的原理であるといえよう。

※

さて、ひるがえって考えてみるに戦中を学徒動員に駆りだされ、戦後を間断なき飢えの重圧に逐われながら生きてきたわたしたちの世代が、そのことのゆえに、敗戦を契機とする戦後革命の構想にまでつきぬけるべきたたかいを、たたかいえなかったという事実は、いかに弁明してみても、すでにして時代から審かれている世代という印象を拭うことはできないのであるが、一方、戦後民主主義の、それなりの昂揚と錯乱性を体験したわたしたちの世代は、そのような体験を通して、まがりなりにも思想といえるものを生みだしえてきたのだろうか。「人民の人民による人民のための政治」といわれる民主主義が、「人民の人民による」部分が捨象され、「人民のための」

部分が肥大化し、つねに権力機構と人民大衆といったかたちで二分され、支配と被支配の、相対立する構造を互いに内蔵してきたのが人間の歴史の指し示す事実にほかならなかったのだが、この乖離の根にある権力を止揚するたたかいが、民衆の意志の、より根源的な起爆性に支えられて表示されるはずのものが、それほど鋭いかたちで時代のなかに投影されることがなかったのも、この国特有の風土が、わたしたちネーションの性向をながくかたちづくってきたことのあかしでもあるのだろうか。人民（デモス）の権力（クラチュア）としての民主主義が、人民のなかから権力だけが骨ぬきにされ、支配する側へ権力自体がたえず移籍してゆくというこの世界の構図を、わたしたちは今日まで暗い内部の鏡をとおして見つづけてきたのだが、もしわたしたちが「人民の人民による」政治を自身の旗幟として高く掲げてゆこうとするならば、権力を斃すには権力にたよるほかなしとする政治の醒めた凶形を、一方の軸として記憶の底にとどめておくとともに、他方「人民のための」政治に象徴される権力の聖域への無限憎悪を原生の情念とする、いわば詩の軸ともいうべき烈しきものの内動を久しくまつほかはないのである。そうして、このような情念の世界を生きたアナーキーな思想家として、わたしたちは大杉栄を知っているのであるが、この大杉栄が、国家権力によって虐殺される以前に、彼自身、たえず殺されたがっていたマゾ的な男であったとみる近来の見方は、多くの問題を示唆してくれているように思われる。このことから、人間がある理想世界を追求してゆく過程で、その世界があまりにも現実から遠く感じられる場合、障害になってくる対象を絞殺したいとする攻撃的な内発衝動が、逆に対象の生けにえとなって抹殺されたいという被虐的な、自己消去の心理構造を醸成しやすいとの考察を導きだすこともできよう。これを今日の時点に移しかえてみるならば、例えば学生運動に於ける赤軍派の、孤立する狂気の衝動のうちにも、あるいは金嬉老のナイフ事件に象徴される内的経緯のなかにも、同様のマゾヒスチックな性情を嗅ぎとることも可能ではないか。随ってわたしの考えでは、自己が理想とする世界が、いつでも実現可能であるような状況のなかでは、マゾ的な傾向が意識の内に勃起してくることはおそらくないと思われる。そのゆえに現代に顕著であるという傾向は、それだけ民衆にとって、この時代が生き難くなってきているなによりの証明でもあろう。しかしてわたしたちもまたわたしたちのなかの見えない革命のイマージュが、すでに体制内化した既成の政党次元に癒着しえないことはいうまでもないが、一方、既成左翼の頽廃を超えるべき学生運動も、いまだ四分五裂の状況を克服しきることができず、そればかりか学生内次元でセクト化し、互いの反目の結末として、彼ら自身の内部から、なかんずく彼らの手によって（権力の手によってではなく）死者を出さざるをえなかったということ、このような近親憎悪の感情、更には、一見尖鋭にみえる赤軍派の孤立する狂気への疾走も、見えない革命のイマージュを破砕しつくすほどの広く深い世界を先取りしているとも思えてこないまま、いたずらに砂のような時間を推移せしめているとはいえないだろうか。このように考えてくるとき、戦後の詩が、その作者たちの真摯な自己追求、しかも戦争によって失わされた意味の恢復へ全身を傾注していったにもかかわらず、戦後詩の終末を、それを推進してきた当事者たちの内部から宣言せざるをえなかったといういきさつは、その間の事情がどうあれ、胸痛む象徴的なできごとであったといわねばなるまい。思うにこの問題は、戦後の主導的な詩人たちが、自己の思想の原像ともいうべき廃墟のイマージュにみずからを立脚させながら、全的な壊滅にいたることなく、戦後急速に建てなおされたかつてのファシズムの土壌たりし資本制社会の矛盾を、鋭く衝く論理を現実に屹立させうる根拠を生みだしえなかったことに起因しているのではなかろうか。他方、時代の先端をひそかに先取りしていたかにみえる未来集団に於いても、その時代の民衆の肉体的な飢にまでつきぬけうる思想の言葉を、遂に見出すことができなかった当時の事情も併せて考えてみなければならないであろう。このような戦後の状況の痛苦の上に、更にわたしたちの考察を逐いつめてゆくならば、廃墟の原像を、自己のいわば回生の思想としてみずからに位置づけてきた戦後の詩人たちが、資本制社会の現実それ自体をもまごうかたなき廃墟とみなす強靱な二重の廃墟の論理を通して、自身の内部を撃ちぬかれる思想にまでふかめ、それによって現実のみせかけの繁栄を根底から震撼させなければならなかったにもかかわらず、それをなしえないまま、次第に茂生し浸透してくる大衆社会状況のなかで、とうとうその詩を蘇生する道を見究めることができなかったのもまたむべなるかなといわねばならない。その故に、かかる痛覚を烈しく受感するわたしたちの世代が、前掲の、二重の廃墟のイマージュを原像として思想化しうる論理を創出し、この論理が、創出者自身の内部をとことんまで撃ちぬいていることの、そのような自己へのきびしい酷薄性を通してしか、現実にむかって無限に呪咀しつづける民衆の、およそどのような権力によってもけっして救済されることのない底なる怨念の思想を、真に自からの思想とすることはできないとわたしは考えるほかないのである。そうしてこの、資本制社会に於いて言葉をもぎとられている底なる民衆の苦渋が、同時に社会主義国のある段階での文学者たちの、例えばソルジェニツィンに象徴されるもの言えぬ受苦と重ねあわせて考えてみるとき、わたしたちの未来の原像が、どのような相貌をそのイマージュのなかに在示しつづけねばならないかは、おのずから明きらかとなるであろう。

このような、時代のあらゆる状況のなかで、言葉をもぎとられているものの沈黙、言葉死ぬ沈黙、沈黙の奥の沈黙、沈黙の底の沈黙のおそろしい地獄の空間こそ、わたしたちの詩がそこで処刑されるべき終極のくらやみを遥かに黙示しているのである。

（十一月号）

平成四年

詩を書くことの周縁

　詩の言葉が、沈黙の世界と分かちがたく存在するということは、詩を書く現場に携わる者として、つねづね思いをあらたにするところのものである。しかも、この沈黙の世界は、単に言葉の背後の漠然とした深みであるだけにとどまらぬ。一つには、沈黙から産み出された言葉が、発語に到る過程で、遂にその機会を得ぬままに死滅させられてしまった、いわば言葉の堕胎児たちの還ってゆく場所でもあるのだ。

　更にはこの世界は、引用の辞書の「だまっている」状態から、死者の沈黙の、概して永遠に発語から断たれてしまっている地平までの、多様な種種相を内包している。詩の言語が、何か底しれぬ背景を担っているように感じられるのは、この沈黙の世界の構造上からくる深さであり、そこから絞り出されて言葉が培った層の厚みに起因しているのであろう。この場合の培った各層の内には、思考とか経験とかが含まれていよう。そこには時間が介在する。

　にもかかわらず、思考や経験に乏しい子供の詩に、ときとして怠惰な眠りを醒まされるに似た、新鮮なおどろきを感じるのはなぜだろう。おそらくは時間を逆に辿ってゆくような、胎内思考とでもよぶべき世界への憧憬があるのではないか。そうして、それはまさしく沈黙の世界と、意識の深みに於て通底しているのであろう。

　さて詩誌「市民詩集」は、現代の万葉を標榜し、代表山田寂雀氏のもと、多くの無名の市民による二十篇から三十篇前後の作品を毎号収載、四十年近い伝統を有ち、先般130号を刊行、成果を問うてきたのだが、私自身に即して言えば、戦中戦後の混乱期に自我の形成期とぶつかり、周辺の先人たちを、戦場に送った昭和一ケタの世代の負の位相を小脇に、二十年代も押し詰まった頃、それ以前の、ただノートに書きとめているのみの段階を卒業、二、三の短歌結社に所属して作歌を起す場へと転換をはじめ、俳句結社にも加わり、のち「市民詩集」の会員となり、27号から習作程度の作品を寄せるようになったのである。昭和三十年旗揚げの「市民詩集」は、寂雀氏の手になる誌史に依れば、一度は分裂の危機に遭遇したようだが、推量するに、創立間がない時期では、先鋭化する意思や不満の数数を、会の内部で解消する時間的な余裕がなかったのかもしれぬ。会の運営には、本誌にかぎらず、多かれ少なかれ似た状況をつねに孕むものだが、私の在籍後は幸か不倖か、そのような緊迫した場面に出交わすことがなかったのは、過去の経験を踏まえて、それなりに精神的熟成の時間を、会員諸兄姉が把持しつづけてきた努力によるのであろう。

しかし、問題はこれからである。会のキャッチフレーズは、周知のように現代の万葉ということだが、そこから難しいのは、ある一定のレベルに達した詩人たちを擁する同人誌とは異なり、初学の人人に門戸を開放する、草創以来の一貫した本会の趣旨は偉とするも、入会した人たちが、初学の域を超えてしまった局面に於てなお、魅力ある存在として会をイメージしうるか、という設問を看過することはできないということだ。その辺を十分クリヤーしないかぎり、会の更なる発展への展望も期しがたいのではないか。この問題は、いずれ詰めて討議する必要があろう。

他方、作品の評価にしても、作品の価値をどこに置くのか、といったことから鑑賞にあたっての深読みは是か非か、逆に浅読みはどうか。つまりは、読みに於ける過剰と不足をどう考えるのか。言うまでもなく、作品自体の価値と享受側の価値は、並立する関係にある。個の並立する関係に楔を打ち込むのは、的確な批評眼にほかならないのだが、出生、経験から思惟、感情ほか、すべてが表現者に固有の世界をかたちづくっている領域に、どこまで正鵠な解釈をゆきわたらせることが可能か、これがまた、なかなかに難儀であるのは大方の経験するところであろう。

ところで例会での作品批評について言えば、とかく遠慮がちになりやすいのはどんなものか。的外れな批評も困るが、今少し活発な意見のやりとりがあってもいいだろう。

とはいえ、卓見もないではない。130号の出版記念会の折でのこと。話題が中国への旅云云に移った際、意見を求められた椙山三平氏が、「中国への旅行だけは御免だ」とやや意表をつく言葉で応じ、その理由として「かつて加害者として銃火をまじえた地に赴くということは、たとえそれが物見遊山的な旅行でないとしてもできない」という意味の見解を述べたことがそれ。要するに、旅はなべて望ましいとする既成のイメージとは異質の世界を、みごとに開示してみせたことだ。自身の現地体験に基づいての発言だけに説得力があり、当日の出席者の多くが感銘を久しくしたのも頷けよう。

　このような独自の視点、視野に立つ詩作品が、もっと誌面を飾ってもいい。同時に、誌史の長さに比較して、作品の質の飛躍には、正直言ってまだ物足りなさが残るし、疾うにステロタイプ化した言葉を、無神経に作品のなかに持ち込んでしまう傾向も、ときに目につく。また、推敲が不十分なために、本来削除されていい言葉が、未整理のまま詩の構文をなしてしまっている例をあげるにやぶさかではない。さりながら、それらマイナス面を、補ってあまりある感性豊かな、すぐれて時代の良質な部分を、逸速く身につけた有為の新人の作品も、散見されはじめたことも付記しておくべきだろう。

　130号には、会員外の一般からの応募作が収載されるということだが、その内の何人が、爾後の「市民詩集」に加わり健筆を揮うようになるのか。ともあれ、一期一会ではないが、これからは会にとっても一年、一年が正念場になる筈である。

（二月号）

2、『つばき』作品

昭和三十八年

大衆と前衛

〈大衆と前衛〉という表題は、これを芸術的側面に限ってみますと、むしろ〈伝統と前衛〉であろうかと思われますが、ここではより広い意味に於いて、あえてこのようにしてみました。

そこでまづ前衛とは何かということなんですが、この概念は一般的には在来の伝統と断絶し、急進的、または尖鋭的な芸術革命を行なおうとする人、運動、及びその作品等を指すものと考えられます。で、今日、前衛といわれるものは実に多様であり、抽象から新具象、あるいはシュールレアリズムを核として、その周辺にキュービズム、未来派、ダダイズム、ネオダダ、表現派、構成派、ピューリズム、オルフィズム等ざっと数えただけでも十指に余る勢いにあります。なかんづく絵画に於けるピカソ、ダリ、クレー、シャガール、カンデンスキー、スーチン、文学に於けるエリオット、サルトル、カミユ、アラゴン、ブレヒト、カフカらに代表される作品、及び芸術理論は、戦后洪水のようにわが国を襲い、種々の芸術ジャンルに、多大の影響を与えてきたことは周知の事実であります。

ところで短歌や俳句の分野に於いても、最近、さかんに前衛論議が交わされるようになってまいりました。しかし、その大半は妙なすり合いの、つまるところは泥仕合的様相を、展開してきているのではないかと私には思われます。つまり、在来の文学を無視するあまりの驚くべき自己過信と、片方では生まれくるものへの妬みと、狭隘な閉鎖意識とによって、論争そのものの不毛を齎らしつつあります。

勿論、前衛と伝統とは、ある意味では互いに屹立し合うものです。しかし、だからといって決して頭から否定してかかるものでもありません。真の意味の批判とは、常に対象の内奥に迫り、彼のもつ誤謬を、客観的普遍性に於て、その深層から抉りとる激しさと鋭さをもたねばなりません。この意味からいいますと、今日行われて居ります前衛論にしましても、伝統批判にしましても、どうも問題が皮相的な面でしか捉えられていないのではないかと惜しまれます。このことは山本健吉をはじめ、久保田正文や、前衛派の人々の論調からも充分、窺がう事ができましょう。この点については、後日、稿を改めて論及したいと思って居ります。

で、標題の〈大衆と前衛〉について、昨今、評論界その他に於て、さかんに論及されております大衆社会現象に絡ませ、その問題点に触れながら述べてみたいと思います。もっとも大衆社会現象という言葉自体は、今では少々黴が生えかかっているでしょうけれど、これを現実の問題として捉えてみるとき、どうしてなかなか多くの問題を投げかけているようであります。

先ず大衆社会状況下に於ては、マスコミの量化による質の止揚がふだんに行なわれ、ここでは人々は没個性的にとなり、いわゆる無方向性が、原則として尚ばれるようになってまいります。その結果は、いうまでもなく革新的、前衛的作品の創作活動の停滞をうみ、資本主義社会の現実を肯う退嬰的、保守的作品の擁護されやすい環境がつくられてくることは、明白であります。今日に於ける機械的画一化、その範囲での自慰現象も、つきつめて言えば人間の非人間化による各個人の主体性の欠如と、一眼的自己無謬意識に尽きるのですが、同時に、前述の問題ときりはなして考えることは誤りで在るといえましょう。ところで私たちも、決してこれらの諸問題の外にあるわけではなく、まさにこの事を意識に於いて捉ええた瞬間から、逃れようもなくその只中に在ることをいやでもしらされるのであります。埴谷雄高の

〝人間は何故かくあるかを問うことはできない、とは、永劫の不可能の標識を掲げたいわば存在論ふうな暗い凹型の問いかけである。このような種類の問いかけを大きな特別の括弧に入れておき、自己の社会的存在についてなんらかの凸型の回答を提出し得る灰色の薄明の時代に私達はようやく踏みこんでいるけれども、しかもなお、万華鏡に似た思いがけぬ変幻を現わす事物の目まぐるしい推移にひかれて、うかうかと一生を過ごしてしまう薔薇色の習性や、自己の習性や、自己の位置については何ごとをも語ることのできない雪盲の無自覚性に背中をとらえられたまま、しゃにむに前方へ歩み進んで居るのが現代である〟

と言う言葉のもつ暗い響きは、そのままこのような現代

人の在りようへの、重い問いかけとなっているようです。

翻って考えてみますと、もともと資本主義社会にあっては、労働の対象、手段、生産等がすべて資本の力として、労働大衆にとっては外的なものとなり、そこでは労働者は次第に創意性や、批判力や、未来への透明な展望が失なわされ、その結果、与えられた組織のなかの歯車とならざるをえず、環境へのほどよい適応から、平準的人間を量産してゆくのであります。いうところのレジャーそのものも、このようにして疎外された自己を一時的、気分的にまぎらすための余暇とはなりえようはずもなく、むしろ逆に、労働の苦悩からの逃避としての余暇として、なかんづくマスコミの宣伝攻勢と相俟って、その場限りの娯楽へと押し流されてゆきます。

このようにして、個性はその深みへと没却され、両極へとひき裂かれた人間の救いようもない孤立化現象を際限もなくうみ続けてゆくのであります。

一方、前衛について結論として言えることは、昨日の前衛はもはや今日の前衛ではありえないということ、随って前衛とは、常に過去へ過去へと組み込まれてゆくものであり、それは客観的にみれば、道化の仕草以外の何ものでもないかもしれないのですが、同時に、そのようなものとしての暗さ、重さを全的自己に於て、その深層から捉えたもののみがもつ《悲劇性に支えられた》創造的革命的在りようこそ、まさに前衛がそれを意識した瞬間から負わされた宿命以外の何ものでもありません。

贋の前衛はもう要らないのです。


（八月号）

昭和四十年

言語表現と意味について

　俳句も短歌も、あるいは現代詩も小説も戯曲も、文学といわれるものは、すべて言語を媒体として成立する芸術であります。随つて表現に於いては、言語構造の視覚的、聴覚的な美、及び美の概念、更には言語表現に包摂される意味内容等が、自己と他者を繋ぐ重要なポイントになることは言うまでもありません。

　わたしたちは作品を鑑賞し批評する場合、まず表現されたものから作品の内側へ入つてゆくのが普通でありますす。ここで、とりあえず批評が辿るコースとして
（1）表現――内容――発想の原点（鑑賞または理解）
（2）発想の原点――内容――表現（批評または批判）
という定式を設けてみたいと思います。しかしながら私たちは、ある一部の晦渋な作品につきあわされたような場合、読者の側に於いて、第一のコースを辿つてゆくことが困難であるとか、あるいは最初から理解することを諦めるといつた、極めて不毛の状況が生じてくることは夙《つと》に経験するところです。この作品の晦渋さについて、作者に責任があるのか否か、読者の側にこそ非難すべき原因があるといつた意味の議論が常になされるのですが、結局は問題の表面を相互になすりあつているだけであり、事象の本質につきあたるということは殆ど無いと言つても過言ではないでしょう。

　たとえばある抽象志向作家にみられる、具象作品はきれいでうまい、抽象はきたなくてうまくないといつた色分けから、この、きたなくうまくない道こそ在來的な作家たちが敬遠するが故に、われわれが開拓してゆかねばならぬといつたもつてまわつた自己擁護論や、新しい動きに対して生理的に嫌悪を感じるといつた在りようからは、やはり何ものも生まれてこないのではないかと思われます。すべては、作品化された表現に於ける言語構造の、全体の関係を通して考えてみるべきでありましょう。このことは後に実作に照らしてみてゆくことにしまして、次に、言語表現に含まれる形式と内容について暫時考えをすすめてゆきたいと思います。

　著名な言語学者、時枝誠記氏はその著「言語学原論」の中で〝文学の表現する思想とか事件とかは、文学にと

つては素材であつて要素とはいひ得ない。従つて文学作品を通して我々が単にその思想や事件を理解したに止まるならば、それは作品そのものを把握し鑑賞したことにはなり得ないのである。〃〝言語は宛も思想を導く水道管の様なものであつて、形式のみあつて全く無内容のものと考えられるのであろう。〃といつた形式論に終始した見解を発表して居られますが、はたして言語はこのように無内容なものと考えるべきでしょうか。

三浦つとむ氏はこの考え方を訂正して、〝「音声」や「文字」は、言語の形式的な面をさす言葉です。これらを、内容あるいは意味との統一でとりあげるとき「言語」とよぶのです。言語は表現そのものであり、形式と内容との統一であり、個々の語られた音声あるいは書かれた文字以外に言語とよぶべきものは存在しません。認識を基礎にして音声が語られ文字が書かれたとき、それまでは単なる空気にすぎなかつたものが音声になり、ペンの上にあるインクの一滴にすぎなかつたものが文字となつたとき、そこに意識的な創造されたかたちはその背後にある認識とつながつています。この創造されたかたちに結びつきそこに固定された客観的な関係が、言語の「意味」なのです。〃といい、かなり明瞭に批判して居ります。私見では、時枝氏はソシユールの言語観にみられる主体の欠如が我慢ならず、主体的立場を強調するあまり、少し極論にはしりすぎたのではないかと思われます。しかし氏の言語論は、在來の観察的立場に主体を加えることによつて、きわめてユニークなものになつたことは否めないでしょう。

ところで言語表現に於ける表現は、まずあらわされるものとあらわしだされたものとに分かたれると考えられます。この場合、あらわされるものは内言語によつて構成され、意識による外化の過程を通つて表現に於いて完成します。ここでとりあげた内言語によつて構成された表出内容は、表現によつて、いわば外言語によつて定着したとき、内容は形式に吸収され、ここに内容と形式との統一としての言語表現が成立します。この故に言語表現に於いては〝形式のみあつて全く無内容〃なものであるとは考えられず、同時に意識が媒体となるがゆえに、あらゆる意識概念を包摂しているものと言わねばなりません。ところで残念なことに、私たちはこの外化された言語構造から作者が表現しようとした意味を、全的に理解しうるということはほとんどありません。このことは、より本質的には言語発生過程に於けるもつとも根源的な矛盾として把握されます。

梅本克己氏は、三浦つとむ氏の、〃言語は、絵画や彫刻などとちがつて、概念を直接表現します。概念とよばれる認識は物ごとの普遍的な面をとらえているので、物ごとの感覚的なありかたは頭の中で除かれています。ところが認識を伝えるためには、音なり文字なり、耳にきこえ目に見える感覚的なかたちを必要とします。ここに矛盾があります。感覚的なものを持たない認識を感覚的なかたちによつて伝えなければならないという矛盾です。〃という見解に批判を加え、〃概念はすでに感性的な認識と超感性的な認識との統一として生まれるのであつて、言語に独自な矛盾は概念発生とこの統一過程にあるはずだが、三浦はその結果を前提した上でその表現の道具として音とか文字の形をもつてきている。しかし言語の音とか文字の形とかがもつ「感覚的なもの」は、原体験の与える感覚に対してはあくまでも異なる次元のもの、個々の感覚を超えたもの、その点では「超感覚的なもの」として機能するところに言語の本質がある。したがつて、三浦の規定とは反対に、「感覚的なものを感覚を持たないものによつて伝えねばならない」ところにこそ、言語発生過程の第一次的矛盾が成立する。〃として、三浦氏の論旨にみられる結果を前提とするあり方を、かるくたしなめていますが、梅本氏のこの言いまわしは、最近刊行された吉本隆明氏の著書の中の〃言語の指示表出性は、人間の意識が視覚的反映をつとに反射音声として指示したときから、他と交通し、合図し、指示するものとしてきまつた言識の意味は、意識のこのような特性のなかに発生の根源をもつている。〃という部分に対応するものと思われます。

梅本氏では矛盾として捉えられ、吉本氏では意味として考えられているもの、ここにこそ言語表現のもしくは発生の、私性と公性の二重化による矛盾を解く鍵が存在するものと思われます。この言語の本質を追求してゆく作業が、状況の概念とどうかみ合い、歴史の底流を奥ふかいところから揺りうごかしてゆくのか、この辺りに私たちの今後の課題が託されているものと考えられるのであります。

『三冊子』の中の一節に〃内をつねに勤めて物に応ず

れば、その心のいろ句となる。内をつねに勤めざるものは、ならざる故に私意にかけてする也。〟という文句が見えますが、これについて西尾実氏が、〝自己と対象とが相応し、相即することであつて、一種の物我融合境である〟と説明され、それを受けて加藤周一氏が〝「物に応ずれば」というのは、「物に自己が応える、反応する」とは解せないだろうか〟と西尾説を批判して居られるのも、これなども西尾氏は結果に重点をおき、逆に加藤氏はその契機に比重をかけているのでして、このように解釈が分かれるということも、前述のように言語が負う矛盾であり、ある意味では宿命なのかも知れません。しかしながら宿命を宿命として受容するだけではなく、宿命の重さに耐えながら、なをも普遍的領域を求めて詠いつづけようとするのが詩人であり、この関係は、文学それ自体が対他意識に支えられて発生し、存在し、展開してゆく状況にふかく対応しています。

ところで次の俳句はどう理解すべきでしょうか。

果てしなき砂の轍みのマストの骨　敏

ここではまづ象徴をあらわすことばとして〈砂の轍み〉と〈マストの骨〉をあげることができます。

果てしなき、砂の轍み、マスト、骨と四つにまで象徴を分割して考えた方も居ますが、よりげんみつには前述のように表面にあらわされた二つの象徴語と、それらの背後から、あらがいようもなく浮かびあがつて心象世界をおしひろげてゆく空間、あるいはその概念、と以上三つの象徴というふうに見るべきではないかと思われます。つまり、〈果てしなき〉も〈轍み〉も個々では砂というひとつの像の外延であり、〈マストの骨〉もマスト自体が骨でしかなく、この場合はマストに対する強調語として〈骨〉は作用して居り、随つてマストとは別に骨が作像されるということはないからです。かりに人の骨などが二重映しとして像を形成したとしても、それは単に虚像でしかなく、実像としては一つとして考えられるからです。あるいはまた、マスト自体に人骨などが懸けられているとみることもできないではないですが、この表現からそう解釈することはやはり無理がありましょう。

この句については別に

果てしなき砂の軋み マストの骨

としたいといつた意見も出されましたが、この見解についても必ずしも賛成できないものを持つて居ります。唯、私自身この句を拝見した当初は、助詞「の」のあり方について必然性を認めえなかつたのですが、幾度も詠みかえしているうちに、この助詞がどうしても欠かせえないものに思えてきたのです。まずこの句のリズムを考えてみますと、表現にあらわされた韻をかりに外韻と名づけますと、この外韻が作者の内韻の外化として表現されていることを認めることができます。そこから〈砂の軋みの〉の〈の〉は、次の〈マストの骨〉への断絶の契機を表示しながら心理的な底辺では繫がつてゆくという微妙な役割りを果たしていることがわかつてまいります。ここでわたしたちはためらいもなくひとつの情景に遭遇します。見わたすかぎり茫漠たる砂浜、沖には一隻の舟が浮かび、帆柱が一本空間を遮断しているといつた。まあ通常考えうるイメージです。ここまでは恐らく誰でもあやまりなく理解しうるのですけれども、実はこれからが問題であり、それには〈砂の軋み〉、〈マストの骨〉に象徴された擬人法からくる意味、更には〈果てしなき〉との関係に於いてみることのできる、いわば作者の内なるものを追体験してゆかねばならないからです。ここで私は、あたらしく状況の概念を導入してみたいのです。

勿論状況にはさまざまのケースがあり、げんみつに言いますと、すべての個人がそれぞれの状況を負つて生きているのでありますから、人の頭の数程それはあるのだとも言えましょう。しかしここでは、状況をとりあえず私状況と公状況とに分けて考えてみましょう。そこでこの句の象徴的表現の全体からうけるゆたかに展がつてゆくイメージは、私状況として考えることは少し無理なように思われます。随つてこれを公状況として捉えてみますと、はじめて意味が鮮明になつてまいりましょう。たとえば公状況として今日、わたしたちが皮膚に痛切に感じとつているものは何でしょうか。おそらく全人類の生存にかかわるという意味からも、『戦争』の問題を第一にあげることができましょう。

若い歌人佐々木幸綱君は次のように言います。

〝黒い目隠しをされ銃殺されようとするベトナム少年

の傍で、冷害にうちひしがれた農青年の耳もとで私たちはどういう歌をうたえばよいのか。ベトナム少年も、農青年も実は私たちと変りはないのだ。たまたま今日一日私は黒い目隠しをされずにすむとしよう。飢えを感じないですむとしよう。だが、それは〈たまたま〉であることはまぎれもない事実なのだ。〃と。この幸綱君のような若い純粋な魂に、わたしたちは何をどうこたえるべきでしょうか。一少女の死に象徴される安保体制の全面的な城下にある日本の民衆の上に、かつての忌わしい赤紙が再び舞いおりてこないとは誰も断言しえないでありましょう。

思えばこの句にも、かぎりもなく罪を犯してやまぬ人間、権力への哀しみや怒りが、砂のイメージを通してほとんど絶望にまでふかめられ表現されながら、にもかかわらず背後に空間を想定することによつて、極限状況の中に於いてさえ未來を見てとる作者の詩精神のゆたかさと次元の高さに、私はあらためて驚かされるのであります。

以上、二宮敏氏の作品を借用させて戴きささやかな考察を試みてまいりましたが、まだまだ研究すべき余地は多く、今后『つばき』の識者によつて次々に分明にさせられてゆくでありましょう。ひるがえつてみますと、夥しい廃墟の中から生まれた戦後文学は新しい状況の中で、更に言えば絶望的な未來にむかつて生の厳しい在りようを示していつたものです。それは、失つたあるいは失わされた意味の復元でもありました。今日、偏つた認識からことばの意味を否定しようとする動きが俳壇の一部からも出没しつつあるようですが、私たちは単に極論にはしるのではなく、いまいちど意味について、あの戦争がもたらした意味なども含めてこの際あらためて考えなおしてみるべきではないでしょうか。

（八月号）

昭和四十三年

戦争体験とはなにか

戦後いつからでしようか、わたしの内部にゆくりなくもまた、あらがいようもなく、次第にその鉛色の比重を増大しつづけてきた戦争の、より具体的には戦争体験の諸問題について、これから述べてゆきたいと思います。もつとも戦争体験についてては、これまでもしばしば多くの人人によつて語られ、論じられたりしてきたのではありますが、戦後二十年を経過した今日に於いても、なお依然として未解決の広範な部分を残したまま、わたしたちに現前されているのでして、このような未解決の果てしもないひろがりの大いさは、かつての戦争がのこし、また、いまに残されてある傷あとの刻印のふかさを、はるかに暗示しているかのように思われます。

さて、戦争体験とはなんでしようか。このような厖大な、あてどなもない遡行の、単なる現象学によつて解明しえない個人の内的体験の、いわば灰色の設問に答えようとするさきに、わたしたちは、二十年前のあの戦争、いいかえれば軍部から天皇制に到る、いわゆるピラミッド型の虚構としての体制が、各個人に与えた衝撃、つまりは体制を如実にうけとめた側の精神状況について、なにほどかの考察を加えてみることも無駄ではないでしょう。

《戦後の思想》の主流に近い部分を、常にあるきつづけてきたかと思われる清水幾太郎は、自著『心の法則』のなかで、

「新体制は元來真面目なものである。日本がその生死をかけてゐる問題である。新体制が成るか成らぬかは、恐らく日本の運命を決定するであろう。それは現在の吾々にとつてこの上なく厳粛な崇高な問題であり、話である。」「東洋には新しい東洋の統一が企てられてゐる。ヨーロッパの新しく生きる道も同じく新しいヨーロッパの統一にあると考へられる。――夫々統一を持つた東洋の全体とヨーロッパの全体とが戦ふことがあるとすれば、例令それで世界が滅亡してもよい、吾々はこの壮大な戦ひに喜んで参加するであらう。」（昭和十四年九月）といい、戦争体制へのなしくずしの協力を自己の立場として明示し、そのことで当時の知識人の、意識の同質

的状況から逸れることのない一般者のイメージを髣髴させ、小林秀雄もまた、

「御稜威の下に、われわれは必勝の信念を傾けて戦つてゐる。かういふ国民に対して米英に勝算がある筈がない。けれども、米英を撃滅した暁に於いても、大東亜の文学者の提携運動は決して終わりますまい。さういう覚悟が必要だと思ひます。」として体制讃美のかなしいまでに無内容な決意のほどを披瀝し、同じ文芸誌上における丹羽文雄の発言にも、

「私たちの敵愾心は、現在もなほ強烈に持ちつづけてゐなければならないものであつた。私たちはことごとに米英に対する敵愾心を愈々かきたてなければならないのである。」「もしも彼らの罪悪をくはしく小説風に書きたてたならば、当然私たちの敵愾心は火と燃えるのだ。」といつた、恐ろしく空虚でいさましい観念語が並びたてられているのでして、このような灰色の事象のなべては、今もなおわたしたち暗い意識の底に、あの時代の、まぎれもない精神の画一的状況のあかしとして保育されつづけているのです。

詩人高村光太郎が、

「天皇あやふし。ただこの一語が私の一切を決定した。」とうたつてから、「よはい耳順を越えてから、おれはやうやく風に御せる。六十五年の生涯に 絶えずかぶさつてゐたあのものから たうたうおれは脱却した。どんな思念に食ひ入る時でも 無意識中に潜在してゐた あの聖なるもののリビドが落ちた。」とさとるまで、ゆうに七年の歳月を閲しているのですが、丸山真男は自著『日本の思想』のなかで、

「日本社会あるいは個人の内面生活における〝伝統〟への思想的復帰は、いつてみれば、人間がびつくりした時に長く使用しない国訛りが急に口から飛び出すような形でしばしば行われる。そう一秒前まで普通に使つていた言葉とまつたく内的な関連なしに、突如として〝噴出〟するのである。――教養が〝西欧化〟した思想家の日本主義への転向は、蘇峰にしても樗牛にしても横光にしても、現われ方ははなはだ突然変異的だが、それはいずれもこれまで彼等の内部にまつたく存しなかつたものへの飛躍（回心）ではなかつた。――高村光太郎は『暗愚小伝』のなかで、太平洋戦争勃発の報に接したときの、こうした〝思い出〟の噴出を真摯にうたつている。」とい

い、光太郎の内的衝撃についても触れていますが、このような日本主義の、更には〝君あやうければ臣死す〟といつた天皇主義の悲壮なまでの自己絶対化のいたましさは、光太郎のかがやかしい全詩集に、ぬぐいきれない陰翳を貶《おとし》めているといわねばなりません。

なお『近代俳諧史』の著者、松井利彦は、戦中の水原秋桜子に触れ、

「心の翳の深くさす句は、慌しい境にあつては出來るものではない。しづかに腰を落着け、心を清澄にし、想をひそめた時にはじめて詠み得るものである。」との秋桜子発言から、

「俳句の条件として、戦争を扱うこと、反映させることには触れていない。ここに秋桜子の抵抗精神が覗えるのであり、又、俳句が俳句としての主体性を保つて説かれている姿を見る事が出來るのである。」と言つていますが、これは事実に反するばかりでなく、彼のすぐれて周到な『俳論史』自体をみずから歪めるものでありましよう。

即ち秋桜子の戦中の著書『聖戦俳句集』のなかには

「大東亜戦争開始以來、作者等の熱意は更に加はり、数に於てもいちじるしく増加して、こゝに未曾有の業績が樹立せられ、今後ますます期待することの出來るのは、俳諧にとつてまことに喜ぶべきことゝ言はなければならぬ。」「日章旗のすゝむところ敵影なく、皇軍の武威はいよいよ輝く。」「この度の大東亜戦争に於ける米英その他の敵国はまさに邪悪のはなはだしきもの、これを撃砕せんがために我が国は立ち上がつたのである。」といつた詞句がいたるところに見うけられるのでして、松井氏が力説する抵抗精神や主体性なぞ、これらの文章から拾い出すことはまず不可能であり、高村や小林たちの場合と心情の次元ではほとんど等質に近く、あの時代の一般的状況をいみじくも代表しているのも皮肉なことです。このような暗い時代に書かれた知識人の手記のなかでは、鮎川信夫の『戦中手記』がわずかにわたしたちにとつて救いでありましようし、詩では山之口漠の『曲り角』のさりげないカリカチユアが印象ぶかく、また、金子光晴の『鬼の唄』一連や、渡辺順三の次のような歌、

人と人と殺戮しあう悲惨さをラジオは誇る如く告げおり

平畑静塔の句、

軍橋もいま難民の荷にしなふ

などが、その反逆的姿勢に強弱はあつても、追いつめられた状況のなかでの人間の、いわばぎりぎりの次元での信頼のふかさを物語つて居るように思われます。

兵士の歌　　鮎川信夫

穫りいれがすむと
世界はなんと曠野に似てくることか
あちらから昇り むこうに沈む
無力な太陽のことばで ぼくにはわかるのだ
…………
空中の帝国からやつてきて
重たい刑罰の砲車をおしながら
血の河をわたつていつた兵士たちよ
むかしの愛も あたらしい日附の憎しみも
みんな忘れる祈りのむなしさで
ぼくははじめから敗れ去つていた兵士のひとりだ
なによりも　おのれ自身に擬する銃口を
たいせつにしてきたひとりの兵士だ
…………
歌う者のいない咽喉と　主権者のいない胸との
血をはく空洞におちてくる
にんげんの悲しみによごれた夕陽をすてにゆこう
この曠野のはてるまで
……どこまでもぼくは行こう
ぼくの行手ですべての国境がとざされ
弾倉をからにした心のなかまで
きびしい寒さがしみとおり
吐く息のひとつひとつが凍りついても
おお　しかし　どこまでもぼくは行こう
勝利を信じないぼくは　どうして敗北を信ずることが
　できようか
おお だから　誰もぼくを許そうとするな
マッチ擦るつかのま海に霧ふかし身捨つるほどの祖国

はありや　寺山修司

これらの詩や歌には、自己と他者の内部を同時に刺しつらぬく精神のいたみが、あるいはまた、絶望の時代を生きたひとりの知識人としての苦悩が、まさに言葉が持つ重さの必然性をわたしたちに感じさせてくれます。

ところで臼井吉見は、渡辺順三の

「毛沢東万歳！」の声会場にひびきわたるときけばすがしも

の歌をとりあげ、〝毛沢東を、東条大将なり、ヒツトラアなり、天皇陛下と入れかえてもけつこう成りたつ〟として、そのセンチメンタリズムを糾弾していますが、これはなにも短歌や俳句にのみあてはまる現象ではなく、まさに丸山のいう日本人の、遠い祖先からの心情に本質的に内在する情緒の血脈にほかならぬようにわたしには思われます。ここでは、政治や権力の問題をどう捉えるかが重要な意味を加上するのでして、埴谷雄高のいう「政治の幅はつねに生活の幅より狭い。本來生活に支えられているところの政治が、にもかかわらず、屡々、生活を支配しているとひとびとから錯覚されるのは、それが黒い死をもたらす権力をもつているからにほかならない。一瞬の死が百年の生を脅し得る秘密を知つて以來、数千年にわたつて嘗て一度たりとも、政治がその掌のなかから死を手放したことはない。」の認識が、再び各個人に於いて問われねばならない所以もまた、ここにあるといわねばなりません。ところで政治は、いわれるところの〝黒い死〟によつて象徴される権力を、遂にみずから放棄することはないのでしようか。――このような設問は無権力によつて支えられうる政治が、これまでのところ幻想にすぎないとして、また、未來のはるかな地点から眺めてみるとして、なお同質の感慨を抱かざるを得ないという絶望によつて、屡々わたしたちを暗い淵に誘う。

さて、戦争体験とはなにか。しかして戦争体験が意味するものはなにか。ところで、なによりも体験が体験として知覚され認識されるためには、体験が自己にとつて、自己にかかわるとして対象化され、自己に現前されねばならず、このような対自作用によつてのみ、体験が体験そのものとして問われることが可能でありましよう。随いまして、体験が問いとして意味をもつところでは、いわれるところの回顧趣味なぞつけ入る隙はありませんし、現実とのかかわりあいのなかで、否定的媒体としての問いの総量を生成することものぞめましようし、そのことが、やがては戦争体験の思想化への道にもつながるものではないか、と思われます。ここでもまた大切なことは、基底に常座する個の重さとしての自己体験によつて、何をつかみ、何が認識されたかが問題になるのでして、体験の絶対化の陥とし穴も実にこのようなところにあり、例えば自己の体験を聖化するあまり、戦争体験の過去をもたない若い世代一般を否定しようとするあり方も、その一つといえましよう。

即ち、戦争を体験しないのは、彼ら若者たちがたまたまそこに居あわせなかつたにすぎず、このことを問責の対象にしようとするのはまつたく愚かなことでして、何よりもまず体験者の側の当時の意識状況が究明されるべきでありましよう。そこで、体験が個人にとつてかけがえなのないものとして、ある特有の重みをもつとしてきて、戦争体験についてわたしたちの世代に即して考察を加えてまいりますと、当時は、周知のようにいわゆる体制の側からの一方的な意識の規範のカテゴリーのなかでのみ、すべての思考や当為が生かされていたのでして、この意味では、体験がいわれるところの意識、つまりは自意識の《この場合、デカルトのわれ考うゆえにわれありに比す》領野には、のぼせてこなかつたような意識であり、別言すれば、意識下の世界に於ける体験にはかならず、随つて前述したように体験に内包する問いの総量としての重さを、あの時代のいたましい与件として若い世代に伝承しようとするとき、いくぶんかの恥じらいなくしては語り出しえないのでして、このような鬱屈した感情は、戦中派でも戦後派でも、まして戦前派でもありえないわたしたちの年代によく見うけられる現象です。ですから、わたしをして言わしむるなら、戦争体験が体験者によつて体験に付与された意味の重さが目的として語り出されようとするとき、はたして体験者が、あの時代を言いしれぬ苦悩の時代として自らにうけとめ、生きぬいてきたか否かがまず問われねばならないのでして、このようなきびしい自己査問によつて、体験がたえず検証され、たしかめられ、やがては自己にとつてかけがえのない認識にまでたかめられたとき、はじめてその人は、思想の名にあたいする体験と認識の、全体を取得しえたといえるのでありましよう。そして、そのような次元に立つことによつてのみ戦争体験とはなにか、という問いが問いとしての全的な意味をあきらかにしうる契機を開示することができるのではないでしようか。

（二月号）

昭和四十二年

意識のなかの陥没部分への参加
——全国口語俳句大会作品から——

泛《う》きあがつて、すでに何らの手ざわりをも失くしてしまつた意識でもなく、治平されてもはや溶解されることもないであろう固形状の意識でもなく、不意のひろがりにも似て、いつのまにか共有の意識の池へ陥ちこんで始末つてあるような何とも名状しがたい部分、をわたしたちは時として自らの意識の底に感知することがないだろうか。

一個の実存としての個が、個は個であるというより、まさに個が個でしかありえないがゆえに、はるかにかわきながら、それでいて絶えず内側の陥没部分としての意識の底の池のなかで、ぐちやぐちやになつてしまいそうな個の同位性を、たがいに地下水のように所有しているということがありはしないだろうか。それは、云うところの反射論とか空間論といつた次元、とも異つて、いま少し本質的なもの、根元的なもののように思えるのである。今回の名古屋に於ける口語俳句大会作品を見て、私がかねがね考えつづけてきたこのようなありようの、作者ががどう考えているかは別として、尠くとも実作の上では、そのいくつかは例証にあたいするものが出てきているように思う。

▽くらげに写つてしまつた兵隊の小さな顔
　　　　　　　　　　　　　　五十嵐研三

この作品が内包する、かわいたカリカチユアとぐちやぐちやの原意識への遡及性こそは、今日、わたしたちがようやく試行の緒につきはじめたばかりの標章《意識のなかの陥没部分への参加》に、図らずも符合しているように見えるのも、あながち私の独断からばかりでもあるまい。

▽そこに椅子 誰かわからぬものからの命令
　　　　　　　　　　　　　　大橋麦生

私は現代俳句に於いては、古くは芭蕉の言を俟つまでもなく、形の上での切れ字は、さほど重要ではないとつねづね考えている。今日、既に切れ字は、結果的としての形式面よりも、むしろ表現された言葉の、もしくは文体の背後に、生起しつつたえまなく拡がつてゆくイマージユの総量、そのもののなかに不断に包摂されてあると云えようし、随つてその方向で検討されるべき問題ではなかろうか。ということは、例えば次の作品

▽冷房はいや太陽の子となつてあるく

のように、形の上での切れ字が必ずしもイマージユの重層を結果しえないように、〈兵隊〉の作品にみられる棒状の表現、形式上の無切れ字がかえつてイマージユの触媒に役立ちうることを、いみじくも実証しえていると考えるからにほかならない。随つて口語作品の可能性は、まさに、作品によつてひきおこされるイマージユの溶質、そのもののなかに象徴的に賭けられてあるとも云えそうだし、同時に、今日、現代に生きているわたしたちの内実に触れてくるなにものかによる震撼性の度合いもまた、新しい検証の要素になりうるであろう。麦生作品に於ける「切れ字」もその意味では、形の上でというよりも文字の背後から泛《う》かびあがつてくるイマージユの、おそろしいまでのリアリテイにあるのではなかろうか。勿論、私がここで述べている問題は、俳句という文学のジヤンルを構成しているところの十七音形式について、ではないことは云うまでもない。

▽他人の手がばかに白い日暮れの鶏小屋　二宮　敏

も、写真的、絵画的ではあるけれども、やはり現在のわたしたちの心影にふれてくるものがありそうに思われる。

▽不意にドアー開く古ぼけた町の炎天　石橋幸夫

この意外性、現代版浦島もまた、広範なレアリテを感じさせてくれる。

▽蕎麦屋びしよびしよ水打つていた原爆忌　研三

戦后二十年を、すでに二年も超過してしまつた今日に於いてなお、わたしたちの意識の底の共有部分にふれ、それを作品化しようとするには、既に

▽原爆許すまじ蟹かつかつと瓦礫あゆむ

とは違つた発想の場を意識のなかに求めなければならない。そのためには、昂揚された意識にたよりつづけるだけではなく意識の底の流れや、湿原地帯、つまりは原初意識が時間の経過するにしたがつて、ややもすれば風化され、美的なセンチメンタリズムに変質しやすい内部状況への反定立としての、そのかぎりでは、ゆるされたぎりぎりの、かわいた抒情性がすぐれてレアリテをもちはじめてくるわけだが、研三作品が内包するこのような質性は、あらためて分析するまでもなく、この作者にとつては既に内実的な所与であるのかも知れない。

▽棚にならんだ靴を柩に靴屋と死ぬ　　門馬弘史

ここでは、靴屋はすでに現実の靴屋ではなく、作者の内的イマージユの領域へ転化されているのであつて、その意味では非現実的な世界を抽出しているわけだが、同時に、さて靴屋そのものは、わたしたちが日常ふだんに接触しうる範疇に存在しているということで、実はまたまぎれもなく卑近的、現実的なのである。ところで注意しなければならないことは、《靴屋と死ぬ》は漠然とした意識ではなくて、ほとんど明瞭に認識された自我の発現に基づくものであろうことは、表現の全貌を通して感取できるわけだが、靴を寝棺として靴屋と死ぬ自己は過去の映像のなかの自己であるのか、現在をつらぬき、未來をも刺殺してしまう生のすべてを含む全体的自己であるのか、その辺が解釈の岐れるところではないかと考えられるのだが——。

さて、私はこの句から直感的に〈部落〉のイメージがだぶつてくるのを消すことが出来なくて困つたのだが、勿論、映像をある部分へ限定してしまう在りようの危険性を充分識つての上のことだが、つまりは、すぎゆきの生のさまざまな出会いのなかで〈部落〉は、私にとつてとりわけ鮮やかな出会いとして内部に刻印されていたのだが、たまたまこの作品にぶつかつたことでイマージユ

が現前化したと云つてもいいわけで、細述すれば私の少年時代、といつても十代の後半に属する思い出だが、あの四年間続いた戦争もようやく終つて、焼け出されたわたしたち一家が縁者をたよつて疎開した某地の近くに、穢多と呼ばれる草履作りを主な職業とする人たちの部落があつて、その中に少しばかり近代的な製靴工場なぞもあつて、それが当時、ひどく宿命的な人間の生のみちすじを思わせるようで慄然とさせられたものだが、いわゆる部落の外の人人との間の差別意識もまたすさまじいものので、たえず侮蔑や憎悪が、とぐろを巻いている状態であつたことを昨日のように記憶しているが、今日、なお差別意識が厳然として存在しているということは、部落問題が単に過去の事象の一挿話ではなく、まぎれもない現実の恥部をわたしたちにつきつけられているわけで何ともやりきれない感じではあるが、さて、歴史的には過去へ遡行してゆくことで割合スムーズに、靴屋――疎外者のイメージを所有することができえようし、そのような疎外されてある存在との〈運命共同体的意識〉が、おそらくは《靴屋と死ぬ》というやみがたい自我の表出へ、作者を駆りたてていつた原意識ではなかつただろうか。

以上はあくまで私の一感想にすぎず、案外ひよんなところに作者の問題意識が立てられているのかも知れないが、と云うことで少し突飛な見方をすれば、あの史上初の革命を成功させたソビエトにあつて、長時間、血の粛清に支えられながら権力の座を守り通したスターリンが即ち靴屋の息子であつたことから、スターリン的政治に対するこの人なりの見解が蔵されているのではないか、とみることも許された自由ではあろう。もつともこの見方は、前述したようにやや作品から離れすぎはしないか、という反論がかえつてくることも承知している。が、いずれにしてもある見方に限定されない、云うならば核分裂をおこしうる可能性をふんだんにはらんでいる表現ということで、印象に残る作品ではあろう。

ともあれ、当地に於いて多くの参会者を集めて催された口語俳句大会も、、その作品面に限つて云えば必ずしも不満がないわけではなく、まだまだ内質、外貌ともに検討すべき余地を多分に残している筈であつて、その意味では各作家の今後に期待しなければならないけれども、標題の《意識のなかの陥没部分への参加》に繋がるか、とも思える作品のいくつかに触れえたことは、このたびの名古屋大会の一つの収穫であつたと云つていい。
（十一月号）

昭和四十三年

俳人よ、一匹狼たれ

グループイズムという新語が、流行しそうな気はいである。

グループイズムというのは、これまでにあらわれたおおよその意見を集約すれば、グループが掲げる主義主張にとつて、グループ内において異質と思われる考え方をもつ者、更には、他のグループの意見は、その是非についてて慎重に討議することなしに、すべからくこれを否定するといつた、排外思想に支えられた集団、組織を指すらしい。その云われるところだけを聴いていると、いわゆる狭隘な集団の批判的名称に採用される〈セクト主義〉の変名ではないか、と思われる。云われてみると、たしかに私のせまい経験の範囲内に於いても、このような〈セクト集団〉に遭遇しなかつたとは、残念ながらいえないのだが、もともと個人の、自発的な遺志を背景として出発したグループであるにもかかわらず、ひとたびグループの目標が掲示されると、指示された目標の範疇がいつのまにか固定され、異なつた意識主体の醸成をゆるさなくなり、まれに、自由な状況が生まれてきそうな気配がみえてきても、集団の圧力によつていつしかつき崩され、もとのもくあみではないが、再び既存の集団意識内部へ併呑させられてしまう。そういう集団には、必ずといつていい程、一人か二人、頭領株というのがいて、他の集団から何らかの問題意識を携えてやつてきた異邦人に対しても、それ相応の礼を尽くすということはなくて、ことあるごとに自らの集団に立てこもり、自集団を美化する方向で問題の所在を巧みにすりかえてしまうという、まことに巧妙な光景をくりひろげることがよくあるものだ。これをグループの聖化と云つてもいいのだが、個々ではグループが神となり、神は無謬の象徴だからグループは即無謬ということになり、はたから見ていると見えてくる内部欠陥も、グループ内にいては見えてこないという考えようによつては、もつとも初歩的なあやまりさえも当事者にとつては、あまりその意味に気づかれないままに推移するということがしばしばおこつてくる。勿論、グループがグループの目標を高く掲げて、目標達成のために努力したり、他の異なつた意識主体や、集団を批判したり、それなりに純粋性を護持してゆくということは、それはそれでひとつのあり方ではあろう。また、グループというものは、構成する成員によつて運営されるものであるから、当然そこにはグループ愛が育つてゆくことは否定できないし、その方が、あるいはより自然であるのかも知れぬ。しかし、それが度をすぎると、いつのまにか〈盲愛〉に変質し、その辺りからいわゆる偏狭的傾向を内在させてゆく――。この傾向が助長された集団を私たちは、通常、セクト主義と集団と名づけているのだが、別のことばで云えば、グループ内ベッタリズム的集団とでも要約できよう。集団が、生き生きとしたかたちで発展するためには、このようなグループ内ベッタリズムが根底から清算され、集団に所属する故人の役割や、本人の意思が可能なかぎり組織に、全的なかたちで反映されるような運営体であることが不可欠の条件であろう。

さて、このたび私の周辺でも、なにかかかわりのある（私自身が参加しているという意味で）集団が二つ発足した。現代語俳句の会であり、東海現代詩人会である。〈現代語俳句の会〉は、発会式を「主流」の大会に併合して、五月四日島田市で行なうことで問題を今後に残したかたちだが、〈東海現代詩人会〉の方は、去る三月十日、観光会館に於いて開催、中部、東海地方に在住する詩人を主体とした全国的な組織ということもあつて、予想をはるかに上まわる多数の参会者をえた。そこでも、前述したような問題が上程された。それは、当然、出るべくして出てきたと云つてもいいようなことで、先ず会の性格について、参会者のなかの一員から、いわゆる会自体の目的と、現在、各自が所属しているグループとの関係、両者の間の運動方針にもし差異があるとすれば、それをどう調整するのか、といつた発言があつた。この発言に対して、別の参加者から、会はいま零から出発するのだから、グループ単位の構成よりもむしろ、個人の資格に於いて自由に参加できるような会にすべきであろう、といつた意味の見解が述べられたが、この意見が、出席者の大方の賛意をえたことは、在来、セクト的なグループ意識の根強い、この地方の詩壇であるだけに、きわめて画期的なことであり、先がたのしみだ。

ほかに〈政治と文学〉という、ひところ文壇をさかんに賑わしたおきまりの問題提起も行なわれたが、やはり同じ問題が、二月の現代語俳句の会発会式を二ヵ月後に控えての予備会議の席上に於いても討議され、この問題のむつかしさをあらためて痛感させられた。

ともあれ、セクト的なグルーピズムの否定の上に立つあたらしい集団の相つぐ生誕が、なによりも一人の作家であり、一人のアーチストであり、一人の民衆としての自覚、認識に支えられて、組織内部に広く浸透しつつあることは、充分特筆にあたいしよう。組織と個人の関係は、これを冷静にみつめるなら、集団に参加したその時点から、もつとも集団に遠い位置に立ちつづけうる個人、つまりは、絶えず集団を、自己を客体化しうるようなかわいたまなざしが、この国の近代以前を超克するためには、まず必要ではあろう。ほんとうの意味の連帯はまずそこからである。

天皇あまねくこれをしろしめす、といつた神話の復活は、もう御免である。

さて、話は違うが、近来、労働運動に於いても政党と組合の関係が、絶えず俎上にのぼつてきていることは周知のことである。いわゆる政党と組合の関係が、これまでのような、総評を社会党を、全労が民社党をといつた、組織ぐるみのベツタリズム的関係でなく、政党の支持を個人の自由意志にゆだねるべきである、というような意見がようやく出はじめていることは、本来、その方がより自然でもあるだけに、注目されていいし、技術革新のまつただ中におかれた労働運動の今後は、まさに、きびしいと云わざるをえない。社会変革の前衛でもある労働運動自体にとつても、はげしい試練の時代を迎えつつあるようだ。

（三月号）

ある夏の日の覚書

——俳句の量・律・言葉を中心にして——

先ず、はじめに律について、少し考えを述べてみたいと思います。口語俳句の評価に於いて、一家言をもつて居られる岡本千万太郎氏は、律について次のような見解を示されています。

「律とは、コトバの音の量、すなわち音量を言う。音量とは、簡単に言いかえると、音の数、すなわち音数と考えてよい。俳句は十七音で、短歌は三十一音だ、などと言うのは、この音数による形式をさして言う。」と。しかし、律が音量であるという際、一句全体の量としての十七音から攻めてゆく場合と、五・七・五律からなる分節から入つて行く場合とは、結果に於いては同じであつても、その出発点においてかなりの相違があると考えられるのです。そこで、ひとまず俳句を、一句総体の量としての十七音と、五・七・五定型律とに分解して考えてみたいと思います。随つて以下、律を五・七・五分節数による定型律とし、量を一句総体からみた十七音量とする、との作業仮説にもとづいて論をすすめてまいります。何故このような事を最初にもちだしたかといいますと、いわれるところの自由律俳句が、五・七・五定型律から自由であろうとしたのか、それとも十七音量から自由であろうとしたのか、あるいは、その両方から自由であろうとしたのか、以上の点があまり明瞭にされていないように思われるからです。先の岡本氏の解説からすれば、律＝音量ということですから、自由律俳句は、そのまま自由量俳句ということになるほかありません。しかし、どうみても俳句は、定量意識を考慮の外におくならば、もはや一般詩（自由詩）に解消されざるをえなくなるだろうと思います。一般に自由律俳句が、いかにもダラダラした感じをあたえるのは、自由律即自由量へ作者が意識するとしないとにかかわらず、移行していつた結果ではなかつたでしようか。もし自由量ということですと、これは無限定であり、他のジヤンル、例えば短歌との関係はどうなるのでしょうか。また、二音・三音の詩であつても、限定がなければ俳句の範疇に組み入れるほかはなくなるでしよう。だが、私たちは俳句作品をつくろうと意識した瞬間から、すでに俳句文学が包摂する量を好むと好まざるとに関係なく、意識している筈です。でなければ、出來あがつた作品を俳句であるとする根拠はどこに求められるのか、詳らかにしなければなりません。このことについて、俳句作家たちは、意外に無神経のように思われます。もとより私は、形式に捉われてこのようなことを言つているのではありません。むしろ逆に、自由律傾向の作家たちが往々にして口にする、内容優先という言葉こそ、実は形式にとらわれているのではないでしょうか。形式にとらわれていないなら内容優先という認識が生まれてくる土壌も考えられないからです。

私の認識野に於いては、俳句は定量を内包する文学であり、これを除外して俳句文学は存在しないとの考えに立脚しています。私がここでいう定量意識、乃至は定量感覚とは、よくいわれるところの定型感覚とは違つています。定型感覚は、いわゆる五・七・五定型にもとづくものですが、定量感覚というのは、十七音量にもとづくものであり、五・七・五定型律にはかならずしもこだわるものではありません。実際、私たちが句作にあたつて、表現すべき内容を、五・七・五の鋳型にはめこむことは、不自然に感じられる場合が多いものです。随つて律については、内容律というのが、もつとも適切だと考えられます。つまり、作者の思想や、感情や、意識の流れが、律を決定してゆくということです。ただ、それがダラダラした感じの詩にならないためには前述したように、定量をたえず意識のなかにひきいれているべきでしょう。

例えば次のような作品をみてみましょう。

冬ぞら　一本道　葬儀にみちとられた　米山陽洲

この作品の調べは、四・六・四・六律または四・六・十律であつて、五・七・五律からみれば多分に変調律です。しかしこの律は、私のいう内容律を踏まえているように思われます。〈葬儀〉も、実際には〈葬列〉であつたかも知れませんが、（作者に聴かなければなりませんが）しかし〈葬列〉ではリズムが弛緩します。ここは〈葬儀〉でなければならないでしよう。とすれば、〈葬儀〉は〈葬列〉に対して虚構ということになりますが、事実でなくても一向に構いません。虚構によつて、むしろ作者の内的真実が、よりよく表現しえたならば、その方が文学としてはのぞましいのです。この作品などは、音量からいえば二十音ですが、自由量ではなく、定量意識に基づく表現とみとめるべきでしよう。随つて、律に於いて非定型、内容律でありながら、表現にたるみは感じられませんし、無駄な言葉も見あたりません。ここから一音を削ぐこともできないでしよう。つまりは、一句全体の言語構造のなかで、ひとつひとつの言葉が、かけがえのない在りようで自立し、定着しているということになります。勿論、定量というのも、一種の形ですけれども、形が嫌なら言葉を用いることもできないと思います。なぜなら言葉もまた形だからです。私たちは、言葉という形によつて考え、あるいはイマージユを形成し、更には言葉という形を通して表現するのですから、内容という言葉にしてからが、内なるカタチを意味していることを考えるなら、自から理解されるのではないでしようか。内容に言葉をあたえ、言葉の記号によつて外在化したとき、内容は形式に吸収され、ここに於いて、はじめて形式と内容との統一になる、俳句でいえば俳句文学が成立するのです。

さて、言語には音声言語、文字言語、更には思考言語（批評言語）、身体言語などが考えられますが、このなかの思考言語というのは、私たちの内部の（勿論ひとりの人間の内部の）言葉を追跡し、検証し、省察をあたえる言語のことです。音声言語も、文字言語と思考言語によつて、充分な内部発酵を経て表出されることが、今日では俳句にかかわらず、文学一般についてものぞましいように思われます。また、文字言語については、ブルームフイルドなどは、

「文字は言語ではなく、視覚記号によつて言語を記録する一つの方法である。」

といいきつていますし、身体言語の場合は、身振りや表情が主体ですから、一般には言語と呼べないかも知れません。が、普通私たちが文字言語、つまり書きことばという場合は、記号化することが目的であるような際に於いての、意識内言語を含めた総体を指し示して居り、俳句文学に即して言いますと、口語俳句といえども、俳句作品をつくろうと意識した瞬間から、すでに書きことばの世界へ移行しているのでして、たとえ表記された文字の構造が、話しことばそのままのようにみえても、話しことばと同一ではありません。つまり、俳句作品をつくろうという意識の洗礼によつて、再生された言葉にほかならないからです。随つて俳句文学は（俳句に限りませ

んが）、すべて書きことばによる言葉の再創造の世界ですから、その意味から言えば口語（話しことば）俳句というのも語感からして、少しおかしい感じがしないでもないですが――。

ここで私は、古代から近代、更には現代に残存する時代文語の復活を唱えているのではありません。口語俳句のなかでも、書きことばの意味が認識されなおされることが、のぞましいのではないかと考えているだけです。口語体の評論で著名な中村光夫氏でさえ、二葉亭四迷の「日本将来の文章は、原文一途たらざる可からずと断言せんと欲す」「自今余の議論に対して反対がましき事を公言する者あるに於ては、見当たり次第屹度筆誅に行ふ可き者也」との原文一致の主張が、文語体で語かれていることの矛盾を指摘し、〈文語の自覚〉ということを言つているのは、結局のところ、口語文しか識らずに育つた若い世代が、口語に於いての文章表現の問題に、無自覚になつてゆくあやうさを指摘しているのでして、このことは、ともすれば弛緩した表現に陥ちいりやすい口語俳句の世界にあつても、考えてみなければならない重要なモメントを提示していると思われます。そして、このことは当然、文字言語（書きことば）から詩性言語（詩のことば）にも関係してゆかざるをえません。ただ、ここで詩性言語と言いましても、詩のことばだけがいかにも特権語のように私たちの生活上の言葉から離れて、宙に浮いているわけでもありません。その意味では、不断に詩性言語を追究してゆくと同時に、たえず生活語（話しことば）へと投げかえされる過程を、表現活動自体のうちに、内在しつづけていることが必要かと思われます。書きことば、あるいは詩性言語のみの世界だけで、ながい時間、自転作用をくりかえしてゆくことは、すでに私たちが歴史によつて教えられてきたように、いわゆる特殊な文語だけの世界を、結果的にはかたちづくつてしまうであろうことが、明らかに目にみえてくるからです。

図示しますと左のようにでもなりましょうか。

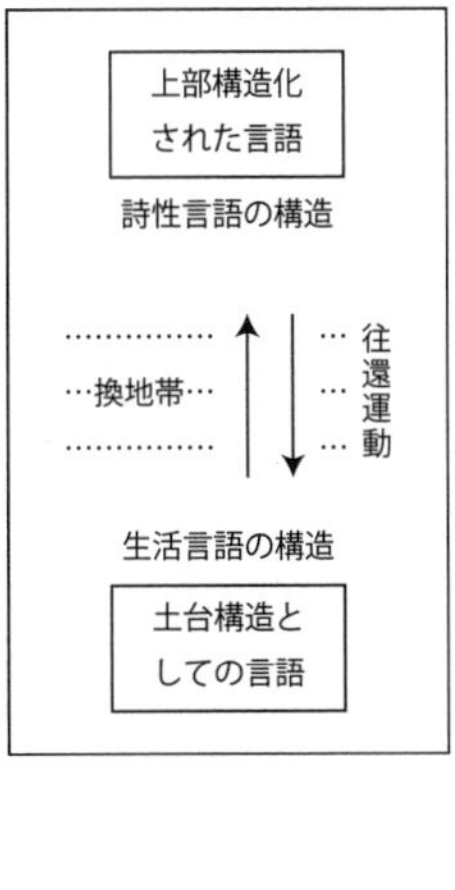

このような往還作用を通して、絶えず詩性言語を追究してゆく、やみがたい内発運動の総量こそ、俳句文学が言語について考える場合、不可欠の条件でなければならないでしょう。現代に生き、現代に呼吸し、生活する人間が、現代に生きている言葉で創作にあたるということは、当然すぎる程、当然なことなのですから。

一方、今日書かれている文章をみましても、例えば、「何々…であった」「何々…でありました」「何々…であったのです」というふうに、その文体も様々ですが、これらは一様に、現代話しことばにもとづく文語（書きことば）であつて、いうところの時代文語ではありません。一概に文語といいましても、この点が、今日では少し混同されすぎているようです。また、時代文語のなかにも、現代に通用している言葉がないわけではないでしょう。言葉というものは、時代によつて変つてゆくものですけれど、その変り方は、案外ゆるやかなものです。もつとも、社会がはげしく移り変る際には、それに相応して言葉もまた大きく変つてまいります。口語俳句運動自体も、言葉の表層面をただ撫でさすつているだけではなく、言葉を、その内側からつきあげ、変革してゆく方向へ運動の舵を、転換しなおすべき時代にきているのではないでしょうか。例えば、「おはようございます」という挨拶語は、たしかに生活語ですが、これなどは一種の慣習語ともいうべきものでして、私たちの意識の表面を素通りしてゆく言葉の範疇に入るものであり、主体の意識によつて内部にひきこまれた言葉ではありません。人間の言語は、人間の意識によつて内部にひきこまれ、客体化されたときはじめて創造の言語になる、モメントを所有したのではないでしょうか。今日の実験では、猿も言語を教えこめば、言語とみられる言葉を発するそうですが、しかし、これはあくまでも模倣であつて創造ではありません。詩性言語とは、この創造的言語化された言語を、更に自意識内に於いて選択のふるいにかけ、再創造化した言語の世界なのです。

さて、言葉は思想である、ということがよく言われるのですが、このような認識は、言葉の一面を確かに言いあてていますが、言葉のすべてを言いあらわしているとは思えません。

言葉は、そのままでは少しも思想ではありません。言葉は、言葉を言葉することによつてはじめて思想になるのです。いかなる思想も、言葉なしでは形成されませんが、そのことと言葉がそのまま思想であるということの間には、千里の距離があります。私たちは、言葉を思想の言葉にしなければなりません。そのままでは思想でない言葉を、自らの内側へひきこみ、たえざる追跡と検証を通して、思想の言葉につくりかえてゆくのです。海の言葉も日没の言葉も、思想の言葉になるためには、まだまだ多くの夜に耐えなければならないでしょう。衝迫のリアリテイを、逆流するファンタジーを、どこまでも暗く逐いつづけてゆく、その姿勢のなかに、私は現代のいたみを見たいと思います。

＊

戦後の「第二期」、主として〈荒地〉の詩人や、同じく「第二期」の俳人たちが、ひとしなみに沈黙していつたその間の事象は、〈荒地〉の詩人のひとりであつた木原孝一が、いみじくも言つているような、〃戦争体験を書きつくさないうちに状況は変つてきて、やがて泰平ムードがやつてきて、どこへ行つたらいいのか分からなくなつて……〃云々というような言葉だけでは、説明しきれないと思いますが、少なくともある者は古典的世界に逃避し、ある者は日常的平安の世界へ意識主体としての自己を埋没していつた挫折の状況、更には、私たちを含めた「第三期」の詩人や俳人たちが、一般に向日的な明かるさ、ノンシャランな喜劇的精神にみちた作品を生み出している今日の状況から、遥かに遠ざかつてしまつた暗い意識の底で、いまだ私たちが手にしえないものへ、烈しく渇望しながら、この小稿を終える次第です。

（七月号）

3、『俳句思考』作品

昭和四十三年

現代語俳句をめぐって

――『俳句思考』第一回パネルディスカッション――

■各テーマを通して

現代語という名称は最初おかしかった。中世、近世、近代という推移の中で日常会話と文章語の隔たりは激しかった。

口語（話し言葉）、文語（文章語）といった分類は広く日常会話の世界と、言葉の再創造の世界としての作品分野の違いであり、この違いは、ことに、わが国に於いて著しい懸隔を示し、文語が口語から遥かに遠ざかり、現代においては、すでに特殊部落ともいうべき「や」「かな」「けり」の俳句用語の世界に安住しつづけて来た。

だが、一方その反動としての（やみがたい内発運動であったかどうかは一応措くとして）口語俳句運動も、話し言葉の作品世界への直移入によって、たるみ、冗漫、画一的、トリビアルな傾向がしだいに定住化し、従って、口語俳句集団の内部からも批判の声があがるようになってきた。もとより、言葉に依るべきであろうし、今日、すでに死語でしかあり得ない言葉は〈時代語〉として、現代語から区別する必要がある。ただ現代語にもとづく〈文章語〉とは言っても、散文の世界では、言文一致運動などによってもあきらかなように、話し言葉との合体も、ある意味では可能であるが（現代詩においても実験的にはなされているが）、俳句のような最短詩形の世界においては、話し言葉の直移入は当然のことながら無視といわねばならない。例えば、散文や詩の世界では可能である〈おはようございます〉といった挨拶語がそのまま俳句語になるとは思えない。そこから〈現代使われている言葉〉を用いると同時に、俳句文学に相応する文語（文章）の選択が必須となってくる。従って俳句文学は、すべて文語による言葉再創造の世界でなければならない。

この次元では、もはや〈口語俳句〉というのは、言葉の上からも、運動自体としても、その存在する意味を失う。よく批判の対象となる、です、さい、ます調の濫用は、以上の論旨からいっても慎しむべきであろうが、ただ〈俳句語〉にしても別にこれこれと定められているわけではない。その意味では、言葉の選択は、個々の主体のイメージの状況によって異なってくるのは当然であると考えられるが、その場合においても、一句全体にわたる言語構造とのかかわりあいのなかで、ひとつひとつ言葉が、その作品にとってかけがえのない言葉たりえているかどうかきびしく問われねばならないであろう。

〈リズム、形式、音量〉については、〈五、七、五〉定型にこだわる必要はないが、俳句の原理としては、十七音量を越えても十七音以下であっても意識主体において十七音への収斂作業がなされている場合は容認すべきだという立場である。俳句の核のようなもの、十七音量成立への歩みを定量感覚と呼びたい。ただ、短歌など他のジャンルとの関係があるから、三十音、四十音にいたっては、もはや、俳句の範疇を超えるものであると言わなければならない。別に二十二音、二十三音説も考えられるが、現在使われている言葉の機能や関係のなかで慎重に考察したい。

（十月号）

※『青玄』他十の俳誌結社の代表による討論会の中から、『つばき』代表の青木桑梓の冒頭発言のみを抄録。

昭和四十四年

言葉、そして秩序
——俳句文学にとって幼年性とはなにか——

俳句の幼年性について言及するにあたって、私は現代の言語状況の問題から考察をはじめてみたい。

一体、わたしたちにとって言語の状況はどうなっているのか。言語は例えば、あの盲聾唖の三苦によって象徴されるヘレンケラーが、〈水〉という言葉をはじめて覚えた原初的な感動の次元が、すでに恢復不能なカテゴリーに属しつつあること、のみならず今日、わたしたちが自己内部の想いやイマージュを表現するに、等価性を指示する言葉が、殆ど絶望的なまでにみつからないという言葉のむなしさによって、想像空間内に宙吊りにされている。私が言語について考えるということは、つまりはこのような状況認識のトータルに立脚しながら、俳句文学に関与するかぎり、この文学場に於いてきびしく言語を踏査し、精錬してゆかねばならぬとする意識の要請にもとづいて、言語の本質野にむかうことにほかならない。

「今日の詩人は、もはや断じて魂の記録者ではない。また感情の流露者ではない。彼は、先鋭な頭脳によって、散在する無数の言葉を周密に、選択し、整理して一個の優れた構成物を築くところの技師である。語と語、句と句、行と行。それらががっちり結合される。煉瓦のように、セメントは強くきかせなければならぬ。プランは、幾度、変更されてもいい。」(北川冬彦)

北川の、このいさぎよい断定も、先述のような状況認識にその基礎をおくかぎり、まことにタイムリーな発言といっていい。ただ詩人が、言葉を精錬し、構成する技師であるとするそれだけの点では、かってランボオなども多分にそのようにいわれてきた事情に於いて、ややモダニズム的片鱗を感じないではないが、言葉を先鋭な意識によって駆使する言語執行人であるとする意味では、すでに現代詩、現代俳句の分野に、確固たる定着をみつつある認識と思われる。北川冬彦の、このような立場は、詩人と作品との関係を諸個人の魂の問題に帰することを拒否し、作品の評価を言葉自体に求め、言葉にすべてを負わせるとする態度である。随ってその場合、作者の個人的な感情の次元は捨象させられる。そこでは言葉が主人公であり、言葉がすべてを語る。言葉は、言葉自体の力学に既にゆだねられており、言葉の機能そのものが言語空間を生みだす。その意味に於いて、言葉はあくまでも精錬されねばならぬ、とする立場である。一方の立場は、吉本隆明らにみられる、文学を自己表出にみる表現主義的な立場である。つまりは、表現者諸個人の内部世界に重点を置く態度である。もっとも吉本にしても、作品の自立性を強調する点では、北川の場合と同じ次元に立っているのだが。その他多様な考え方があるにしても、現在、この二つの立場がまず代表的なものであろう。わたしたちの苦悩は、当然この二つの項にまたがっている。田村隆一の作品、『言葉のない世界』は、言葉を究極のものとはしない姿勢のあらわれにほかならないが、同時に、詩人の透徹した意識からの垂直性によっては言葉は研ぎすまされ、すぐれて密度の高い言語の構成物となりえているのだ。『言葉のない世界』もまた、言葉によってしか表現されえない。この文学世界の矛盾を自覚しつつ、言葉を言葉自体の力学と化さしめること、これが来たるべき俳句の認識であると私は考えている。

　人間は、言葉を生みだした、まさにそのことによって存在を対象化した。すべて、問題を深く考察するためには、一度対象化してみることが必要である。作家は自己からも否定されていなければならない。文学とは、とりもなおさずそれ自体の死へむかうものだ。それ自体の死に於いて泛かびでるもの、それこそ文学というものなのだ。文学は、あらかじめ想定された未来を否定する。想定された未来を否定するまさにその瞬間に於いて、文学はそれ自体の未来となるのだ。有のみちたりた世界に突出する〈否《ノン》〉の意識、その力学、このとき文学は自己のためにも他人のためにもない。それでは奥野健男がいうように、文学は文学のためにのみあるのか。〈否〉である。文学は、文学そのもののためにもないのだ。文学は、それ自身の死に於いてのみ存在しうるような、ある〈もの〉なのだ。更にいえば、文学とは、幻想の、虚数の共同体を内包する意識のはたらきであり、意識の力なのだ。かくて文学は、つねにプロセスである。しかもわたしたちは、今日、作品がすべてであるということを、あらゆる反証や、付帯条件を超えて思いしらされている。作品がすべてであるということは、作品を構成しているものが、言葉にほかならぬという意味に於いて、言葉がすべてであるということをこれまた否応なく思いしらされている。俳句。この言葉の宇宙。それは、カオスからコスモスへ、あたらしい爆発を内包しつつ秩序へと向かうものである。作品とは、プロセスのある瞬間の爆発が秩序と化したすがたにほかならぬ。が秩序は、そのときプロセスの名に於いて死ぬのだ。文学は、それ自体のたえざる未来であり、たえざる完遂であり、たえざる死なのだ。文学はたえず根源の地点へ降りてゆく。その暗い階のつづく意識の底の方へ。それは、もはや単なる幸福にみちたりた可能性の世界ではない。むしろ不可能の鏡によって、現実の暗部が映し出されているような、ある根源的な意識の渦巻く世界へむかうものだ。

　さて、わたしたちは更に考察をすすめてゆかねばならない。

　一般によくいわれるところの、内容は形式を決定するといことは果してほんとうだろうか。この論理を敷衍してゆけば、内容と形式は不離な関係に立つということであり、一定の言語質量を所有するジャンル内（短歌・俳句など）に於ける諸作品は、すべて同一内容を包含することを意味せざるをえない。しかし、このことをわたしたちは首肯できるだろうか。勿論、俳句文学の外在形式が、つねに、創造的な内面形式に、その初発性を求めねばならぬことはいうまでもないが、そのことと、いわゆる内容と形式の問題はおのずから別である。

うち日さす宮道《みやぢ》を人は満ちゆけど吾が思《も》ふ君はただ一人のみ　柿本人麿

久方の光のどけき春の日にしづ心なく花の散るらむ　紀友則

暗渠の渦に花揉まれおり識らざれば冷え冷えとつねに鮮しモスクワ　塚本邦雄

マッチ擦るつかの間海に霧ふかし身捨つるほどの祖国はありや　寺山修司

みずからに流るるのみをただ意志として川はありふかき夜にも　山崎芳江

難波津や田螺の蓋も冬ごもり　芭蕉

学問のさびしさに堪え炭をつぐ　誓子

白馬を少女瀆《けが》れて下りにけむ　三鬼

烈風のそこひ火となる火消壷　鷹女

メーデーの中やうしなふおのれの顔　冬一郎

短歌・俳句の、各ジャンルに於けるこれらの諸作品は、同一形式ではあるが、同一内容であるとは誰も考えないであろう。内容が形式を決定するという論理をおしすすめてゆくと、反転して俳句の形式には、そのジャンルにふさわしい内容を求めるべきだという論理に発展しかねないし、そのことは、俳句文学をますます閉鎖的な次元に逐いやる危険性をはらんでいると考えられるのだ。すでにして自明なように、内容はけっして形式など決定しはしないのである。内容は、はじめから形式とは関係なく、それ自体で独立して存在している。随って内容は、本来諸形式に対して中性なのだ。内容がどのような形式を選択するかは、かかって意識の問題であり、意識のはたらきによる。ここまでくれば、形式を決定する者は、実は内容ではなく、意識にほかならぬことが明白となろう。内容もまた意識の所産である。内容と形式とは分離されうるし、また統一もされうるのである。俳句文学の形式が、何百年という時間の風化に耐えて存続しえたのは、それを忌避するとしないにかかわらず、このような分離と統一の意識上のはたらきによるものである。

さて、逆にわたしたちは、同一内容をさまざまなジャンルに表現しうることも経験している。この場合、文学でいえば言語が問題になる。俳句のような短詩文学に於いて、隠喩《メタフォア》や、直喩《シミリー》の類が多用されるのも、他の文学のように、より多くの、あるいは無制限に言語を使用できないからである。つまり、同一の質量を所有する内容を、より少量の言語上にぬりこめねばならないからである。俳句が、叙述しないことで叙述した以上に叙述するといわれるのは、このためにほかならない。俳句にとって言語の選択が、極度の困難さを伴うものであり、かつ、重要な位相を占めるのも以上の理由に依る。ここでもまた言語がすべてである。自然、屈折性、イマージュ性に富んだ、密度の高い言語が要求されるのだ。

文学は、あらためて述べるまでもなく、人間の意識による観念の所産である。随ってすべては、観念（幻想）の世界に属する。それは、現実の世界から非現実の世界へむかうものである。この非現実の世界こそ、ほかならぬ想像力の世界なのだ。この想像力の世界に於いて作家は、現実以上の現実を表象する。文学が、わたしたちの内部にあたえる衝迫力の強弱は、かかってこの、想像力の世界に於けるリアリティの強弱にすべてゆだねられている。この想像力の空間に於いて、人は見えていないものを視、考えられないことを考える。それは、幻視者としてみずからを位置づけた者の宿命ともいうべきものであろう。が同時に、自己がみとどけえたかぎりを確認し、自己の認識が到達したかぎりを表現する、つまりは、表現に於いて曖昧さを残さない自律性によって裏打ちされているかが、その作家の大いさをあらわす決定素である、と私は考えている。

今日わたしたちは、好むと好まざるとにかかわらず情報の社会に生きている。ひとたびチャンネルを捻れば、ブラウン管を通して、さまざまな情報が居ながらにして摂取される。このような社会状況の中では、つねに自己の内部で、問題意志を燃焼させていなければならない。問題はつねに整理されていなければならない。意識は不断に覚醒されていなければならぬ。でなければ、この情報の洪水のなかで、ともすれば足をすくわれかねないのである。

さて、ここで口語俳句・自由律俳句について、若干触れておこう。口語俳句・自由律俳句には、いわゆる〈です、さい、ます〉調の作品が非常に多い。これは、かっての運動の推進者たちが、定型、時代文語の止揚、否定にあたって、現代の若い世代が、時代文語の世界から話し言葉の〈です、さい、ます〉的敬体の世界へ、必然的に移行すると考えていたからではなかっただろうか。しかしながら、芦沢節の調査によると、児童たちの作文が、〈である〉常体から〈です〉敬体へ移行するのではなく、〈です〉敬体から〈である〉常体へ移行することを示している。口語俳句・自由律俳句の作品傾向をみていると、〈です〉敬体へのひたすらな傾斜状況が、支配的であるかにみえるのだが、今日の言語認識や、前述の調査から判断すれば、この運動が、かならずしも時代を先取りしていたとは思えないのであって、むしろ言語の密度化を薄めてしまうことによって、俳句文学の特性でもある言語空間のふかさとひろがりを、捨象してしまう結果を招いてきたのではなかっただろうか。〈である〉のような、中性語ともよぶべき言語体が、今日、重要な位相を占めつつあることは、言語認識、言語感覚がもはやそこまできているということであって、中性語の問題が、早晩、俳句作家諸個人の意識野にのぼせてくることは必至であると思われる。現代語俳句の認識は、いつに現代をどのように認識するかにかかっている。意識はつねに研ぎすまされていなければならぬ。自身の意識の鏡に、みずから靄をかけることほど愚かなことはあるまい。現代の詩人は、もはや「思想を薔薇の花のごとく」表現するのでもなければ、サルトルのように「言葉を撫でる」のでもない。詩人は言葉の、およそあらゆる装飾を剥ぎとることで言葉の裸形に近づく。彼は、自己の上に名を冠することを烈しく拒絶する一個の思想者として、みずから創造した空間のなかへ、充分選択されつくした言葉を垂直に屹立せしめるのだ。そこでは既に「薔薇の花のごとき」優雅な感触はない。詩人は、遂に言葉を言葉それ自体の力学と化さしめるのである。すぐれた詩人は、怒りもまた多くかなしみの量によってみたされていることを知っている。

友も、妻も、かなしと思ふらし
病みても猶、
革命のこと口に絶たねば　石川啄木

くらげに写ってしまった兵隊の小さな顔　五十嵐研三

ここで私は、マルクスの次のようなユニークな論旨に注目したい。

「困難は、ギリシャの芸術や叙事詩がある種の社会的諸形態に結びつけられていることを理解することにあるのではない。困難は、それらが今もなお我々に芸術的享楽を与え、ある点では規範として、また及びがたい模範として通用する、ということにあるのである。

おとなは二度と子供になれないが、子供らしくはなる。しかし、子供の無邪気は、おとなを喜ばせるのではないか？そして、おとなは、彼自身、再びより高い階段の上で、子供の真実を再生産することに努めねばならないのではないか？人類が最も美しく発育するその歴史的幼年期、なぜに、それは、二度と帰ってこないひとつの段階として、永遠の魅力を与えてはならないのか？」

ここでは、例えばルフェーブルのような、硬化した社会主義芸術論はない。マルクスのこのような幼年性への志向は、文学を考える上で重要な示唆を含んでいるものと思われる。このことは文学が幻想の世界に所属するということ、随ってそれは、直接的にはつねに意識にのみ関係するということ、の外にはない。文学が、その時代の状況をある意味で反映するということは、確かにその通りであろう。同時に、端的にいってよい作品はのこるということは、文学が意識の領域に於いて、現実の時間と空間を超えうることを、最終的に意味しているのではないか。しかし、自己の作品が最終的に現代を超えるかどうかは、作者には分からない。審判者はつねに、人間であって人間ではないなにものかの手に委ねられているのだ。そのゆえに文学は一種の厳しい賭けでもあるのだ。

今はまだ、いかにも稚拙な作品しかつくられていないが、すでにコンピューターが詩を俳句をつくる時代である。おそらく将来、その精緻さに於いても、紙の上に並べられたかぎりに於いては、機械による俳句と、人間がつくった俳句を識別する客観的な条件は存在しなくなるだろう。随って俳句は在りながら無いという、空洞状況を招来するかも知れない。そのとき、俳句は何によって存在するのか。もはや何ものによっても存在しないのだ。ただ、意識の力だけがのこる。意識のエネルギーといってもいい。つまりは諸個人の内部から発する意識の力のみが、最終的にのこるのだ。そしてこの意識の力、内的なエネルギーこそ、まさに俳句文学の幼年性そのものにほかならないのである。

ソ連的〈国家〉によるチェコ民衆の自由の抑圧——焼身自殺。ベトナム民衆の自由と独立を封殺するアメリカ帝国主義。八月六日の〈死〉、加えて以後の〈死〉の痛苦を、みずからの痛苦としてうけとめざる政治の欺瞞性。歴史は、いくたびかおぞましき自己正当化を、無名の民衆の血によって贖おうとするのか。わたしたちの怒りは、まだ足りないのではないか?

（七月号）

●随筆

1、『市民詩集』作品

平成九年

つれづれの遺文

八月十五日、それは人人がセンソウとヘイワについてもっとも深く考え、ヘイワの時間を〈谷間〉の認識から、一挙に〈永遠〉の概念へと浮上させ、列島史上かってないままでの変容を自身に帰着せしめた日と、ひとまずは定義しておこう。

喪うものが何もないとさとったとき、人はほんとうにつよくなれる。（ただ、その力の振子が善と悪のどちらにふられるかに問題は残るが。）とはいえ、善悪の価値基準も、つきつめてゆけばおおかたは判然としなくなる。ああ、きょうもいちにちがはじまる。

蛇行する舟、存在の芽、宇宙のネットワーク、精神をどのように喩えようとも、ままならぬこの憎い奴め。踊ってすむなら踊りもしよう。棄ててすむなら棄てもしよう。しょせんは死にゆく身の、不甲斐なし、無し。

自然とは、要するに人間にとってのひとつの鏡のようなものだ。人は、自然の鏡に映し出されることによって、みずからの位置づけをはかってきたものである。但し、自然をそのまま人、乃至は人類に移し換えても意味はない。つまりは、すべての生きもの・風物がそれぞれの仕方で生き、あるいは存在しているように、人もまたヒトとしての自然を生きるほかないのである。そこがむつかしいところだ。しかも、ヒトとしての自然を生きるためには、アンチ・ナチュラリズムの世界をも包含した、より広い立場を視野に容れていなければなるまい。

夜も更けてきた。きょうとあすの境目もすぎた。そろそろ灯りを消すか。

（八月号）

2、『つばき』作品

昭和三十四年

定型を求めて

「定型」などと今更とりあげてみる要もないかと思うが、最近の本誌から感じたまでを述べてみることにしよう。

第一にあげられることは、従来の定型を破壊することが何かもっとも新しいものの様に考えられていること。(異論もあろうが)

第二に必要でもない語句が矢鱈に一句の中に散見すること。

第三に口語的発想なるが故に、定型を逸脱する事が当然の様に為されていること。

等である。いつも思うことなのだか何故こうも定型を無視しなければならぬのか私には一寸見当がつかない。定型を捨ててゆくまえに、もっともっと考えねばならぬ問題があるのではないか。徒らに定型を葬る事のみに没頭して、内容を空虚なお粗末なものにしてはいないだろうか。ただの遊びとしてなら兎も角、少くとも句作することによって何かを追及しようとするならば、矢張り句の底辺に現生活に密着した思想の流れが欲しい。勿論そのイデオロギーも、昭和初期の口語短歌が経験したような露骨に闘争的気分を盛り上げたものでなく、飽くまでも自己の魂の深部からの声で無ければならぬことは言を俟たない。

嘗て志賀直哉が感動のリズムという言葉を用いたが、俳句作品を論じる場合に於ても然り、即ち受けた感動の振幅の度合と、かてて加えて表現技術の優劣にしぼられるものと思う。やや本論より逸《そ》れたので再びもとに戻るとして、私は自由律的作品を志す以前にどれだけ定型との格闘が為されているかを、忽《ゆるがせ》に出来ぬ重要な問題として考えてゆきたい。何故なら、所詮自由律も定型あってこその存在だと思うから——。

とまれ私は今後も十七音律を基盤として、人間の中に於ける個の問題(それは究極に於て社会性に繋がる)を、どこまでも追及してゆこうと思っている。

最後になったが他誌から印象に残っている句を、数句拾って結語としたい。

秋夜遭ふ機関車につづく車輌なし　　誓子
蟾蜍長子家去る由もなし　草田男
しんしんと肺碧きまで海の旅　鳳作
錨巻く月明の海傷つけて　ちかを
列車往き昼寝の工夫地に残る　志喜子

（七月号）

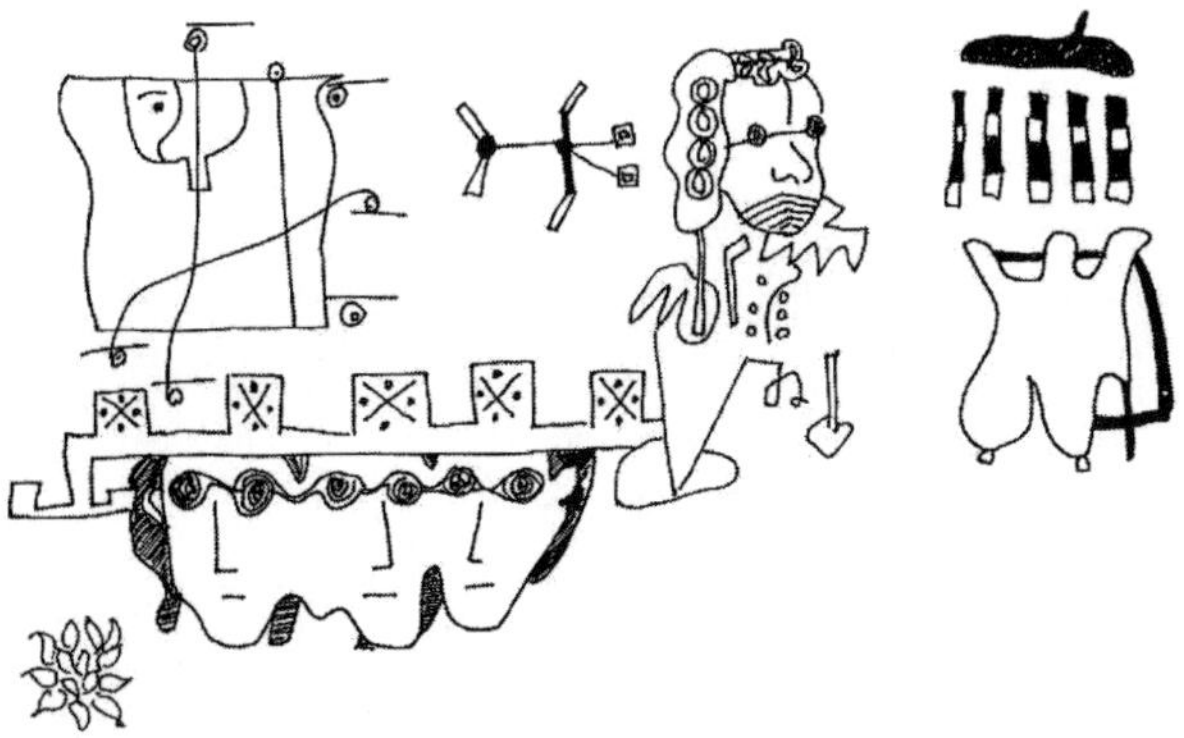

ある日の感想

鋳られた金属製品に孔を穿つ単調な午前の作業を終えて、工員達はめいめい弁当を拡げる。

常日《いつも》の通り、私は近くのめし屋で昼食をとるべく暖簾をくぐつた。その日は少し早かつた所為《せゐ》かばかに混雑していた。躊躇していると、店の主人が「座敷にあがられては」と言つてくれたので、促されるまま足を上り框に掛けようとした途端、追跡する如き主人の第二の声、

「あゝ油ですな。」

成程、私の作業衣は、削られた鋳物の粉末と油で真黒に汚れている。あわてて土間に降りんとする私に、詰《なじ》る様な同客の労務者の冷たい視線が注がれている事に気付いて、私は瞬間慄然とした。同じ労働者であり、而も工員という職業に於て変りない人達、彼等にしてかく異端者のような態度をとるとは――。

あゝ人は所詮己一人で生きゆくべきものなのだろうか。私はしみじみと孤独を味わうと共に、信じられぬ哀しみに固く自らの殻を閉さねばならなかつた。尽きない寂寥感にまるで亡命者の如く、箸音も小さく食事を進めている私を、周囲の人達は何んと感じただろう。

衆から隔離されてゆく個、社党の分裂、第二組合等の問題の基因もこの様な処にあるのではないか。それにしても此の場の人々が、せめて富者の側であつたならば、あるいは救われたであろうにと口惜しくてならない。

周知の通り、ソ連は月の裏側撮影に成功した。だが地球上における人間不信の問題は、永い歴史上の課題として現在《いま》も根強く人間の内部に、パチルスの如く巣食つている。それは、東西両陣営の対立という単なるイデオロギーの異なる国家間の問題のみではなく、一民族或は一国の間に於ても往々にして存在する。即ち米国における黒人の問題、ソ連人の樺太人に対する感情。加えて未だに日本人の間にみられる朝鮮人への優越感。果ては国内に於ける貧富の差から生じる人間嫌悪等々、算へあげればきりがない。そしてかかる人間不信の結果が、かつては戦争への唯一の条件であり、現在も其のことに於て変りはない。唯、理性のみが僅かに消火の役を果たしているのだとしたら、私達は限りない不安の中に生きているといへないだろうか。

かかる時代に詠はなければならない詩、俳句とは一体

何だろうか。今私はそれを、真剣に考へなければならない立場に立つているようだ。

（十一月号）

昭和四十二年度つばき賞　受賞のことば

人生という言葉に、私はひどく魅かれる。ある詩人は、人生とは出会いである、と云ったが、人生という言葉は、ただそれだけで、生のすべてを囲繞する問いの総量を示していて、私の思念や、思想や、当為の裏側にあって、絶えず鏡の役割りを果たしてきたもののように思われる。私が、私にとって、かけがえのない一回限りの生をどう生きるか、あるいはどう生きたか、人生という言葉の問いのもつ重さを私なりに解釈すれば、おそらく、このような問いの外にあるはずはないのだが、同時に、くり返しのきかない生であること、が無性にいたましく自身に感じられるからでもあろう。

さて、『つばき』に所属して、すでに十年以上の歳月をけみしているが、かえりみて、この作品はといった、一読、愛着を覚えるような作品が殆んどない。ということは考えようによっては、作り手にとって、この上ない悲劇ではあろう。

苦渋（生み出すまで）、爽快（生み出した際）、むなしさ（生み出された後）これら三様の心理状況は、創作上のプロセスを示すものと私なりに考えているが、充足されざる悲劇を絶えず経験しながら、いつとはなしに、俳句にかかわらせている秘密も、このような苦渋、爽快、むなしさの混在する心理状況、そのものが内包する吸引性によるのかも知れぬ。

ともあれ、これからも句作を続けてゆくことになると思うが、むなしさの反覆に終らねばいいが――。

（四月号）

石田雀羅氏を憶う

かつて私は「つばき」の紙上で、雀羅氏の作品について、ややスペースをとって批評を試みておいたが、雀羅氏の作品の底流をなしているモチーフは、一言でいえば、《存在の不安》とでもいうべきものであろう。氏にあっては、つねに無明の世界のみが創作の対象であった。随って、その対処の仕方も、全般に、明晰な思考野をもいつのまにか無明のベールで包みこんでゆくという、暗室のなかの試行錯誤に終始していたように思われる。〈「影」に対しての翳の台詞〉一連の作品は、そのような氏の内質を、もっともくきやかに、象徴的に表示しているといえよう。また、氏のその後の作品にみられる、

▽里絵の風船につぶらな瞳と無口の唇

▽囀りを聞きつゝ里絵の動作の想像

のような、孫に対する純な愛情の思い入れには、たとえば〈翳の台詞〉一連のなかの

▽息子・娘には「影」がある父親には無い

の、父と子の場合の、縦状の血の乖離感はない。このことは、氏の質性が、複雑な世界から単純な世界へ、次第に移行してゆく心理過程を指し示していて、感慨ぶかいものがある。氏はまた、さる句会の席上で、やまだみこく氏の作品

▽月を歪めた妻が星をはりつけた

に対して、「月は大きい、星は小さいということ。」という批評をして居られる。こういった、普通なら噴きだしそうになるような評言が、この人の喉頭を通って出てくると、それ程奇異な感じをわたしたちに抱かせなかったのも、今にして思えば、この人の不思議な魅力のひとつであり、朴訥で誠実そうな人柄を推量するバロメーターともなっていよう。ともあれ、氏ほど自からの孤独に思いいたった作家は「つばき」でも珍らしい。それは、おそらく氏が、人間の自由を心から愛していたからではなかっただろうか。

謹んで御冥福を祈ります。

（八月号）

昭和四十四年

『つばき』と私

本誌「つばき」との出会いは、確か昭和三十二年の夏頃だったかと思う。たまたま昭和区内にある鶴舞図書館へ、若干の調べものもあってぶらり入ったのがきっかけであった。どこかへ移転したのか廃止したのか、いまは見当らないけれども、当時は、館の入口のすぐわきに、文芸雑誌を主とした雑誌や新聞（新聞の方はいまでも残っているようだが）の展示場があって、そこでみつけたのがほかならぬ本誌であった。あれから既に十有余年、公私とも主宰には随分お世話になっている。感謝の言葉もない。主宰という人は、私の感じでは「つばき」を、この俳誌に集う人人の自由な創作発表の場とすることで、自からをつねに零の方位におくことに敢えてあまんじてきた方だと思う。随って、同人や会員の作品を主宰の意志で加筆したり、修正を施したりしたことは、おそらくなかったのではなかろうか。その意味では、結社誌の形態をとってはいるが、内実は同人誌とほとんど変るところがないのであって、それがこの誌の特質をなしているといってもいい。

さて、およそ自由の極致とは、それを他人との関係のなかでとらえてみるかぎりに於いては、自己の自由と他人の自由が等価であるような世界の外に存在するとは考えられないのだが、「つばき」の自由の雰囲気も、私の独断をゆるしていただけるなら、このような認識と多かれ少かれ、位相をひとしくしてきたもののように思われる。ただ、惜しむらくは、他人の自由を尊重するあまり、本来はせめぎあわねばならぬ作品批評の面に於いても、お互いに遠慮がちになりやすい質性を繋留しかねないのであって、つまりは、自己を他在化する立場からの客観的な文学評価が（それ自体は偏らないという普遍性の獲得に通ずるのだが）ともすれば自己の文学視座を、その柔軟性という名の当りのいい無難な年輪の力量のうちに、不断に解消することで微温なムードをかたちづくってきたことも、また否定できないようにも思えてくるのだが、このことは、現代に於ける俳句文学の理想像をどこに求めるのか、あるいは、求めること自体を拒絶するのか、という問題ともからみあって、きわめて困難な状況を招来しているといえよう。その点新しい編集長増尾南越氏は、卓越した見識の持ち主だから大いに期待したい。ともかく「つばき」ほど自由がゆるされている結社は珍らしいのだが、しかし自由というものは、よく考えてみればみる程、ある怖ろしさをも感じさせるものである。何故なら、すべてがゆるされているということは、他面に於いて、すべての自発の思想や当為を、それが及ぶかぎりの世界を自己の責任においてひきうけざるをえないのだから。そのゆえ、自由はその背面に自律の意識を抱えこんでいるものである。自律の意識が、自由の世界から捨象されたとき、わたしたちは、もはやそれを放縦とよぶほかはないのだから。創造者である諸故人にとって、やみがたいひとつの表現という行為が、もしも何らかの意味で、ナルシスのカテゴリーにのみとどまることをやめて、つづまりは、自己をとりまく外部の世界に主体的にかかわらざるをえないとする認識に立つかぎり、自由は、ある名状しがたい戦慄的意識をともなうものであろう。それは例えば今日の状況に照らしていえば、〈物〉と等価な地平に没却し、あるいはされているわたしたち人間を、意識の側から、絶えず自身によって覚醒させながら、その想像力とともに、非現実の暗所から現実を撃ちつづける救出の思想として。いまだわたしたちに不在の世界を、現実そのもののなかに無限に樹立しつづける幻視者の意志として。更には虚数の共同体にかかわってゆくかぎりに於いて不可避な内的契機として。ともあれ自由がより生彩を放つような構図を、三百号記念大会の儀式の執行にあたって深く切望するものである。

（四月号）

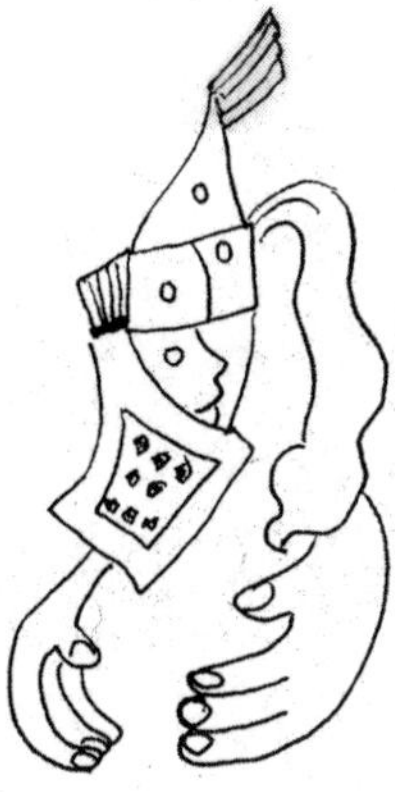

昭和四十五年

句黙先生を偲ぶ

句黙追悼
葬送や五月の土へ酒の人

本誌五月号には、医師の言として「峠は越した、健康の回復も間近かである。」と書かれているので、此方もその気になって〝これでよかった〟と安堵の胸を撫でおろしていたところ、突然先生の御逝去を聴かされ、一瞬自分の耳を疑ったものである。まもなく、それがまぎれもない現実だと知った時は、背中から何かがぬけてゆくような寒気をおぼえて完全に言葉を失なった。いま先生の追悼文を書きながら、ご生前のあれこれをお偲び申し上げている次第である。

先生の酒好きは有名であるが、先生は酒を呑まれても、私の知るかぎり決して酒に呑まれるということはなかった。つまり、遊びの領域とそうでない部分とを、すこしご自分にきびしすぎるのではないかと思えるほどに分けておられたと思う。酒の座を御一緒したときなど、そういう風景に出くわすたびに〝この人は矩《のり》を超えない人だな〟という感慨を、実感としてしばしば抱かせられたものである。先生の比較的初期の俳句作品には、この矩を超えない状態が、文学の世界においても全体として感じられてくるのだが、晩年の、殊におなくなりになる数ケ月間の作品は、ほとんど自由奔放、無碍の一道というか、私などハラハラしないではおれないような、俳句的宇宙のシンタックスには無頓着とも思える作品を発表されていた。この辺のところは、すでに大悟されていたのかどうか、私にはわからないことのひとつなのだが、とまれ「酒は静かに飲むべかりけり」の精神に立ちかえって、慎重に余生をあゆまれようとされた先生にも、すでに此の世でおあいするてだてがない。瞑目し、ひたすら御冥福をお祈りするのみである。

（七・八月号）

3、『早蕨』作品

昭和三十九年

批評の批評

その人が自らの詩精神を賭けて発表した作品を批評するにあたつては、何を措いても作者の詩の要因である内発衝動と同じ地点に降り立つ事からはじめなければなりません。上月章氏が二月号に於て、私の作品、

▽冷え込む夜の　一隅の　のつぺらぼうの死面

を取り上げ、〈冷え込む夜一隅にのつぺらぼうの死面〉又は〈冷え込む夜ののつぺらぼうの死面〉としたいと言つておりますが、実は氏が指摘したような構成は既に推敲の途上に於て、幾度となく否定して来た事でありまして、またぞろ持出されては横腹も痛くなろうというものです。

右の作品を解釈する場合、見逃してはならない事は「の」という助詞が三回使用されている事実であります。その事は言い換れば作者が何らかの意味に於て、その必然性を確認している事を示しております。即ち三段に亘つての助詞「の」を用いた理由はここにあらためて述べるまでもなく〈意識の断絶と重層化〉を前提としているのであり、この事が理解されないととんでもない誤謬を犯すことになりましょう。

願わくば有能な氏をして再びかかる軽率な評言あらしめぬ様、折角の御自愛と御勉強を祈つてやみません。

（七月号）

●同人作品の批評

1、『市民詩集』同人作品の評

昭和五十二年

「75集小評」

批評の自由が、曲がりなりにも諸個人の側に委ねられている社会、あるいは時代においては、批評が批評である以前に、つねに批評という名の擬似言語によって、おおいかくされているこの現実の〈騙《かた》り〉を見逃すわけにはゆかない。つまりは、批評として存在せしめるためには、かかる批評の名のもとに、語られ書きつがれる〈騙り〉の虚偽性をたんねんに指摘してゆく作業からはじめなければならぬという、ある種の迂回を必要とするのであって、この不倖は、やはり批評みずからが負わねばならぬことであろう。このような見地に立って周囲をみわたしてみるとき、わたしの視野にとびこんでくるそれとおぼしき虫形、もしくは縄状の物体は、まさに〈騙り〉たちの廃墟とよぶにふさわしい死語群が散乱するいたましい世界の光景にほかならず、したがってそれらは、ただひたすらわたしの内部を遠ざかりゆく対象としてのみ紙面を領有しているにすぎぬ、との印象をまずもって深くせざるをえないのである。

このことから、わたしが何かについて書くということは、なによりもまず批評が、それ自体の成立過程において、いわば必然的に分泌しつづける影の〈批評〉によって撃たれつくされ、その結果、よく批評の名を冠するにいたりえたか否かをたえず自身に問うことの外にはない。

さて、今回巻頭の水こし町子の「だから今…」は、久しぶりにみる作者のある内的な情念のほとばしりがそこにある。あるいは、ほとばしりというよりも、燠《おき》のようにくすぶりつづけている精神の在り処のようなものなのかもしれぬ。「あれは何だったのだ」という直截的でありながら同時に時間的なものを曳きづっている言葉からくる響きのありようは、まさに、今日に生きている作者の吐息を端的に表明しているとみて差支えないであろう。しかもなお、最後におかれた詩句「胸につきささるように」は、たんにひとりの声であることを超えて、ほとんど時代の声そのものとして聴ける深さと拡がりを内包している。ゆえにこの作品は、水こし町子の詩世界の、現時点でのひとつの達成であり、作者の今後をうらなうに足る充分な内容を備えているといっていい。

山田寂雀「町の原点」は、現在から百年前を回想し、翻って現代に思いをいたし、「祖先がしたように笑いにふるえた顔」となる今日の状況を指摘し、嘆じる。国家も権力もラブホテルも戦争も札びらも、すべては人間の業(欲望)のしからしむるところであってみれば、それらに立ちむかい、批判し、糾弾しようとする意志もまた人間の業(浄化)そのものにほかならないであろう。

暫く鳴りをひそめていた田中保が、今集では「海津大崎(1)」を発表している。この作品は、とある日、電窓から見た風景が、かつてその地に遊んだ際の情景を蘇らせ、様様な想いが作者の内部に去来する状態をかなり克明に綴ったものだが、都会の雑踏のなかで常日頃経験する虚しさに較べて、自然からうける虚の気分が、一種ナルシズムに似た無毒の時間であることに気づくあたりは、いわば現実への目ざめを表徴するプロセスとして興味が湧く。連作を意図しているようなので、次作以降の展開をまちたい。

加藤正治「共通項(その2)」は、わたしたちの周辺に日日おこるニュースを素材にして箇条書きにしたようなもの。この手の詩の構成形式は、あたらしげにみえて一皮むけば案外ふるいパターンを踏襲しているのが透けてみえてくるのだが、そのことを、いくらかは承知で書いているというふうにも思えてくる。その意味では、シラケ世代の開きなおりともいえないが、評者としては(その2)までに限っていえば、まだ未消化の部分が多く、方法そのものの自覚に充分達しきっていない感がのこる。雑駁とした現実にむけた眼が、更に方法の内実化を経て表出されたとき作品は面目を一新するに違いない。

他に天野耕二「燃えさかった東京湾の水」、渡辺洋「湖底曽根村幻想(4)」、織田三乗「黝い色の鳥」、後藤泉の三篇に夫々の持味がよく出ていると思った。ただ「燃えさかった東京湾の水」は、「灯火のかげに都会の哀しみが/千変万変する」とありきたりの表現でおさめてしまったのでは、折角の前半の問題意識が死んでしまう。惜しい。

詩がきわめて書きにくい時代といわれて久しいが、わたしたちの仲間である「市民詩集」の詩人たちは、よく書いていると思う。それにしても、精神の荒野に彫りつづけられる詩の、いわば「この胸のここには」の詩が、何とゆたかにもかなしくつらい息吹きを伝えてくれることか。そうしてわたしたちの精神を根底から震撼してやまぬ鮮烈な時代の詩が、いかに書きにくいことか。

（七月号）

昭和六十二年

「112集評」

「今日は詩を書くことが極めて困難な時代である」と、かつて私は作品批評の折に記したものである。

にもかかわらず作品は量産されているし、詩の質が特に落ちているわけでもない。その間の事情については、ある種の状況へのこだわりを分岐点として評価もまた分かれざるをえまい。更にプロとアマとの境界が曖昧で、他の文芸や芸能ほどには、げんみつに区別することができないということもある。即ち、生計に拘わる職業を外に有しているのが詩人の恒の姿だからである。

もっとも例外がないわけではない。家業の民芸店の経営から身を退き、詩作一本で暮らしを立てることをこのほど決意した詩集『ふ』の詩人、ねじめ正一などは例外の最たる者であり、やはり彼もまた時代の子というべきであろう。

ところで短歌の方からも一人、注目すべき女流の新人が現われた。新人類歌人俵万智である。歌集『サラダ記念日』が初版八千部、（五月八日刊）四十日後の現在九版六万部を捌《さば》いたというから驚きである。作者以外の読者が甚だ稀なこの世界では、異例中の異例といえよう。凡庸な作品も処処に散見されるが、次のようなキラリ光る歌も結構拾える歌集。

　いちもんめ

万智《まち》ちゃんがほしいと言われ心だけついていきたい花

ともあれ、その表現傾向は互いにかなり違ってはいるが、ねじめや俵にみられる若くナウな感性が時代の耳目を集めていることだけは確かなようだ。

さて、今回もあとらんだむに作品を抽出し、評の責を果たすことにしたい。

「少しずつ」後藤泉

ガラスを挟んで、かざり立てたトラックの疾走と鬱屈した自己との対比。ことしはじめて咲いたというミモザの花に、それもあらかじめ咲く準備をしていたのだ、と作者は思う。「いいわといい放ち」の〈いいわ〉は何を意味しているのか。解放感かそれとも——。いずれにしても苦い汗やかなしみを流し、埋め、季節は春。ひとまず書けてはいるが、全体的に稍、物足りない面もないではない。そのことは、賢明な作者が既に承知済みの筈である。次作に期待。

「休日」三浦肇

最初の連は一週間前の状景らしい。明日からの自分を、遠い過去の存在にしてしまうＳＦマンガが内包する、予測や空想や怪奇による現実浸蝕の魅力。「頭の中のランプを揺らす」はユニークな表現だ。次の連の洗濯をする人とは多分、新妻のことであろう。せめて休日なら洗濯をやめて、ともに植物園に連れ立ち種種の、それも未知の国の花の香りに接したいと希う。新婚サラリーマン家庭の典型ともいえる幸福な生活の一断面。現実と夢想が入り交じり妙に臨場感をいざなう詩である。

「もず」杉原田鶴子

マイナーな詩句のなかに、あえかな情感を漂わせ透明な雰囲気を醸しだしている。少少難点を言わせてもらえば、下段の冒頭から六行目「今日の日に片すみで私の存在を打込んでみれば」は削除したい。と同時に、全般に重複する部分が目立つので、もっと整理すれば半分位に圧縮してなおかつこの内容を損なうことなく作品化しえたのではないか。そこでもうひとつ言及するなら、この作品では、その大半が〈私〉の内心の表白に当てられたためか、肝腎の〈もず〉を対象にした叙述がほんの数行顔を出すのみで、随って題名の選択の理由が奈辺にあったのか意を汲みかねるところがある。構成上の不備といってしまえばそれまでだが、繊細でひたむきな詩精神が貴重なだけに惜しい作品だ。

「老いたる犬」椙山三平

老いた病犬によせる作者の労りの心情が、一篇のどこからも観取されせつない。〈72歳になった〉は、犬の平均寿命が十年から十五年というから、これは人間のそれに換算した数字であろう。とすれば、作者は犬を看ながら人、それも自身を視ているのかもしれぬ。犬を飼った経験をもたぬ筆者には、犬の症状について云云する資格はないが、人間を例にとれば、老いるに随い身体の諸器官の衰退、様様な病いの徴候や症状の頻出に遭遇することは自然の理であろう。そうしてわたしたちはやがて死を迎える。しかも有らゆる存在は、自己の死を見届けえぬ以上、他者の死を死ぬほか術はないのだ。榾山のいう生の儚さゆえの哀惜が、病む老犬「クロ」を通してここに語られる。多くの人人によって詠まれ語り継がれてきた〈老い〉であり〈病い〉であり〈生き死に〉だが、榾山三平もまたこの痛切な存在の不可避のありように、ひたすら思いを寄せているのだ。「結果的には序々に食欲もすすみ」の傍線部分は「徐々に」の誤か。

「幸代さんの事」加藤正治

胃ガンに罹り、31才という若さで逝った一人の女性を悼んで書かれた詩。生者に語りかけるように綴られた温みのある文体が印象的だ。

ガン患者に対して、病名を告げるか否かは近年いろいろと論議のあるところだが、彼女はそれを知らされていたらしいのだが、死ぬ三日前まで日記を付けていたという。作品全体としては一応書けているし、主題も明瞭でその点はいいのだが、推敲すれば更によくなる部分が随所にみうけられる。まず冒頭から五行目「車も小さく感じたよ」の車は、自動車か車椅子かそれとも別種の車か、恐らく車椅子ではないかと思うが、やはりここは具体的に明示すべきであろう。次いで二連にきて三行目からの「私だったらどうするかなあ／心構えができるかなあ／私がこういう立場だったら／言ってもらいたいと思う」の個所は、文脈に不自然さがみえるので例えば、「私が彼女だったら心構えができるかなあ／でも言ってもらいたいと思う」とでもすれば、不自然さがかなり是正されるのではないか。なお終りから八行目「冷静な態度」は省略し、「死を見つめる冷静な態度には頭が下がります」と次の行に一本化したい。

「きのう」水こしあまな

水こしあまなの作品「きのう」は、今日からきのうに、きのうからおとといに移行してゆくことで、過去から現在を見返すという視座をもとうとしており、みられている人間、みられている自己を、〈きのう〉のかたちで表現した詩である。魚のエサになる日日の象、魚がのぞきみる〈きのう〉という設定など卓抜な知性のひらめきが感じられる。終りから二行目「空と海から」は、「空から」でいいのでは。

「病室二〇一号室」戸村映

姑と嫁との関係は、どちらか片方が病むことで時に立場が逆転したりする。ふだんは悪態をついていた姑も、いざ入院の段になると急に弱弱しくなり、苦痛を訴えたりして甘えてくる。そのくせ、なまじ同情されるといきなり拒絶したりするから厄介だ。人間関係に於ける意識のありようとは、形容しがたいほど複雑で微妙なものである。嫁への対抗意識を支えに日常を生きつつ次第に痩せ細ってゆく肉体。見舞う私と病室の姑との隙間のない息づまるような感情のゆきかいもまた、余人の入りがたい特有の空間を醸成している。

唯、この作品で不満があるとすれば、それは、どこかに神の座から視ているところがありはすまいかという点であろう。

以上で一一二集の評を緘じるが、省みて批評とは、冷静な解析力、該博な知識や豊富な経験、鋭い現実考察などに負う部分も大きかろうが、何よりもまず、たたかいであることをあらためて痛感した。つまりは、対象とする作品（あるいは自己）との容赦のないせめぎあいであり、もし批評に本来の力がなければ、ひっきょう一敗、地にまみれ去るのみのものにほかならぬからである。

（八月号）

平成九年

佐藤すぎ子のまなざしに映るもの

――第三詩集「七月に降る雨」から――

冒頭の作品「鏡の裏」は、最初にアンネ・フランクをもって来、次に自身の姉妹の顔立ちの美醜に触れ、更に三島由紀夫の自決について想いを記す。三島の最期について、筆者なりにいえば、かかる尋常でない死にかた、即ち死の作法というか生の処理の仕方に、当時尠なからぬ衝撃をうけたものである。（三島自身は、おそらくは本来の武士道に則っての当然の帰結としての自害であったのかも知れぬが）

その三島の死について、川端康成はひと言「勿体ない」との呟やきを洩らしたと伝えられているが、当の川端自身も、方法は異なれ薬物による自死を遂げたのである。他方、三島をして現代の定家といわしめた歌人春日井健は、此方は三島の模倣には走らず病死というふうに、三者三様の卒り方で生を閉じたことに何とも複雑な感慨に襲われざるをえないのである。

ところで筆者の三島の死の作法に接しての衝撃は、もしかしたらムンクの「叫び」に近いものであったのかも知れぬと、作品の最後の一行でふと思ってもみたのだが――。

さて、アンネ・フランクの引用があれば、かのフランスの植民地下に於けるアルジェリアのジャミラの存在も忘れ難い。その折の告発者、ボーボワールの直言「証拠がなければすべてはゆるされる」は、現代も問いとしてあたらしい。

「木の国　一」

けだもの達の集い、肉を求める者、その胃袋に供される者、人肉だけは外される。しかし今、人間はその頂点に立っている。しかも食卓に於ける会話は、通常この肉はうまい、これはまずいなどと品調べに明け暮れているが、その背景の、自らは手をくだすことのない屠殺場の闇の光景は、あらかじめ意識のなかでは捨象されている。同時に、その事が日常たらしめている所以にほかならない。

「地獄極楽海水浴日和」

地獄極楽もこの作品にみられるように、かく日常のなかに解消されることで弾むごとき愉しさに変貌する。ここでは、海水浴という日常からの脱出が、時間の推移とともに、実は日常と地続きであるかのような印象を読者に与える。要するに、言葉の陰翳とは別の次元で一篇の詩が跳び、且、進行してゆく。こういう立ち止まることを他者に要請しない詩もまたひとつの興趣か。

以上、収録された二十六篇の詩作品のなかから三篇をぬき、感じたままを述べてきた。本詩集の上梓によって、才媛佐藤すぎ子が向後どのような鮮烈な地平に到達するか、期して待つもの大である。

（一月号）

2、水こし町子の箱

昭和五十一年

水こし町子詩集『宝物と私の話』解説

水こし町子さんが、詩集を出すという。『市民詩集の会』では、もっともキャリアのある書き手として、また洗練された言語の行使者として、夙にわたしたちになじみがふかい。

かつて某所での慰労会の席で、（市民詩集の会が催した第六回詩画展の最終日だったと思う）「私とっても悲しいの」とボソッと呟かれたときの、この人の憂いを含んだ表情が実に物悲しげで、私もつられて「詩を書くということは哀しいものなのですよ」と慰めとも何ともつかぬうけこたえをしたのだが、おそらくそのような通り一遍の気休めでは不満だったらしく、暫時じっと口を噤んでしまわれたのだが（画家でもある彼女は期間中絵を展示した）、そんなことも今となってはなつかしい想い出のひとつである。

そういえば、作者がもっとも愛着を覚えているといわれる「宝物と私のこと」は、その一年前（昭和三十九年）の作品であり、そのなかに次の一節がある。

狂って死んでしまった
詩人　北村のおじさんは
砂を母だと言った
砂丘よとよびつづけた

もちろん、彼女の当時の悲しみの層が、この部分にすべて籠められているとは思われないし、もっと複雑にからみあって醸成されていたに違いないのだが、それにもかかわらず、この一節にもっとも色濃く投影されているように思えるのだ。砂を母とし、砂丘よと呼びつづけた詩人、この北村某なる詩人がどういう経緯で精神に障害をきたしたのか審らかにしないが、（その事実を識ることに一種憧れに似たものが私にある）チューリップの花から産まれた、と書く擬人化した物語りのなかに自己をとどめておこうとする意思と、どこかでふかくかかわっているのではないかという推量を通して、ある無垢なるものへの憧れと、そこから離脱することへの不安が微妙にないまぜになっている事に気づかせられる。そのような交錯する心情の揺れは、おそらくカフカの小説「城」「審判」について書かれたと思われる詩句

城の中に入れてもらえなかった職人のもの
がたりを深く考えよう　いつのまにか罪人
になって死刑にされたことをしらべよう

を含む「スバルのものがたり」においても窺うことができよう。この時期の水こし町子の詩は、たぶんに青春前期特有の感傷と、幾重にもゆれ動く少女の心理の襞を、メルヘン風の文体に構成しながら、存在することというこのどうしようもない事実の意味をまさぐっていたといえようか。

集中、私がとりわけてすぐれていると思うのは「冬のものがたり」だ。このスピーディな変化に支えられながら、連続性と非連続性が相関関係を保ちつつひとつの劇的世界を構成するカメラ・アイ的手法は、他にあまり例を見ない独自な領域を拓きはじめているといっていい。

「神さまは やっぱりイネエ」も、その展開に疾走感があり、このような詩の文体がしだいに肉質化しつつあるのをみてとることができる。同時に見逃してならないのは、産まれたばかりの子を亡くされたときの詩と思われる「私悲しくないです」であり、この作品は、詩句をひきあいに出すまでもなく、愛児を悼む心情が抑制の利いた文体でつづられ、その透明な叙情性とあいまってまさに絶唱とよぶにふさわしい佳什を織りなしているのであって、水こし町子の詩には、おおまかにいって、この二様の方向性をもつ文体が多いように感ぜられる。

〈神さまは　やっぱりイネエ〉

詩をかく人間なんてつまらない　ことば
はとびあがらない
ことばは死んでいる
ことばはひらぺったい
ことばは走らない

わたしたちの内部に横たわる累累たることばの死骸。

走ることも翔ぶこともなく、風化に風化を重ねたことばたちの最後の姿がそこにある。ここには、そうなってしまったことばたちへの痛烈な批判がある。しかも、そのことばへの批判さえ、ことばを通してしか表現できぬことへの苛立ちがある。この二重に屈折した苛立ちは、

太陽をのっとった　少年バンザイ
太陽は永遠に少年のもの
太陽なんか食べてしまえ
ささやかなしあわせなんかクソくらえ

〈同〉

へと転化し、太陽をのっとった少年への共鳴盤となって定着する。彼女の詩は、いってみれば、このような底ぬけの開放性と、後で述べるように〈私〉が描く異貌性との織りなす豊潤なドラマであり、その底には、生きて在ることへのかなしみが、童話的話体の全容をつらぬいて流れているのである。

さて、終聯近くの「人喰人種は涙を流して女を食べる」とは、なんとすさまじいばかりの愛の原初的表現ではないか。文明は、そういう肉性部分に繋がるものをひとつひとつ落としてきたのだが、それとは別の所で、動く人間をライフルの練習に使うという加虐的行為に出てゆく。この詩は、まことわたしたちが生きている現代文明への熾烈にして果敢な挑戦であり、文明が懐胎する狂気を凝視する作者の目は微塵もくもりがない。

ところで水こし町子にあっては、〈国家〉や〈社会〉、あるいはそれらを包む〈宇宙〉といったものも、ただただ〈私〉という個の一点に収斂されているのであって、実は、まぎれもなく〈私〉の世界そのものにほかならず、それらすべては、ひたすら〈私〉に発する問いの遠針として現前するにすぎぬ、といったありようなのである。

インチキ霊力ももたないダンナサマだけがたよりという人間には日本の先ゆきや世界の情勢なんてものはほとんどどちらでもよくて　もうそんなことは私の心配外のことで私の今のこわいのは自衛隊があと二年したら海外派遣でもなく　窓を

あけてきれいな空気をすいましょうとい
うことを実行してもいいかどうかという
ことと　なにを食べたらいいかで

右の詩句は「タニシと私の話」のなかの一節だが、このやや無頼めいた反社会的、厭政治的（反社会的とはいっても、「なにを食べたらいいかで」という詩句の世界をできるかぎり外延化すれば、当然、社会と関係せざるをえないという意味では、必ずしもこのような言いまわしが妥当であるとはいえないが）な意志表示は、〈私〉をとりまく外部世界への関心が、いわば〈私〉にとって数歩の歩行を容易ならしめうる範疇へ、第一義的にはより強くかけられていることの端的なあらわれであろう。

けれども、これにはにがい断念がある。「あの時でもなんにもならなかった」時代状況への、つらくくやしい認識がある。発想の基軸を、社会思想上におく立場からみれば、そこにもなお潜む傲岸さを指摘することも可能であろう。しかし今日、わたしたちの日常生活の外壕に蟠踞する思想世界が、深刻な渇水期を迎えつつある状況をみるとき、この強引なまでに、肉体次元にひきさげて自己を発動せしめている姿勢は、その独自な語り口とともに、きわめて示唆に富む個的世界を開示しているといわねばなるまい。とはいえ、

それから舞台の上であいさつをすること
ばを考える　大学の時計台の解放放送を
したいなとおもう　私は仲間にいれても
らいたい　すこし年をとりすぎたけれど
もそんなことは気にしない私は一人ぼっ
ちでも旗を持って歩く勇気もある

という詩が書かれていたのであって、そのことは十分記憶しておいていいだろう。

〈私と金魚の話〉

水こし町子は変ったのだろうか。「私と金魚の話」から「タニシと私の話」へのふりかわりの過程に、出産すぐの子を死なせたり、また子を産むといった一連の人の生き死にへの経験が、もし彼女の生きざまが変ったのだとすれば、相当ふかくかかわっているであろうことは想

像に難くない。更には、学生運動ひとつとってみても、客観的にみつめる余裕ができてきたということもいえるであろう。いずれにしても、年月は赤いチューリップの少女を

　こんな夏を　くりかえしくりかえすうちに
　私は老けていく

〈私の話〉

と否応なしに〈老い〉への懼れを意識に内在させてゆく。この場合の〈老い〉とは、精神的なもの、肉体的なものすべてをひっくるめた存在それ自体としての老いを意味するのであろう。そのことへの焦りが彼女に、「まだ髪形も十八才の時とおなじ」とふと呟かせてもみせるのである。このひそかな華やぎは、ふたたびは還らざる青春への回帰願望を如実に示していて感慨ふかいものがある。

　大きなトレイラーの中に入ってしまうような気がした死ぬ時はたぶん　こんなふうに
　なんとはなしに　考える時間もなく　だれにも知らせることもなく言いのこすことも出来ず　はずかしさや　くやしさの言いわけもなしに
　太陽に焼けていく早さではなく数秒の間と間の中へ入ってしまう

〈同〉

死において人はひとりである。〈思考〉がそうであるように、死もまた誰れかにその死を肩替りしてもらうわけにはゆかぬ。人は、おのれの死をおのれひとりで死んでゆくほかないのだ。「だれにも知らせることもなく言い残すことも出来ず」である。死の瞬間におけるこのような細密な仮像描写は、この詩人の想像力の深化を物語ってあますところがない。

　こうしてみてくるとき、生命の永続性とは別に、水こし町子と言う固有名詞（私体、唯一者の意）ゆえの生の一回性へなげだされた問いの、総じてメルヘンにおおわ

れた物語の世界ゆえの、ともすれば見誤まりがちな認識のふかまりにあらためて目を瞠る思いがする。生のすぎゆきにおいて、結婚、生誕、死というのっぴきならぬ節節を、自己の肉体を通して経験してきた詩人の、あたらしい詩のゆくえをひょっとしたら告知することになるかもしれぬ、とそんな予感を匂わせる最近作「月日がかわき」や、「上横須賀新住人」などの作品をふくめて、これまでの詩に、ひとつの区切りをつけるために詩集を出版するという水こし町子の詩の今後が、これまでとはまったく違った未貌の世界へ踏みこむことになるのか、あるいはこれまでの世界をよりゆたかにふかめてゆくことで成熟した世界を招来することになるのか、更には年代を遡行することでいっそうみずみずしい作品を書いてゆくことになるのか、いまはほとんど予測がつかないけれど、いずれにしても、私はこの詩人の足跡を信頼し、ひきつづき注目していたいと思う。

ともあれ小柄な躰で、事象の本質に直裁に斬りこんでくる詩人水こし町子は、けだしわたしにとっては、ひどく眩しい存在なのである。

（一月刊『宝物と私の話』水こし町子詩集の解説）

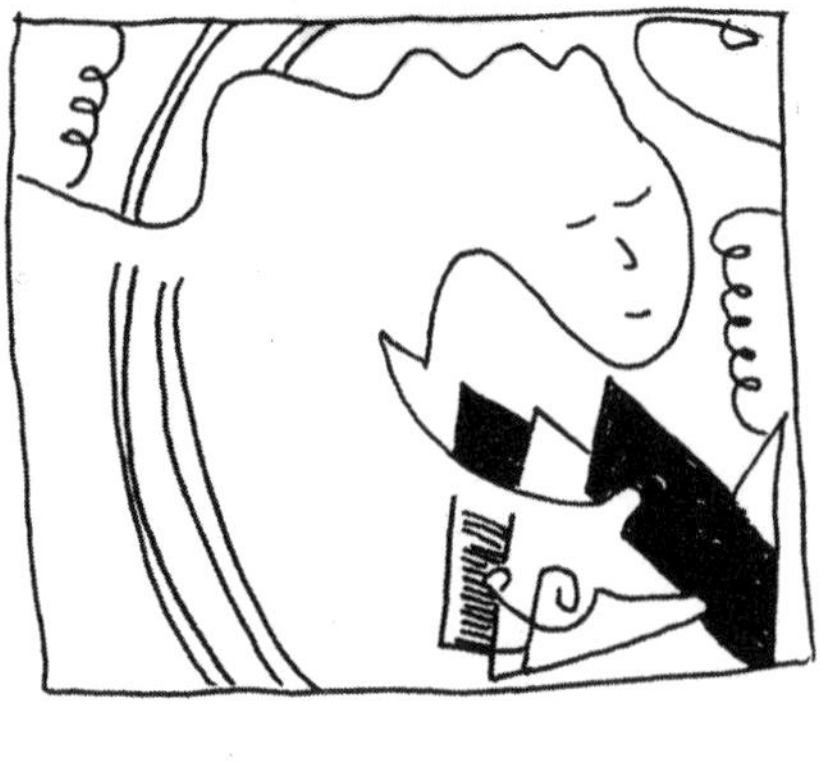

3、『つばき』同人の作品評

昭和三十六年

昭和三十六年五月号寸評

長い間本誌同人の金谷松翠氏が作品評を試みられてきたが、最近は何か御都合が悪いのか、論ずるに足る作品が無い為か筆を断たれたままである。

毎月到着する俳誌に句評が載らないのはまことに淋しい。で先輩諸兄にも進んで筆をとっていただく意味も兼ねて、私なりに感じたままを率直に述べてみることにした。

まず同人作品から

ビルの骨逞し大椿やたら花もてり　主耕

醜草《しこぐさ》萌ゆ己の無為攻めらるゝ　〃

前の句はビルという現代メカニズムに対する自然の挑戦と解釈してみたが、〝逞し〟とやや讃美的な語句があるために、作者の意図は案外その逆のところにあるのかもしれない。しかしいずれにしても現代を意識し、その中から生まれてくる意欲ある批判精神は充分、買わるべきものがある。

それにひきかえ後の句は完膚なきまでの失敗作。醜草が萌える等と、意味の分らない抽象的な言葉を用い、己の無為との関連性が非常に曖昧であり、攻められるの〝攻め〟という字を使ったことも作者の一人よがりで正しくは責めるの誤謬であるべきだ。リズムの上でも一考を要したい。

春昼の鉄路真直海に落つ　茂男

定型を踏まえて小ゆるぎもしない氏の作品は常に重厚であり、その底には氏独自の哲学的なにおいさへ感じられる。前掲の句はありきたりの風景を詠っただけではあるが、下句の〝真直海に落つ〟あたりはやはり詩人の眼である。メカニカルな中にリリシズムを包含する此の句などは、人間不在を超えて存在する作品といえよう。

生命の次々空しシャボン玉　梅香

宙に漂うシャボン玉が消えてゆく状態から生命の儚さを連想したものか、或はその逆か、いずれにしても発想が常套的で已に今迄に何人もの人が詠んだ境地だ。

死を自覚するところから真の生が始まるとしても、これだけでは作品とは云い難い。〝次々空し〟ということも或は一連の右翼テロを作者なりに表現したかったのかもしれないが、それならばその事が作中から滲み出て来なければいけない。

一佳人言なく過ぎし春の虹　芹風

宗匠俳句、俳句万々歳の句である。此の様な古めかしい作品が未だ現代俳句として通用するところに、俳壇の因襲というか最大の盲点があるのではないか。其の結果が部外者をして第二芸術論云々なる言を吐かしめる所以となっている事も、併せて考えてみる必要があろう。もっと現代に生きている人間の自覚が、読む者をして魂の底からゆさぶりつづけるものが欲しい、と冀うのは筆者だけだろうか。

ドストエフスキーの作品を評したある評論家の言葉にたしか「あたらしい戦慄」という語があったように思うが、そのようなものを俳句に求める事は至難というべきだろうか。

今日もまたあたらしい戦慄や感動とは無縁の所で、俳句が量産されているかと思うと不安でならない。駄作だと思われるものはこれをすべてシャットアウトし、各自が作家としての自覚をもって作句して行かなければ俳句は遠からず自らの柩を用意しなければならぬ破目に陥いることだろう。

繰返すようだが、作品はそれがどの様なジャンルに属するにせよ、一旦作者の手許を離れゝばそれはもう作者のものであるよりも読者のものであるという認識を常にもたねばならない。俳句があくまでも私性文学に終るかその域から脱け出る事ができるかは、一に俳句を作っている当事者の努力如何に懸っているといっても過言ではなかろう。

今月はソ連の人間宇宙船を詠んだ句が非常に多かったが、それとてもあまりにも素直に詠まれている為に印象に残る句がないのは寂しい。唯金亀子氏の

宇宙征服ぼうふら浮沈繰返す

が一応作品としての面子を保っているといえばいえる。

以上限りなき沈滞を続ける俳壇に新しい波の押寄せてくる日を期待して放言の筆を措くことにしよう。

（六月号）

昭和四十一年

昭和四十一年二・三月合併号評

珍しく二月の句会で、雄一郎の熱つぽい所論を聴くことができた。彼は、文学作品が作者を離れて存在するということから、城楠の

眠らぬ嬰児　泥んこの島は沈むかな

を取り上げ、やや過大にすぎるのではないかと思われる程、激賞していた。つまり、作者とは独立に、それ自体で批判に堪えうる作品を創造しなければ、ということがそのモチーフであつたと思う。

これに対して、揚一郎や博二、光弘らから、作者がわからないと信用できない、作者を識ることによつてより理解がふかまる、という反論（それほど強くはないが）が出され、桑梓からは〈眠らぬ嬰児〉に類型性が感じられる旨、発言があり、なかなか盛況であつた。

唯、ここで惜しいことは、雄一郎についてはその論拠が、作家的要請としてあくまでも主体的なものであること、揚一郎、博二、光弘らに就いては、それがどこまでも客体の側からの要請、乃至は嗜好の問題に属することが、明瞭に個個に認識されていなかつたということである。

桑梓の、類型性があるとの発言に対しては、光弘から全体を通して考えて欲しい、という反駁があつたが、全体を云云は実は私の持論であり、お株を取られたかつこうで苦笑を禁じえなかつたが、ほんとうは私の所論では、全体がどうにかまとまつていれば部分なぞどうでもいいとは言つていないので、この場合、類型性を問題にしたのは、作者の自解にもあつたように〈眠らぬ嬰児〉にとりわけウエートがかかつていたということである。ウエートがかかつている以上、とりあげざるをえないし、あまりにも潔癖すぎると言われるかも知れないが、俳句を文学の水準にまで高めるためには、致しかたなかつたのであり、諒とされたい。

なお、博二から俳句の音数について、二十四音まではは認めてもいいが、それ以上は困るとの意見が述べられたが、俳句二十四音限界説は、十七音と短歌の三十一音と

の中間を採用した妥協説であり、格別あたらしいものでもないが、むしろ私は、十七音律を原理として積極的に所有すべきであると思う。従来の自由律俳句は、音数を無制限に放出することで、究極に於いて俳句の自己解体を結果して居り、文学の自律性を自ら放棄したものであり、今日すでに神話にすぎない。

そこで俳句に於いては、形式と自由の関係は次のように言うことができる。

一人の作家が俳句の形式〈十七音律〉を、主体的に選びとつた最初の自由は、形式そのものによつて反自由に転化する。なぜなら形式それ自体が、反自由的性格を必然的に内包するからにほかならない。然しながら、かかる反自由によることで自らの文学意識を生かそうと決意するとき、この人は、奪い去られた自由を再び自己自身の内に取り戻すのである。自由とは自らに由ることであり、自らによつて自己の道を選ぶとき、形式に依る否とにかかわらず、その人は、反自由の全体を捨象することができたのである。

さて、前置が長くなつたので早速月評にうつろう。

眠い頭脳で一匹の犬となり　吠えていた　麥生
神と同列　桃いろの霧流れる元朝　〃

前句からは、詩人三好豊一郎の詩「囚人」の中の「不眠の蒼い犬」の一句がすぐ思い出された。ここでは、〈眠い頭脳〉は〈不眠の〉に対する反語的な意味を持つ。自画像ともみえる象徴的な犬の背後には重く澱んだ現実があり、焦燥や、不安や、倦怠を見事に抽出している。後の句は、この句とまつたく対照的であり、〈桃色の霧〉というセクシーなムードが、たやすく神に作者を同化させていつた作品であり、情緒に溺れやすい日本的思考の特徴がここにみられる。

ふるさとは茫々と風の中の墓・一基　敏
星空となる墓で遠いわたしとなる　〃

墓の中に故郷を見ている。死は実存的に言えば、非存在である。しかも人は、ひとりで死ななければならない。死において人は個別的であり、個別的であることで普遍的なかなしみに常に支えられている。夫婦といえども、究極に於いては孤独である。二句ともやや感傷的であるが、生に於いて避けることのできない死をみつめている詩人が、ここにもいるのだ。

雪暗色　攻撃されどおしの姿勢でいる　　芙美子
許されれば欲しい　無角牛のツノ　　〃

前句の隙だらけにみえて、実は誰にも侵されない自己の領分を増殖しつつある作品。後句の観念的ながら巧緻な表現等々、この人の「つばき」に於ける進出ぶりはめざましいものがある。

一本足の鶴はこんなときだから当然の顔をする　　芙美子

ここで私が見事だと思うのは、〈こんなときだから〉とすべてを読者の側に想像させるありようが、その後の〈当然の顔〉に巧みにひきついでゆく方法を、自得していることである。かくて読者は、否応なしに想像力を喚起させられる。ありていに言えば、読者の理解が、不能に至るぎりぎりのところで、逆に不能状態を棄却せざるをえないといつたような、吸引性を含む構成にまで表現をもつてきているということである。

この人が、いわゆる林芙美子的人間像への一方的なもたれから、完全に自立する日ももう遠いことではあるまい。

一合で足るるやすらぎ島の茶店の床几酒　　揚一郎

一合で足りるということで、その場の作者の心的状況をほぼ読みとることができる。凡庸ではあるが、竹島への愛情をよく出している。ただ形式が、発想に於いて定型的でありながら、結果に於いてはほとんど非定型詩に近いため、韻律に苦しいのが難と言えば難だ。

消しゴムのかすたまる紙のうえの闘志　　博二

よくわかるが、むしろこの人は

それでも雪は美しくどこもかも弛んだ捩子《ねじ》

の美への陶酔に、自己の本領を発揮する。ここにも日本的情緒に、溺れやすい主体の喪失現象がみられる。

基地ばかり殖える日毎内職の糊凍る　木人
バラ色の冬夕焼 メスを煮沸する女　〃

このアンバランスは、この人の特徴である。〈バラ色の冬夕焼〉は、いかにも濡れが目立つ。認識の時限で、更に追求がのぞまれる。前句は、素朴な庶民の心情の表出がまともで、なるほど作者らしい。表現についてはもう一工夫欲しい。たとえば、〈殖える〉〈凍る〉の〈る〉の重複は気になる。

春はふつと旅に出る朝の目覚めの方向　光弘
女と行くところまで來てしまつて海は銅鏡　〃

從來、ともすればみられがちだつたあまさが、徐々にではあるが払拭されつつあるようだ。前句にはまだ、ムードへのあまえがみられるが、後句には存在のどうしようもない肉質部分へ、言いかえれば、原質的なものへ降りてゆこうとする姿勢が、特にいじらしく好ましい。

空へ顔預け男があやつる子供の紙鳶《たこ》　陽洲
紙鳶の位置　坐る女の後姿首がない　〃

人は、存在する限り死と状況の外に立つことはできないのだが、この人は、それを意識の尖端でというよりも、むしろ逆に、日常の次元につきささつてゆくことで普遍的な、全人の思想にまでたかめているようにみえる。しかもこの作者の句には、いつも一人の人間の、それもごくありきたりの人間の生きてきた過去の歴史の襞のようなものが、かけがえのない重さでまつわりついている。

〈顔預け〉の、のんびりした風景も、〈首がない〉の剽軽《ひょうきん》さも、つきつめて言えば、このようなつねびとが、かいまみせる現代の諧謔にほかならない。

詩人金子光晴ほどの反逆性はもたないが、あらゆるニセモノの仮面を剥ぎとることのできる眼をもつ、すぐれた作家の一人であることは間違いないようだ。

――◇――

揚一郎にかわつて暫らく月評をうけもつことになつた。なるべく、多くの方の作品にふれてゆけたらと思う。よろしくお願いしたい。

（四月号）

昭和四十一年四月号評

コレガ人間ナノデス
原子爆弾ニ依ル変化ヲゴラン下サイ
肉体ガ恐ロシク膨張シ
男モ女モスベテ一ツノ型ニカヱル
オオ　ソノ真黒焦ゲノ滅茶苦茶ノ
爛レタ顔ノムクンダ唇カラ洩レテ來ル声ハ
「助ケテ下サイ」
ト　カ細イ　静カナ言葉
コレガ　コレガ人間ナノデス
人間ノ顔ナノデス

これは、昭和二六年三月一三日の深夜、鉄道自殺を遂げた原民喜の詩である。

原民喜は、広島で被爆し、その後、小説「夏の花」で一般に認められ、峠三吉とともに、原爆の詩を、そのもっとも鮮烈な文学的証言にみちた、しかも沈潜した深さでうたいあげえた稀有の詩人であった。彼の詩は、生者への確執というよりは、むしろ死者へ語りかけてゆくような、しずかだがつよい浸透力を内包している。

朝鮮戦争の勃発は、この繊細にして孤独な詩人を遂には死へかりたてていったのだが、ここでは、自己の死とひきかえに現実を死なしめようとする妄想といった次元を超えて、静的だがふかい、言いかえれば死者のためにうたいあげようとする詩人の、精神の底部からの、ぎりぎりの抗議の言葉を聴くことができる。

爛レタ顔ノムクンダ唇カラ洩レテ來ル声ハ
「助ケテ下サイ」
ト　カ細イ　静カナ言葉
コレガ　コレガ人間ナノデス
人間ノ顔ナノデス

この数行の詩句には、もはや付け加えるべき何ものもない。特定の状況の中でうたわれた極限の詩が、究極に於いて状況を越えうるのは、いうまでもなく個の破れにほかならず、個の破れは、更にあたらしい個を不断に生みだしてゆくのである。

自殺といえば、私のクラスメートの一人も終戦直後に自殺した。友人の話によれば、敗戦というひとつの現実の中で、百八十度の価値転換に耐ええなかった結果だという。とりわけ秀れた頭脳の所有者ではあったが、まだ若い繊細な精神は、現実の矛盾から絶望へ、絶望からひたすら死へ、おそらくは直線的なコースを辿ったのではなかったかと思われる。先にあげた原民喜の場合と同様、ここでも掩いがたい現実の暗い断面をのぞきみることができる。しかも、死なねばならぬ筈の暗い現実の方は、まだそれ自からの死について語ろうとはしていないのである。

◇

ぐらつく椅子　受話器に吹雪の音がする　　雀羅
招かざる客よ　積雪の道がある

〝ぐらつく椅子〟は、自己の座標の不安定さでもあるのか。吹雪の音がする状況のなかで、作者の思考は〝招かざる客よ〟へと導かれる。

この〝招かざる客よ〟の上句は、多分に拒絶の意味を含みながら、下句の〝積雪の道がある〟へと繋がってゆく意識状況は、逆に拒絶感を意識下に潜め、対象との間に相当の距離性を生みだしている。この距離性が思考の拡がりをもたらすと同時に、ある意味で内的な屈折と密度を表示しえたともいえる。このような距離感は、他面からみれば、孤絶のきびしさに支えられた人間の極所から発する温みにほかならず、この温みは、究極に於いて人は孤独であることを自覚している詩人の諦念でもあろうか。

雪降る夜　看護婦白衣の淨さぬぐ　　雀羅

ここでは、雪、白衣、淨さ、と同質のイメージをもたらす言葉の重複に無理があるように思う。つまりイメージとしての〝淨さ〟を言葉の上で消去する作業を、忘れてはいなかっただろうかということである。〝淨さ〟へ凝縮させようとする意図が、かえって言葉の余剰部分を醸成しすぎた作品だとも云えるようだ。

病む仲間の耳を怖れて闇に咳く　　清太郎

同病相憐れむというたしか諺があったと思うが、この諺の場合は、多分に異質なものの状況の次元での共通性、乃至は心情的等質感といったものが含まれているが、この作品では文字通りの療友と解釈していいようだ。この句の場合も、病む、怖れ、闇、咳くと同質の言葉の重りがみられるが、ここではそれ程苦にならないのは、対象へのある距離感が傍観者の位置を超克しえたからではなかろうか。

対象への拒絶と浸透が、その人の意識のもっとも深いところで統合されたとき、詩が生まれる。

春めく瀬無名の石等光り合う　清太郎

〝光り合う〟がここでは濡れている。無名への渇仰と畏敬は、あらゆる歴史を通して開示されつづけてきた全人の理念にほかならないのだが、作家としては、それが否定できない重さへまで〝濡れ〟を表現の上で消しつづけてゆかなければならない。

足跡がふえて來てみんな働いているのだ　惠

歌人土岐善麿に〝生くるために働くにや働くために生くるにやわからなくなれり〟という作品がたしかあったと記憶しているが、先の惠の句は、このような当時のインテリゲンチャの二律背反的な蒼白い苦悩とはうらはらの、言ってみればある否定しがたい断定にみちている。国禁の書を読みあさりながら、生きることの意味を問いつづけたかつての哲学青年土岐善磨も、すでに功なり名とげて円熟した詩境をみせているが、それはともあれ〝みんな働いているのだ〟という断定はまことに小気味よい。〝足跡がふえて來て〟の上句については、〝道はない。されど万人があるけばそれが道だ。〟というたしか魯迅だったかの有名な一句が思い出される。〝みんな働いているのだ〟という思考の論理は「働かざるものは喰うべからず」的論理と同質の次元を生みだすけれども、この論理は、歴史の中でしばしば歪められ、時の支配者の民衆への意識操作の論理的手段に転用されてきたのだが、この句は、そのような懸念を思考の極限において、一度に吹きとばしてしまうある内実の重さに支えられている。あらゆるアンチテーゼを配してても厳然としてゆるがないもの、究極においてはすべての反論がそれ自からのむなしさのために、遂には沈黙せざるをえないようなもの、真理とはそのようなものだ。

凍る不協和音ぼくがぼくの歴史を刷る　暁風
蛇口が死んだネクタイ型どおりに結ぶ　〃

前句は〝凍る不協和音〟のいわゆる意識に生じた概念が、ものを媒体しないため、惜しいことに概念の羅列に終ったようだ。結論としては、下句の〝ぼくがぼくの歴史を刷る〟の認識を幇助し、意味の疎通を可能ならしめうるものの開示が上句にはのぞまれるということだろう。

後句は、ある意味ではシュールな表現だと云える。〝ネクタイ型どおりに結ぶ〟の日常生活の中でくりかえされる行為の一過程を、蛇口の死にからませたところなぞは面白い。ここでは、媒体項としてのものの確かな実在性を感じとることができるのが嬉しい。

私を私が見失つている　昏れゆく周囲　京子
千里の向うに母よ
いまも早起きのエプロン結ぶか　〃

前句は類句がありすぎるし、こういう発想もすでに過去のものだが、〝昏れゆく周囲〟で、ある状況の中での焦りと不安を素直に表現している。

後句の原質的なナルシスにはまいった。おそらくは、あらゆる民族に共通のナルシスに違いない。詩の断片のようだが、〝母よ〟を上段にもってこないで中程にもってきたことは、一句をひきしめる役割りをはたしてみごとだ。私事にわたって恐縮だが、わたしなど肉親に対してこのような心情で接したことは青春前期、後期を通してかつてなかった。すでに故人となった母だが、私の場合、母はいつでも私にとって友人であった。離れて生活しているときもそうであった。それだけに、このようなナイーヴな発想は、私にとって忘れかけていた初原的な肉質部分を、くすぐられるような美的快感を覚える。

〝早起きのエプロン結ぶか〟は、今も昔も変らぬ母の像を伝えてあますところがない。

去る三月廿七日の小生宅での句会には、主宰句黙先生をはじめ、作家の木全円壽氏、俳人大塚豊城氏、詩人吉田曉一郎氏、石原木人氏、彫刻家加藤博二氏、遠方からは蒲郡の鷹揚一郎氏らと、更には本誌の同人、会員諸兄姉、多数の御光來をかたじけなくした。誌上をお借りして厚くお礼を申し上げる。なお、終りに博二氏が〝王子製紙の夜景は美しいね〟と云われたことばが、非常に印象深かったことを付け加えておきたい。

（五月号）

昭和四十二年二月号評

私はマルクス主義者ではない、とは、ほかでもないマルクスその人の言である。

彌陀の五劫思惟の願をよくよく案ずれば、ひとへに親鸞一人がためなりけり、とは、親鸞の寓話をあつめた歎異抄のなかの一節である。

あらゆるヒユーマニズムは、究極に於いて自己愛の表現にほかならぬ、とは、ドストエフスキイがのこした言葉である。

これらの言葉は、それぞれ深い真理を内包している。

ところで、これまでのヒユーマニズムは、神を媒体としたヒユーマニズムであつた。だが、神はそれ自体完結された抽象的概念であり、人間がつくりだした神は、そのゆえに、逆に人間を媒介とする反作用を生み出す。今日の機械文明もまた、同じ原理である。さて、人間は神への挫折と、獣性の否定に於いて、はじめて人間となる。このことを敷衍してゆけば、神の前で挫折することの、ふかい認識を通してのみ、人間は謙虚な精神を把持しうると思えるのであり、逆に、自己即ち神となるときは、非常に、傲慢な精神の所有者へと転化しうるあやうさを、はらんでいると考えられるのである。ヒツトラーは、そのような神の、あやうさの反面を、最大限に活用して遂行した人物で、権力の掌握が、自己の思考や行動を絶対的なものにした範型の見本のようなもので、彼の著書『わが闘争』は、そのことを雄弁に物語つていると云えよう。

さて、今世紀は神の喪失の時代だと云われているが、より正確には、神の喪失概念を基底とした意識と、神の存在の絶対性を、自覚的に否定した意識が錯綜する時代であつて、ドストエフスキイの「神が無ければすべてがゆるされる」から、「神が無くてもすべてはゆるされない」へ、神を媒介するヒユーマニズムから、神の無媒介によるヒユーマニズムへ、人間が、人間自身の名に於いて、その人間性の、もつとも美しいありよう、を開示してみせることが可能か、否かが問われている試練の時代へ、すでに一歩を踏みだしている。後はあるきつづけるだけだ。

執拗に壁を描き　壁の中へはいる　　博二
　祭壇の羊を消し　雪の日の制作　　〃

　自己確認の姿勢と、自己へのあまえを否定しようとする強靭な意志の発芽をここにみる。従来、ともすればみられがちだつた、ひたすら美へ溺れてゆく情緒的世界から、やつと非情の領域へ駒をすすめてきたという感じがする。

　村を内蔵する森で　牧羊神のいそうな薄明

に、やや物語り性によりかかりすぎたきらいがないでもないが、今月は總じて力作揃いであり、その変貌の顕著さは瞠目にあたいする。次の、

　あかあかと日が　犬が雪を食つている

は、ゆたかな時間性を内包して、その表現のうつくしさは、まさに集中の絶唱だと思う。言葉のはたす機能について、この人ほどよく理解している作家は、「つばき」でも珍しいし、〝あかあかと日が〟で、夕日のうつくしさと時間性を通して、感動を作品の内側へ滲ませてゆく手際は、さすがだと感心する。この作品からは、〝運命〟という言葉が、しきりにとびだしてきてならなかつた。

　川涸れて石みな病める眸をもてり　　常生
　患あるは生あるあかし寒星神意に充ち　　〃

　現代人の《病める意識》かと思いながら読了してみて、この〝病める〟や〝患ある〟が、実存のふかみを切りひらいてみせるというほどのものではなく、また外部状況と実存との、かかわりあいから生まれた〝病める〟でも〝患ある〟でもなく、ただひたすら自己の小世界のみを擁立する自虐の姿勢であることに気がついた。

　自嘲のガム路傍に吐き冬始まる
　冬銀河女は愛しき柳眉もつ

　そして、それゆえにすべての作品がいじらしく、またかなしく美しい。

義士伝の浪曲が好き　冴えまさる　　一蓑
曲ればギギとなる背骨麦踏まねば　　〃

この人には、自分をいたわろういたわろうとする姿勢がある。詩人にとつては、作品もまた自分への慰めにほかならない。

凍土の美学　鍬は太古からのもの

農耕もまた、自己からつきはなしてみるのでもなく、やはり〝凍土の美学〟と云つてしまわねばすまないのである。随つて、その辺りにこの詩人の限界をかいまみる思いがするのだが、逆説的にいえば、そのことで庶民の公約数的次元を、忠実にうたいえているといえようか。

断崖の苔よ下界に悪はびこれ　　芳郎

この不敵さ、無頼さ、うわべだけの善が支配する状況に対する若者のふてぶてしいまでの挑戦、既存するすべての権威を、否定しようとするエネルギーの開花をここにみる。この全否定のエネルギーが、なにものかにふりかわろうとするとき、変革の一頁はひらかれるかもしれない。

黄なる月赤犬が吠え死霊來る

〝黄なる月〟のけだるさ、〝赤犬が吠え〟の異様さ、それらの状景に対して、〝死霊來る〟はまことに適切だと思う。

埴谷雄高に、未完の『死霊』というすぐれた小説があるが、詩人は、ふと小説のことでも思い泛べていたのかもしれない。また、小説のことは別にしても、〝死霊來る〟はわたしたちにとつて、非常に興味ぶかいイメージを現出させてくれる。

貝の舌ほどに女隠れて足袋をはく　　知男

〝貝の舌ほどに〟とは、実に巧みな表現である。まだ若い作家らしいが、この一作に限つてみれば、すでに中年のいろ気を知りつくしている感じがある。

太陽の切り売り部屋代戴きます

雪は天使　赤ちやんがよく眠つています

羨ましいくらいに爽やかでほほえましいが、前作にくらべてやや常識的といえようか。だが、比喩や暗喩を、大胆にとり入れてゆく手法は注目にあたいしよう。

鉄橋のようにわたしを束ねている　確さ　綾子

全作品のなかでは、もつとも完成度の高い作品である。〝鉄橋のように〟という比喩、〝わたしを束ねる〟ということで、多数のわたしが存在することを背後に暗示した表現法など、余程考えぬかれた作品ではなかろうか。現代人は、自己の内部にさまざまの顔をもつといわれる。現代社会の複雑なしくみが、はてしなく顔を殖やしてゆくのかもしれない。このような多様な表情をもつ顔を、ひとたび、ある目的に統一させようとするとき、この作品のような、勁《つよ》い意志を必要とするのもむべなるかなと云うべきであろう。

ただ、結句の〝確さ〟が、とりようによつては自己誇示に帰着しそうで、その辺りに問題が残るとしても、韻律、構成、内容ともに充実して居り、口語自由律作品にしばしば見うけられる、自由と放縦の、はき違えはここではみられない。

しかし、全般的に云つてややぶつきらぼうな作品が多く、この人に欲しいのは、創作上の方法論ではないかと思う。従來、俳句作家は、とかく方法論を軽蔑しがちだが、それはそれでひとつのあり方には違いないのだが、私に云わせれば、むしろこれからの俳人は、すすんで方法論を開拓し、創造の上でフルに活用してゆく位の、いうなればパツシヨンがあつていいので、さしずめこの人なぞに期待したいのだが——。

雪と生きる市民一劃一劃掘る　里子

雪原を男らにつゞく鋭利な石　〃

前句は、ながい間考えていて遂に最后までわからなかつた。〝一劃一劃掘る〟とは、具体的になにを意味するのか。〝雪と生きる市民〟に、問題意識を潜ませていながら、下句の表現がそれに伴わなかつた感じだ。個人の体験・意識・思想の、他者とのコミニケーションを媒介する表現の重要性を、わたしたちは再認識したい。

後句も、〝鋭利な意志〟が観念的、説明的で《もの》を媒介することで観念を抽き出すという方法を、研究されるといいと思う。再筆することになるが、綾子さんの〝鉄橋のように〟なぞは、そのよき範例になるのではないか。

何煮えるか　鍋のつぶやき放つたらかされ　麦生
さて虹でも煮るか誕生日のガラスの鍋　〃

実力のある氏にしては、今月は物足りない作品が多く、まずは息抜きといつたところか。

這う　前にもうしろにも泥だらけ

に、本來の氏の面目を、うかがうのみとは淋しい。

指きりは過去・樹氷は欠け落ちて指がない　きよし

このような句と次の、

カラーテレビが欲しい灰色に塗りつぶされた雪夜

の句が、同一人物によつてつくられるところに、奇妙な面白さがある。「つばき」の特色と云うべきか。

前句からは、戦慄に近いものを感じさせられたが、後句を見て、やはりこの詩人もまた平常人であつたかという、安堵とも慰さめともつかぬ空虚感を覚えさせられた。更にまた、前句へ戻つて、全体の作品を眺めわたし、次の一句に及んでわたしの戦慄が、作者の思惑とは無縁の方位にあることを認識した。

孤絶した愛霧氷となりて僕を包む

連作の場合の、一句をひきはなして鑑賞し、解説することのむつかしさを、ここにみる思いがする。

◇　◇　◇

批評には、批評者自身の視座が必要であるといわれる。私も、基本的にはそのような立場をとつてきた。と同時に、視座ができるだけゆたかで、多面的であるようにつとめてきたし、今も、そうあるべきだと思つている。

宗教的なイデオロギーや、ア・プリオリな既成概念に基づく公式論から、敷衍されたような一部の批評に、わたしたちはつねに悩まされつづけてきたのだが、文学がそのような狭い約束事で濟まされるはずがないのだし、エンゲルスもまた、現実をあるがままに理解する、という意味のことを云つている。

さて、批評の条件といえるものは端的に云つて次の三点に集約されると思う。

一、作品内容についての解説的役割り
一、構成、表現、問題意識等についての肯定、否定を含めた批評者の見解
一、作者が未だ気づかないでいるもの、気がついていても表現しえないでいるもの、などを作中から抽き出してくること。

なお、批評についての問題については、多分にいいのこしたことがあるが、別の機会に再述することにしたい。

（三月号）

昭和四十二年四月号評

四十一年度つばき三賞は、鷹揚一郎・米山陽洲・君うつぼの以上三氏に決定した。三者とも、いずれ劣らぬ力倆の持主であり、二年連続受賞の揚一郎の活躍は、特にめざましいものがあつた。また、若い人たちのなかにも有能な作家が年を逐つて殖えつつあり、なかんずく窪田芙美子さんが、各賞にむらなく得票したことは、実力もさることながら意義ふかいように思えるので、本年度は、是非これら新人群に対しても、可能なかぎりスポツトをあてたい。

さて、鷹揚一郎の受賞第一作〈能登日記〉は、安定した力を感じさせてくれる。かつて音数について言及したことがあるが、ここでは、ことばが十七音形式を、よく生かしきることに注意がはらわれ、かなり訓練されたリズムによつて支えられている。ここでは、内在律としての十七音が、外在律としての十七音を包みこんでイメージを展開してゆく、という発想、もしくは発現にその基礎をおいている。俳句に於いては、リズムを整えるということが、非常に重要な意味をもつてくるのだが、ここでは、在來ともすればみられた無駄な言葉は、すくなくとも表現の上では、姿を消している。そのゆえに、ここでは、十七音のリズムの奥に、まがうかたなく詩が見えてきているのである。

哭くはかすかに妻の羽音か　地吹雪か
地吹雪や　銭に裂かるる人の愛
冬ざるるわが象徴をにくしめり
ねんねこの臙脂の吐息わらべうた
雪を飾りて能登の衣冠よ赤かぶら
薄氷や海に耀ようたつきの燈
永劫の飢みたしたし能登遡行

ことばの、そして表象の、もつともナチユラルな意味でのふるさととは、多分、このようなところにあるのかも知れない。

米山陽洲の〈隘路抄〉は、俳句の口語化への意識的な努力がかさねられている。

陽炎が呼びかけても脈は搏たない石ころ
画鋲の役割でいつも枯れの中の男

再びは脈うつこともないであろう石ころへ、常なる《男の枯れ》へ、かぎりない愛着を感じるこの詩人は、そのゆえに《立ちつづける人》のイメージを色濃く滲ませている詩人であり、「つばき」ではその風貌とともに、独特の重く枯れた存在として、いぶし銀のような光を放つている。時代の状況のなかで、右往左往する日和見主義者や、権威に対しては、たちまちへつらいを見せる偽詩人たちとも無縁の、この寡黙で遠慮がちな詩人の評価は、いつか誰かによつて、より精密になされるであろうからここではふれないが、

妻のバリカンで梅の日向の朝はじまる
妻と歩いた冷たい隘路いつまでも隘路

は、仲のいい夫婦の生活の一端がのぞかれほほえましく、後句では、所詮は隘路でしかない人生の、さびしい断面をも過不足なく表示している。

努力賞の君うつぼは、

喜壽のわれにわかに眉に白きもの
年輪の生けるしるしの冬木伐る

のように、すでに喜壽を迎えてこの創作力の奔出は、一驚にあたいする。圧倒的とはいえないまでも、多数の票をあつめてこの受賞は、まづは妥当というべきであろう。

野歩きはたのし老歩のものの芽も

すでに自在境。

汐騒は遠い　ところてんすする　正男
少女の匂いを桃の花からもらう　〃

若くして夭逝した詩人、中原中也に少し似通うものがあるようだ。〈汐騒〉の句は、一字あけの空白がいい。何か遠くを見ている感じが、ところてんをすするという

現実感と相まつて、一種独特の雰囲気をかもしだしている。

〈少女の匂い〉の方は、類句がかなりあると思うが、そのナイーヴさによつて、ステロタイプ化からはある程度免れていると云えようか。

如月や筆跡うせし母が墓碑　初美
春愁や性責めふかす煙草不味し　〃

〈筆跡うせし〉ほどに時間が風化していつた墓の前で、作者の想念に去來したものはなんであつたろうか。ありし日の母の思い出――その母に繋がる死の意味は、二月のきびしい寒さとともに、この作者の内部を強くとらえていたに違いない。

後句は〈性責め〉が、具体的にはどういう性であるかわからないが、とにかく自己を対象化することで欠陥をみすえている詩人の、自虐の表出であることは一読して理解できよう。〈煙草不味し〉が、單なる説明でしかないのが惜しい。

桜漬紅し父の死鮮烈に　吟星
主婦の座の追憶あらた桜漬　〃

母に替つて、この作品では父が登場する。桜漬けとの出会いを通して、父の死を想起する心情が美しい。ただ、作者に於ける父の死のイメージが私的にセーヴされているため、他者に伝わつてゆかないうらみがどうしても残りそうだ。詩の表現とコミニケーションの問題は、伝達を否定することで存在の意味を探ろうとする段階より以前の段階であるときは、言葉と表現の関係が、より一層きびしく追求されることがのぞましい。同様のことが二句目の作品についても云える。つまり〈追憶〉が具体的なイメージをもたらす言葉によつておきかえられたとき、はじめて作品は、生きた詩の世界を開示しうるのである。

陋巷の星さびしけれ啄木忌　秋水

近年、啄木の研究は、日を逐つてさかんになりつつあるようだ。この作者もまた、啄木忌に啄木を回想している。過日私は、――啄木の精神分析――のサブタイトルをもつ石田六郎氏の著書を、興味ぶかく読んだことがあるが、啄木に於ける熱狂的なふるさとへの讃歌が、自己のコンプレックスの対象イコール故郷の自然との、自己同一化へすすむ過程を心理学的に解明していて面白いと思つたが、この作品は、そのような精神状況にもとづくものではなく、より感傷的な次元で〈陋巷〉が指し示すように、貧しかつた啄木の生活そのものに共鳴し、スポツトをあてていると云つていいだろう。思想者としての啄木については、晩年の評論〈時代閉塞の現状〉なぞは、今日、再評価されていい内容をはらんでいると思えるのだが――。ともあれ、明治から昭和の現代に至る百年の歴史のなかで、この歌人程、言葉の正当な意味で民衆に愛された歌人はいないのではなかろうか。

散るさくらあの日の軍歌胸圧す

〈散るさくら〉に戦時を回想しているのだが、私なぞは、《散るさくら――戦時》=《予科練》に繋がつてゆくもの、即ち、誰かが散華と云つたような意味での、なんともいたましいイメージが浮かんでくるのだが、一方、戦時思想については、難死の思想といつた見解もあるし、埴谷雄高の云う収容所の哲学とする考え方もあるのだが、この詩人は〈軍歌胸圧す〉によつて何をうたおうとしているのだろうか――。

花曇り小石重たきビルの広間　寒九郎
犬の目の人の歪みて木々青む　〃

花曇りの句は、小石重たきの〈重たき〉が、ややしつこく感じられる。〈ビルの広間〉ももうひとつピンとこない表現だ。後の句も申し訳ないがやはり同じ印象だ。

文章では、春川青柿楼の〈俳句の写生と禅〉加藤博二の〈四国遍路の旅〉がすでに連載四回、他に二、三の文章があり、鷹揚一郎のおなじみの帰去來帖と、それぞれの持味が適当に発揮されていてたのしめよう。

（六月号）

昭和四十二年五・六月合併号評

自分のためにものを書いているのだ、という見解が一方にある。

他人のために書きつづけるのだとする考え方が、他方に於いてある。

自分のためにという方の意見には多分にてらいがあつて、他人のためと云つた場合におこりうるであろう様々の、シニカルな反応への防波堤的な感じが、たえずつきまとつて居るように思われる。

〝僕が他人のために書くことによつて僕がたのしく、僕が自分のために書くことによつて他人が迷惑することが現実であると仮定する時、書くことなんか犬に喰われろだ〟という金子光晴の反逆的ポーズは、その辺のところをずばり衝いていると云つていいだろう。ただ、金子の文章が書かれたのは昭和十年ということだから、現在では、あるいは考え方が変わつているかもしれないが――。

ところで人は、よくこのような〝誰のために書くのか〟といつた設問を、折あらば作家に投げかけるのだが、私はつねづね、〝自分のために〟という視点と、〝他人のため〟というもう一方の項との間に、というよりは、それら両項からはみだした視座がありはしないか、と考えている者のひとりで、それはつまり、〈他人にむかつて〉というこの〈むかつて〉という視座である。これまでは、もつぱら自分のためか、さなくば、他人のためといつた〈あれかこれか〉という視点だけが、設問の相においても、またアプローチのかたちに於いてもとりあげられてきたのだが、ここでは、この両項を内に含みつつ、ともにアウフヘーベンする第三の項を抽きだすといつた意味から、ものを書くという姿勢を、究極に於いてはとらざるをえないのではないか、ということを云つてみたかつたまでであり、そのことが、結局は他人のためという場合からも、自己のためといつた場合からもおこりうるであろう何ともいえぬものたりなさ、いいかえればある種のむなしさから、かろうじて脱却しうる契機になるのではないか、と思えるからにほかならない。表現に賭ける主体性の恢復、といつた今日の課題も、ここまでこなければ所詮ほんものにはならないであろう。文学に於ける表現とは、最小限、自己の内なる他人に向かつてする行為なのだから。

さて、今号は巻頭に窪田芙美子著「はばたき」作品の抄出句が掲載されている。この詩人が書道研修中であるとは迂闊ながら略歴を見るまで知らなかつたが、そういえば、なかなかしつかりした書風だとかねてから感心させられていたのだが、私はいま、この人の俳句を仮に書体になおすと、ちようど中国の元の時代の書家・文人として著名な、趙子昂の行書体に似ているのではないか、と勝手に想像している。王羲之のちよつと隙のない書体や顔真卿の豪放な書風にも似通うものがないとは云えないが、やはり趙子昂の書体がもつともイメージに近い。ところで句集上梓の段階では、割愛すべきだつたと思われる作品もまた散見させられたが、ここでは、さすがに抄出句だけに、おしなべて粒揃いだなという感じをふかくする。

白衣に手垢つけてドア押す　即ち生涯
鏡にとんだミカンの汗　青春流転
おもい冬空だナ　花ではないはなびら
嗚咽のかたちで通過させ　疼き遠のく
一本足の鶴はこんな時だから当然の顔をする

意外に芯のあるところをみせながら、半面、柔軟な感性を内に湛えているこれらの作品は、換言すれば、論理が感性を包むというよりは、論理が感性によつてつつみこまれていると云うべきであつて、無限の可能性への期待といくぶんのあやうさを共存して、まさに、めくるめくばかりの青春讃歌となつている。部分的には

ともすれば破壊しそうな武装の旅立ち
啄木の暮し沁み込むこの本の確かな重み

の〈武装〉のような構えや、〈確かな〉の強要のくどさが少々気にならないわけでもないが――。

ともあれこの感性ゆたかな詩人が、はたして林芙美子のように、肉感にねざしたニヒリズムから晩年の成金趣味的な、その意味ではスノビズムの典型を自己に内在させてゆくか、あるいは中城ふみ子にみられる、かぎりない自我の発現に執してゆくのか、更には人間性の不完全

さをみすえた上で、なお生きてあることのかなしみを、より沈潜した詩情でうたいあげてゆくようになるのか、いまから予測することはむつかしいし、また意味のないことでもあろう。

理絵の風船につぶらな瞳と無口の唇　雀羅

囀りを聞きつゝ理絵の動作の想像　〃

詩人金子光晴も〈孫娘・若菜〉と題して、最近詩集を上梓しているが、孫というものは、子をひとつのクツシヨンとしていることで直接的ではないが、それだけに考えようによつては純粋に愛情を感じることもできるわけだ。囀りにも孫の挙措に想いをよせるこの詩人は、幼ない生命のいとなみに自らの生涯を投影しているのでもあろうか。

さかさまに鶏吊されてメーデー來る　一水

メーデーも時代とともにかなりの変遷を遂げてきたのだが、〈逆さまに鶏吊されて〉にはひよつとしたら、かつての血のメーデーに対する作者の内体験が秘められているのかもしれない。今日の労働祭のイマージユからは〈逆さまに鶏吊されて〉は、読者によつてはかなり抵抗を覚える向きもあるかと思うが、この句は前述したように、激越だつたかつてのメーデーの像を媒介しているとみられるわけで、そのゆえに〈メーデー來る〉の表現が妥当性をもつのであり、この作品なぞは、かなり時間をかけないと理解されにくいのではないだろうか。その意味では、読者に《考える時間》を要請する俳句ともいえるし、屈折した思考の経路を辿ることを通して作品の全的享受をうながすあたり、なかなかの巧者ではある。

涙・それはいつまでも
　真珠であつて欲しい　甘吐

至純なるものへの憧れは、いつの時代にあつてもひたむきに生きようとする詩人の究極の希いでもあろうか。作品から一歩退いて、しばらく言葉のイメージを、わたしたちのさまざまな《言葉の覚え》の上にだぶらせてみると、かなりの確率をもつて宮沢賢治の、「せかいじゅうのすべての人人が幸福にならぬかぎり個人の幸福はあり得ない」が（賢治ほどの渇望のはげしさはないかもしれないが）浮かびあがつてくる。あまく、はたまたセンチにみえる表現の底に、表現に賭けようとするあまたの詩人のうめき声を、わたしたちはともすれば見失いがちだが、

息をひそめる　じっと　霧中の絶唱

も、またこの詩人なりに、理想世界への切実な心情の表白にほかならない。

俺の手帳で老眼鏡かけねばわからぬ字　　麦生
穴をのぞく向こうからものぞかれている　〃

久しぶりにみせるシニカルな道化性は、この作家の本領だろう。現代に於いて諧謔味を要求するとすれば、前掲の作品のようになるのではなかろうか。

歌の一語一語を乗せて花びらの漂流

は凡作だが、こういう作品をも臆せずに発表するあたりの勇気はかうべきあろう。

運動会保母より速い男の子　　智治

ここでは〈速い〉の〈い〉が、稚さをあらわす語感としてぴつたりくるのだが、

花吹雪石工が黙つて鑿を打つ

では、言葉の斡旋がやや粗雑であるために、仕事をしている石工の表情と、総体的なリズム感との間にギヤツプを生じさせている。

夏めきて欲求不満の荒い雲

は、言葉の密度にとぼしく、中七以下の表現はあまり感心しない。とにかく俳句は十七音しか音数をもらえないのだから、表現に必要な言葉には余程神経質になつてい

いと思う。

啼かぬ鳥飼う肋骨の止木　　知男

肋骨を止木にみたて、自己の内側に鳥を棲まわせるという表現は、いく度となく見てきたのでそれほどユニークだとは思わないが、私はむしろ〈啼かぬ鳥〉に興味がある。この〈啼かぬ鳥〉は、ほんとうは啼くのだが周囲との状況から啼けないような態度を強いられているのか、あるいは、本質的に啼かない鳥なのか、更にはまた、啼くことをやめてしまつた鳥なのかさだかではないが、どうも最初にあげた例があたつているのではないかと、これは一度作者に聞いてみたいのだが。ともあれ意欲的な作風である。

最后になつたが近藤史の

動物園キリンの首だけの長い昼
芥で逢う祖父母ら薄く汚れ
義手忘れ若葉に伸そうとした手
すつぽりと夕焼けの瓶胃を囲む

などは好きな句である。

＊

安田武は、武田泰淳論のなかで、〝〈人間でもない 神でもない 気味のわるいその物〉（『異形の者』）への認識が、武田の中に、深く、どつしりと沈みこむ。〈その物〉を武田は視、〈その物〉は万物を視る。〈その物〉への否応ない承服と、やみがたい反逆が、武田の創作衝動をつき動かす。〟と云つているが、とにかくある意味では汚辱にまみれすぎてもいる人間の、肉体と意識の、全体に迫る作品が書きたいというのが、（もつとも書けそうもないのだが）わたしの目下のところ本音である。

（七月号）

●句集・俳誌評

1、『つばき』誌上評

昭和四十三年

句集『雙神の時』（鈴木河郎）／『風精』（山高圭祐）／『冬樹』（坂戸淳夫）　小感

痛ましいものばかりが見えてくるようなひどくかなしい気分や、どうしようもない憤りや、苛立ちや、不安が絶えず咽元までこみあげてきて、私たちが日本と呼ぶこの国はもう駄目なのではないか、と思いはじめてからかなり久しい。

夜が昼へ、その支配圏を移譲する際におこる晴れやかなまなざしといった陽化状況は、私の内側では、ここ数年来ついぞ実現されたためしはなく、ずっと鉛いろの《夜》だけが牡蠣のようにこびりついていて、時に薄らぐかにみえた絶望的な表情も、このところ殆んど動かしがたいまでに内質化してしまったもののようである。

鈴木河郎著『雙神の時』とは、作者のあとがきによれば、〝日月の二神相逢う時、の意である〟とあり、続いて〝その薄明の世界に、私ははげしく惹かれる。それは、先ほどまでたしかにみえていたものがだんだんみえがたくなる時間で在り、いままでみえなかったものが、しだいにその形影をあきらかにする時間でもある。その、いわゆる昏睡と覚醒の絶え間ない反覆の間に、私の思念はあった、ということができよう。白日の風景の明晰は、私にはすこし眩しすぎる〟とある。

この作家にとって、みえてくる世界が何であり、みえがたくなる状況が何をあらわしているのかこれだけではやや不分明ではあるが、このような精神のゆらめきを通して《確かなもの》を手中にしたいとする自意識が、その手段として〝ほとんど語るまいと心に決めること〟の文学表現として、俳句を選びとったということはひどく印象的に思われる。

句集『雙神の時』は、《花序》、《影絵の手》、《翔ぶ首》の三部に分かれている。序章ともいうべき《花序》は、すでに作者によって〝懐旧の情〟以外のなにものでもないと述べられている以上、もはや加えるべき言葉はあるまい。

　曇る日や凍蝶ひくく塀に沿う
　厠より焦土霙るる灯をみたり
　摺り硝子メーデー歌また谺しくる
　嬰児泣き寒夜その一隈熱す
　麦踏む母子ゆき交いひらく夕日の幅

鈴木河郎は、本質的に生の側に立つ抒情作家ではなかろうか。厠から見た焦土も、焦土自体に内在する意味を問い、たしかめるという経緯をとるよりも、むしろ、その荒涼たる風景のなかに点在するいくつかの小さな灯、そのものに自己を集中させようとする。

敗戦―焦土―戦後といった状況を、この人もまた、およそ自己の全体で受けとめなかったとは思えないのだけれども、焦土そのものにかかわった作品が意外に尠ないのは、この作者のよって立つ姿勢の違いに基因しているのでもあろうか。

　しぐれふる町筋菊を購い戻る
　朝顔蒔く善人にして肥満の妻
　麗らかに花嫁とおる蓼の花
　近松忌昼の燈にごり女湯に

このような庶民的、情緒的な語り口は、第一部の中核をなしていると思われるのだが、このような傾向は《影絵の手》のなかほどまでみえがくれにひきつがれている。私が見たところでは、作者が云うような〈みえるもの〉と〈みえないもの〉との錯綜する状況が、かなり明瞭に、自己確認のかたちであらわれてくるのは、《影絵の手》の章中の、

　蓮掘る男日暮れて流離感兆す

あたりからではないか、と思う。

　雨呼ぶ蛙土塊濤の暗さもつ
　酒場の木椅子に鳥めくわれら黄葉期
　駅構に錆色の鳩劇団去る
　次の蝌蚪きて出を待てり蕗のかげ
　雪やみし明るさ俄破と猟夫の視野

これらの作品には、ここへくるまでの情緒的な気分といったものは次第に影をひそめ、替って、意識による内的イマージュの世界へかなりの能動的な傾斜が感じられる。質の変化とでも云うべきものであろうか。

　白魚火や暴酒の友を抱きかかえる
　善意溜めポスト雪着きはじめけり

煽り撰る種籾いのち目覚めよと

麦熟るる中泣きやみし子が真つ赤

怒濤の前全盲の杖直立す

これらの作品にみられる肉感性にくぐりこんだヒューマニティは、この人の本領でもあろう。〈麦熟るる〉の作品は、〈怒濤の前〉の句とともにひとつの絶唱と思われる。この期間の作品には、

野を焼く火放ちて老婆らの喜悦

のような〈野を焼く〉というある種の行為と、〈喜悦〉の表情との間の相関関係が、客象としてはさだかにはみえてこないうらみをもつ作品や、

茄子苗や海にびつしり日の鱗

の傍点部分の感覚表現が、遂にひとつの言葉の発見以上のものを感じさせてくれない作品がないわけではないが、次の《翔ぶ首》へのステップとして、重要な役割を果していることは否めないだろう。

痛む胃がランプのごとし火蛾狂う

くしやみしてまた葬送の貌つくる

《翔ぶ首》は作者のあとがきによれば、青玄退会の前後から最近作までとある。随ってこの章に納められた全作品は、これまでの作句活動のいわば集大成とでも云えようか。

①豪雨の棚剃刃をおき鎮めたる

②犬を呼ぶ単純な声秋の暮

③魚籠の鮒生きて枯野を濡らしゆく

④浅蜊掘る集団から消えそうな一人

⑤日本脱出も難し聖菓の弱き燭

①の鋭利な〈もの〉との対応関係を通しての思念の鎮静。②の文字通りトリビアルな状況への希念的自己内在化。③の、鮒―枯野―生―濡れと、このどうしようもない〈いのち〉のぎりぎりの肯定。④の、一人をたしかめ、集団をたしかめ、〈集団から消えそう〉なひとりに対しても、あたうかぎりのかかわりをもとうとする苛烈で、しかもきわめて人間的な精神。⑤の、離れようとして遂に離れえぬこの国の、この土への愛着とそのような自己の戯画化。おそらくは原始ナショナリティへの絶えざる確認ではあろうか。

白髪冴える亡母よ血のすべてを鏡にかえし

リズム的には非常に調子がよく、殊に中間部の6音を

うけとめ、最後で7音に収斂せしめた内韻の構成は、何か呪術的でもあり、一種の鬼気のようなものまで感じさせてくれるし、〈鏡にかえし〉の7音によって詞のリフレイン的効果をもたせているが、〈白髪〉〈冴える〉〈亡母〉〈血〉〈鏡〉とくる像感の昂揚性には、やや言葉へのもたれかかりがありはしなかっただろうか。

とは云え、存在が意識を所有するまでの時間を、意識が存在にくぐりこんで存在そのものと化してしまってあるような時間を、かぎりなく愛しつづける誠実な詩人の像を私は鈴木河郎に見る。

どしや降りの傘の中やわらかい唇もつ

歯のもつと奥の声岬の馬あばれる

半島の遊牧感 砂浴びる牡鶏たち

遂に言絶えて終るもののなかに真実を見る一個の烈しい詩精神によって、私の、このささやかな感想もまた否定しつくされるであろうことを願ってやまない。

◇

山高圭祐著『風精』は瀟洒な句集である。瀟洒だと云うことは、作者の美意識が瀟洒な衣を纏っていて、それがどのような場合にでもその相貌をのぞかせねばすまない、と云うありようにほかならない。それは《水精睡る》《異邦人》《収斂する数値》《意識の齣》の四章から成るこの句集の、全体を流れる、一種のサロン的ムードに近いものと云っていい。このような著者独特の美学は、なかでも《異邦人》の章に於ていちぢるしく、そのきわまるところじつに、ハイ・ソサエティの優雅な生活風景に入りくんで表徴しえている。

タラップ降りる豹皮の外套着し人妻

ループの雲に寄せる写象詩への郷愁

カクテル乾して拍手「支那の夜」の感傷

アンリ・ルソオ哀しく緑色塗りし

舗道わがものハローウイーンの小妖怪

ある飾窓樹氷と毛皮の人佇たす

無性に孤独妻にシャネル五番を購う

第三章《収斂する数値》は、題名自体から想像される幾何学的な思考世界とはおよそ無縁とも思われる、風土的な抒情にいろどられた作品群を収録している。

屋上の旗が秋風感じている

壁の背に灰白の月が出て芽吹く

人が欠けてゆきコスモスが道に溢れ

崩さるる煉瓦や紀元節の是非
　やがて思い出となる薔薇垣の今日のばら
　傍点部分の、取捨選択を曖昧にしたままの表現の弱さは、この人の美学が現実の問題につきあたった際の狼狽やとまどいを如実にあらわしていて興味ぶかい。
　緑蔭のもう人のいなくなつた椅子
　エスカレーター動かすうすぐらい春昼
　置き去られた炎天の無蓋貨車二輛
　これらの作品には、先にあげた句たちが内包する、自然的な発想による抒情とは違い、やや意識的な思いの凝縮化がみられる。殊に、〈炎天〉の句にいたって、はじめて〈もの〉と意とのぎりぎりの対決次元が、言葉の全体を〈もの〉そのものに置き換える作業に成功している。ただ総じて云えることは、言葉と意識との関係が、一元的、即自的な範疇で揺曳しているゆえに、イマージュの拡がりが感じられないのは惜しい。
　最後に《意識の齣》《水精睡る》から佳句を抄出しておく。
　葉桜となる硝子器はもう出していい
　柩車また北指す　晩光の崖
　くすぶらすもの雑木　密教寺院　冬
　暮れの陸橋からむかしの葬列を見る
　黒いチューリップ反物質の宇宙がある
　昆虫館のくらさ、炎天を来し、くらさ
　いつも冬の表情で黙りこくつてる石
　(死霊は覚めず浄火うつろな風が煽る)

◇

　句集『冬樹』は、坂戸淳夫の第二句集である。《冬樹抄》《梅雨日本》《疾走》《母なる海》の四部構成は、先の『風精』の場合と相似しているが、作者のあとがきによれば、《冬樹抄》は合同句集『地下水脈』からの抜萃とある。随って、比較的初期の作品が納められている。
　翔り鷹人界に餓鬼ひしめける
　われに冬帽なし荘厳の落日す
　傍点部分の超越的なことばづかいには、まだ句作初期の稚なさを潜ませてはいるが、習作時代に於いて、既に俳句の骨格を身につけてしまったようだ。
　木枯に憂々と荷馬威儀端し
　蝶の死を蔽ふものなき野中かな
　豊作の田の中の工場馘首れる

大いなる虚構にて雪の映画畢る

　広島三句

広島は橋多し帰燕おびただし

原子野をことにきらめき鳥渡る

秋草もなくて墓標は市井のなか

広島の作品（旅行詠か）が三句掲載されてはいるが、前二句は、いずれも〈橋多し〉という単純なおどろきであり、〈鳥渡る〉という感慨的印象詠を出てはいないが、最後の〈市井のなか〉の句にはさすがに作者の息づかいが感じられる。とは云え、広島もまたこの作者にとってはどこにでもみられる都市とさしたる違いはなく、ここで何があったのかといった現象の奥に内在する本質的な問いかけは遂に終いまで意識に訪れてはこない。さて《梅雨日本》以下の三章についても感想を記すつもりでいたが、既に紙数も尽きたようである。林原來井氏の、きわめて好意的な序文にもとるような印象文で心苦しいが、謝して擱筆としたい。

（二月号）

昭和四十四年

俳誌所感
言語空間への問い・幻視者の眼

感動律　五月号

内田南草によつて東京から発行されている。裏面に会の規定条項がみられ、「流派、表現形式の如何を問わず、感動主義俳句に共鳴するもので組織する。」とある。が、流派を止揚するといいながら、感動主義俳句という規定を設けることで、逆に自ら流派を宣言する格好になつているのはいささか皮肉である。もつとも、そのような規定の有無によつて作品の価値が云々されるわけのものではなく、内田南草の諸作品には、思いが肉声となつて聞こえてくる臨場感がある。

自分をそつとふりかえる砂地につゞく足跡

この誌では、柴田義彦、浦賀広己、鷹島牧二、鈴木昌行らに実力があり、ときに斬新な表現をみせてくれる。

やがてドラマを創る引越しの縄尻たち　牧二

流れるから家ごとに夥しく覚める橋　昌行

十八頁の小誌で、これといつた俳論（この号では）があるわけでもないが、口語脈にもとづく俳句を実践してかなりな水準に達している。

主流　九月号

田中波月亡きあと、同人誌として発足し、今月に至つている。生前、波月が唱えていた人間主義俳句をひきつぎ、揚言する集団である。巻頭の田中陽の「俳句の新しいビジョンについて」は、さまざまな問題性を含む発言ではあるが、後記にもある通り、不着原稿の穴埋めに急ぎ執筆したせいもあつてか、ややラフで感情的に走りすぎたきらいがあり、惜しまれる。一億総批評家の時代である。とかく批評がインスタント的、表面的に流れやすい今日の状況のなかでは、何をおいても批評言語の確立こそ急務であろう。批評もまた文学たりえねばとする今日的観点に立つならば、どのような批評言語が真に文学たりうるかを、わたしたちは厳しく追求してゆく必要に迫られているのではないか。

例えば「現実を見失つては、俳句はありえない。」の部分は、いくぶん性急にすぎよう。自己の主観的立場と俳句そのものとはあくまでも弁別していなければなるまい。一体現実とは何なのか。どのように現実をとらえているのか。文学が現実に立脚しながら、現実を超えて存在しつづける時間と空間とはそもそも何ものなのか。その辺のところをもつと追求して欲しいのだ。なかんずく文学が政治や社会性をも貫徹してそこに存在しているのは、まさにそれ自体が文学そのものとして自立しているからではないのか。それは政治意識や社会性を忌避するとかしないとかの問題ではなく、それらのモチーフが、いかに文学そのものとして自立しているかどうかが最終的に問われねばならないのであつて、もはや今日、文学においてあれかこれかといつた詮索をしていることは、ほとんど無意味であろう。文学が、政治や社会や日常を含む現実とふかくかかわりあいながら、それ自体として自立しているのは、つまるところ表現者諸個人に於いて、無限に幻想世界をとしてとらえられているからではないのか。もし、このような認識を背景にして文学表現がなされているとすれば、文学とは、ある意味ではおそろしく孤独な淋しい営為をともなうもの、といえるかもしれぬ。が、そこに作家の根元的な戦慄があり、根元的自立があり、究極的な自由がある。私は、『主流』の人間存在を追求する姿勢を、すぐれてまつとうなあり方だと高く評価している。ただ『主流』の人間主義俳句が、従来の花鳥諷詠、芸術至上主義へのアンチテーゼとしての、そのかぎりでの標語であるかぎり私はやはりその場所から遠く去るほかはないのである。

視界　十一月号

扉に『指標』と題して、「自由律俳句は、時代の詩として時代と共に前進する。」とある。いうまでもなく、自由律を作句上の前提とするグループである。

発行人池原魚眠洞の短文『自由律俳句の心臓再移植』は、芭蕉が確立した『風雅』の精神を否定する現代的自由律俳句観とでもいうべきものだが、までだに否定するという段階であり、今後、実作とエッセーを通して、所信の優位性を証明して貰いたい。それはともあれ、所属会員の巻頭作品が、

いわし雲美人薄命とは誰が言うた　伊藤篠子
口を開けばダンナの話、それもいい　工藤　清

程度では、とうてい芭蕉のあしもとにも及ぶまい。杉浦実の『自由律俳句とドイツの自由律詩』は、ドイツの自由律詩が発生した状況の経緯を叙述しながら、俳句のような最短詩型と自由詩との表現上の差異について考究している。つまりは、俳句の音数に等しい音数で俳句のもつ内容をドイツ語に翻訳し、自由律詩化することは殆んど不可能に近いというのがその要旨である。そして、それを民族性の問題として結語しているのは、まづ一般的な見方であり、新しさはないが妥当な意見ではあろう。

原型派　No.34

七人の侍ではないが、全同人中七人の同人たちが作品及び文章を発表している。

やまだみこく(編集、発行)の『ある解体への仮説』は、ある手紙に対する返書のようなかたちで書かれたエッセーで、全体をつらぬくモチーフは、一言でいえば既製の俳句の止揚――創造的意識の肉化作業、であるといつてもいい。その論旨について、一々問題点を明らかにしてゆく余裕はないが、言葉の整序が充分でないせいかところどころ意味が判然としない個所がみられる。たとえば次のような文章

「一つの異つたおもいの中で、発想を組み立てて直す必要に迫られた場合、初一念を、やむをえず変更しなければならぬときも生じてきますが、みづからの条件として、その起点が次点への自由な移行を伴う発展が可能である場合に限つて、許す行為としております。」の傍点部分では、その後の解説文を通さなければ、論理的にも納得しがたい文脈ではなかろうか。

さて、作品では『崩壊前後』によつて、ひたすら観念の世界を構築している。ここでは観念を、あくまでも〈もの〉次元へ移籍させまいとする自意識の尖端で言葉に接続し、再び注意ぶかく観念それ自体へ還つてゆくという認識のカテゴリーに支えられて、表現をとつているように見える。それは〈もの〉という明晰な形象の裏側の世界(仮りに反世界といつてもいい)を追求する意識を内示しているかのようでもある。ただ、このような内部の密室作業は、〈もの〉から遠ざかることの為によつては、

他人からの理解や解明を容易にはさせえないような、そのかぎりでは製作者サイドに、ある種の免疫体的な気易さへと繋がつてゆくものがあつて、表現への苦渋が対物次元を捨象することで、逆にナルシスに変質してしまう過程を内包しやすい危うさを、秘めているとも思われてくるのである。可視の媒体から不可視の回路へ向かうまなざしが、とりわけ言語表現そのものを捨象することができない文学の、可能性と不可能性の総体へどのように肉迫してゆくのか、注目してまつことにしよう。

無を解体に仮設し　相姦の顔で綯う

淡青

孔版印刷による二〇頁ほどの、作品内容からみて、俳句が好きというそのことでまとまつているグループのようである。従つて、これといつた俳論や現代ふうな志向性があるわけではない。句柄から推察して年配の方が多いようにみうけられる。この誌に対して、現代俳句的視点から批判しても無意味であろう。傾向としては、おおよそのところ自然主義的詠法をとつているようだ。何といつても、中心的存在であつた村井三豆の他界が惜しまれる。故人の『句心旦暮』は、さすがにまがいものではない詩性が感じられる。

恐ろしきものの如くに木の葉髪

鳩鳴いて藁舟通るばかりなり

＊

思うに俳句の独自性は、一音が十音、百音、更には無限音ともなる可能性を所有しているところにあるのではなかろうか。俳句は十七音定量で充分である。字数なぞにこだわるよりも、十七音定量のなかでどれだけのことが表現しうるのか、といつた方へ賭けるべきだと私は考えている。一音が一音以上のひろがりを感じさせないところに、ある意味での現代俳句のつまらなさがあるのだと思う。私流に言えば、一音が遂に無限音をも内包してしまう空間、つまり、言語空間のふかさとひろがりこそ俳句のキイポイントである。それは、諸個人の内部で醸成された問題意識なり直接感動なりが、どれだけ意識の網目を通つてふかく掘り下げられたかによつて決まるといつてもいい。表現についても同じことである。作家にとつていま必要なのは、自身が表現しようとしている内的リアリティが、実は表現にあたいしないのではないかといつた否定的問いを、不断に自身にむかつて投げかけることではないだろうか。かかる認識を要請することは、これまでの俳句の概念に慣らされてきたわたしたちにとつては耐えられぬことかもしれない。苛酷すぎる問いかけであるかもしれない。あるいは、そのことによつて作品が一句もできぬかもしれない。が、そのときわたしたちは根底からの内部革命を遂行しうる契機を、みつけだすかもしれないのである。内部革命から表現革命にいたる総体を、俳句文学の問いとすると同時に、自己自身の闘いとしなければならぬ時代にきていることを、わたしたちはいま痛切に感じとつている筈である。俳句はものが言えない文学である。ものがいえないということで、それだけ広範な言語空間を曳きずつてきた文学である。十七音量内に収斂せしめた言語が所有する言語空間のふかさとひろがりこそ、俳句文学の伝統であり特性ではなかつただろうか。そして、かかる空間そのもののなかに私は、まがいものでない幻視者の眼をみたいのだ。おそらくそれは、現実を単に捨象するだけの目からも、現実にべつたり付着するのみに終る目からも生まれてくることはないであろうことだけは確かだと思われるのである。

（二月号）

●同人による作品評

1、『市民詩集』同人による作品評

昭和四十六年

「合評のひろば」　青山隆弘

○青木辰男は持ち前の執拗な追及眼で沈黙の底から這い上ってくる言葉のまとった原罪の衣に対決しようとしている。〝すでに見た者は見た風景の外に立つことはできない〟現実の中では〝沈黙もまた審かれずば〟と告訴しつつ〝再び崩れた風景の中〟へと循環をくりかえさざるを得ない。

（十月号）

昭和五十二年

「作品批評―（74集）―」　織田三乗

「内暴篇（十）」

その他、ここでゆっくり書けないが、気を吐く作品もあることを付け加えておこう。青木辰男「内暴篇（十）」は連作の一篇だが、現代の社会的病理を、青木氏ならではの世界として切り取る事に成功している。

（三月号）

昭和五十七年

「市民詩集と私」　松本洋一

そういう訳で、市民詩集をはじめてじっくり読んでみたのは、入会した後だったんですけれども、そこで青木辰男さんの「内暴篇」にぶつかってしまった。

まさに出会いがしらの交通事故って感じの衝撃的な出遭いだった。これから自分が書こうと思っている詩の「道」のはるか先の方を歩いている人がいる、って思って。

そういう光景に出っくわすと、これはもう路線変更しようか、それとも逆に、あの人のところへ追いつくまでどこまでも追っかけてみようか、って迷うのが常なのだ

けれど、後の方にした訳です。
それからしばらくはほとんど、青木さんの模倣（僕なりのですけど）。それから、青木さんが詩だけでなく、短歌、俳句も「現代詩の一部として」書いていらっしゃるってことがわかったら、自分もそれをやってみたりして。

そしたら、はじめは青木さんの姿しか目に入らなかったのが、やがて、その「道」から少し離れたところに水こし町子さんの横顔が見えてきた。ある日突然、って感じで彗星のように現われた古部俊郎のパワフルな後姿とか。あああそこで椙山三平さんがなんか高い所に立って腕組みしてこっちを見おろしているな。どういうわけか、僕の背後で、僕と背中合わせの方角に、華麗なスピードで疾走している、永井偉貴なんていう人の表情がこくめいに見えたりして。

でも、詩に「道」なんてないんですよね、本当は。一人一人が、どこへ行くかわからない荒野を、それぞれ勝手な方角を目ざして、歩いたり立ち止まったりしているだけで。だから最近、同じ方角に向かっていると思っていた青木さんとの微妙な方角のズレが見えてきたりして。（それでも、まだまだ青木さん水こしさん…たちから貪欲に吸収しなければならないものがまだまだ沢山あるのだけれど。）

（四月号）

昭和五十九年

「内暴篇（二十九）」

今福美智子

青木辰男さんの内暴篇（二十九）は何か不思議に魅かれるところのある作品でした。ある書こうとする対象に向けて、様々のイメージを羅列しているようでいて、単なる羅列ではなく必然的な強い糸に結びつけられた表現は何度繰り返し読んでも飽きることなく、本当に心から感嘆してしまいました。鋭い切れ味の簡潔な表現はねたましくさえ感じとりました。詩を書いていて、こういう作品に出会った時はやはり幸わせというべきではないかと思っています。

（八月号）

昭和六十三年

「仮寓抄（四）」　水こし町子

死に至るまでを人は予想しないで生きているのだが作者はその風景を日常化し広げて見せる。そうしてみるとまったくそれは日常そのもので色が消えていかなければならない生と死の十字架の中で草の青や鶏の声が聞こえる。十字架の風景はまだまだ続くだろう。

（五月号）

「杳然抄」　佐藤すぎ子

「死」のあとさきを浮遊する、きらびやかな詩語が好きだ。〝男色某氏のよくしなる指〟も〝死後も残存するだろう池や樹木や〟も等しい位置に置かれる。〟――裏庭の傾斜地《なぞえ》のつくしんぼや道端の虎杖《いたどり》や鴨足草《ゆきのした》、更には、くさやぶの竜子《とかげ》や蛇《へみ》や蜱《ちょう》や軒先まで飛来してきた蟷螂《かまきり》など小動物、〟それらによって、何程か、死は飾られていることか。死の前、あるいは生の陶酔を味うことにしている。

（昭十一月号）

平成三年

「胴体抄」　戸村　映

無彩色の世界。頭は彼岸へ、首から下はこの世に残っていることから生じるせめぎあいが書かれている。不勉強な私には、線で囲まれた中の漢字の多くが読めない。

（十一月号）

平成四年

「異面《ペルソナ》抄」　梅原　博

一枚も二枚も上手の古典主義で斬新さを生じる巧者。批判は寧ろ災いをもたらすかも知れないが難解な論理は東洋的哲理で無比の詩作品を生む。頭がさがる位だ。現在詩は現代語で標準語をより以上に先駆けるが夫れは自由であろう。

（九月号）

平成五年

「**如月抄**」　**青山隆弘**

この人の作品に接する時、私はいつも、濃い紫の闇の中に仄青く展がる風景の中に佇たされる。すべてその中ではじまり、畢り或は継続するまさに「照り返しによって」うかび上がる自分自身の内臓を見下しているような不思議な世界に否応なく拉致されてしまうような思いに捉われる。

（六月号）

平成七年

「**沈木抄**《うずみぎ》」　**佐藤すぎ子**

あれやこれや考えて、遂にはこの言葉に行き着くよりほかはない、「つまりは、思惟の零位で当分はうろうろするほかないということ」思惟の零位なるものにとどまっていれば心は凍りついてしまいそうなので、「そこにどう照準をあてどう脈略をつけてゆくのか、詩を書く者の真価が問われるのもまさにその時―」この時「お前の偏差値はポチと同じ」という呪文を思い出し、私はもう立ちあがれない。

（十二月号）

平成八年

「**莫莫抄**」　**渡辺　洋**

語いの豊かさに圧倒されます。私はどのくらい読み返したら作者の心に近づくことができるかと考えると、絶望的な気持になります。

（九月号）

平成九年

「深秋抄」　水こし町子

作者の中にあるあの日。あの日以来在ることはなべてくらく。

（三月号）

「付箋抄」　椙山三平

何か人生の哲理を感じた。充分な批評が出来ない自分を悲しむ。

（十一月号）

平成十年

「独語抄」　水こし町子

もうどうでもいい方へ入りそうな気分。開きなおって鬱から躁には。

（八月号）

平成十一年

「老年抄」　清水康雄

久しぶりの作者の発表だ。苦悩に満ち満ちた人生と共振する作者の心の響は決してSFではないと思う。些か飛躍しすぎたいいまわしだが、詩は飛躍は許されるものだ。

（六月号）

「季過抄」　梅原　博

定形、不定形の共通点を無意識のうちに見事な一行詩の連立を網羅する、夏雲の個体が炎天に一杯涼れる様に、詩の果実となって限られた頁を埋め盡す時、行間に現代感覚が発揮される。現代詩の新しい方向性が見られる。それは語句の表現力に就て類を見ない素養の深さが有ればこそと窮へる。英語ＨＡＩＫＵのブックレットを過日読んだが違う意味で日本的東洋的感性シンプリシティを感じたが、此は本質的に独自性の有る方向だと思います。

（九月号）

「**出郷抄**」　**渡辺　洋**

それぞれを一行詩と呼んでいいのでしょうか。独立した一行が一編の詩を作り上げている、とも読みとれます。無駄を省けるだけ省いた言葉の鋭さが、一人の人間の生き様と重なるような気がします。

（十一月号）

平成十二年

「**臘月抄**」　**掛布知伸**

あるいは堆《たか》く痛みは積まれいむ臘月の高層ビルの間をぬけきし

臘月というから陰暦十二月。こもごもの実体験、意識体験に重ねながらうたう。

毎度ながら、小生の持ち合わせる言葉とはかなり距離がある。単純に「分かる分かる」と、素直になれないのは、この距離のせいか。

かと言って距離を詰め理解するための勉強をしたいと思ってみるが。

巨大な廃墟擁きて眠れる都市の味爽《あさ》流れ流れよ恋も少年も

だけが辛うじて分かった気分。

（三月号）

平成十三年

「**秋天抄**」　**渡辺　洋**

沢山の言葉をそぎ落し、残った言葉に潔さ、清々しさを感じます。沢山の山坂を越えてきた人生もまた…。

（一月号）

平成十五年

「**青の裁量**」　**掛布知伸**

最近、作品が掲載されないので、どうされたかと思っていたら、やっとお目に掛かれて良かった。

点滴の窓の外では／黴雨空《つゆぞら》の下うすやみの世紀をのせて／轟轟と群走しやまぬ文明がある
その後の流れ部分も考えて、まさかと思ってはみた。これが作品に出会えなかった理由だったか…と。間違っていたら、伏して。

（十二月号）

平成十六年

「本質的孤独について、ほか」　加藤善一

作者の少年時に付きまとった影とは何であっただろうか。詩人が詩に立ち向かう時は未知へと踏み出す時と同じかも知れない。無垢の世界への旅立ちが本質的な孤独へと繋がるとも云えよう。

（一月号）

平成十七年

「斥候《ものみ》と物体」　坪山達司

イメージが点々と変化している。読み始めてから終りまで、一つのフレーズ毎に、状況が変っているが、全体を一篇の詩としてみても、充分評価出来る。心の中の高揚するものが私にも言葉とのつきあいかたを感じさせる。

（六月号）

「只進という悪魔」　清水康雄

ボキャブルに豊富な詩人だと思う。各フレーズに批判的な介入がそれぞれあり、奇妙にリアリティが感じられる。彼独特の味わいのある作品。

（十二月号）

2、『つばき』同人による作品評

昭和三十九年

「粘る作業」　武田光弘

暗闇から急に明るい野原に突き出され、すべてがまばゆい、現在の私であるが、枕元にある昨年一年間の「つばき」同人作品をこの怠けた日に、スタミナ作りのために、気分転換のために、もう一度、読んでみて私なりの勝手な想いを述べさせてもらうことにしよう。

まず、私が再読しながら注目した作品をあげる。（○・△印は各共鳴した度合）

○　蝸牛いそがねば森がしろくならぬ　　桑梓

○　炎昼無音じりじりと飢え蜥蜴と石　〃

○　神へ石へ危うくて美しい夏野の少女　〃

△　沼へめり込む夕焼の銃身と群衆　〃

桑梓氏の作品は従来、思想があまりにも露出オーバーであったが、昨今、それを裏側に置き、次元の高さをひろげるという作風に変ってきたことは目立つ。つまり、従来の求心力に加えて焼結作業の〈粘り〉が身についてきたともいえよう。私には彼の象徴手法が徐々に独善性を離れて、普遍的なものに近寄ってきたことに対し、心ひそかに吸収をしている一人でもある。

（二月号）

俳句における思想（四）
――「思想の存在しない俳句はない」――　宮崎利秀

私はこゝまで論じ來たって、私の教師としての「暑中休暇」も了ろうとしているのに氣が付き、いさゝか疲れてきたようであつたが、文學としての俳句のうちで、それを救つてくれるものは、青木氏には失禮ながら「つばき」誌の句を引用すれば

神の言葉の裏側の虫の自然死よ　　青木桑梓

夏くる隧道のむこう側只今演繹中　〃

あまたの尖端が死にそうカクタスの影の時間　〃
—（つばき）八月號「老いゆく虎」—

のようなものではなかった。

総じてかなしい貌驛口にあふれあふれ　青木桑梓
かたつむり害意なければ角伸ばす　春本巨來
夾竹桃の明るい方へ飯食べに　武田光弘
水と逢い若布が取戻すしつとりとした量感　加藤綾子
—以上「八月號」より—

なぞであり、句集主宰の「不法横斷」よりえらべば

たゞ一輪の薔薇は未練あるごとくくづれ

のような、極くあたりまえなものを、さりげなくも非凡なものであつた。表現的には芭蕉のいう「俗談平語」が今にして、しみぐ痛感されることである。

（十二月号）

昭和四十年

「傀儡師の去りやらぬ街」　鷹揚一郎

傀儡師の去りやらぬ街　夜の燔祭　青木桑梓

一句の中に凜とした気品と格調があるものはまことによんでいて気持ちがよい。韻律と素材が俳句個有の音量感と相まって強靭な一句となっている。桑梓の作品としては流麗さを欠いたいい意味の訥弁俳句というべきか。

（八月号）

「女もつとも美しくなる」　鷹揚一郎

女もつとも美しくなる　神不在の刻　青木桑梓

俳句がいかに変貌しようと表現過多であろうと、多少の誇張や装飾があろうとも、それが厳然として詩であるときは、俳句であるときは、美しく尊いと信じている。

（九月号）

昭和四十一年

「かなしみは杭となり」　鷹揚一郎

かなしみは杭となり
　あるときは川となり流れる　　桑梓

　こういう一句ととりくむときは容易ならざるものをおぼえる。詩精神の純粋性もさることながら、勘なくとも高踏性には敬意を表するものが多い。甘い、という一語もきいたことはあるがそれはそれできながしておいて、私は桑梓の作品には多くの共鳴感をおぼえる。―杭となりあるときは川となり流れる―いたましい情景のようではあるが、全身があたかも杭のごとく川のごとく運命という化物にさからいつつも、流れる世代のかなしびを心にくきまでうたいあげている。

（七月号）

現代俳句の基点
――つばき九月号を読んで――　吉田暁一郎

「九月号」の作品の中で目にとまったのは左の十三句です。

たゞ一灯破れしまゝの障子親し　　寺西 句黙
銃のない肩で夕焼の村に入る　　青木 桑梓

……略……

青木の「銃のない……」はいいと思う、これが「俳句」であると大きい声で叫んでもはずかしくありません。この作品には現代の思想があります。考える俳句から批評する俳句へ、そして「文学」の魂にふれてゆく切実さをもっていました。こういう作品にこそ「俳句は文学だ」といいきることがゆるされると信じます。

（十一月号）

昭和三十九年

つばき俳句會合評メモ（6）

武田光弘編

黒の水位に没しゆく河ピカソの牛　　青木桑梓

城楠「これガツチリしていますね。先月號の宮崎利秀さんの俳句における思想を讀んでみると、この作品にも思想が感じられる。これ〈ピカソの牛〉を見てから聯想したのではなく、たまたま、そこにピカソの詩を帯びたものがあり〈黒の水位に没しゆく河〉と誘發されたもので〈ピカソの牛〉は云つてみれば、その添物だとも云える」

光弘「これ判らないという人は〈黒の水位〉で判らなくなるのじやないか。〈牛〉という言葉にはこの場合、僕は重要な要素があると思う。現實的にあのボリウムのある〈牛〉の姿から〈黒の水位に没しゆく河〉がその背後に感じられ、詩因になつているのではないか。〈ピカソの牛〉といつて、觀念だけに流れなかつた処に桑梓さんの現在の俳句に一つの強さが出てきたようだ」

城楠「それはありますね。それにリズムもある」

博二「この場合、〈牛〉がいや味がなく効いている」

敏「これ一応、現實の運河に見た。水の黒さ、それが闇に消えていく場合の實感から入つたもので、ピカソが描く一聯の思想を〈河〉とみて、更に作者の思想がそこに盛られたのだろう」

光弘「黒の水位から例令ば生死の関係といつたものを感じませんか。我來の句に〈秋風や牛の体内歯車舞ふ〉というものがあるが、これは牛の体内の推察から来た實感で小世界だが、桑梓さんの句はもつと次元が高いようだ」

城侑「現實に運河に對したものであつても、作者はこの場合、それから離れたところに居て考えている」

敏「入つてゆく動機は運河であり、それが裏付けされているのではないか」

句黙「出發はリアルからで、多分に幻想的なものが含まれている」

木人「〈黒の水位に没しゆく河〉は字句の通り解釋して

は判らんのであつて、僕は感じが分かつたので採つた」
句黙「〈ピカソの牛〉はこの場合、成功している」
光弘「〈牛〉の要素を抽出しているような」
裕司「〈黒の水位〉が判らなかつた。早く選をしなければならないので、もつとよく味わつて見れば判つたかもしれないがね」
博二「推理小説みたいにね（笑）。しかし、この句はこれで出来上がったもので、何もいうことがない」

僕を晦い海にする・帳簿が動いてゆく　二宮　敏

光弘「これ僕も経理を担当しているので、よく判りすぎる。〈晦い海にする〉に仕事に對しての怪氣な意識が感ぜられる。しかし、〈動いてゆく〉にまだ推敲の余地があるような氣がする」
城楠「作者の突込みが不足だと思う。第一〈僕を〉という言葉を使つたということはもう逃げているということで、真向から取組んでいない」
光弘「痛いところを突いたね（笑）。しかし、敏さんの手法で行くとこうなつてしまうのではないか」
城楠「そう、そうなつてしまう。しかし敏さんのものにしては最高のものじやない」
光弘「だけど、なんとしてもいやあーな氣持を出そうとしていることが判るのでね」
桑梓「心象的な言葉と日常的な言葉がもつと高い次元でミツクスされるようにありたいし、もつと詩を大事にしなければならないと思う。しかし、そういうことのために意見が抹消されてしまうことは困るが、とにかく、そういうことを乗り越えて、もつと詩の次元へ言葉を、持つていかなければならない。そういう點でこの句には不満がある」
光弘「桑梓さんの行き方からすれば當然でせうが、我田引水ということになりはしないか（笑）」
桑梓「日常性にまで落としてもいかないし、さりとて日常性を抹殺してしまつてもいけないという、むずかしさがあり、そういうようなことをこれからの俳句はやつていかねばならないと思う」
博二「大体、敏と桑梓の發想の仕方が違うのだ。〈僕を晦い海にする〉ことは今の場合、敏にとっては〈帳簿〉であるかもしれぬが、桑梓にとつては〈僕を晦い海にする〉は大変な比喩なのだ。これを敏の場合は〈帳簿が動いてゆく〉と軽いものに置いているところが不満なのだろう」

特売場で泳ぎまわる妻よ夕焼だ　石原木人

桑梓「この句の場合、〈夕焼〉と〈妻〉が混然として纏つていて一句を構成していて、さつきの僕の言葉じゃないが、平凡なことがよくミックスされている」
博二「この句は二宮本人だね（笑）」
敏「石原敏か（笑）」
桑梓「今、愛の追求が流行つているが、愛なんてアイマイと言えばアイマイだが、これは人間永遠のテーマであつて、やはりこれには惹かれるものがある。そういう意味で平凡な句でもいいなあと思う句がある。この句の場合もそうだ」

砂に湧く水　流出を考える　武藤城楠

綾子・桑梓「これ絶對にいい。採らされてしまうような魅力があつて」
博二「砂の女だと〈砂に湧く水脱出を考える〉となるのだが（笑）」
光弘「直感だと哲學性が臭いほど出ている。また他の意識でみれば違つてくるかもしれぬが」
桑梓「阿部公房とは違つた意味でこれはこれでいいと思う」
博二「〈考える〉が面白い」
桑梓「思想や哲學性が勝つた言葉でなく、言い換えれば詩の限界點だね。言葉が詩の言葉として捉えられていて、その背後の思想、哲學が判る」
光弘「單純であつて、しかも奥行がある」
敏「〈考える〉に擬人性があるが、卑俗性を脱したいということが、僕にはそれほど奥へ入つていけない。むしろ、同作者の〈自縛の縄を埋める砂の傾斜〉の方に惹かれる」
城楠「その方が心象が浅いと思うのでね」
桑梓「紀音夫だつたら〈また押し流された土砂の量〉とやるかもしれないが、城楠さんは自分のものを出したところを買いたい。この諦めるということは重大な意味だと思う。これはハイデッガーの言うように消極性と積極性を同時に持つている。そういう意味でこの句はいい意味を持つている。〈砂に湧く水〉が〈流出を考える〉ということは言い換えれば人間の原點だとも云えますね。そこを捉え、凝視したところは立派だと思う」
雀羅「これ砂漠のオアシスに在る泉のようなものだつたら、別に考えんでも低い方へ流れていくのでね、たゞ、盛り上がつてくるような水の湧き方は感じられる」
光弘「水の後を水が押す。その水が變形して流れになるという、その時間的な怖ろしさ、カフカの「變身」みたいな思考の極端に目が、行つていると思う」
句黙「表面は諦觀的だが、諦觀じやないんだね」
桑梓「諦觀じやないですね。諦觀を乗り越えたものですね。その諦觀に入るということも大事だが、例令ば絶望に入れるということは、その人の特權だが、絶望に入つて、絶望をもつて、絶望を乗り越えなくてはならぬので、そういうことは大事なことだと思う」

蟷螂の葉かげにふかく死のセックス　寺西句黙

桑梓「先生の句だとしたら、新しい句じやないですか。今までこういう句を見たことがないので（笑）。乳房なんだとかでなく、そんなアマイものではなく（笑）、〈死のセックス〉と凝縮されたことは素晴らしい」
博二「〈蟷螂〉の行為は〈死のセックス〉だからツキ過ぎたとも言えば言える」
桑梓「私はセックスの句は作らないが、この場合、日常次元を脱したたところに成功がある」
句黙「セックスがその場面にあるときは、こういう句はできないのでね（笑）」
光弘「〈死のセックス〉という言葉はよく撰びましたね。蟷螂のあの骨つぽい姿を見ていると、余計にそのような感じが、人間界に重複してそれが波及されます」

樹脂のつぶやき横這いの蟬に不平なく　米山陽洲

光弘「詩的な雰圍気を狙つたのか」
句黙「〈樹脂の〉の〈の〉から作者と同体になりきつたことがうかがわれ、面白い」

光弘「〈横這い〉は蝉の説明だね」
城楠「〈不平なく〉があるから、なくてはいけないのでしようが、これは本當に〈不平〉だ（笑）」
陽洲「此處の句會へ来てお説を聞いていると、もつと廣く、深くと思うのだが、家でやつていると今までの習慣で、こうなつてしまうのでね」
光弘「どうして〈樹脂のつぶやき〉なんて瑞々しい、大膽な表現力を持つていますよ」

これ以上さがれぬ炎晝の靴みがき　河村春峰

桑梓「〈靴みがき〉にひつかかつたが頂いた」
城楠「これの〈これ以上さがれぬ〉句ですね（笑）。ギリギリのところですよ」
博二「そうしたら横這いしたらいい（笑）」
敏「〈これ以上さがれぬ〉が〈炎晝〉だからね。此の句も此れ以上退けないところだナ」
桑梓「〈靴みがき〉に一寸アマイような表現が氣になつたが、〈これ以上さがれぬ炎晝〉だから効いた。いい句だよ」
城楠「作者の目が生きている。自分の考えに押し出されてしまうのではなく、どつかと腰を下ろしたところがいい」

花にこぼれる灼日の赤の量　武田光弘

城楠「僕は桑梓の〈ピカソの牛〉の句とこれ特選で頂いた。ガツチリとしている、いわゆる俳句、現代の俳句だ」
敏「そういう意味では同感だ」
桑梓「これ三年ほど前に原句を一度みたことがあつたので頂かなかつた」
光弘「あれから、いろいろ修行したしたつもりなので、あの當時の〈灼日の赤全量で叛く花〉という表現の未熟な、無理なところが氣にかかつて、何時か手を入れてやろうと思つていてね。三年かかつて、ようやく定着したわけです」
雀羅「〈赤〉が判らん」
城楠「真赤な花の周りに、ガアツと〈灼日〉に炎えるようなものが入つてきて、その周りが異様に膨れ上がつた。その〈赤〉を突込んでいる。俳句は最後の追込が大事で、その點、この場合の追込みは成功している」

スリラーのごと炎晝無帽の大男　亀井中堂

桑梓・城楠「予選で採つたが落した」
桑梓「〈スリラー〉と〈無帽〉はうまいが、ツキ過ぎの感じがする」
光弘「〈炎晝〉の〈無帽の大男〉から一種の迫害感を受けますね。ことに疲れた時などはね」
博二「〈大男〉だからいいのだ。〈スリラーのごと〉は不要だ」

コップのビールが澄んで怖い悩み疲れ　山口裕司

博二「〈悩み疲れ〉なんて面白い」
光弘「僕なんかビールを飲むとき〈怖い〉なんて考えず、いわゆるビールに飲まれるのではなくビールを飲むので、この異常の經験は未だない（笑）」
裕司「これは最初の一杯です」
博二「〈ビールが澄む〉のはおかしい。泡が澄むとして僕は解釋した」
裕司「これ透明ということで〈悩み疲れ〉は後から持つてきたので、果して最良の言葉かどうかとまだ考えています」
城楠「〈怖い悩み疲れ〉と讀まれてしまうからガラガラくずれてしまうので、〈悩み疲れ〉を上へ持つていくと、まだしも判つてくるのではないか」
雀羅「平静な時だつたら泡立つビールが〈悩み疲れ〉のために清水のように澄んでいるという感覚なのだろう」
城楠「それか〈悩み疲れ〉を感じさせるようなものを、例令は〈妻が何處かへ行つてしまつた〉とか〈暗い決算書〉とか敏さんの句の〈帳簿が動いてゆく〉というようなものを借りて、その中から〈悩み疲れ〉を感じさせるという方法もある」
博二「〈悩み疲れ〉という言葉は余り聞かないせいか面白いと思うのでね」
桑梓「僕は〈悩み〉がいやでね。〈疲れ〉とパツと出したら凄いと思うのだがな」
城楠「〈悩み〉を作者が言いたいのだろう。作品を主体とすれば、やはり上に持つてくるべきだ。しかし、疲れ方にもよるから〈暗い決算書〉とか〈帳簿が動いてゆく〉なんて言うと、それは〈コップのビールが澄んで怖い〉ということを裏付けるために持つてきたようで楽屋裏が見透かされて、鼻持ちならぬ蛇足になる。それこそ怖れることだ（笑）。その點、生な、基礎の言葉を持つてきた方が、この場合、いいような氣がする」

敏「〈怖い悩み疲れ〉は非常に面白い言葉だが、これを生きた手法にするにはどうしたらいいかと思う。この生な素朴な言葉に魅力があり、裃を着ていないところがいいと思う」

博二「〈ビールが澄んで〉いるくらいの状態の〈悩み疲れ〉ではそれほど〈怖い〉というものを感じさせない。例令ば看取り疲れなんていうのと同質のものではなかろうか」

（九月号）

『つばき』俳句會合評メモ（8）

武田光弘　編

涼しい詩買いたくて夜店へ行く　　和田さとる

博二「週刊新潮の表紙の谷内六郎の絵を思いだしてね。とにかく楽しい句だ」
句默「一情景だけど、なんとなく健康な句だ」
白梅「僕、採ったが、甘い感じがするんだけれど、やはりこれはこれでいいのではないかな」
麥生「〈涼しい詩〉になんとなく抵抗を感じる」
博二「これ、楽しい詩でなく〈涼しい詩〉だからいいのだ」
光弘「しかし、底流に僕は作者の逃避的なナルシズムを感じたな」
博二「僕はそれを通り抜けたものを感じた」
句默「あまり、ヒネリ廻すばかりが能じゃないからね」（笑）
光弘「気持は確かにいいよね」
博二「好調のときは返って、このような句ができるのでね」（笑）
さとる「現在の行き方として力を抜くというか思いを内側に包みたいと思ってね。例令ば思想性ということになればそれを内蔵させて、さりげなく詠い、その中に無限なるものを感じさせるようなものを作りたいと思う。確かにこの句なんか甘いということは自分でも思いますが、さりとてまた捨てがたい気もしましてね」
桑梓「この甘さは普通の甘さでない。今日の錯綜した世の中に清涼感を出したところなんか貴重で、単なるナルシズムじゃない」
博二「〈涼しい詩〉から風鈴や花火などの〈もの〉を感じてね」
中堂「〈涼しい〉と〈夜店〉と季の重なりが苦になる」
博二・桑梓「それはそう拘泥することはないね」

空洞のような円い月僕を外していった流れ　　武田光弘

木人「わからん」（笑）
博二「僕は特選にもらいたい」（笑）

桑梓「〈流れ〉の中で疎外されている人間のなにか悲しみというようなものが感じられるな」
さとる「ストレスの多い現代に確かにこういったものは感じられる。違和感とでもいいますか。しかし、〈流れ〉は余分でいわなくてもいいのじゃないかと思ったのだが」
桑梓「〈流れ〉はないとね」
さとる「〈空洞のような円い月僕を外していった〉でこの中に〈流れ〉を感じさせると思うんだが」
桑梓「しかし、バックに歴史の〈流れ〉、時間の〈流れ〉というものがあるんだ」
さとる「それは敢ていわなくても判るんじゃないかな」
桑梓「しかし、〈流れ〉があることによって歴史、時間の〈流れ〉が出ていると思う」
光弘「僕はこの頃、いわゆる自由律的な傾向に詩表現が踏みかかってしまってね。さとるさんの〈流れ〉は余分だ、その意味は取っても含まれているという説はもっともだと思います。痛いところを突かれたような気もしますが、何故、こんな長い表現をしなければならないかということなんだが、僕は俳句という窮屈な容器に発想を無理矢理はめこもうとする計算過程中にすぐ揮発し易い、みずみずしい直感的把握を毀したくなく、なんとしてでも心中のものに最も近い言葉を撰ぶためこうなってしまうのです。或は定型でもこういった内容を表現できるかもしれませんがね」
さとる「自由律なら自由律で、濾過してきた言葉でどうしてもいわなくてはならないものなら、それでいいのだが流したような詠い方を感ずるのでね」
句默「むしろ〈流れ〉より〈円い〉が蛇足だと思う」
桑梓「なるほど〈空洞のような月僕を外していった流れ〉これでスッキリするね」

葡萄喰いほうだい有刺柵の中で　　大橋麦生

さとる「これ人間の動物園とでもいったようなものを感じましたね。それに強烈なイロニーがある」
句默「単純化がよく効いているね」
敏「麦生さんの最近の句、ズバリと大胆に言って、バックに何かをもたせている。無技巧の技巧といいますか」
光弘「即物的でありながら、投げられた網にスッポリかぶされてしまうような迫力がある」
桑梓「たゞ、〈有刺柵〉という使われすぎた言葉を敢て使ったのは、狙いがあったことだろうと思うが、そのリアリズムの在り方にね新味があるかどうか」
麥生「言葉なんか、みんな繰り返し使い古されたものばかり使っているんだからね」
桑梓「まあ、それが流行的な言葉を使ってもなにか作者独自のものが出てくればいいのだが、いわゆる流行の言葉だけに終ってしまうことを恐れるのでね。別にこの句がそうだとは言いませんけれど」

思想混濁世界を走る聖火軟《なま》かし　寺西句黙

さとる「〈軟かし〉が一寸、逃げたようだ」
光弘「そこが作者としての狙いなんだ」
さとる「だからね、〈軟かし〉をもっと具象的な言葉で表現してもらいたかった」
光弘「上詞で〈思想混濁〉なんて固い言葉を使っていますので、下へきて〈聖火軟かし〉なんて感覚的な言葉がでてくるとオヤッと思うのでね。(笑)底流はヒューマンなものなのだ」
桑梓「作者が〈思想混濁〉の中に入っているかどうかが問題だ」
敏「僕は個人の〈思想〉がどうあるかは棚上げにして、この〈思想混濁〉な世界の中を、一切〈思想〉を抜いたものが一途に走っているという点に於て、これは作者の〈思想〉と一応みるのだ。この場合、ヒューマニズムの線を通していこうとする〈思想〉を高く買いたい。割合に客観的描写に逃げたところが桑梓君やさとる君の不満とするところかもしれないがね」
桑梓「そうなんだ。しかし、平和を願うというこの句のテーマはいい。話は変るが、日本の思想界は二重構造でね。ヒューマニズムならそれはそれで、それに至る過程にいろいろな問題があるわけで、その問題点の中で個々にどう考えているかということが、案外目につかないんだな」
敏「せまく切り取って出さんと、その点はむずかしくなるね。例令ば或る線に阿ねる平和といわゆる純粋な平和という二通りの在り方があるとすれば、この場合はスケールが大きいためそういう線まで出そうとするのは無理じゃないかな」
光弘「ヒューマニズムは人間の基礎的な本質なんだね」
桑梓「ヒューマニズムは誰でも云うのだがね。ところがその背後のもの、裏側のものは一体どうなんだという追求が欲しいのだ」
敏「しかし、詩として表現する場合、作者は案外、純粋な型でとる場合ととらない場合とは判りますね。作品の中の思想はハッキリ摑めないが、その本質的なものだけとか作者のそれに対する態度だけは摑める。これは花鳥諷詠でも同様ですがね。この場合もそういう意味での傾斜の度合、その輪郭が僕には判るのでね」
桑梓「まあいいでしょう」（笑）

啞の喜悦　伏せたコップに秋の音信　　亀井中堂

麥生「これ好きだな。うまいところ作ってある」
光弘「〈伏せたコップ〉と〈啞〉にダブリがありはしないかな。〈伏せたコップ〉を眺めて〈啞の喜悦〉というイメージが浮かんできたのかもしれないし、又その逆かもしれないが、計算は感じるとしても面白い構成ですね」
さとる「この句なんか類型的な中で、異った角度から詠っていくというのも一つの方法じゃないか、使い古されたものだから駄目だというのじゃなく、私はこうみるんだ、みたんだという行き方ね。この場合、〈啞〉を見た正常者の優越感ではないか」
光弘「そうか人間の方の〈啞〉にね。僕は透明な〈伏せたコップ〉に〈コップ〉そのものの〈啞〉のような声の出せない〈秋の喜悦〉状態を作者が異常に感じたのではないかと思ったのだがね。無機物を擬人化したのじゃないかとね」
桑梓「この〈啞〉は単なる〈啞〉じゃなく、声の出せない現代人の転化じゃないか。僕にはそうみえるのでね」
白梅「僕は判らん。詩として俳句として難しい言葉だけをクリクリとヒネった（笑）だけじゃないかなあとね。もっと直接にしみじみと伝ってくるものが詩・俳句の本髄じゃないかと思うんだ。ただ上面だけをスーッと撫でただけの、或は稲妻的な光に過ぎないと思う。もっとなにか心の底を支えて欲しいとそういう詩・俳句を僕は求めたいね。向う鉢巻でやられるとビックリしてしまってね。(笑)あぁ、これが現在の詩・俳句かと思うと本来あった詩に対する本質をもっと何か変えていかなければならないんじゃないかということになるんだが、僕みたいな古い人間は変えたくないと思うしね。また此頃の難しい詩・俳句を理解しようと努める必要もないと僕は思っている」
桑梓「まあ、いろいろ行き方がありますからね」
光弘「従来の俳句ですと、なにか包むような感じの滲んでくるものが多かったわけですね。現在のは対象の一部分を切り取ったり、進行中のものを停止させたりして、(笑)デフォルメさせているので一寸アブノーマルにとられ易いのでね。それは現代がそれだけ複雑化されてきたということの影響からですか。現代俳句だなんて云っても難しいような表現をした割にその底の浅い、従来の俳句以下のものも割とありましてね。とにかく変ったことをしてやろうという傾向は進歩的な現代人には多いですね。乗りものに乗り遅れるなという意識が割と働いているのじゃないか。白梅さんの言うことは判りますが、これは作者としての本質的な相異でしょうか。この句など読んで理解するのに一寸、時間がかかるのでね」(笑)白梅「うまいこと云うたなあと思うんだが、考えてみるとこれでいいのかなあという思いの方が強くなってくるのでね」(笑)
敏「白梅さん、やっぱり古いんだな(笑)。こういう句に対しては理解していかなくてはいかんと思うね僕は」
白梅「好き好きがあるんでね。理解しようとしてもね」(笑)
敏「好き好きでも困るんだ」(笑)
さとる「例令ば思想だけを生に出してくることは、そこで悩むわけだな皆。そこでそれをもう一つ乗り越えたいわゆる詩との発火点を見つけようとするわけなんだな」
桑梓「思想といってもいろんな意味があるんだ。それをどこまで詩化しているかが問題だ。歴史の流れからみてもその概念は変ってきているんでね」
博二「今日のこの句、容易ならぬ句と思って(笑)採ったんだが〈啞の喜悦〉は無言の〈喜悦〉というふうに僕は解さず、人間の〈啞〉が〈伏せたコップ〉から敏感に〈秋〉を把えた、うら淋しさといったようなものを感じたな」

敏「〈啞の喜悦〉は深く多方面に解釈できるが、具象性が乏しいので多方面に岐れ易い。認識の意志表示の場合だったら自白になってくるので、そういう意味では巧い表現だとは思った」

桑梓「巧いが、その背後になにがあるんだろうかという点になると問題がある。巧さというものも必要だろうけれどね」

寄港反対・稲妻が斬りこむ學生寮　石原木人

桑梓「そのものズバリだな。単純でね。判りすぎるほど判る」

敏「これこそイデオロギーがハッキリしている」

鏡の間で窒息する昆虫にんげんのように
加藤博二

敏「複雑な意味合いをもっているね」

桑梓「〈人間昆虫のように〉というふうだったら頂いたな」

さとる「〈ように〉がね。比喩だといえばそれまでだが、なんとかならないものかね。〈鏡の間〉なんて出し方はいいと思う」

博二「自分で作ってみて、やはり映画の「日本昆虫記」あたりのイメージがあるんだな」

光弘「〈鏡の間〉という意味合いはどう感ずるのかね？」

博二「やはりこれ性的なものだね。性行為のところまでいかないね。〈昆虫〉のセックスは死に直結するんでね」

桑梓「セックスを取扱う場合、皮相的に云わず全的人間のものとして打出したい」

光弘「〈昆虫〉なんてセックスのことしか考えていないようで、鳴くのもオスがメスを呼びたてるのでね。そういうことでは判るのだが、この〈鏡の間〉という表現が異様でね。例令ば〈昆虫〉の目にはこの自然界がどう映るのか、恐らくあの樹木の茂りなんかも〈昆虫〉の目にはそのようにマトモに映るんだろうかというようなことで、例令ば夜なんかを聯想した場合、全く一寸先も見えない闇の中で〈昆虫〉が鳴いている。なんのために鳴いているのだろうか、それは今のセックスのことになってくるんだが〈窒息する〉ということは、そういう閉された世界で〈昆虫〉が生きなければならないというところを、人間界に結びつけて一つのセツナサというようなものを打ち出したんじゃないかと、今のセックスもそれだけを浮き上らせて強調したんだというふうには受取らなかったんだ」
博二「そういうものもちょっぴり、うかがえるようでないとね。それが強調ということになるとマズイ」
さとる「我々人間は秘密を多く持っているんだ。その一つ一つが割れてきたら生きるに耐えないんじゃないか。そこに〈窒息する〉という言葉が出てきたんじゃないかと思った」
桑梓「セックスだけを抽出したのではなく、人間生活の中で一身同体としてのセックスを考えたいね」
光弘「〈鏡の間〉なんか、どっちを向いても自分の顔ばかり映る。そういう意味では確かに〈窒息する〉ね。だから〈窒息する〉を除ってもいいという気もする。それは別として一つのテーマという限定でなく、幅が広いんだといえば判るんだがね」
博二「これ夜というふうに考えてもらってもいいね」

毀れやすい風景を見てふかぶかと石に腰をおろす　青木桑梓

光弘「これ心象が判るのでね。別に思想というほどのものでなく、或る時の感情の断面が判るのでね。〈毀れやすい風景〉と〈ふかぶかと石に腰をおろす〉といったアンバランスが僕には快よく伝ってきたな」
さとる「この句は割合にサラッとできているね。そういう意味で突込不足ともいえる」
桑梓「これこの句会に来てから一寸の間に作ったんでね」
さとる「感情じゃなく、考え方じゃないのかな」
博二「これ採らなかったけれどいい句だ。〈毀れやすい風景〉の中には動いているものがあり、例令ば光りかなんか変化するものがあって〈風景〉が変化してゆく……」
さとる「僕は酸化する対象からきた〈毀れやすい風景〉じゃなく、相当に年月を経たものを感じたな。〈ふかぶか〉ね。もっと上詞の方になにかあればこれは不要になってくるのじゃないか」

点に鳥来て急に秋天のあおの独り言　　山口裕司

光弘「〈点に鳥来て〉は面白い」
さとる「そういう表現は今迄にあるね。こちらのものを向へ持っていって、またこちらへ持って来た手法で別に新しくない」
敏「〈秋天のあお〉にギクシャクしたものがあるが、〈点に鳥来て〉は面白い。〈秋天〉か〈あお〉のどちらかを除りたい」
桑梓「〈あお〉は不要だな」
裕司「〈あお〉は無理に色を強調すべく持ってきたんです」（笑）
さとる「〈秋天〉は〈あお〉いんだからね。この場合、僕は〈あお〉を除りたい」
博二「〈秋天〉という漠然たる大空間の中で〈独り言〉はどうかね、川だとか野だとか焦点のあるものならもっと伝ってくるがね」
桑梓「〈秋天〉が〈独り言〉だから人間の〈独り言〉にも通ずる」
白梅「この場合は〈秋天〉の〈天〉そのものの〈独り言〉じゃないのかな。ハッキリしてもらいたい」
博二「〈秋天〉下の〈独り言〉なら人間になるけれどね」
白梅「〈急に〉も不要だな」

海の男の墓は海向くいわし雲　　高橋白梅

桑梓「まとまっているが、一寸ね」
さとる「〈いわし雲〉のバラエティに富んだ〈海の男〉というところがいいな」
博二「これ類型があるんでね。それを超えてもらいたいと思うね」
光弘「〈いわし雲〉は確かに効いている。しかも立体感とある流れといったものが出ている」
博二「いわゆる俳句の陥り易い陥穽でね。こういう句を賞めると俳句の大半を賞めねばならぬのでね」（笑）
麥生「ガッチリしている句だな」（笑）

未来のピカソ広野にちらばつて萩は真つ盛り　　米山陽州

桑梓「一寸、もの足りないな。〈ピカソ〉というものを持ってきたのなら、もっとなんとかならないものかとね」
博二「僕は小学生の写生などを豆画伯などと云わなくて軽い意味で〈未来のピカソ〉といったところが面白い」
桑梓「受取る側としては意味あり気に考えるのでね」（笑）
光弘「僕は現在の老境のピカソのエネルギーが未だ今後どのように変ってゆくかという思いが、ふと花野に来たときオーバーラップしてきたのじゃないかと直感しましてね」（笑）
麦生「深刻に考えてしまったわけだね」（笑）
白梅「余り親切に皆が考えすぎるんだな（笑）。それに俳句の本質が全然違うんだよ」
木人「軽いほほえましい状景だと思うな」

（十一月号）

3、『早蕨《さわらび》』同人による作品評

昭和三十八年

「柩に花籠の充足がある乞食の眠り」　内藤吐夫

葬式のある家か寺に安置された柩の中には色々な美しい花が一杯につめられて、そして蓋がしつかりとしてあつて外からは見えない。さういふ喪の家か寺の門前で乞食が安らかに眠つてゐる。柩の中の密閉された美しさと乞食の安らかな眠りとの間には何の障壁もないといふところに神秘的な面白さがある。

（五月号）

昭和三十九年

早蕨人紹介　青木桑梓（29）　立原雄一郎

青木桑梓さんは、まだ独り身の夜鳴きそばやさん、御存知のように夜が商売、私は昼働きの職人、だから逢うのは半年に一度あるか無しぐらい、今度、紹介をおおせつかつて、ハタと突き当たってしまつた。

初めて逢ったのは、感じの上の覚えだが、はつなつの頃の午後、青いたたみとあおい風の明るい句座。やや小柄な見慣れぬ白皙、目礼にピリリとしたところあつて、つつけばトタンにはじけてきそうな気配。いわゆる、出来るなという感じだつたが、果してその通りの人、句を見、話ししてみて、これは、いい仲間だと思つたことだつた。

それがもう四、五年も先になるであろうが、だのに、ちょいちょいとは逢い乍ら、良く話した覚えがないのは、お断りの行ちがい商売の故だけでなく、人の関わりなど思えば不思議なもので、何となく縁が薄かつたせいなのであろう。

桑梓さんは、歌もやれば詩もなかなかの上手、そういえば、それらをみつちりやつた上で、この小さなものにある、身丈に似合わない、太い心棒に吸い寄せられたのではあるまいか、これはまだ、確かめたわけではない。

私の知る限り、桑梓さんの句が早蕨にみえるのは

三十八年五月号で、巻頭に

花籠の充足がある乞食の眠り

誰もが旅びとで街角の皓さ

火葬場までの道があって雪と同色の犬

など、尋常の質ではない。社会観にしても、人間観にしても鋭い目があり、素材にも、組立てにも、キラリと光るものがあって、隙のない出来上がりである。しかし、その当時までの句には、私には少々不満があった。

ものを言う本体が、どうも大切にされていないという感じが何処となくあったことである。この当時までは、見わけられているものは、しっかりと固まるための核である自分ではなく、自分の外側であり、そこからのより外側への、ゆき方知れぬ投《ほお》りようといった調子があったことである。言葉の上の抽象性の在り方に疑問があった。

が、いまはまるで違う。桑梓さんは、どえらい勉強を休むことなく続けていたに違いない。あんなに強かった抽象奉仕がぴったりと薄れた。いづれにしても、あそこまで形づくられていた認識に方向がえのカジをきかせるのは容易なことではない。

こんもりと森河隔て形而上学棲む

未来も人間で冬雲の下あるいている

海は無人のベンチの蒼さ未定の旅

秋は野に置く椅子犬と白皙の老人

ランボー冥しあおい蝲蛄《ざりがに》もて泡立ち

昨秋以後の、これらの句には、あの頃のきゃんきゃんした感じはどけられ、言葉の底に桑梓さんの体温が入ってきてい、意識の下で固つているものの質がピーンと研がれてきている。そして、もともとの技の練れとも相まって、いづれも素早く、するどい。

やはり、一パシの選手だった証拠が確かである。逢えば、うっそりと、自嘲、他嘲の入りまじった笑いを皮フのすぐ下に溜めて、真っ直ぐ自分の中を見つめているらしい桑梓、ま、やりましよう。

（七月号）

作品発表誌及び寄稿年次

『市民詩集』　山田寂雀主宰
市民詩集の会会誌　名古屋市西区
昭和38年12月号～平成21年7月号

『原語』　倉田千恵子他編集
原語の会会誌　熊本市北坪井町
昭和38年12月号～昭和39年8月号

『つばき』　寺西句黙主宰
月間俳誌　名古屋市東区　つばき吟社
昭和33年2月号～昭和45年8月号

『早蕨』　内藤吐天主宰
俳句雑誌　名古屋市緑区　早蕨発行所
昭和38年4月号～昭和40年1月号

『俳句思考』　加藤太郎編集
現代語俳句の会機関誌　名古屋市南区
昭和43年創刊号～昭和44年2号

『短歌』　春日井瀇編集
中部短歌会会誌　名古屋市千種区
昭和32年9月号～昭和41年1月号

『新短歌』　宮崎信義編集
新短歌社　京都市右京区
昭和38年3月～昭和39年5月

『原型派』　やまだみこく編集
短詩型雑誌　名古屋市南区『原型派』発行所
昭和38年3月

青木辰男の略歴

●昭和6年4月、大阪市東区徳井町で、父源一郎、母サヨの第四子として誕生。

＊父は大正期の末に、父祖伝来の浜松市肴町の地を後に、大阪に出て、当時はハイカラな遊戯であった撞球業を営んで成功、淀屋橋店（東区大川町一番地）ほか数店を経営していた。

●昭和19年3月、大阪市立愛日小学校を卒業。

●昭和19年4月、大阪市立枚方中学校へ入学。

●昭和20年4月、学徒動員で、火薬工場で労働に従事。

＊「内部の人」（『市民詩集』）の中に、「一九五四年／きみは火薬工場にいた」とみえている。

●昭和20年6月、疎開先の守口市で、大阪大空襲のため被災。家屋は全焼するも、家族は全員無事であった。

＊「内暴篇（十四）」（『市民詩集』）に、「空襲後ノ堤ニ散乱スル死体ヲ木片ト誤認シ」とあるが、編者五郎(7歳)も、真赤に染った対岸の空を眺めながら、腸を出して横たわる嬰児の間を逃げまどったときのことは、子供心にも鮮明に記憶している。

●昭和20年6月、静岡県榛原郡川崎町静波（現在の牧之原市）へ再疎開のため、枚方中学校を中退。

●昭和20年9月、父（50歳）、弟陸郎（3歳）が、赤痢のため、疎開先の避病院《ひ》で死去。同じ疫病にかかった弟五郎（7歳）と妹芳子（6歳）は、辛うじて一命をとりとめた。

＊父亡き後、異郷の地で一家は塗炭の苦しみを嘗めることになる。母は地産の塩を担いで東京の闇市まで物々交換に出かけ、辰男はシベリア抑留中の長兄一夫に代って、家計を助けるべく、弟利夫（12歳。中学卒業後、工員をしながら定時制高校を卒業）とともに、海藻や煙草の行商に出かけた。

＊「内暴篇（三十三）」（『市民詩集』）に、「村から村へ搗布《かじめ》売りあるきし戦後の少年」とうたうのが、それである。最初は右の詩句の「搗布」の語が『大漢和辞典』にもなく、その訓《よ》みがわからなかったが、当時、ワカメ（若布）とともにカジメとよぶ海藻を商っていたことを想い出し、『日本国語大辞典』で確かめてルビをふることができた。「搗布《かじめ》」は、味噌汁にいれると、とろ味が出て美味だった。また、「煙草」は、早朝、駅頭で拾い集めた吸いさし(しけもく)を、手巻き器で巻き直したものであった。

●昭和23年頃、隣り町の相良町で、住み込みで潮汲み、製塩の仕事に従事。

＊後年、「囚人のごとく病臥を蹴起《けおこ》され塩田に追はれし吾が少年期」（『短歌』昭33年）と回想するごとく、虚弱体質で病いがちの少年には、耐え難いほどの過酷な労働であった。

●昭和24年（18歳）頃、長兄の帰還を機に離郷。その後、肺疾を患いながら、神戸・大阪・名古屋で、製菓工、遊機工、旋盤工、などの職業を転々とする。

＊転職の理由は明らかではないが、健康上のほか、組合活動による解雇などもあったようである。

＊離郷の原因も定かではないが、親戚から借りうけた八畳ひと間の家屋は、一家六人（母、長兄、弟二人、妹）が生活するには余りに手狭だったことのほかに、長兄との諍《いさか》いもあったようである。

＊長兄については、後年（昭和36年）『短歌』誌上で、「ある夜われを凝視せし眼よ異国にて敗戦の報聴きたる兄の」とうたっている。

＊この時期の工員としての生活感情は、初期の俳句作品に余すところなく表現されている。

●昭和37年（31歳）頃から名古屋市昭和区、守山区などで曳き車による夜鳴きそばの行商を始め、昭和41年頃、一時春日井市で、古書店を兼ねた大衆食堂〝上條亭〟を経営するが、翌昭和42年には、再び夜鳴きそば屋に戻り、その仕事は平成7年（68歳）、名東区で子供相手の小さな雑貨屋を開店するまで続いた。

＊辰男にとって〝夜鳴きそば屋〟は、人に雇われることの苦渋と辛酸とを嘗め尽くしたあとの、挫折感や寂寥感を代償にようやく獲得した自由な仕事であった。その間の屈折した心情は、「密かに酒が造られている裏町を商いつつ淋し自由というも」（『短歌』37年）などの歌に端的に表われている。なお表紙の帯に載録した「春夜屋台車が軋《きし》むキリストを轢《ひ》きマルクスを轢き」の句は、昭和37年『つばき』誌に投じたものである。

●その間、昭和23年には、姉静子（21歳）が肺病で死去、昭和28年には、台風十八号により家屋が流失、昭和29年には、母サヨ（51歳）が子宮筋腫で死去、昭和34年には、妹芳子（20歳）が細網肉腫で死去、昭和49年には、長兄（51歳）が膵臓ガンで死去するなど、一家は相次ぐ不幸に遭遇するが、母と長兄の葬儀のとき以外は、郷里の土を踏むことはなかった。

＊長姉の静子は、父亡き後、大阪に留まって土地や家屋の管理に当たったが、戦後の混乱期に、詐欺師に騙されて全財産を喪失する。そのことを苦にしたことが、静子の死期を早めるこ

とになったかもしれない。
＊父の死後、貧窮のどん底の中で、「お父さんさえ生きていてくれていたら」と口癖のように言っていた母も、長年の労苦がたたって、子宮筋腫で死去。子宮筋腫は本来死に至る病ではないはずだが、術後の縫合に問題があったようで、当時の田舎の医療の貧弱さを思い知らされる。後年（昭和60年）「花ぐもり母を堕ろして姉が死ぬ」（『市民詩集』「路頭抄（一）」）とうたう詩句には、母と姉の死に対する痛切な哀しみが宿されている。
＊妹芳子は、中学校卒業後、バスガイドとして働いていたが、母亡き後、男所帯の不規則な食生活がたたってか、細網肉腫の病いを発して、入院後わずか一週間でこの世を去った。当時、住所不定で連絡を得られなかった辰男は、妹を見舞うことも葬儀に参ずることもできなかった。このことは辰男にとって深い悔恨として己れを嘖《さいな》んだようで、「肉腫の地表には彼岸の妹の影が流れ」（『市民詩集』「内暴篇（八）」）、「藻を刈りいもうとを刈る」（同「仮寓抄（三）」）、「不覚にも青春期のいもうとの俤を黄泉から掬ってしまう」（同「仮寓抄（四）」）、「木に少《わか》い女が頸を絞められているのだ……おお、いもうとだ」（同「秋意抄」）などと、繰り返しいもうとを偲ぶ詩句がみえている。
＊長兄一夫はシベリアより帰還後は（三年余に及ぶシベリア抑留生活については、なぜか口を緘《とざ》して語ろうとしなかった）、専売公社の門衛として働き一家を養っていたが、辰男の離郷後は、音信不通、住所不定の弟の身を案じて八方手を尽して捜していたようである。離郷の原因がどうであれ、二人は終生不和であったわけではなく、昭和28年の家屋流失の際には辰男が五千円の見舞金を送って長兄を感激させているし、〝上條亭〟の開店の際には長兄も祝いにかけつけている。青木家（戸籍謄本上でも七代の祖まで遡ることができる）の家督として、結婚を考えないわけではなかったが、弟妹を育てあげたときには、すでに婚期を逸しており、やがて膵臓ガンを発して、五十一年の波乱の人生の幕を閉じた。
＊辰男が「癌死の系に生まれたれば、佳《よ》し」（『市民詩集』「内暴篇（二十三）」）と自虐的にうたう（自虐によってようやく自立できていたのかも知れない）のは、右のような肉親の相次ぐ死をふまえている。また、辰男は家族や故郷に対して冷淡であったのでは決してなく、辰男にとっての〝ふるさと〟とは、〝遠きにありて思うもの〟であり、〝そして悲しくうたうもの〟であった。「創作ノート」には、「故郷《ふるさと》の母安かれと祈る夜になど西風の吹き荒ぶらん」の歌が残されているし、「出郷抄」（『市民詩集』）にも、「破り棄てにし望郷賦の一篇を時にひろえる魂もあ

り」とうたうのはその一端である。そして何よりも、父母の恩愛を敬慕する意から転じて、〝ふるさと〟の意に用いられる〝桑梓〟の語を自らの俳号としていることに、ふるさとや家族に対する辰男の熱い思いを窺い知ることができるのである。

●生涯を独身で過し、平成21年7月、名東区の自宅で死体が発見された時は、死後十日余を経過していた。いわゆる老人の孤独死（辰男の生涯から考えると〝孤高死〟といった方がよいかも知れない）である。享年78歳。死因は不明だが、数年前から腎盂腎炎、敗血症、尿路結石などを患っていた。

＊辰男には九人の兄弟姉妹がいたが、夭逝した二、三の者を除いても、五男の五郎のほかは誰も結婚していない。辰男31歳の時の作品に、「誰よりも暗く貧しき思惟つねに持つゆえ一人も愛しえざりき」（『短歌』昭和37年）の歌が残されている。

＊辰男はかって自分の死をイメージして「結了の一景として化野にわが死を置けば腐敗ははやし」（『市民詩集』「一果抄」）とうたったが、警察の通報を受け京都から現場に駆けつけた弟五郎のメモには、次のように記されている。

〝謹直に俯伏せに／血の海に沈んでいた／その死に向かい合うのには／検屍の人々は邪魔だった／余りにも整然として朽ちつつある／凄絶の中の端正／人間に驚いて逃げ出す蛆《うじ》の群／一体この空間は何なのだ／確かなのは私の兄の生が終わったということだ〟

●誠宮辰英居士。遺骨は青木家代々の菩提寺（浜松市にある曹洞宗大厳寺）の墓地に埋葬され、父母、兄弟、姉妹の霊と共に眠っている。

＊　＊　＊

●辰男の文学的活動としては、昭和32年頃から『短歌』『新短歌』に短歌を、『つばき』『早蕨』『俳句思考』などに俳句や評論を寄稿し、昭和38年頃からは、もっぱら『市民詩集』によって詩作に専念し、それは平成21年の死まで続いた。

＊辰男の作品の発表誌及び発表年次については、372頁及び本文を参照。

＊辰男は「詩を書くことの周縁」（『市民詩集』）で、自らの文学道程をふりかえって、〝私自身に即して言えば、戦中、戦後混乱期に自我の形成期とぶつかり、周辺の先人たちを戦場に送った昭和一ケタの世代の負の位相を小脇に、二十代も押し詰った

頃、それ以前の、ただノートに書きとめているのみの段階を卒業、二、三の短歌結社に所属して作歌を起す場へと転換をはじめ、俳句結社にも加わり、のち「市民詩集」の会員となり、27号から習作程度の作品を寄せるようになった〃と記している。

編集後記

◆兄辰男の死後、その書き遺した作品を読んでいて、兄が文学によってようやく自分を支えて生きていたことを知った。そうして、遺作をまとめて世に問うてみたいという思いが、日ましに強くなった。当初は、兄が生涯を通して情熱を注いだ詩作品に限って編集することも考えたが、詩作に先立つ習作時代の俳句や短歌、さらには随筆・評論なども、辰男の文学観や文学道程を知る上に欠かすことのできないものと思い、併せて収録することにした。作品はいずれも同人雑誌に発表ずみのもので、創作ノートなどに書き遺されている未発表のものは含まれていないが、辰男の文学活動のほぼ全容を伝えるものである。

＊辰男の所属する同人誌には欠番もあり、その中にあるいは未収の作品もあるかもしれないが、それらをも博捜して収録することは編者の力の及ぶところではなかった。

◆作品は誌上に掲載された文言《もんごん》を原文としたが、原文の誤植と思われる個所は適宜訂正して収録した。

○訂正した例。（　）内の数字は頁数。

1、蛙ども→蛭ども（14上）　2、塋城《はかば》→塋域《はかば》（86上）

3、蜱《ちょう》→蜱《ちちろ》（94下）　4、蛟遣→蚊遣（104上）

5、『千恵子抄』→『智恵子抄』（107上）

6、香《とお》い空→杳《とお》い空（110上）　7、乗離→乖離（110下）

8、いもうとの怪→いもうとの径（115下）

9、列帛→裂帛（134上）　10、寶→賽（139上）など。

＊右の諸例は比較的容易に誤植と判断できるものであるが、「完骨」（66上）を「宍骨《にくこつ》」（＝「肉骨」）の「蒼白い皃」（98上）を「蒼白い皃《かお》」（「皃」は「貌《かお》」と同じ）の誤植と考えたのは文字の類似からの想定である。

＊「遠近《おさこさ》」（47上）「疾風《はやち》」（90下）「一人《ひだり》」（104下）については、一読してそれぞれ「おちこち」「はやて」「ひとり」の誤植かと思い訂正しようとしたが、念のため調べてみると、「おさこさ」「はやち」「ひだり」がそれぞれ古訓として存在していることを知り、自己の無学と早計を恥じたことであった。

◆作品中の難読の語に付されたルビは、原文にすでにあるもの（ゴシック体のルビ）のほか、編者が読解の便を考慮して加えたもの（明朝体のルビ）が数多くある（ルビの区別は作品Ⅰ詩、作品Ⅱ俳句・短歌に限った）。編者が加えたものの中には、不必要な、また不適切なものもあるかと思うが、その点については読者のご指正を俟ちたい。なお、原文にルビを追加することについては、『市民詩集』主宰の山田寂雀先生の許諾をいただいている。

○追加した例。
1、傀儡子《くぐつし》（20下）　2、衂《ちぬ》られた（30上）
3、木牌《こけ》（婢《×》）子《し》（56上）　4、泥犂《じごく》（58下）
5、搗布《かじめ》（67下）　6、[illegible]《きりみ》（81下）
7、鴨足草《ゆきのした》（94下）　8、穭田《ひつじだ》（98上）
9、霾《つちぐも》る（99下）　10、潰井《つぶらい》（101上）
11、趙《ちい》さく（102上）　12、虎落笛《もがりぶえ》（154上）など。

＊一語に複数の訓《よ》みが可能な場合、できる限り辰男の意図に添う訓みを採るようにつとめた。
たとえば、「鼓草」（105上）は、「つづみぐさ」「たんぽぽ」の二様の訓みが可能であろうが、別の作品中に「鼓《つづみ》ぐさ」（79上）の用例があり、「たんぽぽ」には「蒲公英」（100上）の語を用いているらしいことから、「つづみぐさ」を採ることとした。

また、「蝙蝠」（50上）は「こうもり」のことであるが、「蝙蝠《かわほり》」（94下）と訓じた用例があることから、そちらを採ることにした。ただし、「銃列状に蝙蝠つらね」（200下）は、傘のことであるから、やはり「こうもり」と訓むべきだろう。

＊ただ、「衢」（39上）は「みち」か「ちまた」か、「逸れて」（42上）は「はずれて」か「それて」か、「日車」（108上）は「ひまわり」か「ひぐるま」か、「糸遊」（115下）は「かげろう」か「いとゆう」かなど、他に検証すべきものがない場合は、編者が随意に適当と思うルビを付した。

◆最後に本書の題名について記しておきたい。亡兄辰男の遺稿集の編集を思いたち、『市民詩集』主宰の山田寂雀先生にご相談申し上げた折、先生から書名の一案として『詩集　孤独よさらば』という題をご提示いただいた。〝辰男さんの人生は孤独の一言が先にたちます〟と書き添えられていた。先生の言われるとおり、〝孤独〟は辰男の全作品を蔽う詩魂の原郷とも言うべきもので、〝死〟は、その凍るような孤独からの解放であったことを端的に表わすものとして、鎮魂のための遺稿集の題名としてはまことにふさわしいものだと思ったのだが、編集を進めていく過程で、もし辰男が生涯を閉じようとする時点で作品集を編むとしたら、どのような題名を選んだであろうかと考えているうちに、四年間のブランクを経て死の直前に『市民詩集』に投稿した辞世の作品に題された〝断声〟の語が、〝詩よ、肉体よ、泯《ほろ》びに至る象《かたち》もて時空をつらぬく閃光となれ〟（145上）、〝詩は遺書よ〟（83上）などの語と共鳴して、次第にクローズアップされるようになってきた。辰男にとって死とは、何よりも自己の生の全量を傾けて対峙してきた文学との訣別、文学活動の終焉を意味するものだったのである。〝断声〟の語にはそうした辰男の表現者としてのさまざまな思いが、凝結されていると考え、あえてこの語を題名とすることとした。

また、副題を「ある夜鳴きそば屋の詩《うた》」としたのは、決して俗うけをねらったわけではない。「略歴」に記したように、曳き車による夜鳴きそば屋をなりわいとしていた四十年に近い歳月は、辰男の文学活動の最も充実した時期と重なるのであり、その作品は、社会の底辺に身を置くことにより、ようやく肉質化することのできた詩精神の所産であることを、この語によって表わしてみたかったのである。

なお、本書に用いた絵画やイラストは、辰男の甥、編者の息子の青木一哉《みちや》の作品である。あくまで印刷上の空白を充たすためのもので、辰男の作品の内容と関係するものではない。

◆遺稿集の編纂を思いたってから、はや五年の歳月が流れてしまった。すべては編者である私の怠慢に起因するのであるが、編集を進めていく過程で、万事にストイックであった辰男が果たしてこのような遺稿集の出版を望んでいただろうか、という思いが常に脳裏をよぎったことも、編集が遅れた幾分かの原因であるかもしれない。その間、『市民詩集』主宰の山田寂雀先生ご夫妻からは常に懇ろな励ましのお言葉をいただき、その上先生からは巻頭言をも忝くした。末筆ながら記して満腔の感謝の意を表する次第である。また、牧歌舎の吉田光夫さんには、作品に対して深い理解と高い評価をいただき、殆んど採算を度外視して出版に当たってくださった。併せて心よりのお礼を申し上げたい。

　時あたかも戦後七十年の節目の年に当る。〝ただただ〈戦後〉を非力ながら検証してきた〟（123下）青木辰男の文学が、一人でも多くの人に読み返されることを願いながら、本書を辰男の霊前に供えたいと思う。

（青木五郎　記）

青木辰男遺作集
断声 —— ある夜鳴きそば屋の詩《うた》

2015年3月31日　初版第1刷発行

編　者　青木 五郎

発行所　株式会社 牧歌舎
〒664-0858 兵庫県伊丹市西台1-6-13 伊丹コアビル3F
TEL.072-785-7240　FAX.072-785-7340
http://bokkasha.com　代表：竹林 哲己

発売元　株式会社 星雲社
〒112-0012 東京都文京区大塚3-21-10
TEL.03-3947-1021　FAX.03-3947-1617

印刷・製本　中央精版印刷株式会社
© Goro Aoki 2015 Printed in Japan
ISBN978-4-434-20521-7 C0092

落丁・乱丁本は、当社宛にお送りください。お取り替えします。